只要中国人还说汉语，

只要中国人还用方块字在进行写作，

那么唐诗宋词的魅力是永恒的。

——李泽厚

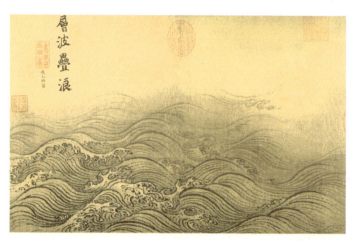

層波疊浪

洞庭風細

黃河逆流

雲生蒼海

雲舒浪卷

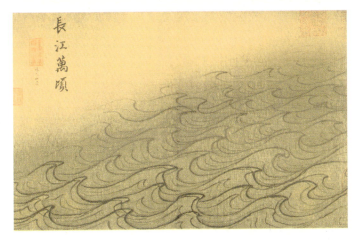

長江萬頃

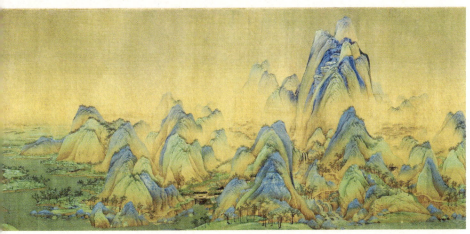

写着写着几千年

中华古典诗词千年之旅

唐诗作酒·宋词当歌·元曲为梦

李元洛 著

中国 友谊出版公司

目录

* * *

阅读唐诗，
就仿佛在青春时刻遇到知已，
一同追求生命中的理想。

读宋词,
可以让你在这个繁忙与竞争的时代,
保持感受深情的能力。

贰 风雅宋——穿越宋朝

元曲有书生意气，
随斗转星移，家国梦醒，
余音仍凌空绕梁，
历千百年而回响不绝。

代序
写着写着几千年——花开三朵

自然界之春兰秋菊、冬梅夏荷、翠柏苍松、茂林修竹，它们有各自独异的风姿与气象、色彩与芬芳。一个时代有一个时代之文学，中国诗歌史以时代而冠名的唐诗宋词元曲，它们也有彼此不同的姿彩与风标。我钟爱唐诗与宋词，那盛唐之诗，更能让我在向老之年召回远去的青春与豪气，在夕阳西下之时重温那日之方升；宋词那柔情如水的婉约之辞，使我心中如醉，那慨当以慷的豪放之曲，则令我热血如沸；而元曲呢？元代的"曲"毕竟与"唐诗""宋词"鼎足而三，成为一个时代的文学的代表而不可替代，向我们演示的是另一番动人的风景。

诗词曲，有如花开三朵，有各自的美色，有各自传诸后世的理由。这里，我不能花开三朵，各表一枝，而是将它们采撷在一起做综合的比较，追溯它们所由生长的不同的土壤与气候，欣赏它们怒放后各自的色彩与芬芳。

一

"黄金时代"，本是古希腊神话传说中人类所经历的第一个时代，即"幸福时代"，后来的引申之义，则是泛指一个国家或民族科学技术或文学艺术的鼎盛时期。洋为中用，我们也可以说，唐代，是中国封建社会的黄金时代，也是中国诗歌的黄金时代。

作为中国封建社会的黄金时代，唐代的主要特征就是国力强盛、政治开明、社会开放、文化繁荣。李渊、李世民父子灭亡了两世而败的短命隋朝，彻底结束了自西晋以来270多年南北对立与分裂的局面，统一了中国，并且进行了一系列政治与经济的改革，在长安城拉开了唐帝国壮丽的帷幕。经过近百年的"初唐"的积累和准备，到唐玄宗李隆基的"开元之治"，唐王朝已是极一时之盛，达到了一览众山小的顶峰，成为当时世界上最强大的帝国之一。政治相对清明，经济十分繁荣，文化全面发展，民族空前团结，社会呈现出前所未有的"稳定"与"和谐"的局面，展现的是一派蓬勃向上的景象。国家如此，个人当然也是意兴飞扬，自以为天生我材必有用，以至1000多年后的今日，还有当代人在报刊上撰文，似乎是不知有汉，无论魏晋，题目就竟然是《我愿意生活在唐朝》。

唐代不仅国力空前强大，"忆昔开元全盛日，小邑犹藏万家室。稻米流脂粟米白，公私仓廪俱丰实"（杜甫《忆昔》）；文化也流光溢彩，书艺、绘画、音乐、杂技、舞蹈，都各自书写了黄金般的篇章，而诗歌尤其大放奇光异彩，被历史冠名美称为"唐诗"。

大哉唐诗！唐诗是大时代的产物。如同参天大树之枝繁叶茂，离不开树的本身的质地，也离不开培育它的土壤、雨露和阳光。唐诗的繁荣，外部原因是国力强盛、帝王提倡、科举以诗取士、文艺政策宽松、宗教思想自由、社会风气开放、物质生活丰富；内部原因则是唐之前自《诗经》以来的1600多年的诗歌发展，已经为唐诗的登峰造极铺垫了攀登的石级，而北朝民歌的豪放刚健与南朝民歌的清新柔婉，也为唐诗人提供了最切近的参照系与最活跃的艺术资源，而沈约等人对音韵四声与诗歌格律形式的有益探索，也为唐诗中"绝句"与"律诗"这一近体诗的确立做了充分的准备。如同一座美轮美奂的大厦，施工所必要的部件与蓝图已经先期准备停当了。

前人曾经异口同声地赞美唐诗数量之多、杰出的诗人之众、作品品位之高、影响之广阔深远，认为唐诗既是唐代社会的风情画与风俗画，也是唐代社会生活的诗的百科全书，而且唐诗包括了后世除词与曲之外的所有诗歌形式，如果不论词曲，唐以后诗的体制并无新创。直到鲁迅先生，他甚至极而言之：我以为一切好诗，到唐均已做完。这里，我无意将唐诗与元曲做全面的比较，那是一个全景式的浩大工程，我只拟从"知识分子心态"或者说"文人心态"的角度，从历史的后视镜中，去回顾探视唐诗人与元曲家的主要不同之处。

李白之诗，被学者兼诗人林庚教授美称为"盛唐之音"；台湾名诗人余光中在《寻李白》一诗中赞美李白，也说："酒入豪肠，七分酿成了月光 / 余下的三分啸成剑气 / 绣口一吐，就半个盛唐。"唐诗，尤其是盛唐之诗，感动并撼动我们的，是那种只有大时代的诗人才会有的宏阔的精神视野，那种大有希望的时代才会有的青春意识和生命力量：

前不见古人，后不见来者。
念天地之悠悠，独怆然而涕下！
——陈子昂《登幽州台歌》

海内存知己，天涯若比邻。
无为在歧路，儿女共沾巾。
——王勃《送杜少府之任蜀川》

雪暗凋旗画，风多杂鼓声。
宁为百夫长，胜作一书生。
——杨炯《从军行》

秦时明月汉时关，万里长征人未还。
但使龙城飞将在，不教胡马度阴山！
——王昌龄《出塞》

长风破浪会有时，直挂云帆济沧海！

——李白《行路难》

自谓颇挺出，立登要路津。

致君尧舜上，再使风俗淳。

——杜甫《奉赠韦左丞丈二十二韵》

　　像平野一样开朗，像火焰一样热烈，像岩石一样自信，像飓风一样意兴飞扬，像朝暾一样青春勃发，诗人们都渴望建功立业，以不辜负有为的时代和自己有为的生命。读唐诗特别是盛唐之诗，少年读者会更加少年不识愁滋味，中年读者不会感叹人到中年万事休，而老年读者呢，即使是暮色苍茫，但那无限好的夕阳也仍会令他们追怀飞腾而上的白日。

　　元代的曲家们和元曲呢？人生不满百的元朝，是中国历史上第一个非汉族而是少数民族统治的王朝，本来是马背上的民族，又于马上得天下，他们重新洗牌，把全国之人依次分为蒙古人、色目人、汉人（北方汉人）、南人（南方汉人）四等，而且废除科举近80多年，即使偶尔短暂施行，取录的人数也极少，同时仍有许多民族歧视的规定。汉族知识分子失去了传统的优越地位与往日的进身之阶，一个筋斗从五彩斑斓的天堂跌入了前途无"亮"的地狱，血液都从往昔的沸点降到当下的冰点。于是他们感时伤事，抚今叹古，不满现实，鼓吹隐遁，满肚皮不合时宜：

采莲人和采莲歌，柳外兰舟过。不管鸳鸯梦惊破，夜如何？有人独上江楼卧。伤心莫唱，南朝旧曲，司马泪痕多。

——杨果〔越调·小桃红〕

布衣中，问英雄，王图霸业成何用？禾黍高低六代宫，楸梧远近千官冢。一场恶梦！

——马致远〔双调·拨不断〕

鹏抟九万，腰缠十万，扬州鹤背骑来惯。事间关，景阑珊，黄金不富英雄汉。一片世情天地间。白，也是眼；青，也是眼。

——乔吉〔中吕·山坡羊〕《寓兴》

结庐移石动云根，不受红尘。落花流水绕柴门，桃源近，犹有避秦人。〔幺〕草堂时共渔樵论，笑儿曹富贵浮云。椰子瓢，松花酝，山中风韵，乐道岂忧贫？

——任昱〔正宫·小梁州〕《闲居》

唐诗是进取的，元曲是退隐的；唐诗是外向的，元曲是内敛的；唐诗是乐观的，元曲是愤怒的；唐诗是意兴高扬的，元曲是情绪低沉的；唐诗是忧国忧民的，元曲是冷眼旁观的。总而言之，唐诗属于热烈的盛夏，元曲属于萧索的晚秋。

二

如果说唐诗是中国诗歌史上的黄金时代，那么，由诗而一变为词，化用一个舶来的名词，宋词就是中国诗歌史上的"白银时代"了；诗词双美，诗的黄金与词的白银相映生辉。中国由古及今的文学创作，尽管不乏佳篇胜构，但如果不论个人而论时代，似乎还没有哪一个时代的文学作品，像唐诗宋词那样具有强大的艺术魅力、永恒的生命力和深广的影响力，照亮照花后世广大读者的眼睛，成为他们永远的精神家园。

文史学家赞唐代为"盛唐"，唐代特别是唐代的全盛时期，确实可以当之无愧；然而，誉宋代为"隆宋"，所谓"宋于汉唐，盖无让焉"，却多少有些名不副实。宋朝之初以及之后相当一段历史时期，始终没有恢复前期失去的燕云十六州的北方土地，令其重归宋代的版图，而北宋的皇旗被金人的箭弩射落之后，南宋又于元人的马蹄声中覆亡。但是，这个积贫积弱的国家，虽是赵姓的江山，却毕竟是汉民族生息与心灵之所寄。苏轼早就在《江城子·密州出猎》中高唱过"会挽雕弓如满月，西北望，射天狼"了；每当大敌当前，身为汉族的文人们当然会同仇敌忾，他们以笔为旗，也以笔为枪。在他们的诗中与词中，抒写英雄的壮曲、志士的悲歌，特别是在豪放派词家的词中，那慨当以慷的英雄气魄，令我们今日读来依然会为之神往，如果是弱者当可立志，如果是壮士呢，那就会闻声起舞了。且不要说李纲、韩世忠、岳飞那些抗金名将的著名词作了，且听陆游、辛弃疾以及他的字同父的友人陈亮这些文人的歌唱：

当年万里觅封侯，匹马戍梁州。关河梦断何处？尘暗旧貂裘。胡未灭，鬓先秋，泪空流。此生谁料，心在天山，身老沧洲！

——陆游《诉衷情》

老大那堪说？似而今、元龙臭味，孟公瓜葛。我病君来高歌饮，惊散楼头飞雪。笑富贵、千钧如发。硬语盘空谁来听？记当时、只有西窗月。重进酒，换鸣瑟。

事无两样人心别。问渠侬：神州毕竟，几番离合？汗血盐车无人顾，千里空收骏骨。正目断、关河路绝。我最怜君中宵舞，道"男儿到死心如铁"。看试手，补天裂！

——辛弃疾《贺新郎·同父见和，再用韵答之》

不见南师久，谩说北群空。当场只手，毕竟还我万夫雄。自笑堂堂汉使，得似洋洋河水，依旧只流东？且复穹庐拜，会向藁街逢。

尧之都，舜之壤，禹之封。于中应有，一个半个耻臣戎。万里腥膻如许，千古英灵安在，磅礴几时通？胡运何须问，赫日自当中！

——陈亮《水调歌头·送章德茂大卿使虏》

宋词中这种爱国忧时的壮士之歌、救亡图存的英雄之曲，在元曲中是绝对不可与闻的。当短命的元朝在红巾起义刮起的"风暴眼"中行将崩盘之时，为它送行的不是挽歌而是葬歌：

堂堂大元，奸佞专权。开河变钞祸根源，惹红巾万千。官法滥、刑法重、黎民怨。人吃人，钞买钞，何曾见？贼做官，官做贼，混愚贤。哀哉可怜！

——无名氏〔正宫·醉太平〕

"哀哉可怜"即"呜呼哀哉"的同义语。作者"无名氏"不知何许人也，而正是这位姓名不传的民间作者，却表达了在异族统治下汉族百姓包括汉族文人的共同心声。

较之唐朝，宋代尽管积贫积弱，规模、国力与气派都无法与泱泱大唐相比，就像虽是大户人家却比不上钟鸣鼎食的豪门望族，但是，宋代的经济特别是南宋的经济，依然有长足的发展，大中城市如雨后春笋般兴起，艺术的众多门类都趋向繁荣，这就给词人们的活动提供了更为广阔的空间。更重要的是，宋太祖赵匡胤虽然发动陈桥兵变而黄袍加身，但他却明白"可以马上得天下，安能马上治天下"的道理，他立下不可杀戮士大夫与言事者的铁律，定下重文轻武的国策，所以宋代崇文抑武之风甚盛，知识分子受到的优待空前绝后，书生治国典天下的现象为前朝后代所仅见。唐代还有陈子昂的冤死、王昌龄的被杀，而宋代则是中国历史上最具有人文精神的王朝，也是中国历史上知识分子待遇最为优厚、人身最为安全的时代。即使是身陷"乌台诗案"而饱尝牢狱之灾的苏东坡，最后也只是有惊无险，终于全身而退。因此，表现在词的创作中，除了上述国势艰危时企图力挽狂澜的英声壮曲之外，更多的是优游山水俯仰天地的境界开张之作，是从容抒写生之欢愉别之愁苦的儿女情长之歌：

大江东去，浪淘尽、千古风流人物。故垒西边，人道是、三国周郎赤壁。乱石穿空，惊涛拍岸，卷起千堆雪。江山如画，一时多少豪杰。

遥想公瑾当年，小乔初嫁了，雄姿英发。羽扇纶巾，谈笑间、樯橹灰飞烟灭。故国神游，多情应笑我、早生华发。人生如梦，一樽还酹江月！

——苏轼《念奴娇·赤壁怀古》

东南形胜，三吴都会，钱塘自古繁华。烟柳画桥，风帘翠幕，参差十万人家。云树绕堤沙。怒涛卷霜雪，天堑无涯。市列珠玑，户盈罗绮，竞豪奢。

重湖叠巘清嘉。有三秋桂子，十里荷花。羌管弄晴，菱歌泛夜，嬉嬉钓叟莲娃。千骑拥高牙。乘醉听箫鼓，吟赏烟霞。异日图将好景，归去凤池夸。

——柳永《望海潮》

我住长江头，君住长江尾。日日思君不见君，共饮长江水。

此水几时休？此恨何时已？只愿君心似我心，定不负相思意。

——李之仪《卜算子》

红藕香残玉簟秋。轻解罗裳，独上兰舟。云中谁寄锦书来？雁字回时，月满西楼。

花自飘零水自流。一种相思，两处闲愁。此情无计可消除，才下眉头，却上心头。

——李清照《一剪梅》

中国的两条圣水，一条是长江，一条是黄河。余光中早就在《戏李白》一诗的"附记"中说过："诗赞黄河，太白独步千古；词美长江，东坡凌驾前人，因此就未遑安置屈原和杜甫，就径尊李白为河伯，僭举苏轼作江神。"上引苏轼之《念奴娇·赤壁怀古》即是明证。而"上有天堂，下有苏杭"的杭州呢？那时西方还远远没有发明摄影术，人类历史上第一台照相机迟至1839年才由法国人达盖尔制成。但柳永就以词为绝胜的湖光山色立此存照了。当年"此词流播，金主亮闻歌，欣然有慕于'三秋桂子，十里荷花'，遂起投鞭渡江之志"（宋人罗大经《鹤林玉露》），这种负面作用的"国际影响"，大约是柳永所始料不及或者说做梦也没有想到的吧？

时至元代，元曲家们对佳山胜水已经难得有如此审美的豪情与气魄了，山水往往成为他们事实上与精神上的退隐之地、遁世之乡。而宋词人柔肠百转地歌咏爱情，元曲家们也大都没有那种心境与情韵了，他们的有关咏唱更为世俗直接，泼辣清新：

朝吟暮醉两相宜，花落花开总不知，虚名嚼破无滋味，比闲人惹是非。淡家私付与山妻。水碓里春来米，山庄上线了鸡，事事休提。

——孙周卿〔双调·水仙子〕《山居自乐》

想人生最苦离别。唱到阳关，休唱三叠。急煎煎抹泪揉眵；

意迟迟揉腮捱耳。呆答孩闭口藏舌。"情儿分儿你心里记者，病
儿痛儿我身上添些，家儿活儿既是抛撇，书儿信儿是必休绝。花
儿草儿打听的风声，车儿马儿我亲自来也。"

——刘庭信〔双调·折桂令〕《忆别》

　　攀出墙朵朵花，折临路枝枝柳。花攀红蕊嫩，柳折翠条柔。
浪子风流。凭着我折柳攀花手，直煞得花残柳败休。半生来折柳
攀花，一世里眠花卧柳。

　　〔尾〕我是个蒸不烂、煮不熟、捶不匾、炒不爆、响珰珰一
粒铜豌豆。

——关汉卿〔南吕·一枝花〕《不伏老》

　　古代的中国盛行隐士之风，但有大隐、中隐、小隐之别，所谓"大隐
隐于朝，中隐隐于市，小隐隐于山"，同时，也还有假隐与真隐之分；然而，
却没有哪一个朝代的诗歌中的"隐逸"，能像其在元曲中一样成为重要的旋
律。山水已不是直接歌唱的审美对象，而成了许多人肉体与灵魂远避乱世
的皈依之所，这正是那个无望的时代知识分子集体意识的表现。元曲中的
爱情也不像宋词中那样温文尔雅，情致绵绵，虽然主人公仍多是雅士文人
淑女歌伎，但对爱情的抒写却是通俗直露，大胆无忌。如刘庭信之曲，主
人公大约是市井女子，对外出远行的男子既有嘱咐，也有叮咛，更有在外
不许拈花惹草否则即兴师问罪的警告。唐代的诗人和宋代的词人虽然也颇
为风流，在男女关系上相当宽松自由，但如刘庭信这样假托女子声口而颇
具雌威的作品，则见所未见。至于关汉卿的名篇《不伏老》中的23字的名句，
固然有正话反说的对元代统治者不满的个人反抗，但"铜豌豆"毕竟是元
代妓院中称老狎客的切口，关汉卿引之入曲，并以此自居，可见其玩世不

恭，真是"帅呆"了而且"酷毙"了。宋代不得志的"有井水处皆歌柳词"的布衣卿相、风流才子柳永，如果知道会有这样的颇具出蓝之胜的后辈，恐怕也会甘拜下风吧？

三

对于读书人，蒙古统治者入主中原的元朝，应该属于强权与暴力肆虐的"黑铁时代"。

元代在中国历史上是一个大一统的却相当短命的王朝。蒙古民族的武功罕有其匹，他们的铁骑可以横扫欧亚大陆，兵锋直达北方的莫斯科和西方的蓝色多瑙河，至于今日中东地区正值多事之秋的伊拉克与伊朗，当年也未能阻挡那顺我者不昌逆我者必亡的飓风。时至1271年，忽必烈根据《易经》中"大哉乾元"之语，定国号为"元"。元朝大则大矣，然而大未必久，从建元到朱元璋的部将徐达北伐而追奔逐北，元顺帝马蹄生烟而遁入沙漠，从哪里来到哪里去，本来逐水草而居的元朝统治者，只在龙廷上摇摇晃晃地坐了97年，应了汉民族那句"人生不满百年"的老话。这样一个其祚不永的王朝，本来应该来不及在文学上有什么突出的建树，但虽非有如神迹至少却堪称奇迹的是，这个时代竟然出现了一大批剧作家和散曲作家，他们创造的一种新兴的可以清唱的诗歌样式，包括"小令""带过曲"与"套数"的散曲，和由散套组成曲文而间以对话独白（宾白）与动作（科白）专在舞台演出的杂剧，被后人总称为"元曲"。它居然还与"唐诗""宋词"并称，鼎足而三，一代学术巨匠王国维在《宋元戏曲考》中说得好，"唐之诗，宋之词、元之曲，皆所谓一代之文学，而后世莫能继焉者也"。

像一条浩荡的大江由许多溪河汇聚而成，元曲创作的繁荣，自然也有诸多原因：例如各民族文化的相互交流与融合，特别是北方民族刚健清新的乐曲与中原民间小调缔结新缘，使新声新词的新诗体这一宁馨儿得以诞生，取代了已具僵态已趋老化的词的地位；又如元代十分重视商业与海外贸易，海运的创行、大运河的沟通，带来了城市经济的繁荣，不少大中城市纷纷涌现，形成了一个人口众多的市民阶层，提供了元杂剧赖以演出的剧场舞台，催生了继承宋金话本传统以编写剧本谋生的作家，以及购票进场的戏迷"粉丝"和一般观众。然而，除了文学本身和社会经济的因素之外，居庙堂之高，处江湖之远，另一个重要的原因，却要从元朝统治者与元代文人这两方面去探寻。

元朝统治者来自漠北，由蒙古早期的奴隶制进入成熟的中原封建社会，犹如进入速成培训班，短时间就完成了历史的三级跳。他们许多人不识汉字，不习汉文，对汉民族传统文化相当陌生和隔膜，他们只崇拜"枪杆子"，尚不知"文字狱"为何物，更不像后来的统治者那样对"笔杆子"有近于病态的敏感与恐惧，让文字之狱遍于国中。元朝统治者因为本民族粗豪不文，少受羁勒，因此，他们虽然像暴发户一样定都北京掌握了国家的权柄，但封建传统观念仍然比较淡薄，宗教信仰相当自由，佛教、道教、儒教、基督教、伊斯兰教一律平等，并没有强行统一思想定于一尊，而且文化政策相当开明，对于文学创作基本上持不理会、不干预的姿态。这样，包括知识分子在内的元代人思想也就比较自由开放，不像思想专制文网森严的明清。试想，如果客观上元朝统治者对文学创作不提供宽松的环境，动辄以"斗争"与"帽子"伺候，元代的曲家们即使吃了豹子胆，即使有人说"元曲是愤怒的艺术"，睢景臣也定然不敢去写指桑骂槐的〔般涉调·哨遍〕《高祖还乡》，关汉卿也不会去写揭露地方官吏与地痞流氓狼狈为奸的黑暗现实、为草野小民鸣冤叫屈的《窦娥冤》，无名氏也不能去写揭露衙内纵容子婿欺压良善残害无辜的《陈州粜米》，刘时中也不会想写为人民鼓与呼的〔正宫·端正好〕《上高监司》了……

元代从太宗九年（1237）到仁宗延祐二年（1315），近80年间不设科举，即使偶设科举也是三天打鱼两天晒网，元朝整整几代读书人不是"偶失龙头望"，而是失去了平步青云的进身之阶。书中已没有黄金屋了，书中已没有千钟粟了，九儒十丐的身份，让他们从幻梦的云霄跌落到平地之上与平民之中。他们中间的一些人不甘沦落，不甘才华埋没，不甘虚度仅此一生的生命，同时也是为了谋生，于是在勾栏瓦舍寻找安身立命之所，并成立了历史上最早的作家团体"书会"，而且无须向有关部门申请和注册。如大都就有关汉卿、杨显之等作家为主力的"玉京书会"，以马致远、刘时中等作家为台柱的"元贞书会"；一些人就成了创作剧本与散曲的"书会才人"或"书会先生"，即今日所谓之"作家"或"自由写作者"。而少数有幸为官作宦的汉族读书人，他们的思想观念也仍然会受到社会现实与时代思潮的影响，他们也难免有与元朝统治者同床异梦的潜意识，其作品当然也成了他们抒情寄意的载体。元代曲家与戏剧史家钟嗣成，著有《录鬼簿》二卷，所录杂剧散曲作家 152 人，杂剧名目 400 余种，作品有 4310 首（套），而流传至于今日的杂剧也还有 160 多种。失之东隅，收之桑榆。元代知识分子不必再嗟叹生不逢时怀才不遇了，他们断绝了于个人颇为重要于后代无足轻重的仕宦之途，却创造了于时人虽不看重于后世则彪炳千秋的元曲——那永恒的说不尽的文学的瑰宝！

花开三朵，各为国色与天香。元曲与唐诗宋词相较，它创造了新的诗体，扩大了题材的领域，增进了反映社会现实的广度与深度，加强了作品的平民意识和民主色彩，丰富了语言的表现功能，为戏剧与俗文学开辟了金光大道。那个武功赫赫的朝代早已烟消云散了，连它的缔造者成吉思汗的埋骨之地都成了永远的谜团，众说纷纭，亦真亦幻，不知有谁能够破译？只有用那个朝代冠名的有别于唐诗宋词的诗作，如同开不败的花朵，生气勃勃地繁茂到今天。我们蓦然回首，仍会惊艳于它那丰富的色彩和泼辣的格调，叹赏于它那冷峻的风骨与独异的芬芳。

曾有少年时 —— 穿越大唐

阅读唐诗，就仿佛在青春时刻遇到知己，一同追求生命中的理想。

诗心——中国古典诗歌的黄金时代

在俄罗斯文学史上，从普希金到列夫·托尔斯泰的近百年间，优秀、杰出乃至于伟大级的作家辈出，可以传世的佳作如林，被人称为俄罗斯文学的"黄金时代"。而中国的诗歌史呢？我们可以回答说，唐代是中国古典诗歌的黄金时代，从初唐到晚唐，它由大大小小许许多多的诗人以诗的黄金铸成。

中国古典诗歌的黄金时代早已曲终人散。那金色的帷幕从初唐的前浪中徐徐升起，盛唐时到达演出的高潮，中唐时仍然波澜叠起，至晚唐才在大江东去的涛声中轰然落幕。然而，曲虽终而留下的经典作品却生命长青，人虽散而留下的不朽诗魂却传扬后世，世世代代"掌声响起来"。

时隔千年，唐代诗人们的痛饮狂歌、长吟短咏、月夜敲诗、锦囊觅句，我们都无由得见了，不免令人惆怅，临风怀想。然而，春之晨秋之夕，当我展读他们抒写有关创作体验的诗章，却仍然可以做贵如黄金的隔世对话，手捧不谢的春花的灿烂，心把长在的秋光的清凉。

一

> 辞赋文章能者稀，难中难者莫过诗。
> 直应吟骨无生死，只我前身是阿谁？
>
> ——杜荀鹤《读诸家诗》

现代文豪高尔基曾经说过，诗歌是文学的最高形式。他可以说是晚唐杜荀鹤千年后的异国知音。杜荀鹤在读了许多诗人的作品之后，将诗歌与其他类型的文学体裁相较，感慨油然而生。他认为擅长辞赋文章的人就已很稀少，如果说艺术就是征服困难，那么困难中的最困难者，难以达到完美的境界者，就莫过于诗了。我想，在杜荀鹤的心目中，文学创作就有如攀登险峻的高山，能够凭借自己的脚力、毅力与才力攀缘而上，在半山或半山之上领略山下的风光，就已经并非易事，何况是跻身绝顶，一览诗世界的万千风光呢？

诗，是中国古代文学的主流形式，在唐代文学的殿堂里，更是称孤道寡，南面而王，远不像现在早已成了没落的贵族，其显赫尊贵的地位，早已被以前居于下僚的小说取而代之。杜荀鹤对诗的推崇，自然有其时代的原因与背景，然而，对于他个人而言，他为什么会发出"难中难者莫过诗"的感叹？为什么他的前人似乎没有过同样的叹息，而只有他同时代的卢延让在《苦吟》中说过"莫话诗中事，诗中难更无"？

杜荀鹤所处的时代是晚唐。煌煌盛唐，已是往昔的光荣和回忆了，继欲振乏力的中唐之后，唐帝国已经到了衰落的"独自怎生得黑"的尾声。军阀割据，政治黑暗，内忧外患，民不聊生，杜荀鹤作为一个有良心的正直的诗人，却偏偏要继承杜甫、白居易等人关心民瘼、针砭时弊的现实主义传统，想使贪吏廉、邪臣正，挽狂澜于既倒。他的《自叙》诗说："酒瓮琴书伴病身，熟谙时事乐于贫。宁为宇宙闲吟客，怕作乾坤窃禄人。诗旨未能忘救物，世情奈值不容真。平生肺腑无言处，白发吾唐一逸人。"作为封建时代的知识分子，入仕几乎是唯一的出路，也是实现自己的抱负的单行道，但他却"怕作乾坤窃禄人"，与其尸位素餐，窃取民脂民膏，还不如从事诗歌创作。但他又不甘心于只是如"小男人""小女人"一样吟风弄月，无病而呻，偏偏要"诗旨未能忘救物"，这能不触犯有权有势者而见容于时吗？他的《唐风集》录诗300首，许多诗篇是晚唐时代的见证，留下了一位正直的诗人在艰难时世的心声。他写于今日安徽省阜阳县的《再经胡城县》："去岁曾经此县城，县民无口不冤声。今来县宰加朱绂，便是生灵血染成！"

讥刺地方官吏残民以逞，虐民邀功，直言无忌而痛快淋漓。又如《乱后逢村叟》的姐妹篇《山中寡妇》："夫因兵死守蓬茅，麻苎衣衫鬓发焦。桑柘废来犹纳税，田园荒后尚征苗。时挑野菜和根煮，旋斫生柴带叶烧。任是深山更深处，也应无计避征徭！"描绘乱离，抨击暴敛，字字血，声声泪。写过"三吏""三别"的杜甫如果看到这样的后来人，他能不欣然赞赏吗？

文学创作当然应该多样化。在文学的园地里，应该是春兰夏荷秋菊冬梅，各呈一时的艳丽与芬芳。即使是牡丹，尽管它是"王者之香"，有"国色天香"的盛誉，但如果只是它一花独放，也未免单调和寂寞。然而，文学既要多样化，也要有主旋律，这就是真实而艺术地表现时代的面貌和人民的心声。杜荀鹤在盛唐与中唐众多诗人的出色创造之后，知难而上，迎难而进，"难中难者莫过诗"，他面无惧色地迎接了时代的挑战，也向严酷的时代掷去了他决不妥协的战书。

"难中难者莫过诗"，除了在诗中说真话和表现真相之难，当然也包括诗歌艺术的难度与高度，就诗本体而言，这甚至是诗之所以为诗的主要方面。除了李白那种天才杰出、天马行空的诗人，唐诗人多为"苦吟型"，杜荀鹤这位命运坎坷的诗人，对诗的艺术与诗的境界的追求，更可谓呕心沥血，远非今日众多的率尔操觚、以为分行即诗者可比。杜荀鹤作品中自叙"苦吟"与"吟苦"之处，至少有 10 余次之多。如"苦吟天与性，直道世将非""江湖苦吟士，天地最穷人""苦吟无暇日，华发有多时""烛共寒酸影，蛩添苦楚吟""四海内无容足地，一生中有苦心诗""无人开口不言利，只我白头空爱吟""闷向酒杯吞日月，闲将诗句问乾坤"。我逐一引来，杜荀鹤虽然似乎陷身于无边的苦海，但好诗写就之日，就是他回头是岸欣然独笑之时。

1000 年后，我看到的是一位风尘仆仆而精诚专一的攀山者，不辞劳苦地攀登诗的山峰。虽然盛唐的李白、杜甫已高入云霄；中唐的白居易、韩愈、刘禹锡、柳宗元等人，他也只看到渐行渐远的背影；晚唐的李商隐和杜牧呢，也已行进在他的前头，然而，杜荀鹤也可以自慰了，在晚唐的西风残照甚至暮色苍茫的天空，他也增添了一道悲凉而绚丽的霞彩，他也在高处领有一方自己的风景。

二

浮世荣枯总不知，且忧花阵被风欺。

侬家自有麒麟阁，第一功名只赏诗。

——司空图《力疾山下吴村看杏花》其六

诗歌创作与诗歌理论及批评的关系，好像征车的两扇轮辐，有如飞鸟的两翼翅膀，它们互为依存，又彼此促进。诗歌理论与批评，因创作而得到由感性而知性的概括与升华，反过来给创作以积极的影响；诗歌创作因为有理论批评的规范，在感性的天地里才有指引道路和方向的指南针。一部征车要驰驱于长途，如果少了一个轮子则将不良于行；一只飞鸟虽说长天空阔，如果少了一翼翅膀，恐怕也难以翱翔万里。

唐代，是中国诗歌的黄金时代，但开采出这个时代的黄金的，不仅有千千万万的诗人，而且也有出色的诗论家。司空图，就是其中最重要的一位。在唐代诗歌盛大精彩的演出中，司空图假若没有出席，当然绝不至于使演出冷场，但没有他独特的保留节目，我们今天则不免会为之遗憾和叹息，而《中国诗歌美学思想史》之类的专著，也会少了一个闪光的章节。

唐代的山西盛产诗人，王勃籍贯绛州龙门，王之涣郡望晋阳，白居易祖籍太原，而司空图的故里则是河中虞乡（今日的山西永济）。他生当晚唐，但苏轼在《书〈黄子思诗集〉后》中，曾说司空图"崎岖兵乱之间，而诗文高雅，犹有承平之遗风"，对他颇为欣赏。他感慨时事，流连景物，颇有一些可圈可点的篇章。如"日炙旱云裂，迸为千道血。天地沸一镬，竟自烹妖孽"（《华下》），写夏而兼咏世事，意象鲜明而警策；"帝业山河固，离宫宴幸频。岂知驱战马，只是太平人"（《华清宫》），讽刺昏君误国，同情百姓黎民，在以华清池为题的诗作中，是木秀于林之作；"乌飞飞，兔蹴蹴，朝来暮去驱时节。女娲只解补青天，不解煎胶黏日月"（《短歌行》），在众多咏叹时间与生命的作品里，它的奇想可以说是石破天惊。《全唐诗》收录他的逸句，有"棋声花院闭，幡影石坛高"。苏东坡看到的原句是"棋声花外静，幡影石坛高"，他赞叹说"吾尝游五老峰，入白鹤院，松阴满庭，不见一人，惟闻棋声，然后知此句之工也"。长期以来，当代的文学批评常常不免碍于权力与权势，近些年来又往往媚于俗情与孔方，以前多棒杀之辞，现在则多吹捧之曲。苏东坡与司空图是隔代之人，毫无世俗的利害关系，而且他是一代文宗，他对司空图的称美岂是浪许的吗？

不过，司空图的主要成就还不在诗创作，而是诗理论，也即是他所谓的"赏诗"。他无意于朝中功名，弃置中书舍人这一中央机关的较高职位，归隐于中条山的王官谷，屡辞朝廷的征召。中国是一个官本位的社会，一旦为官作宦，就可以高踞于百姓包括一般知识分子之上。而旧时代的一位读书人，竟然能将"赏诗"置于一般人趋之若鹜的世俗功名之上，称为他心目中的"第一功名"。杜荀鹤虽然也说过"世间何事好？最好莫过诗"，但他仍然不及司空图的极而言之，而且终其一生都混迹官场。司空图如何"赏诗"？具体情形我们只能托诸想象了，但他除了名文《与李生论诗书》之外，还留下了名著《诗品》，这就是他"赏诗"的心灵的记录。后人一提到司空图，就会想到他以上的名文与名著，不少学者还发而为文章为论著，有谁，还会理会他任过什么"礼部郎中""中书舍人"这些如同过眼烟云的官职呢？

《与李生论诗书》和《诗品》，创造性地提出了诗的"味外之旨""韵外之致"的"韵味说"，强调诗歌的情趣韵味，又形象地描述了诗的 24 种风格，前所未有地标举诗的风格和风格的多样化。他的诗论，是对前人诗论的继承和发展，也有他自己的许多创获。以后宋代严羽的"妙悟说"、清代王士祯的"神韵说"、袁枚的"性灵说"等，其中都可以看到司空图的流风余韵。中国诗歌史上有三部以"诗品"命名的诗论著作，即南朝钟嵘的《诗品》、唐代司空图的《诗品》、清人袁枚的"惜其只标妙境，未写苦心，为若干首续之"的《续诗品》。有人说"三者鼎立，各有千秋"，"各有千秋"也许大体不错，但"三者鼎立"却未必然。钟嵘有开创之功，任何筚路蓝缕以启山林的开创者的功绩，都不应该抹杀；袁枚企图续貂，其情可感，但他续的虽不是狗尾，其影响与司空图相较，却不可以道里计，鼎立既不可能，连貂尾也难以算上。

我尤其欣赏的，是司空图《诗品》的富于文采的评论语言。中国古代的文学评论特别是诗歌评论，是一种审美印象式的批评，其长处就是强调审美者对于作品的直观感悟，而出之吉光片羽式的富于文采的语言，读者所获得的是一卷在手如坐春风的审美愉悦。司空图于此可谓承前启后。"天风浪浪，海山苍苍。真力弥满，万象在旁"（《豪放》），"不著一字，尽得风流。语不涉己，若不堪忧"（《含蓄》），"壮士拂剑，浩然弥哀。萧萧落叶，漏雨苍苔"（《悲慨》），"风云变态，花草精神。海之波澜，山之嶙峋"（《形容》），读如此理论文章，如夏日饮佳茗，沁人心脾；冬日品美酒，醺然微醉。今日某些文学理论与文学批评文章，缺乏个性、感情和文采，过去君临天下的是老八股，现在横行天下的是洋八股，读那些新老八股文章，只觉味同嚼蜡，毫无兴致。

司空图的功名，没有题在帝王的"麒麟阁"，而是镌刻在中国文学史和中国诗歌史之中。1000年后，我来"赏"你的诗和诗论，旷达的不以物喜不以己悲的司空图，你会不会欣然一笑？

三

> 但伤民病痛，不识时忌讳。
>
> 遂作《秦中吟》，一吟悲一事。
>
> ——白居易《伤唐衢二首》其二

我们应该感念唐衢，因为他，白居易才先写了长诗《寄唐生》，在他去世后又作了《伤唐衢二首》。如果白居易的《与元九书》系统地表述了自己的文学见解，那么，从这些诗中也可看到他的文学观的吉光片羽。

农人面对田野而劳作，作家面对稿纸而耕耘。每一个从事文学创作的人，都要回答一个根本的问题：你为什么要写作？正式回答这个问题，中国最早的大约要数司马迁了。他在《报任少卿书》中说，"文王拘而演《周易》，仲尼厄而作《春秋》；屈原放逐，乃赋《离骚》"，这也是他的夫子自道之辞，除了说明身处逆境发愤写作之外，也表明写作是为了匡时警世，经世致用，同时也是个人的精神寄托与生命的价值实现。这一精神传统，如同接力的火炬，被一代代有理想有情操的作家高擎而相传。时至新文学时代，鲁迅先生为什么弃医从文，这是人所熟知的了，不论他有多少不足与局限，但星斗其人，也星斗其文，让我们至今仍然心怀高山安可仰，徒此挹清芬之情。在 20 世纪 80 年代前期，法国某大机构曾以"为什么写作"为题，向世界范围内的知名作家征答，刚从狱中出来而缠绵病榻的胡风，以歪歪斜斜的字迹，写出了他堂堂正正的心声："为了抒发自己的真情实感而写；为了表现人民大众的生活困苦、希望和斗争而写；为了反映社会历史的发展动向和革命的胜利而写；为了有益于人民解放、民族解放和人类解放而写；也为了探求文学发展规律，阐明它内含的精神力量而写。"他举起的，正是历代的先贤往哲传递过来的火炬，只不过因为时代不同，这火炬具有不同的形态、热度和光泽。

这种精神的火炬在代代相传的过程中，也曾经传递并高举在白居易的手上。这位中唐时代的大诗人，尽管他的仕途也有过挫折与坎坷，但比较前代的李白、杜甫和同时代的孟郊、贾岛，比起许许多多困顿以终的读书人，他算是仕途通达春风得意的了。他本可以不去触犯那些权贵豪门，本可以雪月风花地优游岁月，本可以写很多不痛不痒的闲适之诗，在那个军阀割据于外宦官弄权于内而昏君荒淫于上的时代，国事日非而人民日苦，他本可效法燕舞莺歌而全身远祸，然而，他却要和好友元稹一唱一和，在诗坛高扬现实主义的旗帜，发起一场"新乐府运动"，认定"文章合为时而著，歌诗合为事而作""有可以救济人病，裨补时阙而难于指言者，辄咏歌之"（《与元九书》）。在《寄唐生》中，他引唐衢为同调，说自己只能长歌当哭："我亦君之徒，郁郁何为？不能发声哭，转作乐府诗。篇篇无空文，句句必尽规。功高虞人箴，痛甚骚人辞。非求宫律高，不务文字奇。惟歌生民病，愿得天子知。"而《伤唐衢》中的"但伤民病痛，不识时忌讳"，不仅是他对"为什么写作"的重申，也是对亡友的表白与表态。最能体现白居易上述写作主张的作品，是《秦中吟》（10首）和《新乐府》（50首）这两组大型组诗，是他自己所说的"讽喻诗"，也即我们今日所说的"讽刺诗"。"宣城太守知不知？一丈毯，千两丝！地不知寒人要暖，少夺人衣作地衣"，这是"忧蚕桑之费也"的《红线毯》；"剥我身上帛，夺我口中粟。虐人害物即豺狼，何必钩爪锯牙食人肉"，这是"伤农夫之困也"的《杜陵叟》；"翩翩两骑来者谁，黄衣使者白衫儿。手把文书口称'敕'，回车叱牛牵向北。一车炭，千余斤，宫使驱将惜不得"，这是"苦宫市也"的《卖炭翁》。"夸赴军中宴，走马去如云。樽罍溢九酝，水陆罗八珍。果擘洞庭橘，脍切天池鳞。食饱心自若，酒酣气益振。是岁江南旱，衢州人食人"，"所营唯第宅，所务在追游；朱轮车马客，红烛歌舞楼。欢酣促密坐，醉暖脱重裘"，这是组诗《秦中吟》中的《轻肥》与《歌舞》。这些作品引发我们的岂止是历史的记忆，还有现实的联想，而白居易的矛头直指的是腐败腐朽的封建统治者及其爪牙，这，需要何等凛然的勇气和浩然的正气？

即使是一个有社会责任感与使命感的作家，也不可能终日金刚怒目，气冲斗牛。白居易还有许多清新优美的抒情诗，和堪称双璧的叙事诗《长恨歌》与《琵琶行》。他的琴弦既弹奏时代的也是他心中的风雨雷霆，但也有令人悦耳动心的小溪流水的变奏。不过，没有前者，当年在河南滑县李翱家里，忧国忧民的被称为"唐衢善哭"的唐衢，与白居易就不会那样一见如故，在读了《秦中吟》之后嗟叹流涕地写成30句和诗，而我今天对他也不会如此敬重了。当今之世，有一万个作家，对"为什么写作"就会有一万个回答，为了地位，为了虚名，为了金钱，为了职称，包括我自己在内的许多人都未能免俗，我说"包括我自己"，是自省也是自警，因为有些自命清高者往往庸俗不堪，有些冠冕堂皇者恰恰并非正人君子，但我所向往所追求的最高境界，毕竟是不辜负只此一回而不能预约来世的生命，毕竟是让自己的劳作有益于社会趋向真善美，有益于净化与美化人生。

四

一卷疏芜一百篇，名成未敢暂忘筌。

何如海日生残夜，一句能令万古传。

——郑谷《卷末偶题三首》其一

民间有句谚语，有道是"宁吃鲜桃一口，不吃烂杏一筐"。诗歌创作何尝不是如此？平庸的陈陈相因的作品，制作得再多也只是如同一筐烂杏，而优秀的具有独创性的篇章，则好像即使只品尝一口也余香满颊的鲜桃。如果要效法诗歌中的博喻，西方诗歌中所谓的"莎士比亚比喻"，那么，粗制滥造的作品再多，也只是海滩上的沙粒、旋开旋败的明日黄花、天空中的过眼烟云，而那些精妙的青钱万选之作，则如同大海中的珠贝、夜空中的星斗、人类精神王国里开不败的花朵。

晚唐诗人郑谷，诗名在唐代虽不算很盛，但在晚唐诗坛的圆桌会议上，也仍是有一席之地的诗人。咸通年间，他与许棠、张乔等人酬唱往还，号称"咸通十哲"或"芳林十哲"，同时代的司空图还盛赞他"当为一代风骚主"，而且他还有"一字师"与"郑鹧鸪"的美名雅号。湖南的诗僧齐己作《早梅》诗，有"前村深雪里，昨夜数枝开"之句，他携诗向郑谷请教，郑谷一语中的地说："数枝，非早也，未若一枝佳。"齐己心悦诚服而称其为"一字师"。郑谷的绝句，人称有盛唐余韵，青莲嗣响，如"乱飘僧舍茶烟湿，密洒歌楼酒力微。江上晚来堪画处，渔人披得一蓑归"（《雪中偶题》），就曾广为传诵。有人称赞他善将诗意绘为图画，而苏轼也有"渔蓑句好应须画"之句，柳永《望远行》中的"乱飘僧舍，密洒歌楼，迤逦渐迷鸳瓦。好是渔人，披得一蓑归去，江上晚来堪画"，竟全是脱胎自郑谷之诗，他不怕郑谷去法院起诉他"抄袭"吗？郑谷的《淮上与友人别》，也是历代广获赞赏的名篇："扬子江头杨柳春，杨花愁杀渡江人。数声风笛离亭晚，君向潇湘我向秦。"生于潇湘长于潇湘的我，每读此诗特别是此诗的结句，更觉其间的悠悠离思、茫茫别意分外动我情肠。而他的成名之作《鹧鸪》，也仍然和潇湘有不解之缘："暖戏烟芜锦翼齐，品流应得近山鸡。雨昏青草湖边过，花落黄陵庙里啼。游子乍闻征袖湿，佳人才唱翠眉低。相呼相应湘江阔，苦竹丛深春日西。"南方有鹧鸪，而"鹧鸪"又是唐时南方咏叹离情别绪的曲调，郑谷是袁州即今江西宜春人，他当然对此更未免有情。如同崔珏以《鸳鸯》诗得名，人称"崔鸳鸯"，而此诗历代至少有数十位诗家予以赞扬，他也因此被誉为"郑鹧鸪"，可见真正的诗名并非浪得。

如果以围棋的段位而论，李白与杜甫当然是超一流的顶尖国手，但郑谷的段位也不会很低，大约在七八段之间吧？他曾自编己作300首诗为《云台编》三卷，上述这首《卷末偶题》，应是编定自己的诗集之后的感慨吧？他认为自己的作品荒疏芜杂，虽然诗成名就，却不敢忘记前人的作品对自己的滋养熏陶，其中就包括唐玄宗时代的诗人王湾，而且他还极为自谦地说，自己的作品再多，也抵不上王湾的"海日生残夜"一句，万古流传。王湾官位不显，只是小小的"洛阳尉"，相当于现在的县局级干部，其生卒年均不详，因为后来他"不知所终"。《全唐诗》王湾存诗仅10首，多为唱和奉赠之作，如生长不良而稀稀落落的林地，无甚可观，但其《次北固山下》却卓尔不群，一枝独秀："客路青山外，行舟绿水前。潮平两岸阔，风正一帆悬。海日生残夜，江春入旧年。乡书何处达，归雁洛阳边。"这是传诵至今的名诗，中间二联又是古今传诵的名联。江南春江的美景，让北方的洛阳人王湾写得如此出色，南方的诗人如何不钦羡而羞愧？唐代殷璠在编定《河岳英灵集》时，收王湾诗八首，其中的《次北固山下》作《江南意》，他说："'海日生残夜，江春入旧年。'诗人以来，少有此句。张燕公手题政事堂，每示能文，令为楷式。"张燕公，即唐初与苏颋并称"燕许大手笔"的张说，可见张说与殷璠对此诗此句的推许，也无怪时至晚唐，郑谷就像一位预言家："一句能令万古传。""万古"我无由得知，除非万古之后的后人设法给我报讯，至少在1000年后的今天，我可以出面证明"情况属实"。

在诗歌领域里，首先是以质取胜而非以量争长。你写的分行文字成千上万，如果是平庸的甚至是粗制滥造的，那出生就等于死亡，很快就将为时间和读者所遗忘，如清代乾隆名下与《全唐诗》等量的诗作。你只写了几首诗一首诗甚至是一句诗，如果它们确实不同凡响，出生后即永不衰老，并牢牢地镌刻在世间众生代代相传的记忆里。王湾如此，自称"得句胜于得好官"的郑谷也是如此。古今中外的文坛，时间的长风吹过去，尘沙荡尽，浮名荡尽，纷纷攘攘的喧嚣均荡尽，粉饰虚夸的自吹自擂与他吹他擂均荡尽，留下来的，是无情的岁月也无法磨损的宝玉与珍珠。

五

江南才子许浑诗，字字清新句句奇。

十斛明珠量不尽，惠休虚作碧云词。

——韦庄《题许浑诗卷》

韦庄是晚唐的名诗人，也是唐代最有见地和贡献的诗选家。一个人如果同时身为诗人又兼诗选家，那么他写诗是创造美，而选诗呢，则为选示美。或者说，他自己进行诗歌创作，是正经八百地和缪斯恋爱，而以爱美之心选辑别人的佳作，就有些像别有一番滋味在心头的婚外之恋了——这只是一个比喻而已。

韦庄是名诗人韦应物的四世孙，也许是他的血管里流着祖先的血液，因而也以诗词名世。他曾作现存唐诗中最长的叙事诗《秦妇吟》，篇幅超过白居易的《长恨歌》与《琵琶行》，而他的抒情诗也多是伤时感事，缘情而发，其七绝更多情致悠永的可诵之作。"江雨霏霏江草齐，六朝如梦鸟空啼。无情最是台城柳，依旧烟笼十里堤"（《台城》），写兴亡之感而含蓄空灵，好像吹奏一支如怨如诉的洞箫；"晴烟漠漠柳毵毵，不那离情酒半酣。更把玉鞭云外指，断肠春色在江南"（《古别离》），咏别离之情而情景交汇，有如弹奏一把如怨如慕的琵琶。

以上所述都是人所熟知的了，我还要特别拈出两首。一首是《女仆阿汪》，不唯唐诗中写下层人物的诗不是很多，写女仆的诗更是绝无仅有，而且此诗从一个侧面表现了难得的人性与人情之美："念尔辛勤岁已深，乱离相失又相寻。他年待我门如市，报尔千金与万金。"韦庄入蜀之后，王建称帝，他位居宰相之职，不知那时阿汪是否仍然健在，而韦庄兑现了自己的诺言没有？另一首为《虎迹》："白额频频夜到门，水边踪迹渐成群。我今避世栖岩穴，岩穴如何又见君？"一语双关，动乱的唐末苛政猛于虎，乱军也猛如虎,从中可见诗人对乱世的感慨和对人民的同情。韦庄的词,与温庭筠齐名而号称"温韦",成就似乎更在其诗之上。他的词,以清新婉丽之笔,写男女相悦相离之情,兼寓家国身世之感,如"人人尽说江南好,游人只合江南老。春水碧如天,画船听雨眠。垆边人似月,皓腕凝霜雪。未老莫还乡,还乡须断肠"(《菩萨蛮》),如"春日游,杏花吹满头。陌上谁家年少,足风流。妾拟将身嫁与,一生休。纵被无情弃,不能羞"(《思帝乡》),如"四月十七,正是去年今日。别君时,忍泪佯低面,含羞半敛眉。不知魂已断,空有梦相随。除却天边月,没人知"(《女冠子》),读他的这些绝妙好词,你如同去听一场高水准的余音绕梁的独唱音乐会,即使曲终而人已散,你还会迟迟不忍也不想退场。

一个人双管齐下,能同时在诗与词的天地里笔花飞舞,这已经难能可贵了,然而韦庄却还心有旁属,去充当一位选美的诗选家。唐人选唐诗,现尚存选集 10 余种,其中就有韦庄编选的《又玄集》。此集在光化三年即公元 900 年他入蜀前编定,地在长安,他自序说选作者 150 人,诗 300 首。做一位有眼光的处心公正的选家,选出一部比较完备而有影响的诗文选本,也并非易事,过去流行不衰的清人吴楚材、吴调侯编选的《古文观止》,清人蘅塘退士孙洙所选的《唐诗三百首》,就能说明此中消息。选家首先要有眼光,既不趋势,也不媚俗,同时要公平如镜,不能以自己的好恶亲疏决定取舍,如同时下的某些诗选文选一样。韦庄深知创作的甘苦,具有相当高的鉴赏水平,而且又时当唐代的尾闾,有利于对唐诗的长河做追波溯流的回顾。

"入华林而珠树非多,阅众籁而紫箫惟一",韦庄认为,一位诗人真正优秀的作品不会很多,因此,他选诗的主要标准,是选唐代的有代表性作家的代表性作品,并兼及民间地位低微的诗人的佳作,以及一些女诗人的上乘之篇:"故知颔下采珠,难求十斛;管中窥豹,但取一斑。自国朝大手名人,以至今之作者,或百篇之内,时记一章;或全集之中,唯征数首。

但掇其清词丽句，录在西斋；莫穷其巨脉洪澜，任归东海。"其中，他特别从艺术上强调"清辞丽句"，而在《题许浑诗卷》中，他又着重标举作品的"字字清新句句奇"。

"清新"，就是富于创造性而不陈旧与陈腐；"奇"，就是脱俗与去熟而追求奇创，用今天的语言，就是反对一般化与雷同化，因为喜新厌旧，好奇务新，是诗歌的基本审美规律，也是读者所普遍具有的审美心态。韦庄的《又玄集》，所选多为代表性诗人和代表性作品，是一个颇有价值的选本。他虽然赞美许浑"十斛明珠量不尽"，但赞美归赞美，尽管他和许浑的交谊不浅，但也只选了三首。如果是时下文坛的哥儿姐儿们互选，那就会互通有无而多多益善了。

韦庄这个选本的诸多优点与价值都可以忽略不计，仅有我于下所说的一宗，他就值得我奉致千载之后的感谢信了，那就是他空前地选了杜甫的诗，包括杜甫的代表作之一的《春望》，并且将杜甫排在选本之首，数量则有七首之多，也是所选诗人中的首位。杜甫生前与死后的一些唐代诗选本，竟无一例外地遗漏了他，只有晚唐顾陶编成的《唐诗类选》，在序言中称"李杜"为"杜李"，并选了多首杜诗，可惜此本已经失传。韦庄独具慧眼，隆重地为杜甫"平反"，让杜甫在其诗选中高居榜首，"百年歌自苦，未见有知音"的杜甫有知，该会为百年后有如此知音而感到安慰吧？

六

> 二句三年得，一吟双泪流。
>
> 知音如不赏，归卧故山秋。
>
> ——贾岛《题诗后》

诗歌，是绘画的姐妹，也是音乐的比邻。

无论中外，诗歌都讲究音乐之美。德国的杰出诗人海涅，他的诗不仅为广大读者诵读讽咏，谱成乐曲供人歌唱的，至少在3000阕以上；18世纪英国诗人彭斯和19世纪前半叶法国诗人贝朗瑞，都被称为"人民的歌手"，他们的许多作品与音乐结缘之后，更是不胫而走；丘特切夫与普希金、莱蒙托夫一起，被称为19世纪俄罗斯三大诗人，先后曾有150位音乐家，为他的300多首诗作谱曲。中国的远古时代，诗歌、音乐与舞蹈原就跳的是手拉手的圆舞曲，我们古典的缪斯，不仅有善于捕捉形象的慧眼，而且有美妙的歌喉。《诗经》被称为"乐经"，其中的诗章和舞蹈相配合而可以歌唱；以屈原的作品为代表的《楚辞》，也与音乐缘结不解，《九章》固然被之音律，《九歌》也是改写加工的民间祭神的乐歌。汉魏乐府是当时合诸新乐的乐章，唐诗中的绝句更是可以配合从西域传进的"胡乐"而歌唱。宋词，是不仅诉之视觉也诉之听觉的以供弦歌的音乐文学；元曲中的"散曲"，也是可以歌唱而伴之管弦。音乐与中国诗歌的如漆如胶的关系，在明清时代已逐渐疏远，而20世纪之初新诗伊始便宣告解除"婚约"。新诗诞生80年来，只有极少数的篇章可以入乐歌唱，如刘半农的《教我如何不想她》，如光未然的《黄河大合唱》，如台湾诗人余光中的《乡愁》与《乡愁四韵》，它们企图和音乐破镜重圆。新诗中有些作品尚可默读或朗诵，而大量毫无节奏感旋律美的玄虚晦涩怪异的所谓诗作，看起来都如同天书不知所云，更不要说吟咏或者吟唱了。

诗，因为有音乐的翅膀而高飞远引。古诗人的"吟"，其实就是一种特殊形式的"唱"。杜甫说"赋诗歌句稳，不免自长吟"（《长吟》），又说"陶冶性灵存底物？新诗改罢自长吟"（《解闷》），孟郊说"夜学晓未休，苦吟鬼神愁。如何不自闲，心与身为仇"（《夜感自遣》），卢延让说"吟安一个字，捻断数茎须"（《苦吟》），而杜荀鹤呢？他的《秋夜苦吟》也够苦的了："吟尽三更未著题，竹风松雨花凄凄。此时若有人来听，始觉巴猿不解啼。"他在《宿栾城驿却寄常山张书记》中又自道苦辛："一更更尽到三更，吟破离心句不成。"不论在家中还是在客舍，他都在加晚班吟诗，吟到三更，不是题目还没有想好，就是句子尚未敲成，如此敬业，至少应该评为诗创作的劳动模范。总之，他们都是自己诗作的自吟自唱的歌手。如果能听到这些籍贯不同的诗人南腔北调的吟唱，你不仅会大饱眼福，更会大饱耳福。

　　贾岛的大名，素来也在"苦吟诗人"之列。他在《戏赠友人》中曾说："一日不作诗，心源如废井。笔砚有辘轳，吟咏作麋绠。"对于写诗吟诗，他出口成章，不，出口成"喻"。本文首引的《题诗后》说"二句三年得，一吟双泪流"，他说的是哪"二句"呢？吟唱起来就热泪横流，是艰苦劳动后获得成功的得意，还是得意之余深感好句的来之不易？原来他有一首《送无可上人》："圭峰霁色新，送此草堂人。麈尾同离寺，蛩鸣暂别亲。独行潭底影，数息树边身。终有烟霞约，天台作近邻。"贾岛"推敲"的故事颇为有名，《题李凝幽居》中的"鸟宿池边树，僧敲月下门"之句，得到韩愈的爱赏，也获得了历代许多知音。但"独行潭底影，数息树边身"呢，他也颇为自珍，他说如果知音不赏，或者没有赏识的知音，他就会"下岗"不干，跑回故乡的秋山去高卧。贾岛对文学创作的这种近乎宗教般的虔诚，实在值得我们今天那些粗制滥造以创作丰富自乐的作家学习。如果我们还能亲耳听到他的"一吟双泪流"的吟唱，也许还会感动得热泪盈眶呢。

　　盛唐时代旗亭画壁的故事，说明唐代的绝句就是唐代可以歌唱的乐府。元稹赠白居易的诗说："休遣玲珑唱我诗，我诗多是别君词。"白居易回答他的诗也说："席上争飞使君酒，歌中多唱舍人诗。"由此可见，他们的诗都可以"唱"。"渭城朝雨浥轻尘，客舍青青柳色新。劝君更尽一杯酒，西出阳关无故人"，这是王维的名作《渭城曲》，又名《送元二使安西》，又名《阳关曲》。此诗一出，即轰传入口，但七言四句之唱，还无法完全表达那一唱三叹的情致，因此在传唱的过程中，乐人就做反复咏唱的加工，谓之"叠唱"。白居易在《对酒》中，就曾说"相逢且莫推辞醉，听唱阳关第四声",故此诗还有一个美丽的别名——《阳关三叠》。王维这首诗,千百年来传唱不衰,也活在现代人的心里。犹记有一年的高秋之日,我从美国探亲归来路经香港,香港中文大学的友人黄维梁教授邀我去该校中文系,与学生座谈散文创作和诗歌朗诵。我选了王维此诗,先以普通话朗诵,继之以长沙话按传统的调式曼声长吟,最后引吭而唱《阳关三叠》。娴于诗学的维梁,对此也如"唱"家珍。于是我们相视莞尔,即兴合唱,其音也扬扬,其乐也洋洋。至今犹记秋阳晴艳,阳光在树林里摇金呵跃金,几净窗明,王维的永远流传的古典诗句,唱亮唱湿了几十双青春而明亮的眼睛。

唐诗的可以歌唱的传统,今天的诗作者应该做适当的继承,至少应该重视加强自己的作品的音乐美感。"一吟双泪流"呵,今天到哪里去邂逅如此动人的新诗呢?

七

几度见诗诗总好,及观标格过于诗。
平生不解藏人善,到处逢人说项斯。

——杨敬之《赠项斯》

在年未弱冠的大学时代,我和诗歌理论与批评就订下了白头偕老的盟约,从1959年在《诗刊》发表试笔之作算起,和缪斯相亲相近也有数十度秋月春花。自以为此情难了,不料几年前我忽然变心,弃旧好而恋新欢,移情别恋散文创作。促成我的"婚外之恋"的,除了内因方面对前者的倦怠,外缘则是友朋的鼓励了,其中使我尤其不能也不敢忘记的,就是贾宝泉先生。他是一位卓然有成的散文家和散文理论家,也是一家颇有影响的散文刊物的主编,数年前我们一面不识,非亲非故,也无任何世俗的功利,忽接他的约稿大函，这是刊物主编向我约散文的第一人，令我又惊又喜。此后，蒙他多所激励，虽然他促成了我对旧好的决绝，却令我感激，而每读唐诗人杨敬之的《赠项斯》，我总不免油然而兴由古及今的联想。

乐道人善，乐于提携，这是一种善良宽厚的人品，作为有一定权位而且同行但却具有这种品格的人，他当更具有蔼然仁者的风范和光风霁月的襟怀。杨敬之是中唐诗人，官居大理卿，检校工部尚书兼国子祭酒，官高而工诗文，姚合在《寄国子杨敬之祭酒》一诗中，赞扬他"日日新诗出，城中写不禁。清高疑对竹，闲雅胜闻琴"。他所作的《华山赋》，深得韩愈和李德裕的赞赏，传布士林，而韩愈在《答杨子书》中，也曾提到孟郊、崔群、李翱等人对杨敬之的交口称誉。这样一个身居高位而又擅长诗文的人，对他人的作品很容易出之以视而不见的轻慢与轻忽，或者出于褊狭自私心理的排斥与贬低，古今文坛均不乏其人。但是，杨敬之却不然，历史记载他"爱士类，得其文章，孜孜玩讽"。例如他就与坎坷不达的李贺颇为友善，十分欣赏他的作品。台州（今浙江临海）人项斯，是一位隐居30多年的落魄士子，他手持诗卷去谒见杨敬之，杨一见如故，写了《赠项斯》一诗，项由是声名鹊起，终于在会昌四年（844）登进士第，授丹徒县尉。虽是小小的县尉，但对于封建时代拥挤在仕途之羊肠小道上的读书人，也可以聊以自慰了。

项斯的诗传至今日的不少，在唐诗之林里，虽然未能一枝秀出，但也有他自己的风景。如写友情的《途中逢友人》："长大有南北，山川各所之。相逢孤馆夜，共忆少年时。烂醉百花酒，狂题几首诗。来朝又分袂，后会鬓因丝。"写离别的《赠别》："鱼在深泉鸟在云，从来只得影相亲。他时纵有逢君处，应作人间白发身。"都可吟可诵。而题为《长安退将》的"塞外冲沙损眼明，归来养病住秦京。上高楼阁看星坐，着白衣裳把剑行。常说老身思斗将，最悲无力制蕃营。翠眉红脸和回鹘，惆怅中原不用兵"，在写老将的众多唐诗中，这首诗仍有自己的特色。至于"领得卖珠钱，还归铜柱边。看儿调小象，打鼓试新船。醉后眠神树，耕时语瘴烟。不逢寒便老，相问莫知年"的《蛮家》，歌咏西南地区的少数民族和他们的生活，这在唐诗中就近乎是空谷足音了。但不知什么原因，杨敬之本人的作品多已散失，只留下诗二首，断句四句。从他的断句"霜树鸟栖夜，空街雀报明""碧山相倚暮，归雁一行斜"，可见他的诗艺有相当水平。然而，我们今日虽然不免遗憾，但值得庆幸的是，《赠项斯》一诗毕竟全璧留存，而"逢人说项"也成了中国成语中的一颗明珠；更重要的是，他为后人为文坛留下了一种高尚的精神范式，至今仍是一方明镜。

项斯诗作的流传，很大程度上当然应该归功于杨敬之的"说项"。有时我不免遐思远想，唐代诗歌的繁荣，除了大家常常提到的那些原因之外，诗人之间的互相切磋激励，特别是有地位而年长的人对布衣对后辈的扶持，是否也是一个不可忽略不计的原因呢？同辈之间不必说了，如李白和杜甫（李杜）、白居易与元稹（元白）、刘禹锡和柳宗元（刘柳）、刘禹锡与白居易（刘白），更值得我们怀想的，是前贤对后进的青眼，如顾况与白居易、韩愈与贾岛、孟郊和李贺。年轻的白居易初到长安谒见顾况，奉上他的以《赋得古草原送别》开篇的诗卷，如同学子奉上考卷给试官，心中该是何等忐忑！如果顾况既没有识珠的慧眼，又没有提携后进的热心，不说诗史上就没有白居易，他的脱颖而出至少要推迟若干年月。韩愈如果不降尊纡贵去看望少年的李贺，李贺就不会立赋《高轩过》，就不会深受鼓舞而诗思更加如同喷泉。同样，"孟郊死葬北邙山，日月星辰顿觉闲。天恐文章中断绝，再生贾岛在人间"（《赠贾岛》），韩愈看重孟郊，而对因"推敲"诗句而冲撞了他的仪仗的贾岛，他不仅不以为忤，反而引为诗歌的同道和良友。韩愈是一代文宗，他飘扬的文旌，对后辈是呵护也是激励与召唤。

"到处逢人说项斯"，千年之后，文人相轻之风愈演愈烈，贬低他人抬高自己的病症愈益流行，杨敬之的风标也因之愈加令人回眸怀想。

八

甫昔少年日，早充观国宾。

读书破万卷，下笔如有神。

赋料扬雄敌，诗看子建亲。

李邕求识面，王翰愿为邻。

——杜甫《奉赠韦左丞丈二十二韵》

天宝五载，也就是公元 746 年，在开元二十四年（736）应试落第后漫游齐鲁与吴越的杜甫，已经从 25 岁意兴飞扬的青年进入了 35 岁的哀乐中年，他又一次西入长安，再次开始他踏入仕途的努力。10 年后，他的种种努力与挣扎终归泡影，这位伟大诗人履历表中添上的，是"朝扣富儿门，暮随肥马尘。残杯与冷炙，到处潜悲辛"的 10 年京华旅食生涯。

天宝九年（750），韦济由河南尹调任尚书省左丞。贫困潦倒的杜甫，以前曾向他投赠过一首诗《奉寄河南韦尹丈人》，这回又连续上诗两首，大约相当于现在包括自我介绍在内的求职材料，即《赠韦左丞丈济》与《奉赠韦左丞丈二十二韵》。在后一首诗里，杜甫不无自豪地说，他年少时就由乡贡而去洛阳参加进士考试，他的赋可以和西汉的大赋家扬雄匹敌，而诗则可以与三国时的大诗人曹植相比，名书法家李邕和名诗人王翰虽然都是前辈，但前者希望和他认识，而后者则愿意做他的邻居。向来并始终谦逊的杜甫，如上自负的豪言壮语并不多见，这，也许是要求别人引荐，也就要把履历写得光彩一些，如同现在申报职称材料，不免要附上某某权威或某某名人对自己的评价；另一方面呢，该是杜甫遭受了多年的压抑与挫折之后的心理反弹吧？那位身居要津的韦济，虽然据杜甫说他"每于百僚上，猥诵佳句新"，却口惠而实不至，没有什么实质性的帮助。直至天宝十四年（755）秋，杜甫才由一介布衣被任命为河西县尉，因为"不作河西尉，凄凉为折腰"，才改任正八品下的看守兵器甲仗、管理门禁锁钥的小吏。不过，高官韦济之流早已不知何处去了，如果不是杜甫的诗，恐怕除了唐史专家，已少有人知道他的大名，而杜甫的诗却长留于天地之间，其"读书破万卷，下笔如有神"的诗语，则不仅是杜甫宝贵的经验之谈，还可以作为今天的文学创作的座右之铭。

在向韦济赠诗的同一年，杜甫在《进雕赋表》中，说自己"自七岁所缀诗笔，向四十载矣，约千有余篇"，而流传至今包括杜甫40岁以后作品的《杜工部集》，也才1000多篇，作于天宝九载以前的已不足50首，可见至少有1000首以上的杜诗因种种原因而散失了，如同许多本应为我们拥有的珍宝，我们尚未见到就已经永远失去，思之令人叹息！然而，40岁的杜甫说自己"读书破万卷"，这却毫不夸张，暂且不论他40岁以后的许多力作，仅40岁以前他就已写出千多首诗篇，其中流传的《画鹰》《房兵曹胡马》，特别是"会当凌绝顶，一览众山小"的《望岳》，可以说是"神来之笔"。"读书破万卷，下笔如有神"，既是杜甫自己的创作谈，又可以视为他对唐诗获得光辉成就原因的一个概括。后一点，今人似乎很少论及，我如此揣度前贤，杜甫会同意吗？

唐诗成为中国古典诗歌辉煌的顶峰，重要原因是唐代以前的1600年诗歌史，以北之《诗经》南之《楚辞》开始，历经汉魏六朝八代的发展，在思想精神、诗体形式、艺术手段、风格流派以及语言艺术等方面，已经积累了丰富的经验，形成了宝贵的传统。唐代诗人整体上都勤奋好学，含英咀华而南北交融——读书破万卷；继承前代的优良传统，唐代的诗人都积极进行艺术创造，不愿和前代的诗人诗作雷同，而力求开创出新的诗世界——下笔如有神。如同早霞的仪仗队已经布满天空，金色的太阳就要喷薄而出；如同千百条河流已经汇集到海边的出口处，尾闾东注就要汇合成浩荡的汪洋。

杜甫当然是唐诗人中最杰出的代表。"七龄思即壮，开口咏凤凰。九龄书大字，有作成一囊"，杜甫绝对早慧而且极具天才，但他又是一位"读书破万卷"的集大成的学者型诗人，而且将后天的学力和天才的创造——"下笔如有神"，结成诗的良缘。没有传承，就没有开疆拓土的基地；没有创造，就只能固守旧有的田园。杜甫在生活道路上穷愁一生，在诗歌领地上却成为一代王者。暂不论这株参天大树的整体，且仅仅摘取一枝一叶吧。《与李十二白同寻范十隐居》的"携手日同行"，源自《诗经·邶风·北风》中的"携手同行"；《佳人》中的"在山泉水清，出山泉水浊"，源自《诗经·小雅·四月》的"相彼泉水，载清载浊"；《登高》的"无边落木萧萧下"，源自《九歌·山鬼》的"风飒飒兮木萧萧"；《奉和严郑公〈军城早秋〉》的"秋风袅袅动高旌"，源自《九歌·湘夫人》的"袅袅兮秋风"。庾信《奉和赵王隐士诗》的"野鸟繁弦啭，山花焰火燃"，启发了他《绝句二首》其二的"江碧鸟逾白，山青花欲燃"的灵感，何逊《入西塞示南府同僚》的"薄云岩际出，初月波中上"，被他《宿江边阁》的"薄云岩际宿，孤月浪中翻"推陈出新，而其《放船》中的"青惜峰峦过，黄知橘柚来"，不也是脱胎自阴铿《和傅郎岁暮还湘州》的"棠枯绛叶尽，芦冻白花轻"而青出于蓝吗？

杜甫能登上唐代诗歌的绝顶，与李白并肩而立，令后人以高山仰止的心情遥望和瞻望，原因自然是多方面的，但不薄今人爱古人，清辞丽句必为邻，读书破万卷而转益多师，却是不可或缺的条件，如同银行中有巨额的存款，才可能出手不凡。当代有的作家，先天本来不足，后天又严重失调，根基浅薄，还以没有读过某某古典名著为荣，有的人的写作量远远超出自己的读书量，又偏偏要以作品数量示人骄人，这就好像手头本无几文积蓄，入不敷出，却又要大肆挥霍，虚夸示众，正如《红楼梦》中所说，架子虽没有倒，内囊却全上来了。即使一时可能有鲜花着锦烈火烹油之盛，最后还是会落得白茫茫一片大地真干净。

让我们听取千年前杜甫的自白和忠告吧。

九

春岸桃花水，云帆枫树林。

偷生长避地，适远更沾襟。

老病南征日，君恩北望心。

百年歌自苦，未见有知音。

——杜甫《南征》

对于一个不入流的作家，有没有知音是无足轻重的，因为他本身就没有重量。一位优秀的杰出的作家没有知音，不论他如何淡泊世俗与名利，也会感到不被理解不被认识的痛苦。而一位伟大的作家呢？

安史之乱中，杜甫陷身于安禄山占领的长安，后来因大云寺的僧人赞公的帮助，乘乱从金光门逃出，步行至甘肃的凤翔，肃宗授他为"左拾遗"，不久因为上疏营救罢相的房琯，几遭杀身之祸，幸亏张镐进言才得免于难。肃宗特许他回鄜州探视家小，实际上等于放逐。这倒是成全了作为诗人的杜甫，他以沿途和到家后的见闻与感受，写成了有名的《羌村三首》与《北征》，并从此与官场无缘而有缘更深入百姓的生活。

《北征》长达140句，是杜甫古诗中篇幅最长的一首，因其身世之感与时代社会的两相交织，故被称为"古今绝唱"而常为后人提及。他晚年流落湖湘，在《陪裴使君登岳阳楼》中说"敢违渔父问，从此更南征"之后，大历四年（769）的春天，在从岳阳到长沙或是从长沙到衡阳之间的孤舟上，老病的他又写了一首《南征》。《北征》与《南征》，是北与南、前与后交相辉映的诗篇，前者具有史诗的规模，波澜迭起，所以分外引人瞩目，而后者是抒情小品，细流涓涓，因而不太为人所注意。其实，如果不以篇幅而论，《南征》应该是《北征》的姐妹篇。过去，一些年长的姐姐，不也常有可爱的小妹吗？何况这首诗的结句，是杜甫内心的创作痛苦的罕见的流露，其间透露的消息，直到今天仍然值得我们深思。

大历五年（770）秋冬之交，杜甫逝世于潭州到岳阳之间的汨罗江的上游，终年59岁，生时默默无闻，死后也默默无闻。绝非廉价的广告，也绝非小圈子的私心，秉性忠厚而谦逊的他，生前总是不遗余力地推重前辈、推许同辈和推许晚辈，而"念我常能数字至，将诗不必万人传"（《公安送韦二少府匡赞》），但却从不善于也不喜欢推销和宣传自己，和时下某些作家之善于乐于自我炒作大异其趣。有的人写所谓的创作谈或别的什么文章，几乎每一篇都少不了要引自己的大作为证，涂脂敷粉而得意扬扬，这正如古希腊泰勒斯的一句名言所说："自知最难。"杜甫对自己的才能与作品甚至包括诗学遗传都相当自信，他说"诗是吾家事"，很以他的祖父诗人杜审言而自豪，他在晚年所作的《壮游》一诗中，也不无得意地说："往昔十四五，出游翰墨场。斯文崔魏徒，以我似班扬。"可见他少年早慧。然而，杜甫却无心在文坛与他人争一日之短长，更不像时下某些作者一样，千方百计地贬低别人以显示自己的高明，他不争一日而争千秋。诗歌，是他的呼吸和生命，是他对时代的答卷，是他对历史的通牒，而不是一种自我表演，或是换取名利的工具。然而，任何作家，包括说过"作为一个不愿抛头露面的人，我的雄心是要退出历史舞台"的美国作家福克纳，包括在诺贝尔文学奖授奖仪式上只寄去1000字的书面发言，并且在结尾时说"作为一个作家，我已经讲得太多了"的美国作家海明威，都还是希望自己的作品为读者所接受和欣赏，不然，作家为什么不只写绝对仅供自我阅读的日记呢？"百年歌自苦，未见有知音"，生命行将走到终点的杜甫，回首自己一生纸上的歌哭，终于发出没有知音的长叹息，1000年后，我听到的，是他发自胸臆不吐不快的莫大痛苦与悲哀。

杜甫的同时代人，曾经赞扬过他的，除了地位较高的韦济和严武，还有一个名不见经传的任华，晚年在湖湘还有寂寂无名的地方小吏郭受与韦迢，但他同时代的知名诗人却没有任何表示，一律"沉默是金"。对王维，他誉之为"高人"，称其诗"最传秀句寰区满"（《解闷十二首》），但王维却没有写过诗给他。他曾和高适、岑参同游，有的还曾同事，对高适是"叹息高生老，新诗日又多。美名人不及，佳句法如何"（《寄高三十五书记》），"当代论才子，如公复几人"（《奉简高三十五使君》）；"意惬关飞动，篇终接混茫"（《寄彭州高三十五使君适、虢州岑二十七长史参三十韵》），对岑参也倍加赞扬，但高适和岑参赠杜甫的诗，却绝口不提他的作品。他在夔州读到元结的《舂陵行》和《贼退示官吏》后，极力赞扬说"观乎'舂陵'作，㰀见俊哲情。复览'贼退'篇，结也实国桢。……道州忧黎庶，词气浩纵横。两章对秋月，一字偕华星"（《同元使君舂陵行》），但元结编唐诗选《箧中集》，却未选杜甫的诗。当时还有几种重要的诗选本，如殷璠的《河岳英灵集》和高仲武的《中兴间气集》，收诗的年代和杜甫的生平大致重合，但也均遗漏了他的名字，同时代的芮挺章的《国秀集》主选盛唐之诗，竟也不及杜甫之作，其不可思议，如同今人要编一部现当代诗选，竟可以把艾青打入冷宫，当然，青年诗作者中的狂人，早在1980年之初就扬言"要把艾青送到火葬场去"，那自当别论。

最令我心怀不满的是李白，以及后人加工的李杜交谊的佳话。杜甫年轻时曾经和李白"醉眠秋共被，携手日同行"，漫游燕赵齐鲁，前后写了14首诗给他。"白也诗无敌，飘然思不群"，独具慧眼地推许他是诗坛的天下第一高手；李白流放夜郎，他又写了《梦李白二首》："浮云终日行，游子久不至。三夜频梦君，情亲见君意"，对李白是何等情深谊长。然而，李白只给杜甫写过两首诗，即《沙丘城下寄杜甫》和《鲁郡东石门送杜二甫》，并只字未提他的作品，惜墨如金。但是，这位诗仙对杜甫之外的人也曾用墨如泼，"吾爱孟夫子，风流天下闻"，他对孟浩然的赞美是人所熟知的了；而对名字与作品都不传的刘都使，他也曾夸赞"吐言贵珠玉，落笔回风霜"（《赠刘都使》）；对韦良宰太守，他也称道"览君荆山作，江鲍堪动色。清水出芙蓉，天然去雕饰"（《经乱离后天恩流夜郎忆旧游书怀赠江夏韦太守良宰》）；对和尚仲浚，他也称许说"风韵逸江左，文章动海隅"（《赠宣州灵源寺仲浚公》）。对李白，杜甫是终生心中藏之，何日忘之，李白却在写了上述平平浅浅的赠杜甫的两首诗之后，就干脆把他忘记了，以后再未见提及。至于《戏赠杜甫》一诗，究竟是出自李白手笔，还是好事者所为，今日也难确定，而且此诗语涉讥嘲，李白再大大咧咧，对杜甫尚不致如此吧？总之，如果李白以后有赞扬杜甫作品的诗，却被历史所遗失，我还稍觉慰安，但从杜甫的"未见有知音"看来，这种可能性几等于零，因为如果有了李白的评价，杜甫就不会有这种叹息，也许在杜甫的痛苦中，就有李白未能成为"知音"的痛苦，也许这种痛苦，还是他的痛苦中最大的痛苦。今人大谈李杜之如"双子星座"，情谊深长，诗坛佳话，我以为如单说杜甫则可，一定要包括李白，那只能说是出于好心的一厢情愿和凭空想象。

杜甫受到同时代人的冷落，原因恐怕出自多方，但他地位低微而时人又缺乏慧眼卓识，应该是一个重要原因。我们时下某些作家、评论家和研究当代文学的人，也常常只喜欢赞扬有交情的作者，反复炒作已出名的作者，甚至吹捧或有权或有钱而作品并不见佳的作者，对地位不显名声不著的新秀或无名之辈，则往往十分吝啬。杜甫的地位与价值，要到中唐才逐渐被人所识，其中韩愈功莫大焉，时至晚唐，他的诗终于获得我们今日所艳称的"诗史"之号（见孟棨《本事诗·高逸第三》），至于"诗圣"之尊，则要迟至南宋了，见于诗人杨万里的《江西宗派诗序》。他远没有当代的聂卫平幸运，在中日围棋擂台赛11连胜之后，就戴上了"棋圣"这一至高无上的冠冕。

"百年歌自苦，未见有知音"呵，在云梦泽之南岸，在杜甫南征过的湘江之滨，千年后撞击我心灵的，是他那悠长而又悠长的叹息！

十

塞北梅花羌笛吹，淮南桂树小山词。

请君莫奏前朝曲，听唱新翻杨柳枝。

——刘禹锡《杨柳枝词九首》其一

1000多年的时光滔滔逝去了，唐朝已经成为遥远的古代，但晚年的刘禹锡用他的竹笛吹奏的《杨柳枝词》，却依旧青春。

1000多年后，我在江南时常侧耳倾听。刘禹锡学习民歌又自出机杼，在写出《竹枝词九首》《浪淘沙词九首》和《踏歌词四首》之后，于61至63岁任苏州刺史期间，这位崇尚生命在于创造诗歌在于创新的诗人，在人生的晚年，又吟唱出他的得意之作《杨柳枝词九首》，而"听唱新翻杨柳枝"冠于其他八首之前，既是组诗的序曲，也是组诗的纲领。"梅花"，指汉乐府民歌横吹曲中以笛吹奏的《梅花落》，这一歌咏梅花的笛曲，原出塞北，用西部羌人的笛子吹奏；而西汉淮南王刘安属下的文人小山作的《招隐士》，其首句就是"桂树丛生兮山之幽"，全诗多次咏及桂树。刘禹锡说，北方塞外，有以羌笛吹奏的《梅花落》的曲调，南方则流传淮南小山作的《招隐士》的歌词，其曲豪壮其词缠绵，但却都是前朝的旧曲老调了，新的日月需要新的歌声，且听我唱一曲新编的《杨柳枝词》吧。长江后浪推前浪，今年花胜去年红，"新翻"一语，表现的正是刘禹锡强烈的生命意识，以及他的革新与创造的精神，我们如同仰望蓝天劲健的鹰翅，如同遥望大海奋进的风帆。

夕阳西下，第二天升起的是又一轮新的朝阳；万花纷谢，明年开放的是又一树新的花朵。生命的价值不在于守成而在于创造，文学的价值不在于守旧而在于创新。唐诗最大的特点，它的传唱不衰的一个最重要的原因，就是它的创造性。近300年的唐诗，题材领域屡经重探与开拓，创造了"绝句"

与"律诗"这一近体诗的新的诗体，对"古风""歌行"等古体诗也赋以新意，追求艺术风格的多样化，诗歌语言的试验与创造也成就斐然，它不沿齐梁，不袭汉魏，有唐一代的新诗，如同新鲜名贵永远也不会腐败的水果，使千年后的我们观之仍然一新耳目，品之而口颊留香。"北风卷地白草折，胡天八月即飞雪。忽如一夜春风来，千树万树梨花开"（岑参《白雪歌送武判官归京》），在唐人之前，有谁以这种如椽之笔，抒写过西部边塞的风光呢？它令今天的新边塞诗人也心慕手追。"床前明月光，疑是地上霜。举头望明月，低头思故乡"（李白《静夜思》），在李白之前，咏月亮的诗人确实不少，有谁，能像他那样，使得月光成为天下所有流浪人的乡愁呢？数十年前，原籍湖南的台湾诗人洛夫，就曾以《床前明月光》为题赋诗："不是霜呵／而乡愁竟在我们的血肉之中旋成年轮／在千百次的月落处／只要一壶金门高粱／一小碟豆子／李白便把自己横在水上／让心事／从此渡去。"隔着一湾海峡，落满他心头的，仍然是千年前李白的月光。

300 年的唐诗虽然有初盛中晚之分，但初盛中晚只是不同时期的河床，其中奔流的都是活泼的富于生命力的诗的流水。唐诗上承以前 1600 年古老而活水长流的阔大水系，在新的时间与空间中开辟了自己独特的河道，其中的优秀作品是永远也不会凝固的波浪。刘禹锡的诗呢？唐代不少诗人均有美名，刘禹锡则有"诗豪"之称，这一美称来自刘、白齐名而与刘禹锡交谊深笃的白居易。白居易是自负和自信的，但他惊叹说"诗敌之劲者，非梦得而谁"，"彭城刘梦得，诗豪者也。其锋森然，少敢当者"。这，固然和他豪爽豁达的性格与爽健豪雄的诗风有关，但也源于他的诗歌力求创新与创造的豪气。在政治诗、咏史怀古诗、风土民情诗和抒情酬唱诗的领域内，他跃马扬鞭，纵横驰骋，尽显诗豪的英风胜概。今天的读书人，谁不知道"百亩庭中半是苔，桃花净尽菜花开。种桃道士归何处？前度刘郎今又来"（《再游玄都观》）？有谁不知道"朱雀桥边野草花，乌衣巷口夕阳斜。旧时王谢堂前燕，飞入寻常百姓家"（《乌衣巷》）？今天，卡拉 OK 虽然遍布城乡，声光化电使你享受现代文明，但是，"杨柳青青江水平，闻郎江上唱歌声。东边日出西边雨，道是无晴却有晴"（《竹枝词》），那山野江边的天籁难道不使你在现代的红尘中悠然回首？刘禹锡北返洛阳经过扬州，和因病罢苏州刺史的白居易相逢。白居易在宴会上作了《醉赠刘二十八使君》："为我引杯添酒饮，与君把箸击盘歌。诗称国手徒为尔，命压人头不奈何。举眼风光长寂寞，满朝官职独蹉跎。亦知合被才名折，二十三年折太多。"白诗不免消沉，千年后我们还仿佛听到他的声声叹息，但刘禹锡回答他的是《酬乐天扬州初逢席上见赠》："巴山楚水凄凉地，二十三年弃置身。怀旧空吟闻笛赋，到乡翻似烂柯人。沉舟侧畔千帆过，病树前头万木春。今日听君歌一曲，暂凭杯酒长精神。"颈联得到白居易的激赏，称为"神妙"，至今仍是千年时间的风雨未能磨损分毫的警句。只有蓬蓬勃勃的生命力，才有生生不已的艺术创造，而只有创造，才是个人与时代富于活力的标志。千年回首，你对唐诗人的生命力与创造力，难道不会心向往之吗？

生命与艺术都不是贵在守成而是贵在美的价值的创造，一潭静止的死水激不起半点波澜，一条奔腾的江河才歌唱青春不老！

寄李白——李白

　　你是一位大诗人，又是一位精力旺盛不耐久坐的大旅游家，唐代诗人中，像你这样游踪遍于国中的，好像没有几位。那时候不像现在这样时兴出国观光，或者美其名曰"考察"，不然，你也会设法公费出国旅游一番，至少，"日本晁卿辞帝都，征帆一片绕蓬壶"，你可以和日本遣唐留学生阿倍仲麻吕——晁衡一起东渡扶桑，或者去西北位在如今的吉尔吉斯斯坦的碎叶城寻宗问祖。我说要请你指点迷津，你本身的"迷津"就够多的了，最近，我就买了一册两位李姓学者合著的《李白悬案揭秘》，他们把你都列入大案要案了，写了厚厚一本书来侦破。

　　例如，你的身世就太可疑，连当代诗人余光中在《寻李白》中都说："至今成谜是你的籍贯／陇西或山东，青莲乡或碎叶城／不如归去归哪个故乡？"你行踪飘忽，没有相对固定的地址，又不常写信，写了也交通不便，信使稽迟，当年就常常令你的夫人望穿秋水，余光中在上述诗作中，不是也说过"连太太也寻不到你"吗？而你的铁杆崇拜者魏颢到处找你寻你追你，等他跑到河南的梁园，你又去了东鲁，等他追到山东，你又去了江浙，他千里迢迢辗转道途，直到天宝十三载也即公元754年的春夏之间，才在唐之广陵今之江苏扬州，气喘吁吁地一把抓住你的衣衫。他要为你的诗文编集付梓，你也感动得将随身的手稿都托付了他。可我现在打电话找不到你，又不知到何处去追寻你的行迹。我私心早就以为，我的祖先并非2000年前骑青牛出函谷关的老子李聃，更不是以武力征服天下的李世民，而是至今仍活在诗章里和传说中的你。我少年时就一厢情愿地孵着诗人之梦，青年时对诗论与诗评情有独钟，冥冥之中，我总以为我的血管中流着你的血液，分在我名下的酒，也早就被你透支光了，不然，我怎么会如此虔诚地远酒神而亲诗神？——不瞒你说，现在某些地方的酒文化说什么"八杯十杯不醉"，什么"感情浅，慢慢抿；感情深，一口闷"，如果要追查历史根源，现代的酒囊饭袋们恐怕还会说你不能辞其咎，因为可以牵扯到所谓的"太白遗风"嘛。但是，我以上如此寻宗认祖，也许未免攀附之嫌，现在报章上常见今之某某乃昔之某某之后，附凤攀龙，有识者认为这实在不堪一哂，何况那大半是我的一厢情愿，你又不会前来为我出示证明。

我现在首先要向你请教的，是你究竟为什么要写《登金陵凤凰台》和《鹦鹉洲》二诗，并略申后辈如我对这一问题的浅见，以及它们与崔颢《黄鹤楼》之高下的看法，其次，你的诗作也仍然多次写到黄鹤楼，我也想由此探问你的心路历程。

江夏，即今日湖北省武汉市的武昌，三国时于此置江夏郡。那里是你的旧游之地，开元十二年（724）你出蜀之后，就是顺长江而下，经江夏而东游洞庭、金陵和扬州，不久又折回而西去安州，即今之湖北安陆。在安州，你和故相国许圉师之孙女许夫人燕尔新婚，当时不便远游，但足迹仍及于江夏之间。崔颢是你的同时代人，他开元十一年（723）就中了进士，曾游江南，这位籍贯河南的诗人，也许就是在此时写了登高怀古慷慨悲凉的《黄鹤楼》一诗。我想，你也许是开元十六年（728）春天从安州再游江夏并送孟浩然去江东之时，在黄鹤楼读到崔颢这首名作的吧？我可以举出一个诗证，算是"大胆假设"，那就是你写于此时的《黄鹤楼送孟浩然下维扬》一诗。我引用敦煌石窟发现的唐人诗集残卷中的手抄本，和现在流行传世的稍有不同，那应该更接近你诗作的原貌：

故人西辞黄鹤楼，烟花三月下扬州。
孤帆远映绿山尽，唯见长江天际流。

宋本及今本，诗题均作《黄鹤楼送孟浩然之广陵》。扬州古称维扬，而唐之广陵即属淮南道扬州，所以你当时的题目应该是"下维扬"。差别较多的是第三句，在宋代，"远影"之"影"一作"映"，"碧空"作"碧山"，而陆放翁《入蜀记》说他访黄鹤楼故址，他见到你的诗也是"征帆远映碧山尽"，并说"盖樯帆映远，山尤可观，非江行久不能知也"。可见他此时见到的，与上述敦煌本还颇为相近。到了明代嘉靖年间的刻本，也不知是谁"太岁头上动土"，就将你的这一句改成"孤帆远影碧空尽"了。其中不同字词的优劣，你是文章千古事，得失寸心知的，读者也应该自有判断，我这里暂且置之不论。我想特别申说的是，大作第二句点明时令正是"烟花三月"的暮春，这一点，与敦煌石窟手抄本的崔颢之诗相同：

昔人已乘白云去，兹地空余黄鹤楼。
黄鹤一去不复返，白云千载空悠悠。
晴川历历汉阳树，芳草萋萋鹦鹉洲。
日暮乡关何处在？烟花江上使人愁！

第一句，是"昔人已乘白云去"而非"昔人已乘黄鹤去"，岂但是敦煌手抄本如此，就是唐代的诗歌选本如芮挺章的《国秀集》与殷璠的《河岳英灵集》，都是这样。青空白云，想当年，你在黄鹤楼头看到的也该和崔颢相同吧？更重要的是，崔诗的结句现在流行的是"烟波江上使人愁"，而唐人手写的真本却是"烟花江上使人愁"，崔诗中的"烟花"即是你诗中的"烟花"，你是否因为读到崔诗而潜意识中受到他的影响，送别孟浩然时又恰逢阳春三月，所以就既顺手也顺理，让杨柳摇烟繁花若雾的美景氤氲在你的诗句中呢？

从崔颢和你同写黄鹤楼的诗中同用"烟花"一词，似乎可以证明历史上的一个美丽传说。据南宋的刘克庄在他的《后村先生大全集》中说，"古人服善，李白登黄鹤楼，有'眼前有景道不得，崔颢题诗在上头'之语，至金陵乃作《凤凰台》以拟之"。南宋胡仔的《苕溪渔隐丛话》和计有功的《唐诗纪事》，都有类似的记载。而元人辛文房《唐才子传·崔颢》的条目下也有道是："及李白来，曰：'眼前有景道不得，崔颢题诗在上头。'"辛文房隔你已有好几百年之久，当时没有现代的声光化电，你咳唾珠玉之时无法录音，可见那一美丽的传说早已代代而且口口相传了。你的诗集中多次提到过黄鹤楼，但却没有一首直接并集中咏黄鹤楼的诗，而《登金陵凤凰台》《鹦鹉洲》与崔颢的《黄鹤楼》，既非如有的人所说的"偶然相似"，也不完全是因为你"服善"，在唐代，能让你"服善"的人，能有多少？我以为，主要是因为你在创作上心雄万夫，不甘后人，拒绝重复而刻意争胜，何况当时你还只有 28 岁，如日之方升，你的血管里奔流的是青春和创造的热血，你的心中汹涌的是为天地立言的豪情。

你欣赏崔颢的诗，说明真正有才华有胸襟的人，总是惺惺相惜，相濡以沫，你的同辈杜甫和晚辈韩愈也是这样，不像时下文坛上的某些白衣秀士，老是对出色的同行心怀嫉妒，肆意贬抑，恶意中伤，自己无能不但不反躬自省，反而希望他人和自己一样平庸。你面对同一题材不轻易下笔，力图超越崔颢之作，也说明真正有抱负有才气的作家，不仅要超越自己，而且要努力超越同辈，创作上只有争强好胜而不甘重复与平庸，才有可能留下杰构佳篇。你的《登金陵凤凰台》就是如此：

> 凤凰台上凤凰游，凤去台空江自流。
> 吴宫花草埋幽径，晋代衣冠成古丘。
> 三山半落青天外，二水中分白鹭洲。
> 总为浮云能蔽日，长安不见使人愁！

据说此诗写于天宝六载（747），即你从长安被唐玄宗"赐金还山"之后再游金陵之时，这时你已 47 岁，距以前读崔颢诗差不多 20 年。崔颢之作是律诗，你写的也是律诗，可见你潜意识与显意识都是何等"耿耿于怀"。你流传至今的七言律诗总共只有八首，虽然不免散失，但你创作的律诗绝不会很多，因为你以天马行空之才，不耐烦比较严整的格律的束缚，也就是不喜欢戴着镣铐跳舞。然而，你这首律诗却广获好评，清人蘅塘退士孙洙虽然老眼昏花，一时失察，竟然在《唐诗三百首》中对李贺之作漏而未选，但在七律部分却选了你这首诗，也可以算是一种补偿吧。重要的是，你这首诗并不是崔颢之作的模仿而是自己的创造。

你此诗的起句"凤凰台上凤凰游，凤去台空江自流"，就眼前景并且就题兴起，三"凤凰"并非如有的人所说模仿崔诗之三"黄鹤"，因为崔颢的原作也只两次提到"黄鹤"，其余两次均为"白云"。"吴宫花草埋幽径，晋代衣冠成古丘"的深沉历史感喟，也即英美现代派大诗人艾略特所强调的"历史感"，不仅非你年轻时所写的"风吹柳花满店香，吴姬压酒劝客尝。金陵子弟来相送，欲行不行各尽觞"可比，也为崔颢之诗所无。尊作中写景的颈联与崔作中写景的颈联旗鼓相当。崔诗的结句"日暮乡关何处在，烟花江上使人愁"，其乡愁的抒写确实动人情肠，因为乡愁是中国人普遍具有的怀乡情结，也是中国文学中一个重要的甚至是永恒的主题，崔颢对此做了出色的表现。然而，你的"总为浮云能蔽日，长安不见使人愁"，虽然将帝王比成太阳，使我不禁联想到千年后中国人同样的思维和比喻，但你寓目山河，毕竟伤时忧国，指斥谗谄之徒，其气象与寄托，与作客之愁乡关之恋毕竟有境界大小高下之别。在艺术上，大作也有出蓝之美。例如，崔诗一三两句写"去"，二四两句写"空"，而你却缩龙成寸，"凤去台空江自流"，将"去"与"空"压缩于一句之中，富于今日现代诗学所艳称的"密度"与"张力"。崔颢之诗当然是杰作，不可替代，但说你后来居上，也绝非溢美之词，不知你以为如何？你是绝对的性情中人，爱憎分明，毫无矫饰，我想你该不会笑而不答心自闲吧？

人生短促，世事沧桑，而江湖多的是不测的风波。写《登金陵凤凰台》

10多年之后，你已经到了人生的暮年。好不容易从流放夜郎途中赦回，你又重游江夏，再往洞庭并南下零陵。当然，你到底去过湖南零陵没有，后人争论不休，只有你自己清楚。《鹦鹉洲》一诗当然写于此时的江夏，也许是上元元年（760）春天你从零陵归来时所作，有的"著名"作家引用古典诗词时常常张冠李戴，甚至据为己作，有的竟说你的"仰天大笑出门去，我辈岂是蓬蒿人"写于长安，而你的诗题明明是《南陵别儿童入京》，"南陵"乃今之安徽南陵县，相去何止十万八千里。而有的则说《鹦鹉洲》写于《登金陵凤凰台》之前，说者昏昏，至少你就不会同意前后颠倒。让我还是再次诵读你的原作吧：

> 鹦鹉来过吴江水，江上洲传鹦鹉名。
>
> 鹦鹉西飞陇山去，芳洲之树何青青！
>
> 烟开兰叶香风暖，岸夹桃花锦浪生。
>
> 迁客此时徒极目，长洲孤月向谁明？

又是一首你不怎么喜欢写的"律诗"，可见你烈士暮年，仍壮心不已。"芳草萋萋鹦鹉洲"，你要就地取材，就近再和崔颢打一次擂台，比试一番高下。崔颢之诗，时空较尊作广远，气象较尊作壮阔，那正是所谓"盛唐气象"的表现，也是年轻的崔颢意兴飞扬所致。你的这首诗虽然仍是一片锦绣、一派云霞，但结句的迁客骚人之孤独落寞，既是你个人不幸遭逢的心曲，也是那个不识重宝扼杀人才的江河日下的时代的折光。因此，尊作虽仍有模仿崔诗的痕迹，但可以说各有千秋，不可互代。我的同乡老前辈王夫之在《唐诗评选》中说得好："此则与《黄鹤楼》诗宗旨略同，乃颢诗如虎之威，此如凤之威，其德自别。"他以"虎"与"凤"为喻，大约是指境界之大小不同，风格之刚柔有别，不知你同不同意他的看法？

现在要向你请教第二个问题。你一生登临过多少次黄鹤楼，恐怕你自己也记不明白了。与上述《鹦鹉洲》的写作时间大略相同，你在江夏还写了长诗《经乱离后天恩流夜郎忆旧游书怀赠江夏韦太守良宰》，诗中说"一忝青云客，三登黄鹤楼"，可见你流放归来，江夏郡太守韦良宰仍待你如上宾，你至少三次登上了黄鹤楼。至于"鹦鹉洲"，你也是咏过多次了，例如也许是与写《鹦鹉洲》同时，你还写有《望鹦鹉洲悲祢衡》，悲他人亦以自悲。但是，你提到黄鹤楼的诗却更多，你心中似乎有一个解不开的"黄鹤楼情结"。我为你做过粗略的统计，你提及黄鹤楼的，除了《黄鹤楼送孟浩然之广陵》一诗之外，大约还有"黄鹤西楼月，长江万里情"（《送储邕之武昌》），"去年下扬州，相送黄鹤楼"（《江夏行》），"江夏黄鹤楼，青山汉阳县"（《江夏寄汉阳辅录事》），"手持绿玉杖，朝别黄鹤楼"（《庐山谣寄卢侍御虚舟》），"昔别黄鹤楼，蹉跎淮海秋"（《赠王判官时余归隐居庐山屏风叠》），"仙人有待乘黄鹤，海客无心随白鸥"（《江上吟》），"雪点翠云裘，送君黄鹤楼"（《江夏送友人》），"君至石头驿，寄书黄鹤楼"（《答裴侍御先行至石头驿以书见招期月满泛洞庭》），"黄鹤楼中吹玉笛，江城五月落梅花"（《与史郎中饮听黄鹤楼上吹笛》），"黄鹤楼前月华白，此中忽见峨眉客"（《峨眉山月歌送蜀僧晏入中京》）等等，至少在 10 余处以上。而最令我心驰神往的，是你的《江夏赠韦南陵冰》，那是你写黄鹤楼诗的异数与别调。原诗太长，好在你对自己的作品如数家珍，我只援引片段：

人闷还心闷，
苦辛长苦辛。
愁来饮酒二千石，
寒灰重暖生阳春。
……
我且为君捶碎黄鹤楼，
君亦为吾倒却鹦鹉洲。

赤壁争雄如梦里，

且须歌舞宽离忧。

　　"黄鹤楼"寄托的是游仙的梦想，而"鹦鹉洲"则因东汉末年写过《鹦鹉赋》的才子祢衡被杀于斯地而得名，寄寓的是现实的悲剧。你的自己"捶碎"与要求对方"倒却"，不仅是你怀才不遇之情的表达，是你对险恶的政治斗争和莫测的皇家内讧的鞭挞，是自己虽历经苦难却仍然保持人格的独立与尊严的宣言，更是你如火山爆发如激湍奔流的悲愤之情的宣泄。你以前从未这样对待和这样写过黄鹤楼。现实的悲剧是无法改变的，韦冰恐怕无法为你"倒却"鹦鹉洲，而超然现实的游仙幻想却已破灭，你在《醉后答丁十八以诗讥余捶碎黄鹤楼》一诗中，不是还在说"黄鹤高楼已捶碎，黄鹤仙人无所依"吗？也许有人说，你获罪刚刚遇赦，销声匿迹尚且来不及，不应该有如此激切之语，这，也许是太小看太不了解你了。作为一位士人，你败于官场，毁于政治，但作为一位杰出的傲岸不谐的诗人，你虽偶尔有违心的摧眉折腰之时，但却永远没有低下自己的高贵头颅之日，而且千首诗轻万户侯，你以光芒万丈长的诗章，战胜了所有的煊赫一时的帝王将相！你虽遇赦放还，心中却愤激难平，就情不自禁地喷出"捶碎""倒却"这样的激昂愤慨之语，这不仅于你前所未有，有唐一代前所未有，整个封建时代也是罕见罕闻的。不仅"黄鹤楼""鹦鹉洲"这些过去被你作为美好事物象征而多次歌吟的地方处境危急，连我家乡的洞庭湖中的"君山"也都难以幸免，那是在你的《陪侍郎叔游洞庭醉后三首》之中：

　　划却君山好，平铺湘水流。

　　巴陵无限酒，醉杀洞庭秋！

　　前人说你的"划却君山好，平铺湘水流"二句，可以和杜甫的"斫却月中桂，清光应更多"匹敌，都是诗情豪放，异想天开，但杜甫是想象空灵之词，你却是愤激无端之语，二者的深层意蕴颇为不同。我十分敬重杜甫，但他的忠君意识过于强烈，独立意识和自由精神远不及你。我甚至忽发痴想，中国古代的士人、现代的知识分子，从未有过真正意义的自主和独立，而民主意识、自由意识与独立意识，则是真正的现代知识分子的要素与象征。唉，还是不要以这种天方夜谭来惊扰你吧，还是回到当年，你那时的千古忧愁万古愤懑能平息吗？李白先生，我这样来理解你对黄鹤楼、鹦鹉洲的态度的前后变化，不知是否探究到了你的初心与诗心？

李白先生，如果要我从中国文学史中评出三位伟大级的或最伟大的诗人，除了投屈原和杜甫一票，另一张票当然是非你莫属了。红颜薄命，诗人也薄命，你是唐代诗人中的最不得意者，白居易在你的身后也不禁发出过"可怜荒垄穷泉骨，曾有惊天动地文。但是诗人多薄命，就中沦落不过君"的感叹。不过，千年走一回的你，在盛唐痛苦地走一回，留下了许多失意、屈辱与悲愤；在中国诗歌史中潇洒走一回，却坐定了最重要的黄金般的章节。你的诗，写出了历史上一位最不得意者最得意的浪漫情怀。没有你，盛唐气象将不可想象，中华民族文化将黯然减色，中国诗史将失去一部最重要的乐章，中国的读书人多会顿感天地寂寞而绕室彷徨。说实话，没有你，中国的酒也许没有如此多种多样而广销畅销，连现代的高阳酒徒们也少了一个喝酒的理由。不过，杜甫早就说过"李白一斗诗百篇，长安市上酒家眠。天子呼来不上船，自称臣是酒中仙"，余光中也说你"酒入豪肠，七分酿成了月光 / 余下的三分啸成剑气 / 绣口一吐，就半个盛唐"，而当代的高阳酒徒特别是那些挥霍公款的高阳酒徒们，喝了那么多不解私囊的酒，他们能吐出什么呢？

时空阻隔，古今异代，山遥水远，我却常常追怀你呀，伟大的诗人李白。这封千年后寄给你的读者来信，不知你是否能够收到？

千秋草堂——杜甫

一

　　山一程，水一程，跋山涉水在巴山秦岭之间；风一程，雨一程，冲风冒雨在难于上青天的蜀道之上。"季冬携童稚，辛苦赴蜀门"（《木皮岭》），经历了长安困守的残杯与冷炙到处潜悲辛的 10 年，饱尝了安史之乱所带来的流离困苦，杜甫挈妇将雏，同行的是多年来相依为命的杨氏夫人，和宗文、宗武两个还懵懂在少年中的孩子，以及现在已不知其名字的小女，终于在乾元二年（759）雪花飘飘的冬天，到达远离战争烽火的成都，寄居于西郊的浣花溪寺。这座寺庙今天已无迹可寻了，它当年可能未曾想到，它迎候的不只是一个衣衫褴褛形容憔悴的文士，而是中国历史上名副其实的"伟大级"的诗人。同时代人虽然未能认识他的价值，但他日后将和李白齐名，与屈原同光，其人其诗铸就的是中国诗歌史的黄金篇章。

　　杜甫有"诗史"之誉，最初见于晚唐孟棨（当代学者考察应为孟启）《本事诗·高逸》，他在记说李白时顺带提到杜甫"当时号为诗史"，次见于宋代欧阳修、宋祁等编纂的《新唐书·杜甫传》："甫又善陈时事，律切精深，至千言不少衰，世号'诗史'。"然而，那已是杜甫去世近 300 年之后的权威论定，而"诗圣"之名则更是迟至南宋才具雏形，杨万里《诚斋集》就曾说杜甫是"圣于诗者"，而诗、圣连称成词则见于明清时期文人对他的推崇，如明末《杜臆》作者王嗣奭《梦杜少陵作》云"青莲号诗仙，我翁号诗圣"，而清代诗论家叶燮在《原诗》中曾说："'诗圣'推杜甫。"至于他在今天之煌煌地位赫赫声名，那更该是他自己所始料未及的了。在抵达成都之时，他已经 48 岁，唐人 40 即称"老"矣，他已辞别中年而跨入老年的门槛，而且他只是一个因贬去职的下级官员，一介穷愁潦倒的落魄文人，漂泊异地他乡，不但没有今日的豪宅华庭可以安居，连贫困者寄身的棚户也没有一间。

中国历来是一个官本位的社会，封建社会的官员们占有社会资源与权益的最大份额，占有的多少往往与他们的官阶成正比。杜甫也曾入仕，但他的人品学问才华均称上乘却始终位沉下僚，我且为他编写一份仕途履历简表如下：24 岁时赴开元廿三年（735）之进士考试，落第；约 35 岁时两入长安，10 年之中虽然亟欲"致君尧舜上，再使风俗淳"，但最终是水月镜花。直至天宝十四载（755）他 44 岁时，始授河西尉（从九品下），还不如今日之副科级，后改任右卫率府参军（正九品下），也只是管理兵甲器杖仓库的门禁锁钥的保管员，这对杜甫而言不知是重用还是讽刺？安史之乱中他从长安逃出奔赴陕西凤翔朝见肃宗，授左拾遗（正八品），因替布衣之交受罢职处分的宰相房琯说公道话，触怒肃宗，乾元元年（758）贬至华州任司空参军（正九品），管理地方文教祭祀。因战乱与饥馑交侵，次年弃官入蜀。上元二年（761），友人严武为成都尹兼剑南节度使，经严武入朝时推荐，朝廷召补杜甫为京兆功曹参军（正七品），但杜甫未曾去长安就职，那只相当于现在的名誉职衔，没有任何待遇。幕府，本为军队出征在野外所设的指挥部，后来也将担当方面之任的军政大员的官署称为幕府，而唐代中后期握一方大权的节度使盛行延纳幕宾，迫于友情，杜甫做了严武的半年幕僚，名义是"节度参谋检校工部员外郎"（从六品），短时间内有微薄的薪俸。"检校"，唐宋时期授予官职的一种虚衔，唐代各节度使的幕僚都有名义上的官职，多兼"检校"京官的头衔。杜甫实际上是幕僚身份的参谋，名义则是"检校工部员外郎"的京官，名以官重，这就是后世称杜甫为"杜工部"的由来。没有任何实惠而只有心理安慰作用，但杜甫此时已不屑于那种阿 Q 式的精神胜利法了，原来有宏大抱负的诗人屈作幕宾，朝九晚五做临时工，还要看幕府中后辈同事的炎凉嘴脸，听他们叽叽喳喳的冷语闲言，"白头趋幕府，深觉负平生"，仅仅半年他就婉辞了这一头衔，自动下岗，回到了他在浣花溪畔的草堂。

总括杜甫大半生的仕途，加起来平均大约当了半年的科级干部而已。待他到达成都，可谓风雪一肩，清风两袖，疾病满身，银行里没有存款，地方上没有房产，不但真个是贫无立锥之地，一家数口起码的温饱都成了问题，堪称亟待救助的赤贫户。所幸的是，他还有一些朋友亲戚，就是靠他们的接济与救济，他全家才免于沦为饿殍，而且居然还有了一处名传后世万岁千秋的草堂。

"计拙无衣食，途穷仗友生"，那些救助者我可以开列出一串长长的名单。为了他们曾经帮助过不仅是中国诗史也是中国文化史上一位最伟大的人物，今人应该向他们致以由衷的谢忱与敬意：

位居首位的是高适。早在开元廿七、廿八年（739—740），杜甫与高适就在山东汶上（今东平县境）相逢相识；天宝三载（744），他又曾和高适、李白一起联袂漫游梁宋，留下了许多美好的记忆；旅食京华时，他在天宝十一载（752）又和高适等人同登长安慈恩寺塔赋诗。乾元二年（759）高适出任彭州刺史（今四川省彭州市），杜甫困居陕西同谷时就曾写过《寄彭州高三十五使君适、虢州岑二十七长史参三十韵》，向他发出求救信号。四川当时地多人少，成都也仅三四万户，10余万人，私人建房并非易事，何况杜甫除了诗就一无所有，但他次年即于浣花溪畔有了一亩三分地，并营建草堂，当然定有贵人相助。"古寺僧牢落，空房客寓居。故人供禄米，邻舍与园蔬"（《酬高使君相赠》），虽然杜甫没有留下明细账目让我查考，那"故人"应该主要就是高适，而经济形势更为严峻之时，他还写过《因崔五侍御寄高彭州（适）》："百年已过半，秋至转饥寒。为问彭州牧，何时救急难？"高适当然没有袖手旁观，他摄成都尹之后还来草堂看望过杜甫。虽说君子施恩不图报，但古往今来受人之惠不知感恩者多矣，有的甚至翻脸不认人，恩将仇报。杜甫则不然，他寄赠酬答高适的诗共有14首之多，而暮年漂泊湖南，在湘江的船上偶然从箱箧中翻出 10 余年前高适寄给他的诗，其中有"人日题诗寄草堂，遥怜故人思故乡"（《人日寄杜二拾遗》）之句，他读终篇末，不禁老泪纵横，写下《追酬故高蜀州人日见寄》，开篇即是"自蒙蜀州人日作，不意清诗久零落。今晨散帙眼忽开，迸泪幽吟事如昨"，真是虽然幽冥永隔而高谊长存。

其次当是裴冕。对唐肃宗有拥立之功的裴冕，当时是成都尹、剑南西川节度使。杜甫在凤翔任左拾遗时与之相识却无深交，"冀公柱石姿，论道邦国活"，快到成都时在德阳写有《鹿头山》一诗，对其多加称美，当然是醉翁之意不在酒。裴冕之性"豪奢"，对杜甫的投奔之意心领神会，"供禄米"的"故人"中也应该有他，次年的"浣花溪水水西头，主人为卜林塘幽"（《卜居》），也应该包括可称一方"主人"的裴冕的帮助。但不久后，李若幽代成都尹，裴冕离开成都还朝，他一走之后，音讯与接济可能就断绝了，杜甫于次年夏日写的《狂夫》又不免诉起苦来："厚禄故人书断绝，恒饥稚子色凄凉。"有人曾经说过，人做一件好事并不难，难的是一辈子做好事，对裴冕我不想求全责备，因为他对本属浅交的杜甫还是有所照顾的，何况有些权势在握者，说的是一套做的又是一套，有的人甚至一辈子不做好事呢！

按时间顺序而言，名列再次的当推严武。杜甫与严挺之交谊颇深，长其子严武 14 岁，世交而兼诗友。在"房琯事件"中同遭贬谪。严武时来运转，上元二年（761）十二月，以成都尹、剑南节度使的身份镇蜀，他一到任，就寄诗给杜甫，以后在政治上多所关心，经济上多予支助，创作上互相唱和。宝应元年（762）七月，严武奉召还朝，杜甫一直送到绵州奉济驿。因成都少尹兼剑南兵马使徐知道造反，杜甫流落阆州一带，本来准备出川东下，广德二年（764）正月严武复镇蜀，写信挽留杜甫，杜甫喜出望外地返回草堂。53 岁的老诗人因严武之荐而任节度使署中的参谋，授职"检校工部员外郎"，而《杜工部诗集》中有关严武的诗竟多达 35 首，在《奉赠严八阁老》的诗中还赞美严武"新诗句句好，应任老夫传"，其中不无人情，也可见关系非同尔尔。

最后我要特笔以记的，还有如下人士：

王十五司马。此人乃杜甫的表弟。杜甫《王十五司马弟出郭相访兼遗营草堂赀》说："客里何迁次，江边正寂寥。肯来寻一老，愁破是今朝。忧我营茅栋，携钱过野桥。他乡唯表弟，还往莫辞遥。"贫居闹市无人问，富在深山有远亲，这位不嫌弃穷亲戚的表弟，带给杜甫的不仅是温暖的亲情戚谊，还有雪中送炭的今日大为流行的红包。

萧实。杜甫虽然穷困，却依然有爱美之心，为了美化草堂环境，他曾以诗代简，向萧实商要桃树秧，有《萧八明府实处觅桃栽》为证："奉乞桃栽一百根，春前为送浣花村。河阳县里虽无数，濯锦江边未满园。"

韦续。出于同样的原因，加之中国文人对竹的特别喜爱，他向韦续讨绵竹："华轩蔼蔼他年到，绵竹亭亭出县高。江上舍前无此物，幸分苍翠拂波涛。"（《从韦二明府续处觅绵竹》）

何邕。"草堂堑西无树林，非子谁复见幽心。饱闻桤木三年大，与致溪边十亩阴。"《凭何十一少府邕觅桤木栽》一诗，说的是杜甫如法炮制，以诗言情，请何少府大力支持草堂建设。

韦班。除了向这位韦先生索要大邑出产的声如哀玉色胜霜雪的日用瓷碗，杜甫还向他求助松子："落落出群非榉柳，青青不朽岂杨梅？欲存老盖千年意，为觅霜根数寸栽。"《凭韦少府班觅松树子栽》一诗，可见杜甫的新松恨不高千尺之心。

徐卿。杜甫还曾去成都市内石笋街之果园坊觅求果木，《诣徐卿觅果栽》一诗写道："草堂少花今欲栽，不问绿李与黄梅。石笋街中却归去，果园坊里为求来。"想来徐卿该有求能应，杜甫也如愿以偿吧？

今日的杜甫草堂占地 240 亩，小桥流水，花径通幽，茂林修竹，其间的建筑美轮美奂，但当年的草堂仅地一亩，茅屋数间聊避风雨而已。然而即使是那样的陋室蜗居，也是众多官员与亲友合力资助的结果，堪称古代的"扶贫工程"。不过，坎坷困顿漂泊多年的杜甫，终于在来成都一年后有了一枝之栖，如同饱经风浪的帆船终于有了一个稍事憩息的港湾，他的喜悦闲适之情见之于他的《堂成》，犹似今日华厦落成或"文学创作基地"挂牌所燃放的鞭炮：

> 背郭堂成荫白茅，缘江路熟俯青郊。
>
> 桤林碍日吟风叶，笼竹和烟滴露梢。
>
> 暂止飞乌将数子，频来语燕定新巢。
>
> 旁人错比扬雄宅，懒惰无心作《解嘲》。

二

杜甫在草堂前后大致居住了四年时间，然而，简陋的草堂却坐落在唐人的诗篇中和后人的记忆里，毁而复修，多次扩建，以至永恒于天地之间，时至今日成为历史的胜景，诗国的丰碑、芸芸众生自海北天南前来趋谒的圣地。这，难道是偶然的吗？

在中国的园林发展史上，唐代是一个重要的时期。园林之盛，其时已繁如星斗。除了达官贵人与富商巨贾拥有可供游憩观赏的宏阔园林，一般文人也向往山居丘园的优游之乐。据新、旧《唐书》记载，拥有豪华级私家园林的唐人如皇亲长宁公主、安乐公主，大臣如魏征、郭子仪，大画家如阎立本，约有43人；在《全唐诗》中，曾歌咏自家园林的诗人约有120位，提及的园林将近300处，作品当然更不止此数。这些园林，绝大多数已湮没无闻，且不要说当年赫赫有名的裴度的绿野堂与集贤园、李德裕的平泉庄、牛僧儒的归仁园、韦嗣立的山庄了，即使是王维在长安城外的辋川别业、白居易在洛阳的履道园与在庐山的草堂，也大都遗迹难踪。杜甫简陋的浣花草堂却与天地同寿，此中消息当然发人深省，这就在于杜甫的人品几近"完人"，其诗作是当之无愧的"诗史",而且达到了中国古典诗艺少人企及的高峰,堪称真正的赤子其人,星斗其文。

杜甫的诗作流传至今的约 1400 余首,失传的难以数计,应有数千首之多。他寓居四川近 10 年,作诗 800 余篇,占一生创作总量 60% 以上,而在草堂四年的诗作是 240 多首。草堂时期的杜诗,不仅创新和发展了中国古典诗歌中的新乐府诗体,以及五、七言古诗,律诗与绝句,创作的联篇诗章也有 26 组共 80 余首,为来成都之前全部组诗的总和。同时,他还学习了巴蜀民歌,诗歌的手法与风格更为丰富多彩,为随后的"夔州诗"的高潮做了充分的准备。更重要的是,他的忧国忧民的情怀一如往昔,像永不熄灭的熊熊火焰,而他民胞物与的人性光辉,则如抚慰人心的溶溶月光。因为生活粗安,他还写了百首左右的山水田园诗,这些达到了诗美极致的作品,既开拓了杜甫创作的新天地,也给读者带来了说不尽的审美愉悦,捧读之余,像徜徉在繁花似锦四时不谢的园林,欣赏那开不败的花朵。

杜甫的草堂诗,达到了主观与客观、形而上与尘世间、个人生命的深层体验与时代社会的深入表现的高度融合,其诗情的深至、人性的淳厚、胸襟的博大,不仅为同时代的诗人所不及,时至今日,又有多少诗人作家可以望见他的背影呢?如自然界的"雨",他是写过多次的了,在秦州时他就因雨涝而忧心忡忡地写过《雨晴》,而在成都则作有喜气洋洋的《春夜喜雨》:

> 好雨知时节,当春乃发生。
> 随风潜入夜,润物细无声。
> 野径云俱黑,江船火独明。
> 晓看红湿处,花重锦官城!

杜甫本来就情系苍生,何况他的草堂地在农村,他和农民形迹相亲,

《遭田父泥饮美严中丞》一诗可见，而且他亲力亲为，参加了一些力所能及的劳动，《有客》一诗可证。他的"喜雨"，固然有他对春雨独特的感觉，艺术表现上十分高明，但他能由单纯的大自然联想到广阔的人间世，诗的情感就有了更丰富的社会内涵，《春夜喜雨》一诗也就成了一曲既优美又不乏深沉的春雨的颂歌。

最令读者感动与感念的，当然是他那首著名的《茅屋为秋风所破歌》了，尤其是它那传诵千古的结句：

安得广厦千万间，大庇天下寒士俱欢颜，风雨不动安如山。
呜呼！何时眼前突兀见此屋，吾庐独破受冻死亦足！

中唐诗人白居易，在《新制绫袄成感而有咏》中说过"争得大裘长万丈，与君都盖洛阳城"，又曾在《新制布裘》中写道："安得万里裘，盖裹周四垠。稳暖皆如我，天下无寒人。"白居易能如此推己及人，已经是颇为难得的仁者心肠了，已经为一般人难以企及了，已经是对杜甫的人格与诗格有所继承和传扬。然而，他却仍然无法与杜甫比并。杜甫穷愁潦倒，白居易足食丰衣；杜甫位沉底层，白居易身居高位；杜甫是"死不足惜"，白居易是"稳暖如我"，境遇之高下与境界之差别显而易见。作为中国历史上与屈原、李白比肩的三位最伟大的诗人之一，杜甫所占领的高度，当然首先是诗的高度，但同时也可以说是思想美的高度与人性美的高度。属于"精神世界"的，并不都是"与时俱进"的，且不要说今日普遍慨叹之道德的沦丧与世风的日下了，试问今日包括众多文化人和广大政府官员在内的芸芸众生，究竟有多少人有杜甫那种忧国忧民的情怀？有多少人有杜甫那种悲天悯人的襟抱？有多少人有杜甫那种至淳至美的人性人情？这种诗性的严重不足与普遍缺失，大约也是今日不但世风不古而且诗运难昌的重要原因之一吧？

然而，后世还是有一些人吹毛求疵，他们无视杜甫诗中多次提及的黎民百姓，曲解说"寒士"只是指贫寒的读书人，而非广大困苦的劳动人民；在任何时代，一般而言偷盗至少是不光彩的，饥寒交迫的杜甫情急无奈称抱茅草而去的南村群童为"盗贼"，有的人也居然指责他立场有问题。不仅如此，在10年"文革"浩劫中，岂止是"八月秋高风怒号，卷我屋上三重茅"而已，草堂差一点儿也被当作"四旧"彻底横扫，幸得草堂工作人员极力救护保全；在"批林批孔"时期，杜甫又被打成反动的"儒家"，濒临灭顶之灾，幸亏一些青年工人进驻草堂，出于良知与正义，他们为杜甫戴上时髦的聊避风雨的"法家诗人"的冠冕。所幸的是，一切终于过去了，护佑草堂的，仍然是不老的青松翠竹，不灭的艳阳明月，不朽的厚地高天！

三

杜甫为他所处的时代争来了永恒的荣光，但他所处的时代太亏待了他。

杜甫的一生穷困潦倒，艰苦备尝，苦难远远多于欢乐，除了少年不识愁滋味的几次壮游，从来与"潇洒"和"小康"无缘；此外，他同时代的诗人包括好友李白在内，几乎没有人提及过他的作品，只有他晚年流落湖湘时，韶州刺史韦迢与衡阳判官郭受对他的诗多所赞美，但他们都不是文坛或诗坛掌握话语权的人物，只是地方官员甚至地方长官的僚属，何况杜甫此时已到了风吹烛灭的暮年。而他受到世人的瞩目，是身后从中唐元稹、白居易、韩愈等人的赞扬才开始的，而传世至今的唐诗选本，今日可见的共有10种，其中几种是杜甫在世或稍后所编，但竟然都没有收录他的作品，直至晚唐入蜀的韦庄编辑《又玄集》，杜甫才名列其中，这未免也太过于姗姗来迟了。对于一位伟大的诗人而言，冠盖满京华而斯人独憔悴固然不幸，但更不幸的是时代对其创作的冷落与无视，这就难怪杜甫暮年要在湘江之上发出"百年歌自苦，未见有知音"（《南征》）的长叹息了。

杜甫的草堂呢？当年也是人去物非。他离蜀东下乃至逝世之后，草堂也日渐败落，中唐时原宅已经不存，少人提及，只有崇拜他的张籍送友人去蜀时才对其提到杜甫草堂："行尽青山到益州，锦城楼下二江流。杜家曾向此中住，为到浣花溪水头。"稍后的雍陶也写有《经杜甫旧宅》一诗："浣花溪里花多处，为忆先生在蜀时。万古只应留旧宅，千金无复换新诗。沙崩水槛鸥飞尽，树压村桥马过迟。山月不知人事变，夜来江上与谁期？"从诗中的"只应"与"沙崩水槛"看来，草堂已基本不存了。时至晚唐，韦庄来此寻得草堂旧址，他的弟弟在《浣花集序》中说："虽芜没已久，而柱砥犹存，因命芟夷结茅为一室，盖欲思其人而成其处，非敢广其基构耳。"古今中外有许多文学家艺术家，有的生时名满天下而身后则每况愈下，如英国的所谓"桂冠诗人"；有的生前默默无闻而身后则盛名传世，如中国的陶渊明，如美国女诗人狄金森、荷兰大画家梵高。直至宋代，杜甫才真正算是时来运转，因为北宋始终处于内忧外患之中，而南宋更是偏安一隅，风雨飘摇，杜甫的极具现实感与社会性的忧国忧民的篇章，便引起时人的高度关注、诗人的深度共鸣。王安石《杜甫画像》说："宁令吾庐独破受冻死亦足，不忍四海赤子寒飕飕……所以见公像，再拜涕泗流。惟公之心古亦少，愿起公死从之游。"北宋号称"铁面御史"的赵抃出知成都，其《题杜子美书室》写道："直将骚雅镇浇淫，琼贝千章照古今。天地不能笼大句，鬼神无处避幽吟。几逃兵火羁危极，欲厚民生意思深。茅屋一间遗像在，有谁于世是知音？"之后吕大防知成都府事，"作草堂于旧址，而绘像其上"。吕之后胡宗宪知成都府，又将杜诗刻在碑上置于草堂四壁。南宋初，张焘重建草堂，陆游曾郑重拜谒，"清江抱孤村，杜子昔所馆。虚堂尘不扫，小径门可款。公诗岂纸上，遗句处处满。人皆欲拾取，志大才苦短"，作《草堂拜杜少陵遗像》一诗以颂。以后，历经元明清三代的修葺扩建，草堂才初具今日的规模。杜甫今日既有千秋万岁之名，身后事当时虽然萧条但最后仍然颇不寂寞，这也算是可以聊以告慰的吧？

近几十年中，我前后三次拜谒过杜甫草堂。初谒于 1987 年，与诗人彭浩荡同往。第二次是 2005 年 2 月，应成都市政府之邀，和台湾名诗人余光中、洛夫一道参加成都的"元宵诗会"，顺道再谒。第三次则是 2007 年夏日去九寨沟旅游，回程时偕内子缇萦重谒此地，温习当年。

杜甫草堂面临浣花溪，浣花溪即清水河（清江）的一段。且不要去追寻这条溪河得名的缘由故实了，那真是其美如花其韵如乐的名字。杜甫说"万里桥西宅，百花潭北庄"，"万里桥"即今日南门的府河大桥，"百花潭"在浣花溪的上游，今天已干涸而湮没。而草堂之外的浣花溪呢？唐代春夏水深之时，可行龙舟彩舫，绵延 10 里，秋冬水浅之时，也清能见底，游鱼可数。"清江一曲抱村流，长夏江村事事幽"啊，"舍南舍北皆春水，但见群鸥日日来"啊，"昼引老妻乘小艇，晴看稚子浴清江"啊，杜甫在诗中描绘的风情美景，现在早已被时间这位超级整容师修改得面目全非了。草堂附近，房屋鳞次栉比，马路密如蛛网，昔日的郊野绿原今天已变为红尘闹市。浣花溪过去被当地生产大队分割成养鱼池，今天也只是一道瘦瘦的几乎可以凌空跨越的暗绿流水，如果杜甫重来，他会不会感叹曾日月之几何而江山不可复识呢？

杜甫不可复识的，当然还有他当年曾经小住四年的草堂。那时占地窄窄一亩，茅屋寥寥数间，而今真个是今非昔比了。庄重古朴的黑漆对开的大门之上的横匾，鎏金大书"草堂"二字，正门两侧的联语"万里桥西宅，百花潭北庄"，召唤引进国内的游人和海外的游子，包括余光中、洛夫和我一行。此前我们曾冒雨去了峨眉山，我对洛夫说你游李白的峨眉山，如不赋诗就有虚此行，题目就叫"峨眉山雨中访李白不遇"吧，他回加拿大后果真寄来了他的《登峨眉寻李白不遇》，结尾想念的却是杜甫："再等下去，就会耽误我和老杜的约会 / 于是，我顺手抓住 / 一把湿漉漉的琴声 / 就那么一荡 / 便荡回到成都的 / 杜甫草堂。"其实，送我们回成都的草堂的，不是李白《听蜀僧濬弹琴》一诗中传来的琴声，而是四川卫视的几位记者和川中公路上生风的车轮。进得草堂大门后，过石桥，跨碧水，穿梅林，便是建于清代嘉庆年间的"大廨"。"廨"本系官署，旧时为官员办公之处的通称，杜甫无公可办，但他也忝为"工部员外郎"，后人大约是于此聊表心意吧？两侧的壁间悬挂的是清初学者顾复初所作的长联："异代不同时，问如此江山，龙蟠虎卧几诗客；先生亦流寓，有长留天地，月白风清一草堂。"大廨的正中，是杜甫拈须沉吟衣着灰白的石像。大廨之后，便是同时建成的"诗史堂"。两边楹柱上的长联是："诗有千秋，南来寻丞相祠堂，一样大名垂宇宙；桥通万里，东去问襄阳耆旧，几人相忆在江楼。"诗史堂中间，是杜甫的铜像，杜甫换了一身古铜色的便服，头戴儒巾，眉头深锁，不知是在萦念尚在烽火戎马中的故乡呢，还是在推敲什么心血来潮的好句？我们急忙趋前拜见，而余光中则摩挲杜甫飘动的衣衫，神情肃穆若有所思，他也许是想起了自己近40年前的1968年所写《湘逝——杜甫殁前舟中独白》吧，诗中写到了当时远在天边而现在近在眼前的草堂："西顾巴蜀怎都关进 / 巫山巫峡峭壁那千门 / 一层峻一层瞿塘的险滩？ / 草堂无主，苔藓侵入了屐痕 / 那四树小松 / 客中殷勤所手栽，该已高过人顶了？"

"新松恨不高千尺，恶竹应须斩万竿。"杜甫当年手栽的四棵小松，他后来说已长得有一人多高，但1200多年过去了，四株青松已经在漫漫岁月中失踪，但不曾缘客扫的"花径"仍在，"柴门"也仍然为君而开。诗史堂后面，便是"柴门不正逐江开"的"柴门"和几椽茅屋，门柱上少不了的是具有中国特色的联语："万丈光芒，信有文章惊海内；千年艳慕，犹劳车马驻江干。"千年之后的江干，不就驻有送我们远道而来的汽车吗？柴门茅屋之后，便是宏大庄重的"工部祠"，祠东为"水竹居"，祠西为"恰受航轩"，祠内两侧是清代名书法家何绍基手写的楹联原物，那是"文革"中草堂楹联被红卫兵砸毁时仅存的劫后余灰："锦水春风公占却，草堂人日我归来。"我们来时，不是正月初七的人日，却也是去人日不远的正月元宵。在工部祠中，我问洛夫：

"1986年你曾写有组诗《车上读杜甫》，说你在台北的公交车上读杜甫之诗。这组诗总共八首，分别以《闻官军收河南河北》这首七律的八句为题，我记得你曾异想天开地写道：'而今骤闻捷讯想必你也有了归意／我能搭你的便船还乡吗？'杜甫始终未能还乡，但你却早已还乡，而且还多次来过他曾居停的草堂。"

洛夫不胜感慨地说："我于1990年10月6日上午初访草堂，15日下午再访，回台后写了一首260行的长诗《杜甫草堂》，那既是对先师真诚的瞻仰，也是时隔千载一次历史性诗心的交融。"

"你的《杜甫草堂》，我以为是赞美杜甫的新诗中最好的一首。'诗人，仍青铜般醒着'，杜甫现在不就正站在诗史堂里吗？你这个湖南人就用他听得懂的湘音朗诵给他听吧。"

洛夫笑而作答："多年前我还写过组诗《边陲人的独白》，四首诗分别以杜甫的五律《春望》的前四句为题，我曾说'三峡水流汹涌／两岸动人心魄的岂只是猿啸／还有险滩／险滩上一双双被放逐的脚印／踽踽凉凉地／一路哭着出川'，这其中就有出川后漂泊湖湘的杜甫啊！"

早在1000多年前的永泰元年（765）初夏，杜甫把草堂留给弟弟杜占而自己乘舟东下之后，就再没有回来。西方一位哲人说过：人不能两次踏进同一条河流。但待到我2007年夏日再来时，却已是第三次朝拜杜甫草堂了，而余光中早已回到台湾高雄，洛夫则远去了加拿大的温哥华，只剩我一人来重温"诗圣"的遗踪，寻觅他的身影，探听他新诗改罢后独自的曼声长吟。

我再来时，工部祠后面平添了一处新的风景，小路边的石间立了一块石碑，其中镌刻的是余光中的我最早介绍到祖国大陆来的名作《乡愁》，我侧倚其旁摄影留念。草堂中新诗刻石的仅此一首，但我以为还不如刻他的长诗《湘逝——杜甫殁前舟中独白》或新作《草堂祭杜甫》中的警句。洛夫为杜甫共写诗三题13首，可供选刻的当然更多。当代两位台湾名诗人均有诗供奉，如同工部祠中有潜心学杜的黄庭坚、陆游配祭，杜甫有知，当会抚髯一笑吧？不过，洛夫还是幸运的，他在诗中说他知道杜甫"正在草堂阖目而卧"，而"进入草堂／首先迎向我的／竟是从后院蹑足而来的一行青苔／隐微的鼾声／如隔世传来的轻雷／不知响自哪一间厢房？"然而，我在草堂前前后后寻寻觅觅，却始终找不到杜甫哪怕一枚脚印，哪怕半句歌吟。"老妻画纸为棋局，稚子敲针作钓钩"，陋室中白发老妻画的棋盘水槛边敲针稚子的背影呢？"一匹龁草一匹嘶，坐看千里当霜蹄。时危安得真致此？与人同生亦同死"，名画家韦偃离蜀时在草堂东壁上画的两匹骏马呢？"三顾频烦天下计，两朝开济老臣心。出师未捷身先死，长使英雄泪满襟。"（《蜀相》）"花近高楼伤客心，万方多难此登临。锦江春色来天地，玉垒浮云变古今。"（《登楼》）"永夜角声悲自语，中天月色好谁看？风尘荏苒音书绝，关塞萧条行路难。"（《宿府》）那在茅屋中烛光下书写的许多传世名篇的手稿呢？一切都交给了滔滔的时间、悠悠的历史和渺渺的烟云，只有高楠香樟、秋桂冬梅、长青的苍松翠竹，还有那一代一代的华夏子孙，守卫着千秋泱泱诗国高贵的草堂，守护着天下芸芸诗人崇高的典范，守望着即之也温仰之弥高的民族的永远的恒星！

才如江海命如丝——王昌龄

一

天才诗人王昌龄是京兆长安人，其郡望有山东琅玡与河东太原二说，歌唱在距今已千有余年的盛唐。我的籍贯却是湖南长沙，生活于当代，只能引颈遥望他的背影。不能和他携手同行，杯酒言欢并言诗了，然而，一提到他的名字，除了敬慕与哀怜，我还感到分外亲近。

他的名字，像一团火，温暖了我青年时代在边塞的难忘岁月。犹记20世纪60年代伊始，我大学毕业后从京城来到君不见之青海头，故乡与亲人在南方，风雪与寂寞在塞外。身在边塞心忆江南，于天寒地冻饥肠辘辘之中想念那潇湘水云，洞庭渔唱。难以忍受的艰辛与怀乡，填满了度日如年的每一个日子。这时，王昌龄的边塞诗不时从唐朝远来，敲叩我的门扉与心扉，邀我一道去巡边跃马，高歌豪唱。"荷叶罗裙一色裁，芙蓉向脸两边开。乱入池中看不见，闻歌始觉有人来。"他的清新旖旎的《采莲曲》呢，也温馨了我这个南方人的梦境。我曾写有一篇题为《巧思与创新》的读诗札记，发表于20世纪60年代初的《四川文学》，编辑是一面不识直到"文革"后才有缘万人丛中一握手的陈朝红兄。那虽非我的处女之篇，却也是我年方弱冠的少作，我当时和王昌龄在诗中隔千载时空而促膝交谈的情景，文章刊出后的欢欣鼓舞之情，以及陡然而增的与逆境抗争的力量，数十年后蓦然回首，还恍如昨日。

早在少年时代，我就从《唐诗三百首》中初识王昌龄的大名了。"闺中少妇不知愁，春日凝妆上翠楼。忽见陌头杨柳色，悔教夫婿觅封侯。"（《闺怨》）那闺中少妇的幽怨，也曾造访过我懵懵懂懂不识愁滋味的少年之心。

我很早也读到过王昌龄、王之涣与高适"旗亭画壁"的故事：当年在长安的酒楼，一群梨园弟子和女伎聚会时演唱歌曲。唐代的绝句是可以入乐歌唱的，不像现在的某些新诗，不要说被之管弦引吭而歌了，就是读起来也佶屈聱牙，毫无节律与音韵之美，等而下之的更如一塌糊涂的泥潭，还自以为妙不可言玄不可测。当时高适、王之涣、王昌龄三位诗人互赌胜负，看谁的作品演唱的频率最高，结果王昌龄被唱次数最多。伶人们知道作者在场，喜出望外，便请他们"俯就筵席"而"饮醉竟日"。这一诗酒风流的文坛佳话，最早由中唐的薛用弱记载于《集异记》，然后在文人的笔下众生的唇间不断再版。少年的我也不禁异想天开：如果我其时也躬逢其盛，不仅可以像现在年少的"追星族"（他们追的多是歌星、影星与球星），一饱瞻仰星斗级名诗人的眼福，也可一饱诗与音乐结成美好姻缘的耳福，而且还可请他们签名或题词留念，假若保存至今，那岂不是顶级珍贵文物而价值连城吗？

及至年岁已长后和王昌龄相近相亲，才知道他是盛唐诗坛有数的重量级人物，当时及后世对他的评价与褒扬，都是实至而名归。不像当代文坛，"绝唱""经典""大师""划时代""里程碑"之类显赫的名头，轻易颁与同时代的作者，如同市场上降价批发的积压商品。殷璠与王昌龄同时，是盛唐诗歌在理论上的代表，他编选盛唐诗选《河岳英灵集》，虽然一时看走或看花了眼，竟然没有选录杜甫的作品，这不能不说是身为选家的重大失误甚至"失职"，但他选入的，毕竟大体如他所说是盛唐诗的精英，是东晋以后几百年内振起颓势的"中兴高作"。入选作品最多的是王昌龄，共 16 首，居诸家之首，而王维与李白名下，分别也只有 15 首与 13 首。初唐四杰的习惯排名是"王杨卢骆"，连李白都屈居王昌龄之后，如果他看到这个选本，白眼向天的他，会不会像心高气傲的杨炯一样，说什么"愧在卢前"而"耻居王后"呢？如果这个选本还属于同时代，那么，后于王昌龄 100 余年的司空图评价前人，人物早已退场，尘埃早已落定，就应该没有任何文本以外的政治因素人事关系的牵扯与瓜葛了，他在《与王驾评诗书》

中说："陈、杜滥觞之余，沈、宋始兴之后，杰出于江宁，宏肆于李、杜，极矣。"这一评断，该是符合"公平、公正、公开"的现代评判三原则的吧？李白与杜甫如果是峻极于天的双峰，王昌龄虽然整体海拔略低，但也是他们之前的巍然峻岭。至于绝句这一诗歌样式，从草创至于成熟的发展过程中，王昌龄则做出了与李白同样重要的贡献，他现存诗180余首，绝句就多达80首，连"诗圣"杜甫也只得逊让三分。我总以为，如果简而言之，作家大体可以分为"一般、优秀、杰出、伟大"四级，古今中外的作家均可以由礼仪小姐引导就位，或自行对号入座，而王昌龄被司空图评为"杰出"，可谓先得我心。唐代之后以至晚清，对王昌龄更是名副其实的"好评如潮"，而非像现在的许多评论文章一样，作品本来平庸却捧上云霄。例如明、清两代，就常将王昌龄与李白相提并论，如"七言绝句，几与太白比肩，当时乐府采录，无出其右"（明·胡震亨《唐音癸签》），"唐……七言绝，如太白、龙标，皆千秋绝技"（明·胡应麟《诗薮》），"七言绝句，古今推李白、王昌龄。李俊爽，王含蓄，两人辞、调、意俱不同，各有至处"（清·叶燮《原诗》），至于"神品""品居神妙""连城之璧""千秋绝调"之类的嘉语美辞，更是络绎不绝，绚丽如夜空庆贺的烟火。

还有一个头衔的论定，也是一个饶有兴味的问题。"琉璃堂"，原是王昌龄等人在南京时聚会吟咏之处，在王昌龄之后100多年的晚唐，流行一本说诗杂著《琉璃堂墨客图》，此书今已失传，断章残片存于明抄本《吟窗杂录》之中。书中称王昌龄为"诗天子"。这一称号流传后世，南宋诗人刘克庄在《后村诗话》卷三中就说："唐人《琉璃堂图》以昌龄为天子，其尊之如此。"清代宋荦在《漫堂说诗》中，也赞美"太白、龙标，绝伦逸群，龙标更有'诗天子'之号"。不过，元代的辛文房在《唐才子传》里，却有一字之改，他说"昌龄工诗，缜密而思清，时称'诗家夫子王江宁'"。到底是"天子"还是"夫子"呢？在封建时代，"天子"是天之骄子，人间至尊，"夫子"只是对男子的敬称，也用作对老师的称呼。以王昌龄的天才绝代，在诗坛而非官场的地位与影响，以及有关称谓记载的先后，我认为当以"天子"为是。王昌龄在诗歌创作特别是绝句领地上南面而王，君临天下，如同出自《诗经》的"万寿无疆"一语，竟被后世专用于帝王，难道只有封建帝王才可称为"天子"，难道"天子"一词只能由帝王一己得而私之吗？

二

王昌龄确实是天纵英才而才如江海，我们且观赏并倾听江海的澎湃。

盛唐的边塞诗派，虽然前后有王翰、王之涣、崔颢、常建、张谓、刘湾等实力派诗人加盟，有李白、杜甫这样的超一流高手前来客串，连药罐整日不离手的病夫李贺，也兴致勃勃地前来扬威耀武，锦上添花，写出"黑云压城城欲摧，甲光向日金鳞开"（《雁门太守行》）那样的名诗杰句，但高适、岑参、王昌龄、李颀毕竟是边塞诗派的主将或者说掌门人。

王昌龄年轻时经山西而宁夏，由宁夏而六盘山下的萧关，出关复入关，一游甘肃的"陇右"与河西的"塞垣"。他现存以边塞为题材的作品共21首，那些出色的边塞之诗，既是得江山之助，出于西北边塞实地游历的心灵体验，也是因为他手中握有一支如椽的彩笔。他的《从军行》七首，他的《出塞》二首，他的《塞上曲》与《塞下曲》，在今天这个日趋商品化功利化的"为钱"而"唯钱"的社会，究竟其值若何？怎样标价？究竟要多少黄金与白银才能购得呢？如他的《出塞》二首之一：

　　秦时明月汉时关，万里长征人未还。
　　但使龙城飞将在，不教胡马度阴山！

王昌龄即使只有这一首前人称为唐人七绝压卷之作的绝句，也足可以笑傲昔日威风八面的王侯和今日腰缠万贯的大款了。台湾名诗人洛夫说李白："去黄河左岸洗笔/右岸磨剑/让笔锋与剑气/去刻一部辉煌的盛唐。"（《李白传奇》）余光中在《寻李白》中也写道："从开元到天宝/从洛阳到咸阳/冠盖满途车骑的嚣闹/不及千年后你的一首/水晶绝句轻叩我额头/当地一弹挑起的回音。"他们说的是李白和他的绝句，王昌龄不也是如此吗？和他同时代的帝王将相达官贵人公子王孙富商巨贾都到哪里去了？而他的杰出诗篇却长留于天地之间，传唱人口，泽被后世，像一支永不熄灭的火炬，在历代传承民族优秀文化的莘莘学子芸芸众生手中，辗转传递。

能在年轻时即高扬边塞诗派的旌旗而自成一军，在寸土寸金的古代文学史上占有一席之地，留下自己的诗名与英名，本已经谈何容易了，王昌龄还不肯就此罢手，他还十分关心妇女的命运，在宫愁与闺怨这一众多诗人前来跑马圈地的领域里，以不世之才，开创了属于自己的天地。历代的帝王，无论他们中有的人如何被今日某些作家写手编剧导演胡吹乱捧为"英明之主"和"千古一帝"，但至少在大张肉欲方面，都一无例外地是好色之徒与无耻之辈，他们的后宫，不知因禁了多少美色，蹂躏了多少青春。唐王朝亦复如此而且处于"领先地位"。杜甫在《观公孙大娘弟子舞剑器行》一诗中就说"先帝侍女八千人"，白居易《长恨歌》中有道是"后宫佳丽三千人"。他们大约还是为尊者讳吧，唐太宗时，李百药上疏《请放宫人封事》，其中有"无用宫人，动有数万"之语，《新唐书》则记载"开元、天宝中，宫嫔大率至四万"，而唐明皇李隆基除了三宫六院，其见于史书的皇后妃嫔就有 20 余人之多，所以宋人洪迈在《容斋随笔》中，论定唐代是汉代以来妃妾宫女最多的时代。这，也应是唐代宫怨诗繁荣的一个原因吧？前述王昌龄的名作《闺怨》，就是以少胜多令人思之不尽之作，而他的《春宫曲》《西宫春怨》《长信秋词五首》，也是以对封建制度下妇女悲剧命运的深刻同情，以艺术表现上的精妙卓越，成为同类作品的佼佼者。如《长信秋词》其三：

奉帚平明金殿开，且将团扇暂徘徊。

玉颜不及寒鸦色，犹带昭阳日影来。

汉成帝时，赵飞燕姐妹得宠，班婕妤如秋扇之见弃而冷落于长信宫。《长信秋词》这一组诗，拟托班婕妤在冷宫中的独处生涯，表现了包括唐代在内的历代广大宫女的心灵历程与悲剧命运，客观上揭露了封建帝王的罪恶。晚唐诗人孟迟也有一首《长信宫》："君恩已尽欲何归？犹有残香在舞衣。自恨身轻不如燕，春来长绕御帘飞。"虽是同题目同题材之作，且不论仅就"君恩"与"自恨"二词，即可见识见与寄寓之低下，也不说对王昌龄之作有模仿之嫌，即在诗的韵味上也有直白浅近与含蓄深远之不同，真可谓小同而大异，后来而未能居上。檐间的燕雀，能追赶振羽长天的鸿鹄的飞翔吗？

三

这种不仅才高八斗而且才如江海的绝世才子，按照科举之路，他先中进士又举博学宏词科，照说也应该不会命途多舛的了，何况又是生活在所谓"大唐盛世"。殊不知他踏上仕途的开始，也就是他迁谪沦落的起点。

王昌龄曾先后任秘书省校书郎与汜水县尉一类的卑官小吏，是所谓"从九品"，与李贺后来的"从九品奉礼郎"是同一级别，大约相当于今日有人誉之为"芝麻官"的科级或副处级干部。他任汜水县尉几年之后，开元二十七年（739）即被贬岭南，目的地是位于今日湖南南部之桂阳。次年因玄宗大赦天下，他才得以北归，约在天宝元年（742）至天宝八载（749）任"江宁丞"。祸不单行，福无双至，"昨从金陵邑，远谪沅溪滨"，天宝八载，他又从昔日的江宁今日的南京远贬为"龙标尉"。龙标，即今日湖南南部怀化市东南60里之黔城镇，不久前改为洪江市。古籍中称龙标之地"溪山阻绝，非人迹所能履"，可见龙标当时是何等险恶蛮荒，远在当时的文明之外。

这是较第一次有过之而无不及的恶贬。那些当权而又决人生死者，对他是必欲置之死地而后快的了。罪名呢？现在已不得而知。殷璠的《河岳英灵集》隐约其词："晚节不矜细行，谤议沸腾，再历遐荒，使知音者叹息。""不矜细行"，用今天的语言来说就是不拘小节，实际上乃是言行不符合封建名教所框定的道德规范。天才，往往是与现实格格不入的，像王昌龄这种诗国的天才，性格豪放不羁，酷爱自主与自由，要他循规蹈矩谨言慎行，对时局与当道不发表颇具个性别有锋芒的意见，恐怕无法做到。王昌龄所生活的时代，唐玄宗已逐渐腐化昏聩，奸相李林甫执政当权，杨国忠炙手可热，对外开边启衅，对上大献神仙之术，许多正直之士被放逐，有的甚至横遭杀害，而王昌龄在诗文中往往还要指斥时弊，直陈己见，脱略世务，白眼王侯，这，怎么会不"谤议沸腾"呢？李白和他是同一重量级的天才，又是比他年轻四岁当年在巴陵一见如故的好友，杜甫不也曾说李白"世人皆欲杀，吾意独怜才"吗？

英雄所见略同，英才所遇也略同。坎坷不遇流落江南的李白，不久就听到了王昌龄贬谪的消息，他物伤其类，写了一首情深意切的《闻王昌龄左迁龙标遥有此寄》：

> 杨花落尽子规啼，闻道龙标过五溪。
> 我寄愁心与明月，随君直到夜郎西！

惺惺相惜，天才更相惜。李白与王昌龄一生大约只见过两次，但倾盖如故。第一次是王昌龄从岭南北返，路经岳阳，正好李白蛰居湖北安陆而南游湘楚，他们在巴陵郡真诚地互道"久仰"，而一杯美酒喜相逢。王昌龄曾作《巴陵送李十二》一诗给李白："摇曳巴陵洲渚分，清江传语便风闻。山长不见秋城色，目暮蒹葭空水云。"那一年的洞庭波兮木叶下的秋天，铭记了两位大诗人之间的真情挚谊、别绪离愁。首次相见复相别，李白应该有诗回赠，但李白之诗散失颇多，在现存的《李太白全集》中已无法寻觅。

后来王昌龄在任江宁丞时，曾一度去过京城长安，并和李白第二次握手。李白曾有《同王昌龄送族弟襄归桂阳二首》，而更为一往情深韵味悠长的，则是他近 50 岁时寄给再贬龙标之王昌龄的这首诗了。关山难越，谁悲失路之人？李白这一份雪中送炭的拳拳之情啊，也不知王昌龄收到没有，如果收到，他其时的感受又当如何呢？他是否立即心血如沸地写下唱和之篇？在古代诗人中，王昌龄的作品也是散失极多的一位，上述我的种种猜测揣想，在他仅存的 180 多首诗作里，可惜已寻不到半点消息。

夜郎族与古夜郎国，始见于战国至汉代。夜郎国本是西南地区一个小国家的名称，地域包括贵州西部及北部，以及云南东北、四川西部及广西北部一部分地区。据《史记·西南夷列传》，滇王与夜郎侯各为一方之主，竟然对汉朝使节提出"汉孰与我大"的问题，"夜郎自大"的成语也由是而流传至今。晋、唐两代，又曾以夜郎作为郡名，晋代之夜郎郡设在云、贵两省境内，而唐天宝元年（742）则改湘西地区之珍州为夜郎郡，见之于《旧唐书·地理志》："珍州……天宝元年改为夜郎郡。"此外，贞观年间夜郎也曾做县名，新旧《唐书》都曾多次记载夜郎县设于湖南西部的沅陵一带，其地也是夜郎各族杂居之地。如《旧唐书》："贞观八年（634），分辰州龙标县置巫州。其年，置夜郎、朗溪、思征三县。……天授二年（691），改为沅州，分夜郎、渭溪县。"中唐的刘禹锡贬为朗州（今湖南常德）司马，他在《楚望赋》的小序中，也曾经说"予既谪于武陵，其地故郢之裔邑，与夜郎诸夷错杂"，其意就是常德与名为"夜郎"的沅陵县相接。因为"龙标"在沅陵之南而略偏西，所以李白才说"随君直到夜郎西"。某权威电视台一位资深主持人在荧屏上讲到这首诗时，不明历史与地理和此诗之具体所指，竟然将此诗中的夜郎说成是地在贵州的夜郎，殊不知贵州的古夜郎，乃李白自己 10 年后的贬谪之地。身在唐代而学识渊博的李白，尽管因好酒贪杯而醉眼蒙眬，尽管因浪漫不羁而想入非非，但他却绝不会犯今日主持人这种地理上指鹿为马的错误。

四

山不在高，有仙则名；水不在深，有龙则灵。僻处于南荒之地的龙标之所以写进中国文学史的图册，就是因为它迎候了王昌龄的大驾光临。

王昌龄其时远去龙标，没有汽车与火车，更没有飞机，只能劳其筋骨地跋山涉水，行行复行行。天宝八载（749）初秋，他从金陵出发，溯江而上，由岳阳过洞庭湖而于秋末到达武陵。俗云：龙游浅水遭虾戏，虎落平阳被犬欺。在过去的历次政治运动中，许多人对落难者不是落井下石，众口交攻，就是白眼相看，如避瘟疫。唐代也许是人心尚古而文网未张吧，王昌龄在武陵郡受到田太守、袁县丞和泸溪司马等人的热情款待，使他这个戴罪之人分外感动。次年春日，他从武陵出发前往龙标，袁县丞远送他至武陵溪口——今常德市城西河洑山下，目送他扬帆远去。我曾邀昔日的学生今日在常德工作的潘钧辉引路，特地前往追怀凭吊，碧水悠悠，注到心头的千年往事也悠悠。王昌龄在《留别武陵袁丞》诗中说："从此武陵溪，孤舟二千里。"在此前所作的《答武陵田太守》一诗中，他也曾经写道："仗剑行千里，微躯敢一言：曾为大梁客，不负信陵恩！"今日读来，我感到人间的正义与良知并没有完全泯灭，世上也并非尽是趋炎附势与助纣为虐之徒，田太守他们对于王昌龄的款待，宛如风雪途中送上的一盆炭火，温暖了他几乎冻僵的身心，而一代才人在坎坷沦落之时，仍以古代的豪侠之士自许，希望将来有以为报，这也远非那些见利忘义过河拆桥者可比。不过，联想到王昌龄以后更苦难的遭逢与悲惨结局，不能不令人为之扼腕叹息！

除了边塞诗与宫怨闺怨诗写得异彩怒发，王昌龄的送别诗也是一枝出墙的红杏。"寒雨连江夜入吴，平明送客楚山孤。洛阳亲友如相问，一片冰心在玉壶。"他任江宁丞时写于江苏镇江的《芙蓉楼送辛渐》，是人所熟知的了，至今洪江市潕水与沅水汇流处的山冈上，仍矗立有一座"芙蓉楼"，当地人一厢情愿，说王昌龄就是于此送别辛渐。王昌龄有知，感于地方父老的一片盛情，也许会含笑默认吧？20 世纪 80 年代之初，我曾和香港友人黄维梁教授一登斯楼，对山城而怀古，临溆水而长歌，并作《诗家天子》一文以记此初游与盛游。我们的呼唤随风远去，青山依旧，绿水长流，却再也听不到王昌龄的回应。不过，他的另外两首出色的送别诗，确实至今仍悠扬在此处的蛮烟瘴雨之中，传扬在许多读者的唇间心上：

沅水通波接武冈，送君不觉有离伤。

青山一道同云雨，明月何曾是两乡？

——《送柴侍御》

醉别江楼橘柚香，江风引雨入舟凉。

忆君遥在潇湘月，愁听清猿梦里长！

——《送魏二》

诗人送朋友去武冈（今湖南武冈市）而"不觉有离伤"，写得十分旷达，使我想起他作于龙标的另一首诗："沅溪夏晚足凉风，春酒相携就竹丛。莫道弦歌愁远谪，青山明月不曾空。"（《龙标野宴》）他不是没有"愁"，而是有太多太沉重的忧愁，"愁听清猿梦里长"就透露了他的深愁苦恨；他不是没"离伤"，而是有太多太深长的离愁别意，"离尊不用起愁颜"（《别皇甫五》），"莫将孤月对猿愁"（《卢溪别人》），写来就是别恨满纸。他只是常常借自然风光来排遣愁情，又屡屡故作旷达之辞而已。一位天才秀发的诗人，只是因为特立独行，有自己不同流俗的个性，便屈居下僚，而且一贬再贬，30 年仕途，20 年迁谪，盛年时在南荒之地虚掷黄金般的岁月，而贪鄙谄媚蝇营狗苟之徒，却居庙堂之高，掌权衡之重。这，怎么能不令人千载之下仍为之愤懑不平而仰天长叹呢？

安禄山的叛军占领了长安，唐肃宗李亨于天宝十五载（756）即位于甘肃灵武，照例大赦天下，王昌龄因此得以离开困居了七八年的龙标。"往返唯琴书一肩，令苍头拾败叶自爨"，这就是湖南地方志的记载。他辗转道途，在路经亳州（今安徽亳县）时，竟被拥兵自重愎戾残暴的军阀闾丘晓所杀。其龄不昌，未到60之寿。奇才天忌，奇才也遭人忌，诗人横祸，文坛奇冤，文笔斗不过刀斧，诗家天子敌不过世上阎罗，闾丘晓扼杀了诗人的生命，也毁灭了更多的绝非凡品的诗篇。不过，有所谓"天网恢恢，疏而不漏"，后来河南节度使张镐命闾丘晓驰援被围困的张巡，闾丘晓竟迟迟不进，张镐以贻误军机的罪名将其正法。闾丘晓临刑前求告说："有亲，乞贷余命。"张镐的回答是："王昌龄之亲欲与谁养？"（《新唐书·文艺传》）这算是告慰了王昌龄的在天之灵。

在所谓大唐盛世甚至在有唐一代的诗人中，王昌龄的结局是最为悲惨的了。归根结底，他的悲剧固然是所遇非人，而且所遇是身披人皮的豺狼，但更是由于封建极权制度所致。"丹顿裴伦是我师，才如江海命如丝"（丹顿裴伦即但丁与拜伦），这是陈独秀与苏曼殊唱和的《本事诗》十首之四中的警句，柳亚子编《苏曼殊全集》时误为苏曼殊之作。而德国大诗人歌德也曾说过："天才的命运注定是悲剧。"天才往往是背时无运的，现实总是要残酷地压制异类，扼杀天才，缺少的是对才人俊彦应有的宽容、珍惜、尊重与敬意。检视和重温往昔，那种才俊之士乃至天纵奇才的悲剧与悲歌，不是被许多人演了又演唱了又唱吗？我们站在新世纪的地平线上眺望未来，往者不可谏，来者犹可追，抚今追昔，为了今日与明天，不是也应该怆然回首黯然回眸那历史的残阳如血吗？

独钓寒江雪——柳宗元

千山鸟飞绝，

万径人踪灭。

孤舟蓑笠翁，

独钓寒江雪。

——柳宗元《江雪》

一

这就是吟唱在柳宗元诗中的潇水吗？我到何处寻觅那位从长安远谪而来行吟水湄的诗人呢？在一个高秋之日，伫立在横跨潇水的浮桥上，俯仰天地水云，极目江流上下，我不禁思接千载。不远处有公路大桥凌空而过，工厂笔立的烟囱傲上云天，宣告唐朝当年这一边鄙流放之地早已进入了现代。南方的气候已日渐变暖，此间已很少有冬雪光临了，何况现在正逢秋日，仍然清碧见底的潇水水面上浮光跃金，到哪里可以找到而且登上柳宗元的一叶孤舟，为他披上一件尼龙雨衣，送上一根新潮的不锈钢钓竿，陪他去垂钓满江的寒雪？

中国封建社会发展到唐代，已如日中天，为后代史家所誉称的"贞观""开元"之治，正是所谓威震四邻而八方来朝的盛唐。然而好景不长，历时八年的安史之乱，使盛唐的灿烂光辉黯然消退，曾经极一时之盛的唐帝国，奏起的竟是江河日下的悲歌。北中国满目疮痍，未熄的烽火仍在四处燃烧。全国战乱前有 900 余万户，人口 5000 余万，战乱后仅余 190 余万户，人口 1500 余万，捐失户口达 3/4 以上。历史上任何大的动乱，都曾带来可怕的后遗症，非一朝一夕可以治愈，或者竟至于良医束手，药石罔效，这，可以说古今皆然，概莫能外。安史之乱后的政治问题，一是藩镇割据，藩将们割地称王，如一堆堆跋扈的野火，朝廷对他们鞭长莫及，常常无可奈何；一是宦官专权，那些缺德少才心理变态的小人阉竖，拨乱朝政，飞短流长，像一群黑蝙蝠在朝廷内外翻飞。痛定思痛，乱后思治，有理想有抱负的仁人志士对国势的衰颓痛心疾首，他们呼喊于朝，奔走于野，常常临风回首，想重温盛唐时代的好梦与雄风，于是，一股强大的中兴思潮，就在社会上奔涌激荡。柳宗元之前的中唐诗人元结在任湖南道州刺史时，曾请大书法家颜真卿以擘窠大字书写他作的《大唐中兴颂》，铭刻在祁阳县郊浯溪的巨石之上。千古不磨，至今石刻巍然而且岿然，为千年前有志之士的梦想做无声而胜有声的旁证。

在元结抱恨以终的次年，京城长安迎接了柳宗元呱呱坠地的第一声啼哭。柳宗元祖籍蒲州解县（今山西运城西南解州镇），又云"山西永济"，故后来人称"河东柳宗元"。出身于虽已衰落但几代人曾封侯拜相的士林盛族，他绝非古今皆然的那种坐享其成败事有余的纨绔子弟，而是继承了父亲柳镇刚直倔强的性格，父亲的热血也在他的血管中奔流，而身经目睹的时代动乱，以及自幼传承的儒家"仁政""民本"的观念，更使得强烈的忧患意识与兴亡之感，如熊熊的火焰燃烧在他的心中，他决心奋发有为以振兴国家而光耀门庭。少年春风得意，柳宗元 21 岁中进士，26 岁考取吏部的博学宏词科，从集贤殿正字而蓝田县尉而监察御史，刚刚过而立之年，他已升任官阶从六品上的礼部员外郎。他的文名也与日俱隆，直追当时高举古文运动大旗的韩愈。在政治上他踌躇满志，准备一显身手，虽然他的好友刘禹锡曾说他们热心于做治国平天下的政治家，而并不甘于仅仅做一名舞文弄墨的文人，但其时文坛声望最隆者，也是非刘、柳二位而莫之他属的了。

历史给了忧国忧民的志士仁人一次机会。永贞元年（805），唐顺宗李诵继位，立即提拔王叔文为起居舍人充翰林学士，实际上主持政务。柳宗元、刘禹锡等时代的精英均得到重用，于是，史家传为美谈的"永贞革新"便拉开了序幕。他们惩办污吏，削弱藩镇，整顿财政，打击宦官，雷厉风行的新政给百姓带来了希望，给国家带来了曙光。然而，阴阳其人的宦官、肉食者鄙的官僚与飞扬跋扈的藩镇，乘李诵中风病重之机，纷纷麇集在急于抢班夺权的皇太子李纯的门下。李诵八月初四退位，历时仅仅半年的"永贞革新"便匆匆闭幕。八月初六出任"监国"的李纯，迫不及待地立贬王叔文为渝州（今四川重庆）司户，王伾为开州（今四川开县）司马。九月，柳宗元、刘禹锡、韩泰、韩晔、陈谏、凌准、程异、韦执谊贬为远州刺史，恶贬意犹未足，又雪上加霜，在他们赴任途中加贬为远州司马。贬斥之人数众多，贬斥之地区遥远，贬斥之时间长久——除凌准、韦执谊和程异之外，其余五人均在贬所度过了10年岁月。这，就是唐代有名的也是历史上罕见的"八司马"事件。

柳宗元先贬韶州刺史（今广东韶关），半路上再贬为永州司马。不久之前，33岁的柳宗元还运筹帷幄，壮心不已，而在新贵们弹冠相庆之时，他自然是斯人独憔悴了。九月中旬，他悄然而凄然地离开长安，先是陆路后是水程，悲风苦雨和他一路做伴，待到他的孤帆从洞庭湖漂到湘江时，就已是淫雨霏霏连月不开的冬季。途经湘江与汨罗江汇合之处，"后先生盖千祀兮，余再逐而浮湘"，他当然想到古今同慨的屈原，便写下了《吊屈原文》这篇骚体杰作。柳宗元说他在屈子之后千年放逐江湘，我们今日又是柳宗元的千年之后了，当你行经汨罗江畔，只要你有心倾耳细听，江风仍会吹来柳宗元吊人亦以自吊的歌吟：

吾哀今之为仕兮，

庸有虑时之否臧？

食君之禄畏不厚兮，

悼得位之不昌。

退自服以默默兮，

曰吾言之不行。

既媮风之不可去兮，

怀先生之可忘？

他在运交华盖的放逐途中，仍然抨击朝廷官员只怕自己俸禄不厚官运不昌，而不忧虑国家的治乱兴亡，他虽然有志不申、回天无力，但仍表示不改初衷素志，而且决心效法前贤，这，正是古代遭遇坎坷的优秀知识分子的可贵传统。山一程，水一程，当年年底，呜咽的湘水还有飞舞的雪花，终于将他的座船送到了永州。

苦闷、委屈、痛心、气愤、绝望，百感交侵伴随了柳宗元的永州 10 年，但他唯独没有屈服，唯独不肯认错。在这位政治家和诗人身上，既集中表现了中国优秀士人关注国难民瘼的博大襟怀，也显示了三军可夺帅也匹夫不可夺志的浩然正气。

从事业辉煌的高峰，突然被一阵旋风扫落万劫不复的深谷，从车如流水马如龙的长安，突然贬到远在 4000 里外人烟稀少的边荒之地，柳宗元身心两方面所经受的艰难困苦，千载之下的我们都可想而知。唐代的永州，下辖零陵、祁阳、湘源三县，处于湘、桂交界的山区，是远离中原政治、文化、经济中心的"南荒"，而柳宗元的全衔是"永州司马员外置同正员"，所谓"员外置"，即在编制之外。"俟罪非真吏"（《韦使君黄溪祈雨见召从行至祠下口号》），他不是有具体政务与权力的官员，而是戴罪的流放的囚徒，何况朝廷在一年之内连颁四次诏命，规定"八司马"不在宽赦之列，柳宗元当然没有北归的希望。且不要说当朝新贵与趋炎附势之徒对他的交相诽谤和攻击了，谤声四起，落井下石，这种炎凉的世态和冷暖的人情，在人生舞台上是传统的保留剧目，时至今日，我们不少人都当过观众或是演员，或者兼有演员与观众的双重身份。柳宗元妻子早亡而未续娶，到永州不及半年，和他相依为命陪他远道而来的老母卢氏，因长途跋涉加之水土不服而染病亡故。柳宗元是独生子，母亲客死异乡，"穷天下之声，无以舒其哀"，他自然悲从中来，不可断绝。三四年后，由于精神和肉体的双重磨难，本当年富力强的柳宗元，就已经百病交侵。其中最严重的是"痞病"，脾脏肿大而饮食难进。他从市场上买来可健脾安神的茯苓，竟然是以芋头之类冒充的假药，服用之后病情反而加重，可见当今盛行的"假冒伪劣"产品，早已其来有自。总之，还没有到不惑之年，柳宗元就已齿牙疏松，白发丛生，真是年未40而齿摇摇发苍苍了。

然而，"无忘生人之患"的柳宗元，始终没有像陶渊明那样决心归隐，到后来，满怀悲痛已逐渐冷却为不泣之悲无泪之痛的他，也始终坚持自己坚如磐石的信念和正气凛然的风骨，与他的好友刘禹锡一样，至死也不肯违心地认错检讨。虽然那种"检讨书"甚至"认罪书"在20世纪某个历史时期的中国，一度还十分兴旺发达。"永贞革新"的领袖人物王叔文，贬官后第二年就被宣布为乱国的罪魁祸首而被处死，于是众口铄金，舆论一律斥之为"小人"，与他有交往的人有的反戈一击，检举揭发，有的往日趋奉唯恐不及者，此时避之唯恐不及，像躲避致命的瘟疫。这，当然也是古今皆然的人情之常，但柳宗元在给他人的书信中，却偏偏要说他和王叔文"交十年"，关系"亲善"，并且"奇其能"，与他可以"共立仁义，裨教化"。他还给王叔文病故的母亲写过一篇碑志，仍然全面肯定和公开称颂王叔文。柳宗元生前曾请刘禹锡代为编次文集，在风雨如磐的政治环境中，柳宗元以戴罪之身，居然还保留了这篇文章，真可谓"冒天下之大不韪"。如果我们今天还能在永州或他再次贬谪的柳州碰到他，一定能见到支撑他瘦弱的身躯的，是至刚至正的傲然风骨，假如你以现代的礼节趋前亲热地拍拍他的肩膀，当会听到他担荷道义的铁肩发出的铮铮之声！

柳宗元贬谪永州10年，前5年客居永州城内潇水东岸高处的古寺——

龙兴寺，据说这里原是三国时蒋琬的故宅，吴军司马吕蒙也曾在这里居停。后来柳宗元又移往法华寺构西亭以居。现在，龙兴寺早已渺无踪迹，连一块唐代的砖瓦也无处可寻，而法华寺新近重修，寺门的一副联语，追怀的正是永州昔日的人文之盛，以及如滔滔潇水一样一去不回的时光："唐代名庵子厚旧居精篇佳作今犹在，当前胜迹怀素故里法音妙谛又重宣。"我渡潇水而东，直上高岸上的法华寺，凭高远眺，西山虽已童山濯濯，无复当年的苍翠深蔚，但它仍蜿蜒在柳宗元的散文名篇之中；临风俯瞰，潇水的下游虽已有污染，但眼前的这一段也仍然清碧在柳宗元的千古诗句里。然而，柳宗元在哪里呢？他还在独钓寒江吗？我问寺门前见证过千年往事的古樟，苍老光秃的古樟如同齿发尽落的老人，枝丫摇风，似乎在喃喃些什么，可惜我听不懂它的方言。

二

清诗人、史学家赵翼《题遗山诗》说："国家不幸诗家幸，赋到沧桑句便工。"不过，在过去的时代里，不仅是国家不幸，而且诗人自己也有不幸的遭遇，才能写出血泪交迸与苍生息息相通的诗文。如果屈原得意于庙堂之上，李白沦为供奉之臣，杜甫也居则华屋高楼，行则轻车肥马，那中国诗歌史定将黯然失色，如同夜空最灿烂的星辰宣告缺席。柳宗元在政治上失败了，生活也坎坷困顿，但为他的政敌所始料不及的是，他们把他抛向了生活的底层，陷阱与荆棘造就的，却是中唐第一流的哲学家、思想家、散文家和诗人。在"永贞革新"中，柳宗元是败军之将，但在精神领域里，他却是可以高视阔步的王者，特别是中国的诗歌史与散文史，他都拥有黄金铸就的一章。

天宝盛世之时，永州人口近 20 万，待到安史之乱后柳宗元来时，已锐减至数千人。江山寥落干戈后，骨肉流离道路中，但是，官方对贫苦百姓仍诛求无已。柳宗元年轻时曾赞美一位县令范传真，在《送宁国范明府诗序》中就引用了他的金玉之言："夫为吏者，人役也，役于人而食其力，可无报耶？"按今天的语言就是，官员是人民的公仆，公仆是人民供养的，应对人民有所报答。到永州之后，柳宗元从朝廷庙堂跌落于民间草莽，对农民的苦难感同身受，他的作品就更能直面现实与人生。在《田家》诗里，他没有像一些诗人在饱食终日之后歌唱田家之乐，而是咏叹田家之苦："庭际秋虫鸣，疏麻方寂历。蚕丝尽输税，机杼空倚壁。里胥夜经过，鸡黍事筵席。各言官长峻，文字多督责。"而最有名的，就是那为今人所熟知的《捕蛇者说》了。如果柳宗元不是"无忘生人之患"，情系苍生百姓，身入并深入民间，而是养尊处优，住则高楼深院，出则奥迪奔驰，游乐则名山胜水与桑拿浴夜总会，他怎么能写出这等千古传诵的名篇？

1000年后的永州现在称为零陵市，人烟稠密，市区繁荣，马路宽阔，商贾云集。我只是来去匆匆的数日之客，到哪里去寻找那位姓蒋的捕蛇农民呢？街上熙来攘往说着零陵方言的后生，有谁是他的后裔？一时无从问讯，也无法查询，于是我跨过凌空于潇水之上的公路大桥，直趋西山下的愚溪，柳宗元的柴门也许还会为我们而开吧？

愚溪原名冉溪，是永州城外潇水之西西山脚下的一条小溪。元和五年（810）夏秋之交，柳宗元从城内搬到这里，度过了五年岁月，出于象征与反讽，改冉溪为"愚溪"。有名的"永州八记"的后四记——《袁家渴记》《小石城山记》《石渠记》《石涧记》就写在这里，而前四记的《始得西山宴游记》《钴鉧潭记》《钴鉧潭西小丘记》《至小丘西小石潭记》所写的景物，也或在愚溪之旁，或在愚溪之内。柳宗元在《囚山赋》中曾说："匪兕吾为柙兮，匪豕吾为牢，积十年莫吾省者兮，增蔽吾以蓬蒿。"他把永州群山视为囚禁他壮年和生命的囚笼。但是，痛苦的心灵需要解脱之时，山水又是慰藉苦痛灵魂的好友，医治精神创伤的良药，而在创作的领域中，美好的山水又常常成为作者人格的象征，情怀的寄托。在柳宗元之前，以自然为题材的散文篇章只是吉光片羽，在这方面也没有卓然特立的作家，是柳宗元以他的代表作"永州八记"，为中国的山水游记举行了隆重的奠基礼，并且开辟了散文创作的新天地。

我和王开林随身携带着《柳河东集》来寻访愚溪，准备按图索骥。"楚之南，少人而多石"，愚溪当年是山水清幽之地，现在，溪畔有一条石板街道，两侧聚集商肆人家，已俨然小小市镇。导游在溪边指点说，这就是柳宗元当年卜居之所了。"南州溽暑醉如酒，隐几熟眠开北牖。日午独觉无余声，山童隔竹敲茶臼。"以前每读柳宗元的这首情韵悠长的《夏昼偶作》，总是为他这位北方人担心：他怎么能经受得起炎方暑热的煎熬呢？如今我们沿溪徘徊寻觅，在竹林中侧耳倾听，竟再也听不到那位山童敲打茶臼的声音从唐朝传来。时越千年，江山虽未面目全非，也差不多不可复识，如果不是我们手中摊开的"永州八记"指引迷津，我们路过这里也很可能"纵使相逢应不识"了。

当我们踟蹰溪畔，想象柳宗元的旧居究竟位于何处之时，一位年已花甲的老人见我们并非浅游之客，便趋前热情地解说，担任义务导游。原来他是曾贬于永州的宋代抗金名将张浚的28代孙，是柳子千年后的知己，或者说"铁杆柳迷"，名张序伯。柳宗元在《钴鉧潭记》中说他买"潭上田""崇其台，延其槛"，老人居然引我们细察溪上一户人家的屋基，说是其下的青色条石时属唐代，是柳宗元当时"崇其台"之台，而其上之石则是后人所垒，柳宗元当年就居息于此。《钴鉧潭西小丘记》开篇便说："得西山后八日，寻山口西北道二百步，又得钴鉧潭。"老人遥指对岸竹树中透迤而下的一条小道说，柳宗元当年就是从那条小道下来，惊喜地发现小丘之美。虽然我们穷尽目力，仔细搜寻，却怎么也再看不到柳宗元从小道飘然而下的一角司马青衫，但我们绕行到那里回望两岸，那些"突怒偃蹇"的群石，却仍然从柳宗元的游记中奔出，若牛马之饮于溪，若熊罴之登于山。

它们在溪边俯饮1000多年，至今仍没有扬蹄离去，它们登山已千年岁月，到今天也仍在半途，没有攀上小丘之顶。这些不磨不卷之石，是要为柳宗元的游记做一群铁证，不，做一群石证与实证吗？愚溪纵然不是容颜全改，也绝不是柳宗元的旧时相识了。小丘之西的小石潭隐约犹在，只是今人"煞风景"地筑了一条石坝，将下泻的溪水拦腰截住，无可奈何的它，就成了深不见底的浑水一汪。"潭中鱼可百许头，皆若空游无所依，日光下澈，影布石上，怡然不动；俶尔远逝，往来翕忽，似与游者相乐"，柳宗元见到的那百许头游鱼呢？现在早已经去向不明。有人头戴太阳帽在石坝上垂钓，那已经不是古时的蓑笠翁，而是现代的休闲客了。一根尼龙钓丝两节塑料浮筒，能钓得起沉淀在潭中的千年日月吗？水库下溪流中与溪岸边的巨石，有一些已被炸掉砌屋修桥，溪水也已近乎干涸，水面漂浮着一些塑料袋易拉罐之类的现代垃圾，在污染柳宗元清新幽美的文章。参与污染的还有附近一座造纸厂，站在溪边抬头而望，即惊见一柱昂然直上的烟囱在傲对青空，喷吐它满肚子的乌烟瘴气，一股难闻的气味隐隐传来，四周风云见之变色。你如果还想学柳子当年在这里"枕席而卧，则清冷之状与目谋，潺潺之声与耳谋，悠然而虚者与神谋，渊然而静者与心谋"，那你就真是不知有汉无论魏晋。

"永州八记"的第一篇，是《始得西山宴游记》，西山"萦青缭白"的美景已长留在柳宗元的作品中，眼前的西山已是童山濯濯，楼屋房舍踵接肩摩。愚溪几不可识，西山不复可游，我们便去数里外潇水边之"朝阳岩"，也就是柳宗元诗中所说的"西岩"，以尽我们对前贤的敬意。

元结在任湖南道州刺史期间，曾经泛舟潇水探胜寻幽，发现了永州城郊这一处临水的洞壑，遂命名为"朝阳岩"。柳宗元追寻元结的足迹来过这里，我们追寻柳宗元的足迹，也不远千里而来。日正当空，在朝阳岩凭栏回望，青青翠竹从唐朝一直绿到如今，远处波光粼粼，半江瑟瑟半江红，那是潇水在清点它散落在水面上的黄金与白银。近岸处仍然如千年前一样清可见底，几尾小鱼毫无戒心地在水中优哉游哉。开林说：

"柳宗元写于这里的《渔翁》一诗,有道是'渔翁夜傍西岩宿,晓汲清湘燃楚竹。烟消日出不见人,欸乃一声山水绿。'日月不居,此间的清湘楚竹倒是依旧,你听到那一声欸乃正从千年前遥遥传来吗?

　　"我从小有些耳闭,现在更听不清。不过,柳子这首诗真是妙绝,我们作为楚人,与有荣焉。说来不免自私,柳子如不流放到这里,楚地虽有此胜景,但却不会有这一千古绝唱呵!"

　　"从古到今的文学作品汗牛充栋,"开林接着说,"但到底有多少能够流传呢?柳宗元此诗,结尾还有'回看天际下中流,岩上无心云相逐'两句,从宋代苏东坡到清代沈德潜,数百年间,不断有人表示此二句可以删去,七古变成七绝,更觉有余不尽。人生苦短,艺术长存,可见柳诗之与江山同寿。"

　　我也不免临清流而感慨:"当今作者多如过江之鲫,印刷技术更远胜古代,月月年年,出版的诗册文集堆山积海,但有多少真正能成为经典而传诵于后人的心头与口头?"

　　此时,开林沉默不语,大约因为这个问题不好回答。柳宗元倒是可以解答的,但到哪里去找他释疑问难呢?举目远眺,远处的水面上静静地泊着一条渔船,虽然时令是高秋而无飞雪,但我们也不禁对望一眼,心存希冀:那仍然是柳宗元千年前独钓寒江的孤舟吗?

三

　　独钓寒江,有远谪南荒离群索居的孤独,有坚持信念不随俗浮沉的孤傲,在千山鸟飞绝而万径人踪灭的境况中,孤独之感与孤傲之情时常袭上柳宗元的心头。但是,在雪满江干寒凝大地的冬日,也有二三知心好友来敲叩柳宗元的柴扉,嘘寒问暖,把酒论文,更有此生不渝的死友,从远方送来关怀和鼓励,如同熊熊的炉火。

　　"永贞革新"开始之时,许多官僚政客因为成败未卜,故而采取观望态度，而革新夭折之后，政敌们固然磨刀霍霍，要将王叔文等人置之死地而后快，一般官员为求自保，也纷纷表态支持唐宪宗李纯的新政权。最可见出人心翻覆似波澜的，则是同一阵营中人的倒戈易帜。例如郑余庆接到进京的调令之后，迟迟不肯到任，他要等到局势明朗之后坐收渔翁之利；韩皋见到调令立即来到长安，但一觑形势不对便马上反戈一击。上述这种人情世态古已有之，但可谓于今为烈，在过去一波未平一波又起的政治运动中，各种人物都纷纷登台亮相，被迫或自觉地扮演了脸谱各不相同的角色，时至今日，虽然有的人像变色龙一样随时而变，但举头三尺有神明，历史却如无所遁形的明镜，将他们一一记录在案。

　　给流放中的柳宗元以精神鼓励和慰安的，应该包括他早已故去的父亲和同来而未同归的母亲。柳镇性格耿直而仕途不顺，逝世前五年也就是50岁时，才做到殿中侍御史，但不久因为得罪权臣宰相窦参而被贬为夔州司马，年已十六七岁的柳宗元，远送其父至百里之外的蓝田县城，父子依依惜别之时，倔强的柳镇的临别赠言，竟然是"吾目无涕"。若干年后，这四个字当然成了回响在永州的暮鼓晨钟。曾经为柳宗元启蒙而毕生相依为命的母亲卢氏，在两个女儿病殁备受打击之后，她以67岁高龄的北人，又毅然随贬官的独子南来。在永州，她对爱子说："明者不悼往事，吾未尝有戚戚也。"柳宗元听到母亲一番暖如三春晖的教言，他当时的感受如何我们已不得而知，但却不难想见。而在精神上陪伴柳宗元独钓寒江的，除了他的至亲至爱，值得大书一笔的，还有他志同道合而至死不渝的朋友。

　　天地无私，人间有情，崇高而生死以之的友情，更是人间最可宝贵的一种情分。美国诗人爱默生有一句妙语："友谊是人生的调味品，也是人生的止痛药。"中国人素重友情，将春秋佳日登山临水的称为"逸友"，将奇文共欣赏的称为"雅友"，将直言规谏的称为"诤友"，将品德端正的称为"畏友"，将处事正义的称为"义友"，而那些可以共生死的刎颈之交呢？那就是不可多得的为人所艳称的"死友"了。柳宗元贬到楚之南这荒州远郡，故交零落，消息闭塞，既无即拨即通的电话，也没有即发即至的电传，只有一条和岁月一样悠悠的古驿道，姗姗来迟的新闻早已成了泛黄的旧闻。既没有作家协会，更没有现今名目繁多的各种学术团体，他的诗文只能发表在纸上，供自己长夜反复吟哦。所幸的是，不久之后陆续来了一些贬官流人，共同的命运与志趣，使他们形成了一个特殊的"沙龙"，其中有南承嗣、元克己、吴武陵、李幼清和终生不仕的白衣卿相娄图南。他们一起饮酒赋诗，臧否人物，纵论家事国事天下事。今日的读书人应该感谢他们，他们给柳宗元带来冬日的温暖，夏日的清凉，他们陪柳宗元登山临水，催生了一代文宗一记而再记的文章。

其中，学生辈的信州（今江西上饶）人吴武陵和柳宗元交谊最深。吴武陵少年得志，年纪轻轻就考取了进士，但第二年因得罪了当朝宰相李吉甫，就被流放到永州。吴武陵之来，于柳宗元如炎夏的清风，空谷的足音，他们朝夕相处而成为忘年之交。柳宗元在长安动笔因贬官而未竟全功的重要论文《贞符》，在吴武陵的催促鼓动之下成为全璧。总共67篇以笔记形式出之的《非国语》，也是由于吴武陵的帮助推敲而最后完成。以至柳宗元在《答吴武陵论〈非国语〉书》中，要感慨系之地说："拘囚以来，无所发明，蒙覆幽独，会足下至，然后有助我之道。"《全唐诗》只录存了吴武陵两首诗，其中《贡院楼北新栽小松》有句是"叶少初凌雪，鳞生欲化龙"，可见其志向高远，而《题路左佛堂》则是：

> 雀儿来逐飐风高，
> 下视鹰鹯意气豪。
> 自谓能生千里翼，
> 黄昏依旧委蓬蒿。

这是一首极少为今之论者道及的诗，其实它的象征性意象中有深远的寓意，显示了这位青年才子爱憎分明的情怀，以及由此及彼由小见大的诗才。难怪柳宗元和他一见如故，并视为忘年知己。

与柳宗元可以称为"死友"的是刘禹锡。出生于吴郡（今江苏苏州）的刘禹锡，20多岁和柳宗元同登进士，有同年之谊。长安相聚的时期，他们和吕温、韩泰等同为国家的精英俊彦，同气相求，切磋学问，研讨国事，用刘禹锡后来给柳宗元的赠答诗来说，就是"弱冠同怀长者忧"。刘禹锡日后在《洛中送韩七中丞之吴兴口号》一诗中，还旧情难忘地回忆说："昔年意气结群英，几度朝回一字行。""永贞革新"失败，刘禹锡贬为朗州司马，治所在武陵（今湖南常德市），他和柳宗元通过古驿道交换诗文，互致书信。刘禹锡性格开朗豪放，和沉郁内向的柳宗元不同，故有"诗豪"之称。我几次往游常德，总是希望能寻觅到他遗落在那里的哪怕是半张手迹，而在秋晴之日，他豪迈俊爽的《秋词》更在我的心宇飞扬：

> 自古逢秋悲寂寥，
> 我言秋日胜春朝。
> 晴空一鹤排云上，
> 便引诗情到碧霄。

这首诗，他应该寄给过相濡以沫的柳宗元的吧？一位"独钓寒江"，一位"晴空一鹤"，意象虽异，精神相同。刘禹锡如果从朗州去愚溪拜访过柳宗元，他们定会互相对诵上述诗篇。刘禹锡在柳宗元逝世后三年所作的《伤愚溪》中，曾经说："柳门竹巷依依在，野草青苔日日多。纵有邻人解吹笛，山阳旧侣更谁过？"情景如绘，似曾亲历。

元和十年（815），在放逐10年之后，柳宗元、刘禹锡、韩泰、韩晔、陈谏五人，同时接到回京的诏令。他们二月间回到长安，态度强硬而才子心性的刘禹锡写了一首《元和十年自朗州至京戏赠看花诸君子》："紫陌红尘拂面来，无人不道看花回。玄都观里桃千树，尽是刘郎去后栽。"讽刺的是那些反对永贞新政而飞黄腾达的衮衮诸公。由于这首诗成了导火线，三月十四日五人又全部贬为远州刺史。柳宗元任刺史的柳州（今广西柳州），离京城比永州更远。刘禹锡任连州刺史，即今日广东北部山区的连州市。刘禹锡与柳宗元结伴南行，至湖南衡阳依依惜别时，一而再再而三地彼此赠答诗篇，然后才临歧分手。柳宗元四年后以47岁的英年病逝于柳州，临终前写信给刘禹锡，请他编定自己的诗文集，并且写了托孤遗书，托他抚养儿女。刘禹锡扶母亲的灵柩从连州北归，恰恰在途经四年前分手之处的衡阳时，接到柳宗元的遗书和讣告，他不禁失声痛哭，"如得狂病"。他发誓说柳宗元的儿子"同于己子"。不久，他编定了30卷的《唐故柳州刺史柳君集》，亲撰序言，以后又将柳宗元的遗孤抚育成人。柳宗元在新贬柳州途中曾写有《再上湘江》一诗："好在湘江水，今朝又上来。不知从此去，更遣几年回？"他没有能再回京城，但14年后，刘禹锡却回来了，铮铮傲骨秉性不改的他，竟然又写了一首《再游玄都观》，快意与讥讽兼而有之："百亩庭中半是苔，桃花净尽菜花开。种桃道士归何处？前度刘郎今又来。"高歌一曲，虽然表达的是当年友朋的共同心声，可惜幽明永隔，柳宗元还能听到吗？

潇水下游已经有诸多污染了，但朝阳岩附近的碧水仍然像千年前一样清且涟猗，盈盈在《渔翁》诗中的清波，今天仍然可以洗亮我的眼睛。1000多年时间的漫漫风沙吹刮过去，物换人非，多少帝王将相恶棍小人早已杳无踪迹，多少庙堂文学多少无关民生痛痒的游戏文章早已化为土灰，但20个字的《江雪》却连一个字也没有磨损。我后于柳子已1000多年，在我之后千年的游人如果再来零陵，也定当仍然会看到柳宗元还正襟危坐在他的绝句中，独钓那中唐的满天风雪。

常怀千岁忧——唐诗的百年孤独

拉丁美洲 1967 年发生了一场"文学地震",震源是哥伦比亚大作家马尔克斯的长篇小说《百年孤独》。该书出版后便震惊当世,至今仍然余震不绝,在不同国度的一些作家的作品里,仍然可以测量出余震的影响。马尔克斯以"百年孤独"为其作品标题,自有他的深意,我却由一条江河而及于广阔的海洋,因此而联想到人生天地间和文学创作中表现的种种孤独,特别是大作家大诗人那种"生年不满百,常怀千岁忧"的千秋孤独。

此刻,把现代的鸡虫得失蜗角之争灯红酒绿纸醉金迷关在窗外,我独守书房,铺开稿笺和千年前诗国的贤哲阔论高谈,念天地之悠悠,感时光之忽忽,叹人世之匆匆,心中弥漫的正是一种莫名的孤独与深愁。

一

孤僻、孤傲与孤行,均不同于我所说的"孤独"。

孤僻,是性格上的疾病,心理上的缺陷,抱残守缺故步自封者封闭性自我的外在呈现,这种人,如同蚕蛹将自己紧裹在一层厚茧之中。孤傲,则是个人中心主义的别名,其夜郎自大藐视众生的人生态度,令人想到荒原上一匹独来独往的狼。孤行,乃是唯我独尊的独断与专横,此类孤家寡人,可能是一个家庭、一个单位甚至一个国家的暴君。

孤独感,是人类与生俱来的一种普遍共有的情感。一般人都害怕离群索居,英国作家笛福的《鲁滨孙漂流记》,写鲁滨孙因遇难而独处海岛,寂寞如蛇天天咬啮着他的心。我国诗人冯至 1926 年写的《蛇》,开篇也是说"我的寂寞是一条长蛇,冰冷地没有言语"。在愈来愈商业化功利化而生活节奏加速的现代社会，人与人之间的关系更加隔膜与疏离，许多人的心都如同城门紧闭或警戒森严的城池，那种孤独之感就更好像城头上的旗帜，吹拂的是幽寂的风。即使你身处热闹繁华之中，也常常不免会有孤独之感，如一支偷袭的尖兵悄然掩至。我就有过这样的体验。我本十分钟爱大自然中的清池而远离红尘中的舞池，但有一回身不由己被拉到舞池边去作壁上观，四周霓虹幻彩，鬓影衣香，流行音乐在舞厅内更加流行，也许是想到唐诗宋词那些形而上的高远的精神家园吧，我的心始终如不波的古井，只有一种莫名的孤独在其间汹涌。20世纪90年代前期应邀在台湾做客匝月，日日奔波于闹市，天天酬酢于宴席，直到有一天时届黄昏，友朋散尽，暮霭满窗，我一人独处不见青青柳色的他乡客舍，平日热闹的电话机也沉默在房间一隅，我突然感到一种寂寞深深深几许的孤独袭上心头，如窗外的暮色愈来愈浓而久久挥之不去。

这，大约是一种浅层次的孤独，或者名为生活的孤独吧。这种表层而个人性的生活的孤独，难以真正进入包括诗歌在内的文学殿堂。即使偶然强行闯入，也无法升堂入室。谁有耐心去倾听茕茕孑立形影相吊者的自言自语呢呢喃喃呢？在当前的诗歌和散文创作中，不少人或将身边芥豆之微的琐事敷衍成章，或将个人杯水悲欢的情绪夸饰成文，谁有雅兴去欣赏那些不关世人痛痒的絮絮叨叨呢？宋代宰相词人晏殊，他的《蝶恋花》之"昨夜西风凋碧树，独上高楼，望尽天涯路。欲寄彩笺兼尺素，山长水阔知何处"，触发过900年后王国维有关研究学问的有名联想，而他的"酒阑人散忡忡，闲阶独倚梧桐，记得去年今日，依前黄叶西风"，写的是达官贵人酒阑人散之后纯粹个人性的惆怅，千年来却鲜有知音。南唐后主李煜的作品不更是如此吗？前期的雪月风花温柔旖旎毕竟境美而意浅，而"一旦归为臣虏"之后，始有与众生相通的大孤独大悲怀，其后期作品和前期之作才判若霄壤。

由此可见，一般的生活的孤独并不能得到缪斯之青眼，只有将生活的孤独上升为与他人相通之生命的孤独、人生的感慨，并且借助于高明的艺术创造为一种普遍性的情境，如同饱谙世事历尽沧桑的高明乐师握拨一弹，才能在读者的心弦上挑起不绝的回音。

二

生活的孤独，是个人性或是离群或是失意的生活境况所带来的情绪，而我所说的"孤独"，本质上是一种精神的忧患，是一种人生哲学态度。我国古代荀子有云："居不隐者思不远，身不佚者志不广。"而法国文学大师巴尔扎克也说过："在各种孤独中间，人最怕精神上的孤独。"如果你一事一时一地的孤独感能升华为对生命的深层体验，而又具象化为一种不黏不滞的普遍性的艺术情境，它就可能越过空间的大漠与时间的长河，叩开异代不同时的读者的心扉。如出自同一诗人之手的王维的两首作品：

> 独坐幽篁里，弹琴复长啸。
> 深林人不知，明月来相照。
>
> ——《竹里馆》

> 独在异乡为异客，每逢佳节倍思亲。
> 遥知兄弟登高处，遍插茱萸少一人。
>
> ——《九月九日忆山东兄弟》

心依佛门的王维的《竹里馆》意与境适，它创造的琴啸自适了无纤尘的孤绝境界，表现的是人对生命本原的深切体验，以及对红尘俗世的抗拒和远遁。芸芸众生忙忙碌碌于尘世，或为名，或为权，或为利，或为国家大事，或为柴米油盐，百忙千虑之中，有的人也会不时向往山林中超尘绝俗一人独对的世界。读这种诗，当如在赤日炎炎之时捧饮清洌的山泉，可以聊慰心头的饥渴，一洗灵魂的俗尘。《竹里馆》一诗，如果表现的是离群索居的生命那自在状态的孤独，那么，《九月九日忆山东兄弟》则是写洋溢着人间烟火味的另一种孤独了。王维籍贯唐之蒲州今之山西永济，其地在华山之东，游宦在"异乡"而为"异客"的他，在佳节中自然更觉形单影只，于是直抒胸臆而成这一千古传诵的名篇。诗中的这种孤独，植根于我们民族传统的人情伦理之中，是生命中一种具有普遍意义的美好情感的体验，一经王维妙手抒写，自然传唱人口而齿颊留香。

假若我们有缘远去往日的曾经易名为零陵的永州，虽然时隔千载，但在昔日清清今日仍清清的潇水之上，你依然可以捧起柳宗元的那首名诗《江雪》：

千山鸟飞绝，万径人踪灭。

孤舟蓑笠翁，独钓寒江雪。

"永贞革新"失败之后，作为"八司马"之一的柳宗元远谪南荒。尽管谤声四起，八面交攻，但是他仍然一本初衷，不改素志。这首诗，正是一种高层次的生命孤独的独特表现。清诗人黄仲则说"千家笑语漏迟迟，忧患潜从物外知。悄立市桥人不识，一星如月看多时"（《癸巳除夕偶成》其一），远承的正是柳宗元诗的一脉心香。亲爱的读者，从千年前潇水孤舟那根"独钓"的钓竿之上，你读到的，是一种什么样的精神与人格的孤独呢？

有的诗人的孤独，是由生活境遇今非昔比的巨大落差所引起，如同一路欢歌舞蹈的流水，突然从悬崖跌入万丈深潭，但他却能超越具体生活的物质外象，而深切体验个体生命受到无情命运嘲弄之后所生发的生命悲凉。这种作品的悲剧意味，也颇能动人情肠，如李后主的又名《乌夜啼》的《相见欢》，以"高峰体验"的创作心态，写他命运与情感的"低谷"：

无言独上西楼，月如钩，寂寞梧桐深院锁清秋。剪不断，理还乱，是离愁，别是一番滋味在心头！

这位本色是艺术家而不幸贵为帝王的作者，他抒写的从高峰跌落谷底从繁华跌入萧索的囚徒，感情的表现是化抽象为具体，感情的指涉则是化具体为抽象，不泥于帝王生活的事象，不落具体而微的言筌。人生愁恨何能免？从生命体验的角度而言，千百年来人同此心的读者往往不免感同身受，而以"借他人之酒杯，浇自己之块垒"的形式，共同参与对这一名作的艺术再创造。李煜的另一首词《虞美人》，与此诗是同一主题同一情境之作，除了"雕栏玉砌应犹在，只是朱颜改"一句稍微坐实之外，其他都是一派空灵和泛化，故而那"一江春水向东流"的孤独与牢愁，同样能流向不同时代的读者心头，而白杨主演的表现14年抗战中平凡百姓悲欢离合的著名影片，没有能征得李后主的同意，便曾径行借用他的"一江春水向东流"的名句做了片名。

三

另一种境界高远寄慨遥深的孤独，源于主体对自身的超越及其有限性的矛盾，其意义又在一般的生命孤独之上。如何对它进行命名礼呢？我且称之为永恒的孤独或宇宙的孤独吧。

人的生命特征，是偶然性、一次性、短暂性与脆弱性的四维集合，而宇宙则上天下地时空浩渺而无始无终，二者之小与大、偶然与必然、短暂与永恒、天长地久与易折易逝，形成了强烈的对比和不可消解的矛盾。人生短暂，宇宙无穷，心灵敏感而又关怀众生和宇宙的诗人，以稍纵即逝的生命面对茫茫的空间与邈邈的时间，匹马单枪和万古千秋对决，自然免不了宇宙性的永恒的孤独体验油然而生。这种人生不满百而常怀千岁忧的孤独，是智者独处时的深层思索，是对人生和宇宙的终极意义的探问、追求与呼唤。这种时空无穷生命短促的对根本孤独的感情体验，自然具有大悲剧的意味，哲学称之为"根本孤独感"，佛学则谓之曰"根本烦恼"。这种永恒的孤独本来已经足以动人了，但它如果和积极的人生观照与人文关怀结合起来，则更如同暮鼓晨钟。因此，19世纪英国诗人詹·汤姆逊为此写过《孤独颂》，开宗明义就咏叹"万岁，温柔赏心的孤独，贤哲和善者的良友"，而20世纪美国哲人赫胥黎也说："越伟大、越有独创精神的人越喜欢孤独。"在中国的初唐，陈子昂就正是这样一位伟大的孤独者。

公元696年，也就是武则天万岁通天元年，陈子昂登上遗址位于今天北京市的"幽州台"，相传那是燕昭王求贤拜将而得到乐毅、邹衍、剧辛等风流人物的"黄金台"。陈子昂怀才不遇而位沉下僚，同时又对齐梁以来的绮靡诗风极为不满，如今登高台而四望，古今悠悠，天地茫茫，抚今追昔，推己及人，一种苍茫而永恒的孤独感充溢在他的心中。人生苦短而天地无穷，面对茫茫无垠的空间与悠悠无尽的时间，他不禁悲从中来，不可断绝。仰天长啸，一首千古绝唱就此诞生：

> 前不见古人，后不见来者。
> 念天地之悠悠，独怆然而涕下！
>
> ——《登幽州台歌》

晚生千多年的德国哲人费尔巴哈，他是否读过陈子昂这首诗，我已经无从问讯了，但他的确说过："时间是诗的源泉，怀古的幽情，如同利刃刺心，使诗人文思为之而泉涌。"陈子昂不正是这样吗？他此诗一出，其深沉而深远的寓意虽然"时人莫之知也"，而我们今天从这四句五七言骚体中，听到的也应该远远不是一个怀才不遇者个人得失升沉的低吟，而是一位伟大的孤独者面对无穷与永恒的几句追问，几声浩叹！"唯天地之无穷兮，哀人生之长勤。往者余弗及兮，来者吾不闻"，《远游》中哲人的叹息，不是余音袅袅于陈子昂的诗中而传扬至于今日吗？这种人生一次性与短暂性的永恒悲剧，这种形而上的宇宙性孤独感，远绍的正是屈大夫《天问》与《远游》的香火。

　　人生有许多大谜，古今中外不少诗人与哲人都试图破译，至今却都没有解开那几乎是不可解的谜团。人，虽然是所谓"万物的灵长"，但在世间万物中，人的起源和存在本身就是一个最大的谜。人是什么？人从哪里来，到哪里去？人的生命意义与价值究竟何在？与永恒的谜团朝夕相对，僧人隐遁，庸人无聊，俗人玩世，鄙人钻营，小人暗算，恶人走险，伟人叱咤，众人惶惑，而只有天才和智者孤独。他们敏感的心灵，总是在做思接千载而视通万里的灵魂的远游。在唐代诗人中，李白就是其中杰出的一位。在《春夜宴诸从弟桃李园序》那篇名文里，这位远游的诗神早就概乎言之了："夫天地者，万物之逆旅也；光阴者，百代之过客也。"现代大物理学家爱因斯坦既重视社会正义与社会责任，复又感叹人生是"孤独的旅客"，他皓首穷经，穷的是"相对论"之经，而李白则常常神游天外，常常通过日月和流水这些亘古不变的意象，穷诘时间与空间的永恒：

　　　君不见黄河之水天上来，
　　　奔流到海不复回。
　　　君不见高堂明镜悲白发，
　　　朝如青丝暮成雪。

　　　　　　　　　　　　　——《将进酒》

　　　白兔捣药秋复春，嫦娥孤栖与谁邻？
　　　今人不见古时月，今月曾经照古人。
　　　古人今人若流水，共看明月皆如此。

　　　　　　　　　　　　　——《把酒问月》

黄河走东溟，白日落西海。

逝川与流光，飘忽不相待。

——《古风五十九首》其十一

生者为过客，死者为归人。

天地一逆旅，同悲万古尘。

月兔空捣药，扶桑已成薪。

——《拟古十二首》其九

大凡天才对生命都极为敏感，李白本来就有一种超乎个体生命之上的人生大谜的永恒孤独了，何况世路多歧，命途多舛，有才难展而有志不伸，他的神思往往从现实的坎坷困顿中振翅而起，飞向时空的苍茫，翔向无垠的永恒。这种孤独之感，不能像过去一样贬为消极颓唐，而是他个人的现实忧患向宇宙意识和永恒之谜的升华，是我们民族灵魂深处最为深切却又无法解脱的悲剧感受。

李白和杜甫，是耀彩飞光于唐代诗歌天空的两颗最灿烂的星斗。杜甫历来被称为现实主义诗人，他的目光和笔触，似乎总是执着现实的大地与苦难的苍生，然而，如同飘然物外的李白也常常回到冷暖的人间一样，杜甫也有深邃博大的思接天人的哲学智慧，特别是当登临纵目之时，他对于生命和宇宙也有极为深刻的观照和透视。"锦江春色来天地，玉垒浮云变古今"（《登楼》），上句向空间拓展，下句于时间中驰骋，构成一个天高地迥极具宇宙意识的世界。"吴楚东南坼，乾坤日夜浮。亲朋无一字，老病有孤舟"（《登岳阳楼》），"一字"与"孤舟"之渺小，正反衬出"吴楚"与"乾坤"的天地之辽阔，时间之永恒。而他在大历二年（767）秋天于四川夔州所写的《登高》，更是表现了在多灾多难的时代里，一位超越现实的诗人的百年孤独：

风急天高猿啸哀，渚清沙白鸟飞回。

无边落木萧萧下，不尽长江滚滚来。

万里悲秋常作客，百年多病独登台。

艰难苦恨繁霜鬓，潦倒新停浊酒杯！

前人说此诗是杜甫七律的最杰出的一篇，更有人说此诗是古今七律之冠，同时也早有人指出颈联 14 字包含 14 层意思，可见杜诗之语言精练而内涵丰富。而我以为诗人在这里并不是单纯写眼前景色和一己悲欢，"无边"句写空间，人生也如萧萧落木；"不尽"句表时间，时间却似滚滚长江，他表现的是人在无穷无尽的时空中永恒的孤独之感，这是一种极具哲学意味的根本孤独。

"千秋万岁名，寂寞身后事"（《梦李白二首》其二），杜甫的创作不见重于当时，他内心自然不免孤独，但那毕竟还只是具体的小我的孤独，而这种大我的哲学意义上的宇宙孤独，才如其音远扬的清钟，撞响的是永恒，叩响的是异代不同时的读者心的弦索。

四

孤独，和杰出的文学创造结下的是难解之缘。

你如果检阅一下人类的精神史，就会发现孤独总是和杰出的思想家、哲学家甚至科学家结伴而行。法国启蒙思想家卢梭的一本随笔集，就题为《一个孤独散步者的遐想》，现代人本主义哲学的先驱叔本华、克尔凯郭尔、尼采，到今天的代表海德格尔、萨特和加缪，他们都强调个体的生命意志和孤独之感。文学家则似乎更是如此，西方的现代派文学固然创造了一个孤独者的世界，中国文学史从屈原到杜甫到曹雪芹到鲁迅，孤独的主题不是贯穿在他们作品的字里行间，孤独之感和他们本人不是如影随形吗？

如同两条河流的交注汇成一个湖泊，杰出或伟大的作家的孤独之感，主要由两个方面形成：一者如前所述，杰出的作家对生命之匆促宇宙之无穷有着异于常人的敏锐感受，那种宇宙性的孤独体验比一般人远为深切；另一方面，杰出作家往往是一些主体精神分外鲜明强烈而对人类怀有博大之爱的人，他们有十分突出的超前意识和独创性，抗拒从众的心理和媚俗的行为，因此，也就往往被只能理解现时存在的社会与大众所排斥，他们就难免内心的孤独。曾经撰写过《罗曼·罗兰传》的茨威格，是如此描述托尔斯泰的孤独："这个英雄主义的斗争，正同贝多芬和米开朗琪罗的一样，是在绝望的孤独中进行的，或者说是在没有大气的空间中进行的。妻子、女儿、朋友、敌人都没有理解他，都认为他是堂吉诃德。"托尔斯泰如此，而伟大的只活了57岁的音乐家贝多芬呢？创作了《英雄交响曲》《悲怆奏鸣曲》等名作的他，当时是常常"隐遁在自己的内心生活里，和其余的人隔绝"。而荷兰印象派的大画家梵高呢？这位今天身价越来越高的曾经给欧洲绘画史带来一场革命的天才，生前却承受着家人和社会的巨大压力，只是一个仅仅卖出过一幅画的众人眼中的"疯子"。

　　平庸的媚俗的作家，满足于尘世的虚华和市民的喝彩，自鸣得意的他们当然缺少孤独体验。当前不少作家的"自我感觉良好"，正是处于这种可悲的状态，时间很快就会将他们或她们遗忘。只有上连宇宙下系苍生的精神的孤独，才有利于创造情在人间而超越时空的不朽作品。美国大作家海明威，他在诺贝尔文学奖授奖仪式的书面发言中说："写作，在最成功的时候，是一种孤寂的生涯。一个在稠人广众中成长起来的作家，自然可以免除孤苦寂寞之虑，但他的作品往往流于平庸。而一个在寂然中独立工作的作家，假如他确实不同凡响，就必须天天面对永恒的东西。"中国诗歌的开山祖屈原不就是如此吗？只要走进他的诗的天地，那种强烈的时空意识和孤独之感便逼人而来："朝发轫于苍梧兮，夕余至乎县圃。欲少留此灵琐兮，日忽忽其将暮。吾令羲和弭节兮，望崦嵫而勿迫。路曼曼其修远兮，

吾将上下而求索。""民生各有所乐兮,余独好修以为常","忳郁邑余
侘傺兮,吾独穷困乎此时也。"(《离骚》)"曰:遂古之初,谁传道之?
上下未形,何由考之?冥昭瞢暗,谁能极之?冯翼惟象,何以识之?"(《天
问》)而在唐代的诗人之中,宇宙性的孤独感表现在个体的时空意识之中,
最强烈的莫过于早夭的天才李贺:

　　　　飞光飞光,劝尔一杯酒。

　　　　吾不识青天高,黄地厚,

　　　　唯见月寒日暖,来煎人寿。

　　　　……

　　　　吾将斩龙足,嚼龙肉,

　　　　使之朝不得回,夜不得伏。

　　　　自然老者不死,少者不哭。

　　　　　　　　　　　　　　　　　　　——《苦昼短》

　　正是那种强烈的生命苦短之感和实现自我价值的孤独之情,才造就了
李贺这位盛唐之后极富独创精神的青年"歌手"。他一展歌喉之后,现代
的书生的屋梁之间,仍有他千年不绝的绕梁的余音。

　　李白和杜甫,是唐代两位特立独行的诗人,李白具有强烈的自我创造
自我实现的欲望,其主体精神的张扬自然不见容于他所处的时代,所以杜
甫要在《忆李白》中长叹息"世人皆欲杀,吾意独怜才"。而"大道如青天,
我独不得出","古来圣贤皆寂寞,惟有饮者留其名",从他的自我歌咏中,
我们可以品饮他的孤独与悲凉,看到他如何将孤独体验化为创作的动力。
如果李白与当时的社会同流合污,从众而媚俗,中国诗史金黄的一章将会
黯然失色。胸怀自私目光短浅的人,不会有内蕴博大的孤独体验,杜甫身
居下僚而坎坷不遇,虽说是位卑未敢忘忧国,但从世俗的眼光看来,毕竟

人微而言轻，所以他在世前后的诸多唐诗选本，竟然短视地遗漏了他的大作。杜甫当然不免要发出"千秋万岁名，寂寞身后事"的叹息，而在流落湖湘的垂暮之年，在《南征》中更要低吟"百年歌自苦，未见有知音"。然而，这位当时受到社会与众人排斥拒绝的诗人，时间，这位公正无私的最权威的裁判，却证明了他的伟大与永恒。

真正杰出的作家和艺术家，他们不像许多人一样仅仅只是把艺术当成谋生或谋取功名利禄的手段，他们决不沾沾自喜于尘世的蜗角浮名，满足于常人均可企及的成就。他们无不深怀一种创作的孤独之感：一方面不随众，不媚俗，在创作上独立不迁，甚至为张扬自己的艺术个性实现自己的艺术理想而孤军奋战；一方面又期望以自己有限的生命去征服艺术，进而征服永恒。当代此岸的诗人郭小川在抒情长诗《望星空》中，就曾经咏唱"在伟大的宇宙的空间／人生不过是流星般的闪光／在无限的时间的河流里／人生仅仅是微小又微小的波浪／呵，星空／我不免感到惆怅"。"星星呵／亮又亮／在浩大无比的太空里／点起万古不灭的盏盏灯光／银河呵／长又长／在没有涯际的宇宙中／架起没有尽头的桥梁／呵，星空／只有你／才称得起万寿无疆！"此诗写于1959年那一极左的年月，他的超前的时空之感和宇宙意识，自然不为他所处的时代所理解，反而招来许多莫须有的批判的箭矢，满身伤痕的他只能品味更深沉的孤独与悲凉。而彼岸的诗人余光中呢？他以前的一部诗集就题名为《与永恒拔河》，他的许多作品，都表现了征服时空征服艺术的角斗士的孤独。他在近作《对灯》中，仍然如此歌唱："可幸还留下这一盏灯／伴我细味空空的长夜／无论这一头白发的下面／还压着多少激怒与哀愁／这不肯放手的右手，当一切／都已经握不住了，尤其是岁月／还想趁筋骨未钝热血未冷／向命运索取来此的意义。"空间虽然隔海，我仍然可以遥望，在一盏缪斯点燃的孤灯之下，那守夜人的满头青丝虽已变成飘萧的白发，然而那白发却仍在抗拒千年的风霜。

中国古代的诗人说：生年不满百，常怀千岁忧。古希腊的哲人说：人生短促，艺术永恒。社会性孤独和宇宙性孤独属于强者，属于追求形而上的诗人，属于具有当下关怀与终极关怀的作家。唯真正的大诗人才有大孤独。在不满百年的个人与千秋万岁的时空注定以悲剧收场的角力与决斗中，只有杰出的或伟大的诗人，才能以刹那战胜永恒！

月光奏鸣曲——唐诗与月

"月出皎兮，佼人僚兮。舒窈纠兮，劳心悄兮"，中国诗歌中的一钩新月，从《诗经·陈风·月出》篇中冉冉升起，向远古的山川洒落最早的清辉，然后弯过汉魏六朝的城郭，照耀中古时代许多诗人卷帷仰望的幻梦。时至唐代，月明星稀，它终于圆满在苍茫的天庭之上，辉耀在诗人的瞳仁之中，流光溢彩在从初唐到晚唐的许许多多诗篇里。如果翻开卷帙浩繁的《全唐诗》，你可以看到唐诗人举行过规模盛大的月光晚会，大大小小的诗人都曾登台吟诵他们的明月之诗。那场晚会永远不会闭幕，听众而兼观众的我也永远不会退场。在熙熙攘攘的红尘，营营扰扰的俗世，我珍藏在心中的，是永远也不会熄灭的唐诗中的月光。

春江花月

我喜欢倾听中国的古典名曲。此刻，当我写下"春江花月"这个标题，民族管弦乐曲《春江花月夜》的众多乐器的独奏与齐鸣，便在我心中响起，乐声宛如一座长桥，把我引渡到遥远的从前。

从前，遥远的六朝。不知名的民间歌手在哪一回良辰美景中心血来潮，创作了题为《春江花月夜》的乐府民歌？人生天地之间，无论物质需求还是精神生活，都离不开社会群体的创造和他人的襄助，除了冥顽不灵者和以怨报德之徒不知感恩，我们要感谢的人与事实在太多了。我感激唐代诗人张若虚，这位扬州人虽然与贺知章、张旭、包融齐名，被称为"吴中四士"，但两《唐书》对他未设专传，其生卒年与事迹今日也已经无考。在他的名下，《全唐诗》仅存诗二首，一首是平平之作的五言排律《代答闺梦还》，一首竟然是那篇永恒的有如神迹的《春江花月夜》！应该致以谢忱的还有宋人郭茂倩。钟嵘评介鲍照时曾喟然长叹："嗟其才秀人微，故取湮当代。"人微言也轻，一些作者因地位低微或名声不著，其优秀作品也往往随之埋没，这可谓古今皆然，因为世人常常势利媚俗且有从众心理。张若虚功名不显，生时就未能编集成书。今存唐人选唐诗10种，依其年代，芮挺章《国秀集》可以选其诗却未选。宋代许多与诗有关的著名文献，如《唐百家诗选》《唐诗纪事》等书，也均未收录张若虚其人其诗。幸亏宋人郭茂倩编辑《乐府诗集》时，收有清商曲辞吴声歌曲《春江花月夜》五家七篇，张作因为也是"乐府"，故而被收录其中。富豪痛心的是钱财损失，政客锥心的是禄位成空，书生伤心的是杰作不传，如果郭茂倩还可以收到，我们真应该用洒金红笺向他好好写一封感谢信，并且以限时特快专递送达，如果没有他的收录之功，我们今日失掉的将是一块精神的连城之璧！

张若虚的《春江花月夜》，曾伴随我人生的花信年华。湘江，在我所居住的城市长沙的城边流过，江中有一座长岛，人称水陆洲或橘子洲。那时，还没有凌空飞渡的大桥，过江的人靠的是渡轮或小舟迎来送往。很少污染的江水，唱的是自古相传的碧蓝的谣曲；幽静少人的橘子洲，还像童话中的一幅插图。我们常常在春天的黄昏渡江登岛，在江边的一伞树荫下等待月上柳梢头。春江浩荡，当万古如斯的一轮月华从江中涌出，江干白沙如雪，长洲花林似雾，我年轻的心中如痴如醉的是张若虚之诗句：

春江潮水连海平，海上明月共潮生。

滟滟随波千万里，何处春江无月明？

江流宛转绕芳甸，月照花林皆似霰，

空里流霜不觉飞，汀上白沙看不见。

江天一色无纤尘，皎皎空中孤月轮。

江畔何人初见月，江月何年初照人？

人生代代无穷已，江月年年只相似。

不知江月待何人，但见长江送流水。

……

千年前张若虚描写的，是他故乡扬州的春江，还是江南哪一处风光绮丽的地方？这只有请他才能解答了，但我当时只觉得他写的就是我眼之所见身之所历。那时少年不识愁滋味，更何况人生初恋，只觉得他的诗句美妙绝伦，也顾不得去想他"江畔何人初见月，江月何年初照人"的有疑而问，只希望柳梢明月永远照耀着现在的我们，就于愿已足了。

似水流年。数十年后再来读张若虚的《春江花月夜》，当然已有较深层次的理解。这首诗与陈子昂的《登幽州台歌》，是初唐诗坛的双璧。同是感悟人生、咏叹哲理、回眸历史、叩问宇宙，前者的意象中心是碧海青天的明月，后者的中心意象是抒情主人公作者自己，而前者出之以清新幽远的意境，后者则发而为慨当以慷的悲歌，标示了唐诗对诗美与风骨双重追求的创作走向。不过，陈子昂的诗当时即已名满天下，张若虚的诗却明珠暗投了好几百年，一直到明代才逐渐为人所识。但是，如果张若虚知道闻一多曾盛赞"这是诗中之诗，顶峰上的顶峰"，他也该诗逢知己而欣然一笑吧？

数十年过去了，湘江早已没有过去的清且涟猗，橘子洲也已屋宇拥挤人烟稠密，江边的那株柳树虽在却也已不再飞绵。我和少年的恋人如今也华年已老，但我心中的张若虚的《春江花月夜》啊，却永远永远年轻。

边塞月

唐诗如同浩浩荡荡的长江大河，其中的边塞诗波涛汹涌，浪花千叠。边塞多雄关险隘，而高空的明月是关山的背景、征人的乡愁、历史的见证。

因此，许多边塞诗被那一轮明月照亮，就绝非偶然了。

"走马西来欲到天，辞家见月两回圆。今夜不知何处宿，平沙万里绝人烟"，岑参出使西域，两三个月尚未到达目的地，如今他只消坐上波音747，一鸟冲天，不是朝发夕至而是即发即至。不过，那样一来，这首题为《碛中作》的好诗，也就会在天上烟消云散了。"回乐峰前沙似雪，受降城外月如霜。不知何处吹芦管，一夜征人尽望乡"，这是李益的《夜上受降城闻笛》，诉之于听觉的笛声固然动人情肠，如霜的月色可能更撩人愁思，如果只有笛声而无月色，恐怕还不足以使征人们那天晚上一夜不眠吧？王昌龄在《从军行》中歌吟："琵琶起舞换新声，总是关山旧别情。撩乱边愁听不尽，高高秋月照长城。"秋天是草木摇落而倍加怀人的季节，何况是边塞的秋天？更何况是边城的秋月？时隔千载之后，我于一个早秋之日从北京远去青海，在西部边陲的月夜，我竟然和唐代边塞诗中的明月撞个满怀。至今回忆往事，仍可拾起几片粼粼的月光。

20世纪60年代伊始，我毕业于北京一所高等学府的中文系。因为当时只埋头读书而不顾抬头看路，心知我们这些"只专不红"的人只会远走边疆，而绝不可能留在北京，加之那一代青年大都单纯热情，所以我也满怀建设边疆的豪情壮志，三个志愿分别填写了青海、内蒙古与西藏。虽然平日高喊革命口号而城府颇深的同学，许多分了京城，但我胸中汹涌的，却仍是李白的"大丈夫必有四方之志"的浪漫豪情。那时，饥荒已突降神州大地，但我们却懵懂无知，只知"形势一派大好"。临行前，一位年长的同学悄悄告诉我，西北地区尤其贫困。他说时面色神秘而紧张，再三叮嘱我不得外传。我其时虽已弱冠，但仍然少不更事，初闻之下，还怀疑耳朵错听了童话或者神话。

车轮西行，日轮也西行，列车终于和夕阳一起抵达青海的省会。一路上见闻已经不少，而西宁呢，远比我想象中的还要落后与荒凉。一条贯穿全城的主要马路很少行人，其他街巷古朴简陋，就如时间一样年深月久，而不知筑于何朝何代的泥土城墙，仍固守在肃杀的秋风中和遥远的鼓鼙声里，不肯让位于现代文明。我们一行数十人被安顿在湟水河边的招待所，便开始了在青海最初的而远非最后的晚餐。在北京，我们是天之骄子的大学生，尚不太清楚饥饿为何物，而现在款待我们肠胃的，只有三枚越看越瘦的青稞馒头，和一小碟其色深黑其味苦咸的干野菜，见不到一个油星。晚餐后，同学少年似乎是患了集体失语症，在那摆放着双层床可住数十人的大房间内，一个个爬上床去早早安眠或无眠。

然而，应该都是眠而不安吧？秋夜边地的天空碧蓝如海，不染纤尘。我在唐诗中见过不知多少回的那轮边塞明月，正攀过远处的山峰而升上中天，把清霜洒遍边城，也洒满我一床。辗转反侧，我不禁想起唐诗人吕温，和刘禹锡、柳宗元声气相通的他，贞元二十年（804）出使吐蕃，在青海被拘留经年。他的诗多次写到青海，《经河源军汉村作》说"行行忽到旧河源，城外千家作汉村"，在《读勾践传》中，他又说"丈夫可杀不可辱，如何送我海西头"，而《吐蕃别馆月夜》，写的似乎就是我斯时斯地亲历的情境：

　　　　三五穷荒月，还应照北堂。
　　　　回身向暗卧，不忍见圆光。

"三五"是农历十五，月亮最圆之时。吕温想的是绝域穷荒的明月，也应该会照临家乡慈母的居处，他转背侧身而卧，不忍再面对那撩人愁思的月光。心中默诵吕温的诗，我真想问问他：你当时羁留的"别馆"的所在地，是否就是我今夜暂住的招待所呢？

虽然远离家乡和亲人，初来乍到那陌生而艰苦的不毛之地——君不见之"青海头"，但我心中奔流的，毕竟是不易冷却的年轻的热血。深宵不寐，我想得更多的是豪气干云的李白，那一轮明月当晚从他的《关山月》中奔逸而出，如一面银锣，敲响在万山之上、蓝天之上和我的心上：

明月出天山，苍茫云海间。

长风几万里，吹度玉门关。

汉下白登道，胡窥青海湾。

由来征战地，不见有人还！

戍客望边色，思归多苦颜。

高楼当此夜，叹息未应闲！

在青海的日子，虽然生活清苦，但青春无悔。但人生不能只有月夕花朝的柔情，也要有铁马金戈的壮志，不能只有舞池灯畔的轻歌曼舞，更要有寒天冻地之中的抗雪凌霜。青海馈我以不是许多人都有的人生经历，赠我以不向命运屈服的坚强意志，即使这些都没有，仅仅只是和吕温与李白的边塞明月千年后实地相逢，我也感到很满足和富足了。

山月

古人认为日为太阳，月为太阴，但在中国古典诗文中，歌咏明月的作品的数量，却远远超过抒写太阳之作。在古谣谚中，对太阳甚至还有"时日曷丧，予及汝偕亡"的诅咒之言。苏东坡自道平生赏心乐事有 16 种，没有一种及于太阳，但其中之一却是"月下东邻吹箫"。这，是否因为世上劳劳碌碌不胜其苦的众生，更需要柔性的月亮的照耀和抚慰呢？

在形态情境各异的月亮中，"山月"，是最逗人怜爱和引人遐想的一种了。也是苏东坡，他在《赤壁赋》中就曾赞美道："惟江上之清风，与山间之明月，耳听之而为声，目遇之而成色。取之不尽，用之不竭。"我的前半生，和唐诗中的山月不知相聚过多少回，与大自然中的山月也有过多次邂逅，而其中的两次尤其令人难忘。

20 世纪 70 年代之末，如今名满天下的湘西张家界，其时还寂然无名，且不说外省人茫无所知，连近在长沙的我，也只听到一点美丽的风声。在一个初秋之日的黄昏，我们驰驱一日之后终于到达山下，来不及安顿行囊，我便奔出那时唯一的简陋的招待所，到室外朝拜山神。那些奇崛峭拔见所未见的峰姿山影，崇得我目不转睛，美得我心旌摇曳，直到它们渐渐融化在苍茫的暮色和苍老的夜色里。

忽然，暗蓝的天空幻为银灰，躲在山背后的一轮圆月，连招呼也不打一个，仿佛存心要抛给我们一个惊喜，便从山尖上涌了出来，有如一位风华绝代的美人登场，明光四照，仪态万方。这时，不仅我们望得目瞪口呆，那些山的臣民——早已归巢休整的鸟雀，也此鸣彼哳地欢呼起来，和山脚铿铿锵锵的金鞭溪，合奏一支秋宵的深山小夜曲。如斯情境，使我蓦然想起了王维的《鸟鸣涧》：

人闲桂花落，夜静春山空。

月出惊山鸟，时鸣春涧中。

王维是盛唐的一代诗宗。他的游侠诗、边塞诗、山水田园诗和写相思离别的抒情诗，都有千古传唱的上选之作，其健笔可谓四面生风。即使没有其他方面的成就，仅仅只有现存的数约百计的山水田园诗，他也仍然可称一代名家。他的此类诗作，集中突出地表现了大自然的美，构成了一种远离尘嚣与世俗的"静境"与"净境"，丰富了诗的魅力，扩展了诗的天地。王维籍贯山西，一直生活在北方，到过汉水，但似乎没有到过江南，上述这首诗，大约是他晚年居于长安郊外辋川别墅时的作品。在难忘的张家界秋夜，我想王维如果能来此欣赏那一轮南方的山月，不知他会写出什么新的不朽的篇章。

初游张家界，我由实景而诗境，领略了王维诗中的山月之美；在夏夜的湘西南木瓜山上，我有幸和他的山月再度相逢，并做人天之间的交流与对话。

那是有一年的八月酷夏，何草不黄？远避祝融蒸沙烁石的炎威，暂别终日纷纷扰扰六根都不得清净的红尘，我远遁湘西南的一座深山。山名木瓜，林木荟郁，山脚有溪流如小家碧玉，山中有水库似大家子弟。我和游侣于其间优哉游哉，不亦乐乎。当月出东山，湖面银光似雪之时，我们曾坐在林中纳凉赏月。《二泉映月》的如怨如诉的溪水，从同伴手中的两根琴弦下流泻出来，在四周松竹的清香里荡向远方。奏者如迷，听者如醉，我心中的俗念，身上的红尘，被音乐的流水一时洗尽，山下的车水马龙熙熙攘攘酒绿灯红你争我斗已恍如隔世。此时，山中寂寂无人，唯有清泉鸣于石上，松风游于林间，高天的明月像一个从不生锈的银盘，从树隙间筛下叮当作响的碎银，而不请自来的，却是王维的《竹里馆》：

独坐幽篁里，弹琴复长啸。

深林人不知，明月来相照。

"俱怀逸兴壮思飞，欲上青天揽明月"，李白的月轻灵飘逸，属于意气飞扬的青年；"何时倚虚幌，双照泪痕干"，杜甫的月含愁带苦，属于饱经忧患的中年；心已皈依佛门的王维的月呢？清空淡远，静而且净，属于凡心已尽心地空明的"忘年"。在张家界和木瓜山的秋夜，幸何如之，我曾和王维的山月做了"忘年之交"的朋友。

故乡月

无论古今，在中国诗人中，写月写得最多而又最好的，还是要首推大诗人李白。如果中国诗歌要设立一个"明月奖"，那么，摘取那青青月桂的，除了李白，还有谁能和他一较高低？

李白流传至今的诗约有千首，与月有关的将近400篇，也就是说，月光照亮了他差不多40%的作品。"小时不识月，呼作白玉盘。又疑瑶台镜，飞在青云端"，他幼小时就是一位铁杆"月迷"。除了"白玉盘""瑶台镜"这些最早的比喻之外，如"天镜""圆光"之类对月的不同称呼，他的诗中大约有500种之多，而随季节时令、地理环境和生活际遇的不同，他诗中的月亮更是多彩多姿，汇成了一个素而且美的月世界。没有太阳，李白的诗尚不至黯然无光，但没有月亮，李白的诗一定顿然失色，难怪前人要赞美李白"明月肺肠"，又有人称他"明月魄，玻璃魂"了。

中国幅员广大而又地域分明，加之千百年来"安土重迁"的传统观念，所以乡愁或怀乡，就成了我国传统诗歌一个历久常新的永恒的主题，时至今日，这一主题仍有其生命力和艺术表现的宽广领域。在众多的怀乡之篇中，故乡和月亮又结下了不解之缘。"游子离魂陇上花，风飘浪卷绕天涯。一年十二度圆月，十一回圆不在家"，这是唐诗人李洞的《客亭对月》，他见到客中的月亮而怀念故乡；"老住香山初到夜，秋逢白月正圆时。从今便是家山月，试问清光知不知"，这是白居易的《初入香山院对月》，白居易籍贯山西，他将洛阳香山的月亮视为家乡的月亮，是对新居地的赞美，也是一种曲线怀乡。杜甫就说得更直接了，在《月圆》一诗中他咏叹"故园松桂发，万里共清辉"，而战乱中怀念兄弟手足，《月夜忆舍弟》中的诗句"露从今夜白，月是故乡明"，就更是一往情深，千百年来，是患了怀乡病的人暂时止痛的良药。然而，怀乡病患者用得最多而见效最快的，该是李白的《静夜思》那一帖了，而更想不到的是，古典的诗句也可以疗救现代的乡愁。

乡愁，是一种地理和历史，一种特殊的时间与空间，也是对生长之地的山川与人事的回想和悬想。我的故乡在长沙，犹记青少年时在北京上大学，每当月明之夜，就常常不免想起李白的诗。不过，少年时生命如日之方升，因而怀乡病并不严重，是所谓"轻愁浅恨"。待到毕业后远去青海，山遥水远，地冻天寒，举目无亲，饥肠辘辘，每逢节庆假日，更显形单影只而备感寂寞凄凉，那时，李白的诗句和月光，便常常如不速之客来推开我的窗扉与心扉。及至后来回到长沙，怀乡病也就不药而愈，虽然仍旧不时读到李白的《静夜思》，但却如同对旧情已了的恋人，虽然也难免回首前尘，但已经没有更多的感情上的联系。

不料，最近我竟然一度患了严重的乡愁，并只得常常请李白的诗来疗治。那是去年秋日，云无心以出岫，我去国离乡，乘庄子的大鹏，现代的波音747，飞越太平洋去美利坚大陆探亲。父母和两位妹妹居于旧金山市，儿子和儿媳工作于阿肯色州，高堂在侍，手足在旁，儿孙在下，出有车，食有鱼，入眼的有异国风光，照理说我应该乐不思蜀了，然而，我却莫名其妙地罹上了怀乡之病。记得给台湾的诗人朋友痖弦去信时，我曾这样写道："旧金山气候奇佳，日日风和日丽，夜夜月白风清，但晚上看到月亮，似乎觉得陌生，仿佛已不是李白的那一轮了。对门人家种了许多芭蕉，蕉叶迎风，但吹拂的却是美利坚的风，也不见怀素前来挥毫题字。金门大桥不愧为世界奇观，但不知何故，我总是想起故国的'小桥流水人家'，想起唐人'二十四桥明月夜，玉人何处教吹箫'的诗句。"籍贯河南的痖弦回信说他很有同感，并说在台湾就怀念大陆，在外国就怀念台湾，大陆是第一故乡是结发的妻子，台湾是第二故乡是漂泊者再恋的情人，以后准备移居加拿大，那就会如一朵飞扬在空中的蒲公英了。

我只是一朵临时的蒲公英。旧金山少见杨柳，更无桂花，犹记中秋之夜，是那高挺的棕榈树挑起一轮明月。我虽然和亲人欢聚一堂，品尝唐人街买来的各色月饼，但面对中秋明月，我仍然觉得举目有山河之异。美国普林斯顿大学讲座教授余英时先生，谈到刘再复《西寻故乡》一书时说："他已改变了'故乡'的意义，对今天的再复来说，'故乡'已不再是地图上的一个固定点，而是生命的永恒之海，那一个可容纳自由情思的伟大家园。"这也许是自我放逐者的玄想哲思吧？其中自有他的我可以理解的心境与感受，然而，我还是不能把他乡认作故乡，故乡不仅是精神的，同时更是地理的。

在中国，不论我置身何处，长沙是我的故乡；在世界，无论我走到哪里，中国是我的故乡。故乡啊故乡，我的故乡，在异国的中秋，在许多人视为乐土的彼岸，我心中洋溢的竟然是一坛古老的怀乡的酒：

> 床前明月光，疑是地上霜。
> 举头望明月，低头思故乡！

"月出峨眉照沧海，与人万里长相随"（《峨眉山月歌送蜀僧晏入中京》），"仍怜故乡水，万里送行舟"（《渡荆门送别》），李白24岁离开故乡四川以后，虽然浪迹天涯而再没有回去过，但他对故乡始终是心中藏之，何日忘之。我在旧金山的中秋月夜吟诵他的诗句，这位眷恋故土而性格豪放的诗人，如果有机会办好护照壮游美利坚大陆，他乡虽好，他还是会将《静夜思》龙蛇飞舞在五星级宾馆的墙壁上吧？

当今是一个科学昌明的时代，人类早已登上了月球。据说月球上大部分是奇岩峭壁，即使是平地也寸草不生，白天酷热，夜晚奇寒，没有水的踪迹，空气也无影无踪。何曾有吴刚与他砍伐的桂树？哪里有嫦娥和她居住的玉宇琼楼？科学家还指出，月亮与地球现在相距约38.4万公里，它怀有叛逆之心，已有渐行渐远的发展趋势，如此行行复行行，终有一天会远走高飞，再也不和地球照面。欧美人对此也许还无所谓，因为他们向来恋日而不恋月，只热衷日光浴而不喜欢月光浴。希腊神话早就是以日神阿波罗为尊，爱神丘比特放箭都在白天，大约是免得影响视线与命中率，不像中国为有情男女定夺终身的，竟是一位专在月下安排红绳相牵的老人。

中国人是爱月恋月的民族，还是不去了解月球的真相为好，只顾高咏低吟自己的明月之诗吧。如果真有那么一天，月亮向地球说一声"拜拜"，那也不要苏东坡去唱"明月几时有？把酒问青天"，论资排辈，青莲居士的《把酒问月》早就问过了："青天有月来几时？我今停杯一问之！"

华夏之水　炎黄之血——唐诗与水

序曲

"上善若水"，水，是生命之源；水，也是精神之泉。

早在2000多年前，中国的老子曾说最妙的就是水，它简直就是"道"。孔子则反复咏叹"水哉，水哉"，并赠我们以"逝者如斯夫，不舍昼夜"的警言。而管子在《水地篇》中更一言以蔽之："水者何也？万物之本原也，诸生之宗室也。"清清之源啊，汩汩之泉，养育了地球上的万千生灵，也引领了人类从蛮荒走向文明。

水有多长，诗就有多远；水有多媚，诗就有多美。"关关雎鸠，在河之洲。窈窕淑女，君子好逑"，《周南·关雎》中那古老而青春的爱情故事，就诞生在碧水之湄并在河边洲上流传；"蒹葭苍苍，白露为霜。所谓伊人，在水一方"，远古时对情人或美好境界的追求，都离不开水，以前流行的贺绿汀作词谱曲的《秋水伊人》，当今流行的台湾歌曲《在水一方》，仍然和那遥远的民歌一水相牵。采采流水，蓬蓬远春，水流过楚辞，穿过汉魏六朝乐府民歌和文人的诗章，至唐代而澎湃，成了中国诗歌的重要内容和主题。北国江南的江河湖泊，山涧溪流，西湖水，庐山瀑，浙江潮，纷纷奔流聚会飞珠溅玉在众多诗人的诗篇里，汇成了水与诗的洋洋大观。

1000多年时光随风而逝。那些咏水的优秀唐诗，字字句句溢彩流光犹如昨日，但所咏之水已经有了许多变化，有的已然江山不可复识了，有的则令人望而生畏生痛，思之则心热心寒——

长江长

> 遥远的地方有一条江
>
> 它的名字就叫长江
>
> ——侯德健《龙的传人》

一提到中国的水，首先奔来眼底与心头的，就是万里长江啊浩浩汤汤的长江！

古人为水流之一取名为"江"时，其意有三。一解为"公"，即此为"公共"的流域，众水来归；一释为"贡"，沿江所产，可以供给众生日常之需；一义为"大"，这是它的主要意义，也就是说，够得上"大川"这个级别的，才能美其名曰"江"。长江，无疑是大川中的大川了，它上起青海雪山冰川的正源沱沱河源头，下至江苏上海入海的吴淞口，全长6300多公里，干流流经11个省市，支流则分布8个省市，流域面积广达180万平方公里，约占我国领土面积的1/5。长江，在中国繁盛的江河家族中排行第一，也为亚洲之最，是中国人的"母亲河"。长江的长度与水量虽次于美洲亚马孙河与非洲尼罗河，但综合资源、地理、气候等条件，则堪称"世界河流之王"。如同选美，有的美人秋波特别明媚，有的美人身材分外迷人，有的美人气质十分出众，但可能多为单一之美，而有的美人则天姿国色，无一不佳，长江，曾经就是这样遗世而独立的绝代佳人。

中国的诗人，是谁最早写到长江呢？《诗经》是北方的乐章，"汉之广矣，不可泳思；江之永矣，不可方思"，《周南·汉广》是中国诗歌史上最早咏唱南方河流的作品，但所咏的汉江虽然与长江呼吸可闻，但毕竟是长江的支流。长江，最初在屈原的诗行中浩荡，浪花拍湿过汉魏六朝和唐宋元明清的无数诗章，古往今来，我们民族的诗歌始终与长江同在。多次咏叹过长江的台湾诗人余光中，在《戏李白》的"附记"中写道："我认为诗赞黄河，太白独步千古；词美长江，东坡凌驾前人。因此未遑安置屈原和杜甫，就径尊李白为河伯，僭举苏轼作江神。"他说得有理。不过，如果不论"词"而只说"诗"，苏轼的"江神"之位恐怕还有问题，说不定还会让身为"河伯"的李白来兼任。

于酒于月于黄河，李白都写得多而且好，于长江何尝不是如此？今日已诸多污染泥沙俱下病症丛生的长江，在古代是一条没有泥沙更没有工业污染的河流，两岸是森林的家乡、猿猴的乐园。森林覆盖率达 85% 以上，林木与水土结成的，是如胶似漆相依为命的美满姻缘；两岸啼不住的猿声，声声提供的是乐得其所的证词。长江在四川宜宾与岷江汇合之后，就称为长江，但江流毕竟还不十分宽阔，初出三峡的年轻的李白，首先就被江汉平原上那一江浩荡镇住了。李白现存至今的诗作中，最早的写长江之句，应该是《渡荆门送别》中的"渡远荆门外，来从楚国游。山随平野尽，江入大荒流"，这是以壮丽之笔写壮丽之景。长江在他笔下景象万千，而他着意描写的却是长江水波清澈，绿意盎然。在上引的诗句之后，他接着咏叹的，就是"月下飞天镜，云生结海楼。仍怜故乡水，万里送行舟"。倒映在江中的月亮，如同从天飞落的明镜，试想，如果江水混浊，像时下流行的深度的朦胧诗，怎可照映月轮光明如玉的倩影？而他仗剑去国，轻舟东下，最初赋予长江的色彩就是"碧"：

> 天门中断楚江开，碧水东流至此回。
> 两岸青山相对出，孤帆一片日边来！
>
> ——《望天门山》

"两岸青山"啊，"碧水东流"啊，过去的长江及其生态环境如何，李白早就以诗为子孙后代立此存照了。他一生傲岸不谐，不善于虚文客套，初到金陵，怀念他所敬佩的南朝齐代诗人谢朓，写有《金陵城西楼月下吟》一诗，结句是"解道'澄江净如练'，令人长忆谢玄晖"。"解道"就是"懂得"，李白说他实地来游，才明白谢朓《晚登三山还望京邑》中"余霞散成绮，澄江净如练"的诗句之妙。谢朓说长江澄明洁净如一匹白绢，200 多年后李白所见的也仍然如此，不然，他就不可能领会并赞赏谢朓诗句，在同一诗中，也不会写出"白云映水摇空城"，因为长江如果像现在这样差不多成了第二条黄河，白云与城楼怎么可以倒映水中，随波摇荡？

李白此次初游江南而西返江夏之后，曾送年长的友人孟浩然去广陵，他又一次赞美了长江的山水之碧：

> 故人西辞黄鹤楼，烟花三月下扬州。
> 孤帆远影碧空尽，唯见长江天际流。
>
> ——《黄鹤楼送孟浩然之广陵》

此处之"碧"，当然不仅是天上的碧空，也是指两岸的碧山（敦煌写本此句作"孤帆远映碧山尽"），更是指远去天边的浩荡的碧水。李白暮年流放夜郎，遇赦回到湖北江陵，于春天泛舟荆门，遥望四川境内的长江，写有《荆门浮舟望蜀江》一诗，他说水色与水势是"江色绿且明，茫茫与天平"，而水中陆地和两岸环境则是"芳洲却已转，碧树森森迎"。400 年后，南宋的陆游曾将"江色绿且明"与杜甫的"晓看红湿处，花重锦官城"相提并论，认为杜甫用"湿"字，李白用"明"字，"可谓夺化工之巧，世有未拈出者"。陆游在《入蜀记》中还说："与儿辈登堤观蜀江，乃知李太白《荆门望蜀江》诗'江色绿且明'，真善状物也。"既"绿"且"明"，当然是李白善于描摹，但也可见当时长江水色与水质之好，400 年后的陆游不都提供了证明吗？

长江有几千条大大小小的支流，后人将入海的长江、黄河、淮河、济水并称为中国的四大名川。汉江只是长江的臣属。作为从武汉市入口去朝拜长江的汉江，是长江最大的支流，它也是清澈碧绿的，也有李白的诗为证。"昨夜东风入武阳，陌头杨柳黄金色。碧水浩浩云茫茫，美人不来空断肠"（《早春寄王汉阳》），"楚水清若空，遥将碧海通。人分千里外，兴在一杯中"（《江夏别宋之悌》），"遥看汉水鸭头绿，恰似葡萄初酦醅。此江若变作春酒，垒曲便筑糟丘台"（《襄阳歌》）。汉江水色，清冽可鉴，情人眼里出西施，酒仙眼里呢，清莹碧绿的汉水，竟然像新酿就的绿色葡萄酒，如果一江汉水变作一江春酒，酒糟都可以堆成山丘，真是三句不离本行。300多年后，苏东坡与友人登临江楼，远眺江汉，他的视力真好，也仍然说"江汉西来，高楼下，蒲萄深碧"（《满江红》）。多才的苏轼这回不知是表现失常呢，还是觉得难以翻新，于是就轻车熟路，借用了李白现成的比喻。待到陆游写《入蜀记》，还是说"自此（鹦鹉洲）以南为汉水……水色澄澈可鉴。太白云'楚水清若空'，盖言此也"。千年后，我颇费猜详也无从证实的是，既然汉江如酒，酒渴如狂放浪形骸的李白，当时不知在江边俯身品饮了没有？

现在，即使烈日当空，口渴如焚，你也不会冒冒失失地捧江水而饮了。在中国，532条主要河流，已有450条以上遭到污染，也就是80%以上都已患病，有的甚至已经病入膏肓。汉水与长江也未能逃脱这场人为灾难。长江，不仅因为泥沙淤积水土流失而面色灰黄，也由于成了藏污纳垢之所而神情憔悴。且不说众多的船夫游客向江中随意倾倒诸如易拉罐、快餐盒、食品袋之类的垃圾，仅就废污水排放量而言，长江流域每年就被迫容纳约250亿吨，长江干流约25亿吨，上游的重庆一地，每年就有6.5亿吨未经任何处理的工业废水与生活污水，排入长江及其支流嘉陵江，重庆地区的江水，水质已低落到第四级。共饮一江水的子子孙孙，竟然成年累月把污脏之水泼向倾向倒向泻向他们如同母亲的河流，这就怪不得母亲的乳汁会逐渐变成毒液。长江变为黄河第二的"飞黄"的前途，已经不是什么盛世危言。中国其他许许多多大大小小的河流呢？也都早已不复春水碧于天的风光。如果李白和其他诗人有朝一日从唐朝结伴前来，怎么还可以想象"烟开兰叶香风暖，夹岸桃花锦浪生"呢？怎么还可以歌吟"日出江花红胜火，春来江水绿如蓝"

呢？怎么还可以回味"西塞山前白鹭飞，桃花流水鳜鱼肥"呢？面对今日大地上的灰流、浊流、黄流与黑流，面对面目已非的长江，他们还会有雅兴逸情重吟往昔的诗句吗？

吟诗作赋，毕竟属于高质量的"生活"，人首先的第一位的需要就是"生存"。平日，众生常常以"母亲"作为比喻，其实，只有长江才是我们民族真正的母亲，但不孝也不肖的子孙是如何回报养育之恩的呢？除了竭泽而渔围湖造田之外，就是短视而短命地无休无止地伐木丁丁，伐木丁丁！长江源地区草场退化，沙漠化加速，沱沱河水面已经混浊。长江上游原是我国仅次于东北的第二大林区，现在森林面积已大为减少，原来林木郁郁的云南省金沙江两岸，现在已寸草不生，而四川的岷江嘉陵江两侧也多是童山濯濯。在元朝，四川全省的森林覆盖率还高达 50% 以上，新中国成立初期尚有 20%，现在则已剧降到 10% 以下，有的县还不到 1%，一省的水土流失面积，已超过了 20 世纪 50 年代长江流域水土流失面积的总和。过去清碧的没有泥沙的长江，输沙量已达黄河的 1/3，相当于尼罗河、亚马孙河、密西西比河三条世界大河的输沙总量，带入东海的泥沙每年达 5 亿吨，相当于 500 万亩土地被刮去 5 寸厚的表土。整个长江流域，水土流失面积已达 56 万平方公里，由于泥沙淤积，在过去五年中河床抬升了三米。从 20 世纪 50 年代以来，母亲长江变色，由碧而黄，脾气也日渐暴戾，已不复往日的温和慈祥。月月年年的滥伐森林，围湖造田，使得她周身血脉不畅，七情不调，肝火上升。1998 年夏季，她终于忍无可忍地暴怒了，用长达两个月的 8 次洪水，掀决堤防，冲毁田园，将全国大小报纸电视荧屏和 10 多亿人的心打得透湿，给不肖与不孝的子孙们一个最严厉的警告。数百万军民"严防死守"，上上下下痛定思痛，各级政府亡羊补牢的决定信誓旦旦，才使她的愤怒初步平息。

天灾啊人祸，人祸是主要的。"尼禄"是古罗马弑母的暴君，当代中国人不能成为忘恩负义的不孝子孙，万年清澈的万里长江，不能断送在我们这一代人手里！我们只有将功补过，使两岸群山再绿，让万里江流重清，令大江两岸的万千湖泊各安其位。如果不想当代人遭受灭顶之灾，不愿后代人丧失生息之地，我们就不要让母亲河再一次暴发雷霆之怒吧！

黄河黄

> 站在高山之巅，
> 望黄河滚滚，奔向东南……

> ——光未然《黄河颂》

20 世纪特别是 20 世纪后半叶的中国人，有负于母亲河长江，那么，黄河则是我们从先人那里继承的令人亦喜亦悲的遗产。可喜者，是它曾经哺育过中华民族及其文明，光未然作词、冼星海作曲的《黄河大合唱》，就是张扬民族大义极具阳刚之美的黄河颂。可悲的呢？则可以引用旅美华裔诗人非马的《黄河》为证："把 / 一个苦难 / 两个苦难 / 百十个苦难 / 亿万个苦难 / 一股脑儿倾入 / 这古老的河 / 让它混浊 / 让它泛滥 / 让它在午夜与黎明间 / 辽阔的枕面版图上 / 改道又改道 / 改道又改道。"他写黄河的历史与苦难，笔力简劲而使人动魄惊心。我听《黄河大合唱》，如听在万山之上向朝阳而劲吹的号角；我读《黄河》，则如闻滔天洪水来时敲痛原野的警钟。

"黄河"，原来单称为"河"，上古时系黄河的专有名词，如同"江"其时则专指长江，因河水黄浊，到东汉时才名"黄河"。它是中国的第二大河流，青海巴颜喀拉山北麓噶达素齐老峰的雪水，是其最初的源头。从黄河源头，到渤海之滨的入海口，从雪山发源的晶莹透明的清泉，到沿途泥沙混杂的黄水，黄河如不速之客径行拜访了 9 个省区，横冲直撞 1 万余里。世上的河流大都于人类有益，而黄河至少给中国带来了 5000 年的灾难。古代将黄河改道称为"河徙"，从周朝到 1938 年，黄河大徙已经 6 次。5000

年中，6次大决口，1500次小决口。第一次决口在公元前602年，滔滔洪水漫漶浸透了春秋的史册。埃及尼罗河泛滥之后留下肥美的农田，黄泛之后则赤地千里，寸草不生。民间谚语说"黄河百害，唯富一套"，汉代司马迁在《史记·河渠书》中，落笔时心情格外沉重："河灾衍溢，害中国也尤甚。"长江患少而黄河患多，直至清代的魏源，也仍然不免心悸魄动却一字传神地说，黄河的水性"悍于江"。

然而，中华民族文明的主要发源地，既不是气候宜人的长江流域，也不是土地肥沃的珠江流域，却是黄河两岸。长江是中国人的母亲河，黄河则是中华民族的摇篮，如同古印度的恒河、古埃及的尼罗河、古巴比伦的幼发拉底河。中华民族的始祖名"黄"帝，黄帝建都于黄河流域的河南新郑。合称"三代"的尧舜禹，也建都于山西境内下临黄河之处。没有黄河，就没有中华民族，就没有中国的第一部农书、医书、兵书、史书，也就没有我们民族的第一部诗歌总集《诗经》，让后人摇头晃脑如醉如痴地捧读。"关关雎鸠，在河之洲"（《周南·关雎》），这"河"就是黄河第一次在中国诗歌史上闪亮登场，至于"谁谓河广？一苇杭之"（《卫风·河广》），那更确确实实是侨居卫国的宋人，隔黄河而谱写的中国诗歌中最早的怀乡之曲。

文明发源于斯，众生生息于斯，中国人对黄河虽不免心怀忧虑与恐惧，但更多的却是自豪与骄傲，这，可以说是我们民族挥之不去的"黄河情结"。这样，你就不难理解黄河为什么除了盛产著名的鲤鱼，也盛产以它为歌咏对象的诗篇了。在唐人的诗篇中，写黄河的不计其数，李峤《河》说"源出昆仑中，长波接汉空"，骆宾王《晚渡黄河》说"千里寻归路，一苇乱平源"，杜甫忧国忧民，有一首诗题为《临邑舍弟书至苦雨黄河泛溢堤防之患簿领所忧因寄此诗用宽其意》，题目就如绵绵秋雨之长，其忧思就更长于题目："二仪积风雨，百谷漏波涛。闻道洪河坼，遥连沧海高。职司忧悄悄，郡国诉嗷嗷。"晚唐的罗隐与杜甫一脉相承，在刘禹锡的"九曲黄河万里沙，浪淘风簸自天涯"之后，他在《黄河》一诗中也长叹息："莫把阿胶向此倾，此中天意固难明。解通银汉应须曲，才出昆仑便不清。"而对黄河做全景式描绘且极有气势的，应该是王之涣与柳中庸了，前者的"白日依山尽，黄河入海流"（《登鹳雀楼》），视野开阔，睥睨八荒；后者的"三春白雪归青冢，万里黄河绕黑山"（《征人怨》），也可说气势雄豪悲壮，目有全河。然而，唐代的黄河大合唱的领唱歌手，毕竟还是昂首天外气吞斗牛的李白，其他的诗人不论如何出色，都只能为他伴唱：

君不见黄河之水天上来，
奔流到海不复回。
君不见高堂明镜悲白发，
朝如青丝暮成雪。

——《将进酒》

欲渡黄河冰塞川，
将登太行雪满山。

——《行路难》

黄河落天走东海，
万里写入胸怀间。

——《赠裴十四》

我浮黄河去京阙，
挂席欲进波连山。

——《梁园吟》

西岳峥嵘何壮哉，

黄河如丝天际来。

黄河万里触山动，

盘涡毂转秦地雷。

——《西岳云台歌送丹丘子》

黄河捧土尚可塞，

北风雨雪恨难裁。

——《北风行》

黄河西来决昆仑，

咆哮万里触龙门。

波滔天，尧咨嗟！

——《公无渡河》

黄河从西来，窈窕入远山。

——《游泰山六首》其三

黄河走东溟，白日落西海。

逝川与流光，飘忽不相待。

——《古风》

　　李白为浩浩荡荡的黄河写照传神，也表现了他所独有的喜怒哀乐与胜概豪情，在古代诗人中，无出其右，所以当代诗人余光中都要称他为"河伯"。且不论我以上援引的诸多例句，仅以"君不见黄河之水天上来"四句而言，那吞吐八荒凌厉无前的英雄之气与人生苦短生命无常的悲剧意识之奇妙结合，就足以让千载之下的读者荡气回肠。古人已矣，今天的新诗作者，有谁能从他的手中接过诗的接力棒,甚至,取代他的咏黄河冠军的称号呢?

今日的新诗作者中也许有人雄心勃勃,要和李白较一日之短长。犹记20世纪80年代之初,也许是前所未有的"思想解放"的时风所及,一位青年诗人在一次诗会上大言炎炎:"李白有什么了不起?我们完全可以超过!我看他的《望庐山瀑布》诗,每句的前两个字都可以删掉!"如果李白此时恰好路过会场,不经意间被他听到,也许会不及掩口而笑出声来。几十年过去,那位青年诗人早已在诗坛泯没无闻,而李白所歌咏过的黄河,其现状却也越来越不容乐观,那"奔流到海不复回"的壮观,已为中下游的几乎年年告警的"断流"所取代。黄河,大约是准备"水灾"与"旱灾"同时并举了。

春秋战国时代,黄河中下游森林覆盖率约为53%,秦汉以来乱垦滥伐,黄土高原的植被严重破坏,水灾频繁,太史公在《史记》中的惊呼,并未能使历代的统治者以史为鉴。1949年以前,森林覆盖率只剩3%,近数十年来更是江河日下。除了令人闻风丧胆的传统的"发黄水"之外,黄河新的"举措"就是断流。史籍记载,黄河的主要灾害是洪水决溢改道,极少断流,而自1885年黄河下游改为现行河道的百余年间,断流也从未出现。断流自1983年始,数十年来部分河段曾十八度干枯。进入20世纪90年代,河况每况愈下,年年春季断流,时间不断提前,并持续延长,断流的长度也不断增加。如1996年2月14日即宣告断流,比1995年提前19天,1995年为110天,1996年则为150天。1995年断流里程100公里,1996年则超过数倍。而1997年呢?黄河先后断流226天,断流里程近1000公里,330天无水入海。足球竞技场上如果得到两张黄牌,这运动员就要被罚出场外,黄河已连续出示如此之大如此之长的黄牌,我们每一个中华子孙,还能高枕无忧无动于衷吗?

黄河断流的原因主要有三。一是国土荒漠化。我国人均森林资源拥有量,不及世界平均水平的1/2,而荒漠化国土占整个国土面积的1/3,而且每年仍以2400公里的速度扩展。青藏高原素称"中华水塔"，但江河源头湖泊削减，草场退化，土地沙化荒漠化加剧，而整个黄河流域的情况更令人触目惊心，遇到天旱之时更是火上加油。二是工农业生产及民用水不断增加，且多浪费。黄河每年可利用的水资源，顶多不超过400亿立方米，而实际使用量早在1990年就已经达到极限，至本世纪之初，全流域用水需求量高达747亿立方米，人类竭泽而渔，也将竭河而水。三是沿河各行其是地兴建诸多引水蓄水工程，各人自蓄门前水，休管他人河里干。因此，水利专家已在呼吁制定《黄河法》了。黄河频繁断流，影响两岸民生，加速河床泥沙淤积，抬高河床，汛期来临时，已经成为世界上典型的"地上悬河"的黄河，更极易决堤，悬剑落下，江河横溢，河床改道，人或为鱼鳖就不是诗人的想象而是严酷的现实。

每次读唐人读李白写黄河的诗章诗句，联想到今日黄河的现状，一介书生的我虽然无能为力，却不免忧心如捣。如果有朝一日，李白的诗句要改为"黄河之水断续来，滔滔海浪倒灌回"，那时我们即使急得头发真正"朝如青丝暮成雪"，也是无济于事并无济于水了！

梦泽梦

> 梦泽悲风动白茅，
> 楚王葬尽满城娇。
> 未知歌舞能多少，
> 虚减宫厨为细腰。

——李商隐《梦泽》

中国人对水向来以"江河湖泊"连称。黄河有断流并退化为内陆河之虞，长江有变为黄河或黑河之险，那么，那些湖泊呢？那些明丽壮阔在唐诗中的湖泊呢？我是啸吟歌哭在云梦泽之南岸的楚人，且让我先说说湖之北与湖之南吧。

包括洞庭湖在内的湖之南北，是远古时代的云梦大泽。湖北在近世称为"千湖之省"，在古代更是泽国水乡，有所谓"七泽"之盛。汉代司马相如在《子虚赋》中说："臣闻楚有七泽，尝见其一，未睹其余也。臣之所见，盖特其小小者耳，名曰云梦。""云梦"尚称小泽，司马相如的口气不可谓不大，也可见远古时楚地真是水潦的王国，鱼龙的故乡。杜甫当年从四川夔州坐船经鄂入湘，途经江陵、石首、公安等地，就曾经饱览了湖光山色："江湖深更白，松竹远微青"，"湖水林风相与清，残尊下马复同倾"，"春日繁鱼鸟，江天足芰荷"，"行云星隐见，叠浪月光芒"，"时危兵革黄尘里，日短江湖白发前"。他放舟南行，鄂地的湖波也一路殷勤相送。至于"七泽"，他的《醉歌行，赠公安颜少府请顾八题壁》也曾提及："是日霜风冻七泽，乌蛮落照衔赤壁。"青年和晚年的李白，曾先后啸傲于云梦之间，他在《自汉阳病酒归寄王明府》中曾经歌唱："愿扫鹦鹉洲，与君醉百场。啸起白云飞七泽，歌吟渌水动三湘。"在流放夜郎途中，遇到故友尚书郎张谓，他们同泛沔州城南之湖上，此湖在今日武汉市汉阳境内，其时寂然无名。"方夜水月如练，清光可掇"，因张谓之请，"白因举酒酹水，号之曰郎官湖"，同时"赋诗纪事，刻石湖侧，将与大别山共相磨灭焉"。这首诗题为《泛沔州城南郎官湖（并序）》：

> 张公多逸兴，共泛沔城隅。
> 当时秋月好，不减武昌都。
> 四座醉清光，为欢古来无。
> 郎官爱此水，因号郎官湖。
> 风流若未减，名与此山俱。

前引李白《自汉阳病酒归寄王明府》一诗，那首诗开篇就说"去岁左迁夜郎道，琉璃砚水长枯槁。今年敕放巫山阳，蛟龙笔翰生辉光"，写郎官湖时，他正在流放途中，按现在体育竞技的语言，他的诗情与诗艺均"不在状态"。此诗不能说是他的上乘之作，我只想以此证明，当时湖之北处处皆湖，而且到处明丽的是湖光水色。

然而，"我就是龙王，我就是玉皇"的当代中国人当年不仅勇于伐林，也敢于涸泽。"千湖之省"已无千湖，犹如豪华大族败落为小户人家，早已今非昔比。1950 年，湖北省面积百亩以上的湖泊为 1332 个，至 20 世纪 80 年代，已减少至 800 余个；5000 亩以上的湖泊当时 322 个，到 20 世纪 80 年代，三分天下已去其二，仅剩 125 个，湖面总共锐减达 6000 平方公里，缩小了3/4。如有名的百里洪湖，20 多年来就已缩小了 90 多平方公里。曾日月之几何，如明珠碧玉般的万千湖泊，有的已经永远失踪，有的已经"湖"容失色，而"洪湖水哟浪呀么浪打浪呀"的动人景象，将来恐怕只能从歌声中去追认，从想象中去追寻了。湖泊，是地面水的重要储蓄池，也是江河的天然调节器；湖泊周围形成的经济圈，也是芸芸众生赖以生存的福地与绿洲。储蓄池干涸，调节器失灵，绿洲岂不是要变成荒漠，福地岂不是要堕为炼狱吗？

近数十年间，我国的湖泊大量减少，迅速缩小，而且污染日益严重。水利专家指出，仅在长江中下游地区，就有 1.3 万平方公里的湖泊被围垦，相当于鄱阳湖、洞庭湖、太湖、洪泽湖和巢湖五大淡水湖面积总和的 1.3 倍。1996 年召开的第四次全国环保会议上，全国三大重点污染治理的湖泊，就是江苏的太湖和安徽的巢湖，竟然还有远在云南昆明市之侧的高原明珠——滇池。"五百里滇池奔来眼底……喜茫茫空阔无边"，为昆明大观楼写下著名长联的诗人孙髯，如果旧地重游，悲对面目已非的滇池，他也该会以手抚膺坐长叹吧？

而曾经为神州五大淡水湖之尊，号称"天下水"的洞庭湖呢？

《汉阳志》说："云在江之北，梦在江之南。""梦"，就是楚国当时的方言"湖泽"之意。洞庭湖浩浩汤汤，横无际涯，最早描绘那一捧汪洋的经籍，是大约成书于战国而秦汉时有所增补的《山海经》："夏秋水涨，方九百里。"最早歌咏它的诗篇，除了屈原《九歌·湘夫人》的"嫋嫋兮秋风，洞庭波兮木叶下"之外，就是南朝陈代阴铿的《渡青草湖》："洞庭春溜满，平湖锦帆张。……滔滔不可测，一苇讵能航？"而"八百里洞庭"一语的风传天下，那就要归功于唐代的和尚诗人可朋，他在《赋洞庭》一诗中测量洞庭湖："周极八百里，凝眸望则劳。水涵天影阔，山拔地形高。"凝眸远眺，要疲劳你的眼睛，这种福气现代人已经领略不到了。湖天空阔，湖波浩渺，在唐人的诗章中真是前人之述备矣。李白、杜甫和孟浩然的名章俊句人所熟知，我不必赘引，且随手从诗的浪花丛中捧来另外几朵：

> 问人何渺渺，愁暮更苍苍。
> 叠浪浮元气，中流没太阳。
>
> ——刘长卿《岳阳馆中望洞庭湖》

> 人生除泛海，便到洞庭波。
> 驾浪沉西日，吞空接曙河。
>
> ——元稹《洞庭湖》

> 岳阳城下水漫漫，独上危楼凭曲阑。
> 春岸绿时连梦泽，夕波红处近长安。
>
> ——白居易《题岳阳楼》

> 洞庭秋月生湖心，层波万顷如镕金。
> ……
> 是时白露三秋中，湖平月上天地空。
>
> ——刘禹锡《洞庭秋月行》

然而，如同泱泱大国因治理无方削地失土而沦为蕞尔小邦，好似钟鸣鼎食之家被不肖子孙败落为蓬门绳户，洞庭湖湖面已迅速萎缩，水质已日见恶化，在继续艰难地为众生造福的同时，也愈益灾祸连绵。19世纪之初，洞庭湖的面积还广达6000多平方公里，1949年已减少为4000余平方公里。之后，围湖造田建农场与芦苇场的人祸愈演愈烈。江西鄱阳湖20年内被围垦掉一半，洞庭湖呢？由于人祸，再加上湘资沅澧四水挟带以及长江倒灌的大量泥沙，至1984年，总面积只剩下2145平方公里，而且逐年仍以40多平方公里的速度递减，20世纪90年代之初已不足2000平方公里。"八百里洞庭"的英名，原非浪得，但现在却已虚有其名，中国第一大淡水湖的桂冠，只好让给难兄难弟的鄱阳湖了。因为湖面和湖泊容积都大为萎缩，损失洪水蓄调能力100亿吨，每年淤积泥沙又达1.2亿吨，湖床日见抬高，所以洪涝灾害频繁出现。从公元285年到1868年，水灾平均41年一次，而近40余年来，则已发生34次之多。年年盛夏，洪水总要气势汹汹地前来示威或肆虐，那越筑越高而百孔千疮不知何时溃于蚁穴的堤岸，总要不断地绷紧众生的神经。1998年的夏季，每一个日子都浸泡在一片汪洋之中，洪魔最终虽然撤退，但在掠得许多战利品之后，说不定明年又会卷"水"重来。至于水质污染，也令人触目惊心，洞庭湖区周围的工业污染源高达1803个，平均每天排入湖中含氨、氮、砷、磷等化学物质的工业废水，高达3000吨以上。呜呼，长此以往，用不了多少时日，湖边再看不到岸芷汀兰，湖中也不复再有锦鳞游泳，湖区的芸芸众生将无水可饮，人人都会拥有半汪湖水但却个个都成为涸辙之鱼。相形之下，写洞庭的唐诗不论怎么优秀，那都无足轻重了，人以食为天，也以水为地，试问，如果无所容于天地之间，连生存都出现了危机，怎么还会有闲情逸致去对酒当歌吟风弄月？

云梦泽，李商隐诗简称"梦泽"，并曾以"梦泽"为诗题。治理江河湖泊，恢复当年大泽的壮观，是今日云梦泽的幻梦。梦泽梦啊，梦泽梦，美梦什么时候才能成真呢？

尾声

地球可供人类利用的淡水总量，不到全球水总量的 1%，而中国人均拥有的年水资源量，仅居世界 149 个有统计资料的国家中的 109 位，至 2000 年，供水保证率仅为 75%，半数以上的城市将用水紧张或严重缺水。这金贵的水，白居易当年就曾说"水流天地内，如身有血脉"，如果当代人像败家子一样浪费，像"吃祖宗饭，造子孙孽"的愚人一样污染，总有一天，鲁迅先生 60 多年以前的预言终将成为残酷的现实："将来的一滴水，终将和血液等价。"

"水可载舟，亦可覆舟。"地球存在极限，这是人类在 20 世纪最重要的发现之一。如果对大自然不深怀爱慕敬畏之心，必将领受它的报复与惩罚。地球是人类唯一的家园，人类如果不保护生态平衡和我们赖以生存的环境，不合理利用并努力保护水资源，"泰坦尼克"号可以成为冰海的沉船，地球这艘"挪亚方舟"，也可能会提前全船覆没。众人本是同林鸟，大限来时各自飞。人啊人，届时你飞向何处啊？有何处可飞？

人类将何去何从呢？对星空的探究就是人类的未雨绸缪。我们有所了解的月球应是最好的去所了，在渺渺茫茫的宇宙空间，月球是地球近在咫尺的芳邻。科技先进的美国据说制定了移民月球的计划，争取 2050 年移居 10 万人去月球城，不知届时谁能分到弄到抢到那一张无价之宝的登机票？据说在月球的南极地区，月球探测器发现了淡水分子的光谱线，而该地区的温度在 -200℃ 左右，即使有水，其硬度也坚如磐石，开采难度超过在地球上开采金属矿藏。不把握今天就没有安宁的明天，其喜洋洋者矣的后天将更是镜花水月。华夏之水啊，炎黄之血，愿山长绿愿水长清，还是让生活在地球上的我们，珍惜世间的江河湖泊，对大自然的滴水之恩，都怀有涌泉相报的感恩之心吧！

风雅宋 —— 穿越宋朝

读宋词，可以让你在这个繁忙与竞争的时代，保持感受深情的能力。

一去不回惟少年——宋词里的少年人生

少年啊少年，是含苞初放的蓓蕾，是正上蓝天的鹰翅，是大江东去的源头，是地平线上一轮刚吐的红日，是一年四季初到人间生机勃勃的早春，也是人到中年或老年后常常不禁蓦然回首的最美好的时光。

人生只有一次的生命是值得珍惜的，尤其是花信年华的少年时代。但少年不识愁滋味，咏叹少年的动人之作，多出自回首少年的中年人或老年人之手，因为他们历尽沧桑饱经忧患，别是一番滋味在心头，对一去不回的少年时光念念不忘，特别是在生命的黄金散尽或行将散尽的时候。

流光如水，我的生命已是秋日。唐诗人韩偓说："四时最好是三月，一去不回惟少年。"（《三月》）我常常怀念我人生的少年时光，犹如怀念永远遗失而无从寻觅的珍宝。而宋代词人写他们的少年人生的篇章，也如同一支支红烛，曾经点亮了他们的记忆，也在千年后将我的记忆一一点亮。

一

朝中措
送刘仲原甫出守维扬

欧阳修

平山阑槛倚晴空，山色有无中。手种堂前垂柳，别来几度春风。

文章太守，挥毫万字，一饮千钟。行乐直须年少，尊前看取衰翁。

在北宋文坛，欧阳修领袖群伦。《全宋词》收他的词作近 240 首，其词以婉约为宗，继承的是南唐与花间的余绪，然而，他的副题为《送刘仲原甫出守维扬》（或题为《平山堂》）的《朝中措》，儿女柔情已然失踪，英风豪气扑面而来，在欧阳修词中是一阕音调别具的异响，和范仲淹的《渔家傲·塞下秋来》一起，透露的是宋代豪放词风最早的消息。

扬州，宋代也称维扬。庆历八年（1048），时年 42 的欧阳修任扬州太守，在城西的蜀冈上建平山堂，次年春即徙任今安徽阜阳之颖州。8 年之后，刘仲原（敞）出守扬州，在汴京任翰林学士的欧阳修写此词送行。900 年后，在欧阳修《朝中措》大开大阖的韵律里，我来到早已心向往之的现代的古扬州。昔日欧阳修筑建的平山堂早已不在，他手植的垂柳也早已不在，它们都无法抗拒 900 年时间的流水时间的风沙。但可以和时间一较 900 年短长的，却是欧阳修的词。时间的洪流，冲洗不掉它的一音半韵；时间的风沙，磨损不了它的半句一词。

原来读欧阳修此词，我以为"蜀冈"一定地势高峻，四望空阔，因为"平山阑槛倚晴空"啊。"平山堂"，虽然不一定如滕王阁那样上出重霄，但也该是高天迥地的吧？实地登临，却不过尔尔，未免令人有些失望。然而，欧阳修的词却是永远也不会让人失望的，他化用王维《汉江临眺》的"江流天地外，山色有无中"，而自成登高临远的壮阔气象，就像从他人手中贷款，一夜经营而成了百万富豪。由壮阔的晴空山色而细微的春风杨柳，不仅构成了大小巨细的强烈对比，也抒写了词人对故地往事的眷眷深情，难怪后来的苏东坡要作《水调歌头·黄州快哉亭赠张偓佺》，向他的前辈和师长致敬："长记平山堂上，欹枕江南烟雨，渺渺没孤鸿。认得醉翁语，山色有无中。"

欧阳修颇有抱负而又颇为自负，他对自己的创作充满自信："文章太守，挥毫万字，一饮千钟。"此句虽是恭维刘仲原，但实为自诩，极有李太白斗酒诗百篇的豪兴与遗风。他的后辈秦少游，读此词后印象大概十分深刻，曾经在《望海潮·广陵怀古》一词中效法前贤说："最好挥毫万字，一饮拼千钟！"然而，在如上一番豪情胜概的挥写之后，如同刚刚还是丽日中天，忽然就夕阳西下："行乐直须年少，尊前看取衰翁。"

欧阳修写作此词时，年已50。唐人40岁就可称"老"，宋人50岁称"衰翁"更是人情之常。年少时光不再回来而只能回忆，如同东逝的流水不再回头而只能回想。有人说，欧阳修词的结语，表现的是他人生易老必须及时行乐的消极思想，我以为不然或并不尽然。欧阳修在《醉翁亭记》中曾经写道："醉翁之意不在酒，在乎山水之间也。山水之乐，得之心而寓之酒也……人知从太守游而乐，而不知太守之乐其乐也。"欧阳修的"乐其乐"的"行乐"是什么？从这首词来看，一是山水，一是文章。山水乃地上之文章，要趁年轻时尽情欣赏；文章是案头之山水，也需要趁年轻时着力经营啊。如果以为欧阳修只是耽于声色犬马的少年"行乐"，如他同时代的许多人那样，如当今许多年轻人和并不年轻的人那样，那也许就太形而下了。

人生天地之间，只要不是苦行僧和禁欲主义者，自然会有许多乐趣，我们应该享受人生或享乐人生。然而，"乐"是各种各样的，有种类之分，也有高下之别，对于以文学为生命的人，写作应该是人生并非唯一但却是最大的快乐。年既老而不衰，读欧阳修的词，我虽然常常感到老之将至，但更多的却是健笔在握的慰藉与欢欣。如同黄昏时投林的鸟飞进树上的鸟窝，那首我少年时就熟悉的王洛宾整理加工的新疆民歌，如今却常常飞进我的心窝："太阳下山明早依旧爬上来，花儿谢了明年还是一样地开。美丽小鸟一去无影踪，我的青春小鸟一样不回来，我的青春小鸟一样不回来……"青春之鸟一去不回，但仍可以梦想它的高翔远扬，少年岁月虽然不再，但春花不仍然可以在笔下嫣然盛开吗？

二

江城子
密州出猎

苏轼

老夫聊发少年狂。左牵黄，右擎苍。锦帽貂裘，千骑卷平冈。
为报倾城随太守，亲射虎，看孙郎。

酒酣胸胆尚开张。鬓微霜，又何妨。持节云中，何日遣冯唐？
会挽雕弓如满月，西北望，射天狼！

少年之时，无论心理或生理都年轻气盛，血性方刚，如海上那一涌而出的朝日，如天边那一挥而就的早霞，颇有一番名之为"狂"的豪气豪情。待至年事已高，朝日变成了夕晖，早霞幻成了夕彩，虽然赞之者说是无限好，但毕竟斜晖脉脉，热量已消耗殆尽，暮霭已逐渐沉沉，余晖再难以回头偷渡夜色严守的边境。所以，连文质彬彬的大学者王国维，也要在《晓步》一诗中将春日与少年作比："四时可爱惟春日，一事能狂便少年。"而当代诗人郭小川呢？"文革"时，他在被贬逐被迫害的湖北咸宁向阳湖边，也以《五律》记录了他胸中郁闷的雷声："原无野老泪，常有少年狂。一颗心似火，三寸笔如枪。流言真笑料，豪气自文章。何时还北国？把酒论长江！"

远在郭小川和王国维之前，在诗词中抒写少年狂气，最有名的便是苏轼了。熙宁七年也即1074年，苏轼任密州即今日山东省诸城太守，正当不惑之年。次年冬因天旱去常山祈雨，回程时与同官梅户曹会猎于铁沟。他本来理想在前，抱负在胸，健笔在手，加之性格豪放，而且差一点置他于死地的"乌台诗案"还没有发生，虽然宦海浮沉，但命运毕竟还没有押送他到死神准备接手的站口，他仍然是意气风发的。也许是骏马的奔蹄沸腾了他心中的热血，苍鹰的劲羽高扬了他胸头的期冀吧，为此次密州出猎，他写下了《江城子》一词。在给鲜于子骏的信中，他曾颇为得意地说："近却颇作小词，虽无柳七郎风味，亦自是一家。呵呵。数日前猎于郊外，所获颇多。作得一阕，令东州壮士抵掌顿足而歌之，吹笛击鼓以为节，颇壮观也。"可见他有意与柳永缠绵婉约的词风分庭抗礼，在历来长于抒写香艳软媚的儿女之情的词国，高扬一股横槊赋诗的英雄之气。这首词，举行的正是宋代豪放词的奠基礼，由苏轼正式剪彩，他手中的金剪一挥奠礼告成之后，宋代的豪放词家就要纷纷登场。

让我越过900年的历史长河，做一回不速之客，前往密州观赏那一场豪壮的奠礼吧：

我看到的是苏东坡飞扬的"狂态"：年虽40，却如同英姿勃发的少年，左手牵着黄犬，右臂架着苍鹰。随从的武士们个个头戴锦蒙帽，身着貂鼠裘，戎装一派，千骑奔驰，嘚嘚的蹄声如急鼓敲打大地，飙飙的骏马如飓风卷过山冈。他传令侍者告知全城的百姓，快去看太守打猎吧，他弯弓射虎，像当年的孙权一样。

我看到的是苏东坡高扬的"狂情"：三杯下肚，酒酣气壮。虽然微霜已悄悄侵上两鬓，但他的豪兴更加飞扬。辽国在北方虎视眈眈，西夏在西边频频骚扰，什么时候朝廷像汉文帝任命魏尚为云中太守一样，让他投笔从戎，抗击强敌在边疆？虽然已不再年少，但臂力仍在，雄心犹壮，会把彩绘的强弓拉成满月，打败北辽与西夏，射落天上的星斗天狼。

参观苏东坡主持的这一奠基礼，如同看多了小桥流水，忽见长虹卧波而大江浩荡；如同听惯了昵昵儿女之语，忽闻壮士长啸而风起云飞，真是大开眼界，也大开耳界。此词不仅词风豪放，冲决了"词为艳科"的传统藩篱，扩大了词的原本颇为局促的疆土，丰富和提高了词的品位，其少年的狂情，因以心报国以身许国的内涵，而获得了美学中所谓的"崇高之美"。他的《祭常山回小猎》一诗，可以与此词互参："青盖前头点皂旗，黄茅冈下出长围。弄风骄马跑空立，趁兔苍鹰掠地飞。回望白云生翠巘，归来红叶满征衣。圣明若用西凉簿，白羽犹能效一挥！"然而，时下文坛某些纯粹以个人为中心的"少年"，动辄全盘抹杀不可抹杀的前人，全盘否定不可否定的传统，互相吹捧，目空一切，不知地厚天高，这种"狂"，近似于古老的《诗经》中所说的"狂童"之狂，与苏东坡词中所歌唱的"少年狂"，有如火之与冰，好像呜咽的独弦琴之与宏大的交响乐，它们岂能同日而语？

三

虞美人
宜州见梅作

黄庭坚

天涯也有江南信，梅破知春近。夜阑风细得香迟，不道晓来开遍向南枝。

玉台弄粉花应妒，飘到眉心住。平生个里愿杯深，去国十年老尽少年心。

"文革"突然袭至时，我正近而立之年，是人的一生中最富于生命力与创造力的黄金岁月，不料在"文革"这个"革命"的大熔炉里，黄金统统熔成了废铜烂铁。及至长达10年的噩梦终于做完，才猛然惊觉自己已到了不惑之年，回首前尘，遥望凭吊的只能是越去越远的青春的背影。

清人鄂西林（尔泰）《咏怀》说："看来四十犹如此，便到百年已可知。"我没有他那样悲观，人生虽然不满百，但我的少年心还没有老尽，10年的死灰余烬里重又火焰熊熊。比起浩劫过后生命已逝或已是黄昏的人，我遭逢的已是不幸中的大幸了。许多有为之士在历经坎坷饱尝创痛之后，沉重的夜色已经凛然袭来，生命的帷幕即将怆然降下，他们只能如900年前的黄庭坚那样，喟然长叹"老尽少年心"，为自己的悲剧人生打下最后一个句号。

北宋词坛宗匠黄庭坚，是宋代影响最大的诗歌流派"江西诗派"的掌门人。他在苏轼任徐州知州时投赠《古风》二首，蒙苏轼次韵以和并热情鼓励，从此位居"苏门四学士"之列，但在诗史上却仍与一代文宗苏轼并称"苏黄"。宋代尤其是北宋的新旧党争，是使宋代元气大伤的重要原因。重视人格操守而有拯世济民抱负的黄庭坚，不幸也被卷入政治斗争的旋涡之中，划入"旧党"之列，仕途坎坷，多次贬谪而至生之暮年。《虞美人》词中的"去国十年老尽少年心"，不仅是他垂暮之时的生活实录，也是他含恨以终之前的一声长长的叹息。

绍圣元年（1094），哲宗亲政，吕惠卿等人复官掌权，黄庭坚由京官而改知今湖北鄂城的鄂州，次年贬为涪州别驾，于今日四川彭水的黔州安置，在这一穷荒之地送走了六度凄凉落寞的秋月春花。元符三年（1100）正月，徽宗即位，皇太后向氏听政，黄庭坚的境况有所改善，崇宁元年（1102）正月，他离荆州东归，想归去"江南"——故乡江西修水，于巴陵写下了《雨中登岳阳楼望君山二首》：

> 投荒万死鬓毛斑，生入瞿塘滟滪关。
> 未到江南先一笑，岳阳楼上对君山。
>
> 满川风雨独凭栏，绾结湘娥十二鬟。
> 可惜不当湖水面，银山堆里看青山。

黄庭坚的七绝可圈可点之作不少，这两首诗更是他七绝中的翘楚。唐宋诗人咏唱洞庭与君山的诗作很多，如果要组成一个权威的评委会来决出次第，我相信黄庭坚此作定会名列前茅。犹记我在岳阳楼边生活的那几年，黄庭坚的这两首诗，在登楼远望之时，不止一次地从900年外飞上我的心头。如果我忝列评委，面对如此动静相映雄奇结合而极富原创性的作品，我当然决不会吝惜手中"神圣的一票"，虽然在当今的许多形形色色的评选活动中，有些票距离"神圣"已相当遥远，而与"不神圣"却毫无距离。

还没有回到故乡，就已自登楼一笑了，黄庭坚此时心情的欣慰可想而知。然而，命运没有让他笑到最后，就在次年，流寓鄂州（今湖北武汉武昌）的黄庭坚竟被列入"元祐党籍"，那是其时黑而又长的黑名单，司马光、苏轼、苏辙、秦观等309人都被列为奸党。黄庭坚随即被除名羁管，放逐软禁于宜州，即今之广西宜山。除了新旧党争，直接原因是他两年前寄寓荆州时作《承天院塔记》，有一个叫陈举的转运判官附庸风雅，如同现在许多既贪官名又图文名的庸官俗吏一样，想将自己的名字附于碑尾，正人君子的黄庭坚决不同意，陈举伙通与黄庭坚不和的副宰相赵挺之，举报诬告黄庭坚"幸灾谤国"。欲加之罪，何患无辞？于是诗人就被恶贬到那穷山苦水的南荒之地。

古代交通不便，怎么能像现在或千轮生风，或一鸟绝云，朝发而夕至？等到诗人在大雪纷飞中携家带口行行复行行，将家属留在今日湖南之永州昔日柳宗元的贬逐之地，自己只身到达贬所时，已是五六月间的炎天沸日了。龙游浅水遭虾戏，虎落平阳被犬欺，这是过去的民谚对英豪落难后的形容，写尽了某种人间世相。一个人失势或失意之后，世人投去的多是白眼而非青眼，多是箭石而非桃李，这大约也是从古至今的人情之常吧？宜州不仅是未经开化的恶地，地方官也是狗眼看人的恶吏，城内不准安身，他只好蜷缩在城头的戍楼中度日如年。次年九月，年方61岁的一代诗坛宗匠，就在窄狭潮热的戍楼中，闭上了他该是永不瞑目的眼睛。

黄庭坚有两处写到"十年"的名句，一见之于诗，"桃李春风一杯酒，江湖夜雨十年灯"，是寄给他的友人黄几复的，这是写友情之深；一见之于词，"去国十年老尽少年心"，写于宜州贬所，这是抒身世之感。10年岁月啊岁月10年，当代大学者钱锺书在1973年所作《再答叔子》中，也曾慨叹"四劫三灾次第过，华年英气等销磨"。在"文革"10年中，许许多多的有志之士也老尽了少年心，即以钱锺书而论，世人都赞颂他的著作博大精深，称美其为"文化昆仑"，然而，如果不是三灾四劫，他的学术成果与贡献，岂止是世人所瞻望的这种海拔吗？

四

六州歌头

贺铸

少年侠气，交结五都雄。肝胆洞，毛发耸，立谈中，死生同，一诺千金重。推翘勇，矜豪纵。轻盖拥，联飞鞚，斗城东。轰饮酒垆，春色浮寒瓮，吸海垂虹。闲呼鹰嗾犬，白羽摘雕弓，狡穴俄空。乐匆匆。

似黄粱梦，辞丹凤，明月共，漾孤篷。官冗从，怀倥偬，落尘笼，簿书丛。鹖弁如云众，供粗用，忽奇功。笳鼓动，渔阳弄，思悲翁。不请长缨，系取天骄种，剑吼西风。恨登山临水，手寄七弦桐，目送归鸿。

贺铸的《六州歌头》，半阕青春与生命的壮曲，半阕时代与志士的悲歌。

谁没有过自己的少年时代呢？芸芸众生，其少年时代各不相同，但像贺铸所歌咏的那种豪迈的年少生涯，900年后都会令人热血沸腾。贺铸，是宋太祖原配贺太后的五代族孙，济国公赵克彰的女婿，可谓贵胄。但宋太祖传位于长弟赵光义，作为宋太宗的赵光义，却逼死幼弟廷美和太祖、贺后之子德昭，将江山传给了自己一系的子孙。贺铸虽为宗室，却徒有贵族门第的虚名，他出身于一个七代担任武职的军人世家，十七八岁便离开家乡卫州共城（今河南卫辉），因门荫去京城担任低级的侍卫武官，度过了六七年"少年侠气"的生活。

也许是血管中仍奔流着贵族的血液，又来自于一个弓刀戎马的军人世家，同时他本人的性格又近似于羽人剑客吧，贺铸37岁那年写下这首《六州歌头》，对当年京都的"少年行"仍禁不住笔舞墨歌。"少年侠气，交结五都雄"，一句喝起全篇，如同一阕宏大交响乐的振聋发聩的前奏，既"侠"且"雄"，既"雄"且"侠"，从性格，从风采，从行事，我们都会想起汉乐府和唐诗歌中那屡见不鲜的游侠少年。游乐之场，任侠之客，少年的贺铸和他们有相似之处，然而又有哪些不同呢？不同之点，就是贺铸不仅是飞鹰走狗肝胆照人的侠少，而且是位卑未敢忘忧国的志士仁人。

贺铸的《六州歌头》一词，是贺铸的词集《东山词》的压卷之作，是与苏东坡的《江城子·密州出猎》并称的双璧之篇，也是北宋词坛可和后来的岳飞、张孝祥、陆游、辛弃疾等人的爱国忧时词作相抗衡的难得的篇章，它在鸣奏青春与生命的壮曲之后，以"乐匆匆。似黄粱梦"急转直下，弹唱出时代与志士的悲歌。

宋代从一开始，就是个内忧外患的王朝。北有强邻辽国时时入侵，西有党项族的西夏频频犯边。元祐三年（1088）秋，贺铸在和州任上写作此词，正值执政的旧党推行妥协投降的路线之时，他们对西夏割地赔款，节节退让，胸怀报国大志的侠义之士如贺铸，则有志难伸，报国欲死无战场，只落得身上的佩剑在西风中龙吟虎啸，只落得胸怀文韬武略却徒然抚琴度日登山临水目送飞鸿。时代啊时代，一个好时代可以造就千千万万英才，可以使万万千千的英才各展其能；但一个坏时代呢？却可以埋没甚至残酷地扼杀许许多多的人中之龙，人中之杰！古往今来，莫不如此，贺铸的遭际不就是这样吗？

贺铸文武全才，是赳赳武夫，也是彬彬文士。时人许景亮说他有后汉邓禹、东晋谢安那样的将相之具，李清臣向朝廷推荐他"老于文学，泛观古今，词章议论，迥出流辈"，在地方小吏的岗位上，他也充分表现了不一般的行政才能。然而，这样一位奇才异能之士，出仕40年，历宦三朝，却始终位居下僚，叨陪末座，而那些庸碌贪鄙之辈却一个个飞黄腾达，直上青云，他只得在58岁那年申请提前退休。在20年前写作上述词章时，他已在低微的武官位置上沉浮了10年有余，时任"管界巡检"（负责地方上训练甲兵、巡逻州邑、捕捉盗贼等事宜，大约相当于现在的基层派出所所长公安局局长之类）。他为什么请缨无路报国无门？因为宋代重文抑武，对外一向执行妥协退让的方针，本是国家多事之秋，然而英雄却无用武之地。除了时代的悲剧，还有性格的悲剧，贺铸不是阿谀权贵的小人而是堂堂正正的君子，不是没有原则的庸人而是烈烈轰轰的丈夫——在任何时代，小人与庸人都易于得志，而贺铸即使是对显赫的权要，他也敢于直言抨击他们的谬论恶行，"鼠目獐头登要地，鸡鸣狗盗策奇功"（《题任氏传德集》），就是他直言无忌的表现。他在监太庙之祚时，有"贵人子监守自盗"，"贵人子"，大约类似今日之干部子弟，他倡导法律面前人人平等，并亲自执杖责罚，痛打之下，那个纨绔子弟只好"叩头祈哀"。犹如烈火之与寒冰，清泉之与浊流，如此正道直行，还能见容于那个腐败的社会和那个腐朽的封建集团吗？

贺铸终于未能效命抗敌的疆场，一位侠气干云的少年，最后成了隐于林泉终于僧舍的老者。900年后，我已经无法前往宋代一睹他的英风壮采，和他一起快饮高歌了，但他腰间的剑啸弦上的琴音，却仍然从他的《六州歌头》铿然而泠然地传来，叩响并敲痛我的未老之心。

五

丑奴儿
书博山道中壁

辛弃疾

少年不识愁滋味，爱上层楼。爱上层楼，为赋新辞强说愁。

而今识尽愁滋味，欲说还休。欲说还休，却道天凉好个秋！

博山，在今江西省广丰区西南30余里，溪流唱着当地的山歌与民谣，山头常有无心而出岫的云彩。辛弃疾于淳熙八年（1181）被宵小之徒弹劾，落职罢任，正当边境多事之秋，英才效力之日，他却于42岁的壮年退居信州，即今日之上饶。他在博山寺旁筑"稼轩书屋"，常常来往于博山道中，写有10多首诗词，这首《丑奴儿》即是其中之一。博山中的哪一块石壁，有幸让一代词宗挥毫泼墨的呢？我今日如果远去博山，那一方石壁历经时间的雨打风吹，是否还安然无恙？我还能和它有期而遇吗？

还是不识愁滋味的少年，我就在父亲的案头初识年代已经颇为遥远的辛弃疾了。小小少年的我，为他的英雄豪气壮士情怀所震慑，并不很了解他的生平和他的苦闷与愁情。及至年岁既长，原先是如同雾里看松，云消雾散，才拜识高松的虬枝铁干和它的每一圈年轮。

英雄词人辛弃疾，曾经拥有豪情壮采不同凡俗的少年时光。他出生在山东济南，在金人统治的北方沦陷区度过青少年时代，由于家庭的教育和时代的感召，他学文而兼习武，希图他日有所报效自己的家国。"记少年、骏马走韩卢，掀东郭"（《满江红·和范先之雪》），"少年握槊，气凭陵、酒圣诗豪余事"（《念奴娇·双陆和陈仁和韵》），就是他中年以后对少年的回忆，如同日到中天，回首初升的霞光。刚过弱冠之年，22岁的辛弃疾就聚众 2000，高擎的抗金旗帜在朔风中猎猎翻飞。他以孤胆之勇，率 50 轻骑奇袭 5 万人马的金营，擒斩叛徒张安国而回归南宋。时迈千年，我对此仍然心往神驰，如果早生千载，我也许会去追随他燃烧长天的旗帜和擂动大地的蹄声。

辛弃疾晚年闲居铅山瓢泉时，"有客慨然谈功名，因追念少年时事，戏作"《鹧鸪天》一阕。此词一开篇就是天风海雨，豪气逼人："壮岁旌旗拥万夫，锦襜突骑渡江初。燕兵夜娖银胡䩮，汉箭朝飞金仆姑。"人人都有自己的少年时代，如同追念已经失去而不可复得的珍宝，人到中年或老年之后，总不免常常回首前尘，重温旧梦，辛弃疾对自己的少年时代而且是苦难与英雄的少年时代，该是何等追怀与珍惜？他说"少年不识愁滋味"，岂是真正的"不识"吗？山河破碎的家国之愁，早已如磐石重重地压在他的心上，只是少年时涉世未深，还未尝尽人世的艰难险恶而已。何况他强调的"不识"，好像黑白两色的对比，他是要以此反衬后半生"识尽愁滋味"之后挥之不去的满怀愁情啊！

少年辛弃疾率师南渡，满以为可以实现自己待从头收拾旧山河的报国之志，然而，在那个昏君当道奸佞弄权的时代，他有志难伸，而且常遭贬逐。40 岁在上饶带湖投闲置散，一晃就是 10 年黄金岁月。后虽蒙复用，但不久又被罢职，这一回虚掷光阴，于他人也许无谓，于他却是贵重的 8 年。22 岁至 42 岁的 20 年沉浮，10 年的英雄赋闲，有如骏马不让其奔驰，有如宝剑不让其出鞘，够他细细咀嚼那铭心刻骨而忧心如焚的忧愁了，难怪《丑奴儿》一词之外，他还有许多诗句都离不开一个"愁"字。在罢职闲居前的淳熙三年（1176），他任江西提点刑狱，路经万安县西南皂口溪与赣江汇合处的造口，就写有一首"书江西造口壁"的《菩萨蛮》，其结句就是"青山遮不住，毕竟东流去。江晚正愁予，山深闻鹧鸪"。其中的"正愁予"，还成了今日台湾旅美名诗人"郑愁予"的姓名。而在乾道四年（1168）任建康通判时，他有多首词赠志在恢复的建康留守史正志，其一是《念奴娇·登建康赏心亭呈史留守致道》，开篇就愁情满纸："我来吊古，上危楼，赢得闲愁千斛。虎踞龙蟠何处是？只有兴亡满目。"辛弃疾早已愁肠百结，如今赋闲在家，更是被迫马放南山，刀枪入库。国事不堪闻问，满眼是肃杀败落的寒冬之气，真如当今流行的俗语所言，"不说白不说，说了也白说"，他怎么能不欲说还休呢？

　　人禀七情，应物斯感。即使是七情中的愁情，也还有深浅与高下之别，如同潭水之有深沉与清浅、山陵之有高峙与平庸。并不是随便什么轻愁浅恨或深仇大恨，都可以引起时人或后人的共鸣。辛弃疾的"欲说还休"，虽然脱胎于李清照《凤凰台上忆吹箫》词的"生怕离怀别苦，多少事、欲说还休"，但比李清照却更胜一筹，这一筹之胜，不仅是艺术上的，更是感情的价值取向上的。不过，后世的读者在歌吟"欲说还休"而长叹息时，似乎更欣赏"少年不识愁滋味"这一名句，因为一天之计在于晨，一年之计在于春，人的一生呢？最珍贵最少忧愁的还是少年时光，那是大江的浩阔源头，那是春日的绚丽早霞啊！

六

糖多令

刘过

　　芦叶满汀洲，寒沙带浅流。二十年、重过南楼。柳下系舟犹未稳，能几日，又中秋。

　　黄鹤断矶头，故人今在否？旧江山、浑是新愁。欲买桂花同载酒，终不似，少年游！

　　刚领略过辛弃疾的新愁旧恨，现在又要品尝刘过的旧恨新愁。文人本来多愁善感，何况是南宋那种内忧外患的艰难时世？何况是对历史对民族具有担当感与责任感的志士文人？

武昌黄鹤山上的"南楼"，又名安远楼，是唐宋时文人骚客观赏登临的胜地，李白早就有"清景南楼夜，风流在武昌"的歌吟，范成大也有"此会天教重见，今古一南楼"的咏唱。而今，你如果来到黄鹤山上，但见大江如昔，而景物与人物全非，南来北往的火车千轮飞转，在江桥的铁轨上日夜演奏它们的现代敲打乐，山上山下的华灯万花齐放，远远近近的霓虹灯炫示的是现代的文明。然而，你若穿过长长的时间隧道，却仍可以看到当年高峙江干的南楼，仍可以听到南宋词人刘过深婉而悲凄的吟唱。

南楼，本来位于华中腹地，它熟识的是诗酒风流，升平歌舞，几曾见过刀兵水火，铁马金戈？然而，自从宋王朝仓皇渡江，历史将北宋写成了南宋，这里就濒临先是抗辽后是抗金的前线，岳飞等许多志在恢复的将领曾在这一带秣马厉兵，刘过等许多心忧家国的志士，也曾在这一带奔走呼号。现在你再来这里，当然已找不到南楼的踪影，但如果你有心，仍不妨临风吟啸，对江歌哭。那个时代已经远逝了，但那个时代仍长留在诗人的词章里。

刘过是吉州太和（今江西泰和）人，屡试不第，终身布衣。但他却以慨当以慷的词作，跻身以辛弃疾为主将的豪放派词家的阵营，并在宋代词史上铭刻下自己不可磨灭的名字。"便尘沙出塞，封侯万里，印金如斗，未惬平生。拂拭腰间，吹毛剑在，不斩楼兰心不平"（《沁园春·张路分秋阅》），"中兴诸将，谁是万人英？身草莽，人虽死，气填膺，尚如生"（《六州歌头·题岳鄂王庙》），如此爱国襟抱、慷慨词章，真是可以使懦夫立志而壮士起舞。在写作《糖多令》一词之前20载，那时刘过正当而立之年，虽然家国飘摇，危机四伏，但年轻的热血正在周身汹涌，方刚的锐气还没有被挫折消磨。他屡次应试希图一展抱负，屡试不第仍然多次上书直陈恢复方略，并且亲至抗金前线重镇襄阳视察，多次往来于武昌与襄阳之间，希望能为国家兴亡略尽匹夫之责。然而，这一切努力终归虚幻的泡影，而20年的大好时光也白白交给了一去再不回头的流水。20年后旧地重来，大约在嘉泰四年即1204年，其时刘过已经50岁，垂垂老矣，而且两年后即病逝于寄居的友人家中。因此，读《糖多令》一词，你如果感到有卷地的悲风起于纸上，有问天的悲愤溢于行间，那就是你的心弦已经与之共振了。

这首词前还有一小序："安远楼小集，侑觞歌板之姬黄其姓者，乞词于龙洲道人，为赋此《糖多令》。同柳阜之，刘去非，石民瞻，周嘉仲，陈孟参、孟容。时八月五日也。"江山如昨，而国事不可收拾，心境与人物也已全非，真是"旧江山、浑是新愁"啊！诗人虽欲重温旧梦，强颜为欢，却已不可再得。莫等闲白了少年头，空悲切，少年时光是美好的，但年华老大壮志不伸，再回首当年，剩下的就只有不堪回首的悲凉与悲怆。在作此词之前，诗人就曾在《贺新郎》中惊叹"万里西风吹客鬓，把菱花、自笑人如许。留不住，少年去"，这是叹息自己年华已老；作此词的同时，他又于武昌作《六州歌头·题岳鄂王庙》："年少起河朔，弓两石，剑三尺，定襄汉，开虢洛，洗洞庭"，这是赞扬岳飞少年英武。如今华年已逝，国事日非，英雄末路，报国无门，诗人不禁发出"欲买桂花同载酒，终不似，少年游"的叹息，这一声叹息是如此沉重悲怆，至今仍撞击着后人的胸膛。

刘过的《糖多令》，如同一阕"悲怆奏鸣曲"，荡起的是袅袅不绝的余音。周密因为词中有"重过南楼"一语，就改这首词的词牌为《南楼令》，而南宋末年刘辰翁"丙子中秋前闻歌此词"，就用原韵追和了七首之多。元代蒋子正《山房随笔》还记载说："刘此词，楚中歌者竞唱之。"可见在元代统治者的高压之下，强项不屈的楚人，仍不肯收敛他们竞唱此词的歌喉。而明末清初的爱国志士李天植，还追和刘过的原韵写了一首《糖多令》，以寄寓他的易代之悲："新绿满沧洲，孤帆带远流。更甚人同倚南楼？一片伤心烟雨里，犹记似，别时秋。 华发渐蒙头，相思如旧不？怪江山不管离愁。二十年前曾载酒，都作了，梦中游！"作者早已死了，而作品至今活着，时间之神可以收回世间的生命，真正优秀杰出的作品，它却无权也无法收回。

七

鹧鸪天

姜夔

巷陌风光纵赏时，笼纱未出马先嘶。白头居士无呵殿，只有乘肩小女随。

花满市，月侵衣，少年情事老来悲。沙河塘上春寒浅，看了游人缓缓归。

南宋词人姜夔，虽然是鄱阳（今江西鄱阳）人，但少年时曾客游今日称为湖南常德的武陵。古城野水，夏日荷湖，曾赠他以"嫣然摇动，冷香飞上诗句"的妙语。我多次去常德探访他的消息，但荷花阵里已找不到他的身影，哪怕一角青衫。江湖浪迹，他早已去了南宋的都城临安。

北宋王朝在金人的铁蹄声中覆灭以后，君臣仓皇南渡，且把杭州作汴州，更名临安。临安临安，上上下下希望稳定，祈求长治久安，但今天看来，历史是不是只有临时安顿之意呢？南宋王朝又得苟延残喘150多年。只要不四面胡笳，兵临城下，上至偏安的昏君下至苟且的达官贵人，他们全是要将避难地作安乐窝的。不久，临安就成了市列珠玑、户盈罗绮的人口达100多万的繁华都市，似乎忘记了异族入侵者的铁蹄，随时都可能如暴风骤雨卷地而至。

正月十五是上元节，又称元宵或灯节，始于唐代的上元节燃灯的习俗，到了宋代更为兴盛。临安的街市届时连续几天举办灯展，上演百戏歌舞，仅宣德门广场就燃放万余架灯火，同时还陈放五彩缤纷的花卉近百种之多，其繁华热闹为各种节日之冠。"东风夜放花千树，更吹落，星如雨"，那早已熄灭的灯火，当时不是曾照亮过辛弃疾灿烂的词章吗？元宵节前几天，就开始举行花展与灯展，谓之预赏，流落临安的姜夔的《鹧鸪天》写"正月十一日观灯"，他观看的就是未雨绸缪的预赏。

姜夔此时已43岁，词名已盛而功名未立，官衣未得仍是一介布衣。离元宵节虽然还有几天，但大街上早已张灯结彩，鲜花满目。公子王孙佳人仕女们信马由缰，随从们手举纱灯前呼后拥，一派莺歌燕舞的景象，似乎全然不知国变日亟，时局日危，秋高马肥之时，北方的强敌又要挥鞭南下而牧马。而白头诗人呢？形单影只，只有坐在肩上的小女相随。夜深人散之后，凉风袭肘，水月侵衣，他不禁油然而生"少年情事老来悲"之感。

什么样的"少年情事"呢？它怎么会使得诗人的感情决堤，在元宵前夜泛滥悲愁的潮水？

此中当然有山河破碎而个人失路之悲。作为词人与音乐家，他历经南宋高宗、孝宗、光宗、宁宗四朝，向朝廷上进的是《大乐议》《琴瑟考古图》，而非如刘过、陈亮等人那样以布衣之身高歌慷慨，陈进恢复中原的方略。然而，他虽是在野的知识分子、纯粹的艺术家，却仍然关心时事，心怀家国。他22岁时写的《扬州慢》，成了后世传诵的名篇，其中的"自胡马窥江去后，废池乔木，犹厌言兵"，就是字字血泪的名句。20年过去，南宋已成了一轮即将沉没的夕阳，他自己的生命也早已日过中天，如斯国事家事天下事，他怎能不"少年情事老来悲"呢？

使他老去兴悲的，更有他少年时一段铭心刻骨的爱情。姜夔是一个笃于友情与爱情的人，婚前10年，大约是在写《扬州慢》的同时，他在合肥遇到一位善弹筝琵的歌女，两情相悦，他多次合肥来去，至光宗绍熙二年（1191）冬分袂，彼此因故未能再见。姜夔先后所写与这位合肥歌女之恋的词，约20首左右，是现存作品的1/5。元宵节前于临安观灯，良辰美景奈何天，赏心乐事谁家院？乐景触发悲情，他人的欢乐更反衬出自己的凄清，于是就难免更忆念自己年轻时的恋人了。过了四天，日有所思夜有所梦的姜夔，又再度和他的恋人梦中相见，又用同一词牌《鹧鸪天》抒写他的"元夕有所梦"："泗水东流无尽期，当初不合种相思。梦中未比丹青见，暗里忽惊山鸟啼。　春未绿，鬓先丝，人间别久不成悲。谁教岁岁红莲夜，两处沉吟各自知。""红莲夜"即元宵灯节之夜，因宋时元宵之夜多张莲花之灯。姜夔在合肥时，该曾和恋人于元夜共赏花灯吧？不然，他为什么会这样触景生情因情入梦而成词呢？

姜夔的词清刚雅健，在婉约与豪放两大词家阵营之外，另行高扬一面旗帜，在南宋的夕阳晚照之中，上述这首《鹧鸪天》就是证明。老年人回首少年，常不免百感交集，这是人所普遍共有的一种情感，何况世人大多都有初恋，许多人也曾有过年轻时虽然有情却终于未成眷属的恋人。如果那恋情在心中如同不会消逝的朝霞，如果那恋人在心中如同不会凋谢的春花，那么，年华老大之后，该好好读读姜夔这首词，回首华年，难道不会油然而兴"少年情事老来悲"的感慨？

八

虞美人
听雨

蒋捷

少年听雨歌楼上，红烛昏罗帐。壮年听雨客舟中，江阔云低断雁叫西风。

而今听雨僧庐下，鬓已星星也。悲欢离合总无情，一任阶前点滴到天明！

少年时读蒋捷的《虞美人》词，只觉得优美而凄怆，对全词的深层意蕴并不甚了了。就像儿童过年喜欢灯笼花炮一样，少年时读此词，最吸引我的就是"少年听雨歌楼上，红烛昏罗帐"一语，虽然情窦未开，但也不免有一种朦朦胧胧的神秘之美感。而今，时间的长风早已吹老了华年，再来读蒋捷的《虞美人》，就如同重逢年少时结识的好友，另有一番滋味在心头。

我在楼上之书房写这篇短文时，正逢春雨缠绵，窗外虽然不见修竹而只有高架桥凌空，没有芭蕉而只有霓虹灯闪烁，但春雨淅淅沥沥，春雨点点滴滴，真叫我半信半疑，它们是不是从蒋捷的词中飘逸而出远道而来的呢？

人生的美是各种各样的，不同的人也各有自己确认的美之人生。但是，"少年"毕竟是人生中一段最美的时光，它也许不是生命中的华彩乐段，这一乐段常常谱写在生命与事业的巅峰，然而它却是生命交响曲美好动人的前奏。而"少年听雨歌楼上，红烛昏罗帐"，至少是美好人生中的一种美好境界，如果你曾经有过值得珍惜的爱情和婚姻，读这两句词，将会有如品尝余味绵长的醇酒。生于阳羡（今江苏宜兴）的蒋捷，虽然生活在南宋末世，但江南毕竟是佳丽之地、温柔之乡。度宗咸淳十年（1274），他考取南宋末科进士时，时年大约30岁，虽然不久元丞相伯颜就率军攻破临安，偏安的南宋王朝终于流水落花春去也，但蒋捷30岁之前毕竟还有一段风华岁月。"少年听雨歌楼上，红烛昏罗帐"，是写自己新婚宴尔的旖旎温柔呢，还是写那个时代的文人常所不免的诗酒风流？不必前去南宋征求蒋捷的回答了，也没有必要去考证前人的隐私，反正它是一段甜蜜的回忆、一种美好的象征、一方动人的境界，当然，也是一道乐极悲来的强烈的反照。

时代的罡风烈雨，不仅吹熄了罗帐外的红烛，也覆灭了整个南宋王朝。随着祥兴二年（1279）陆秀夫在广东新会县海中的崖山背负帝昺跳海而亡，南宋王朝最后也就寿终不正之海寝。从此，经历了大汉、盛唐与隆宋的中国人及其子孙，第一次品尝到亡国的撕心裂肺的痛苦，第一次品味到为异族所战胜的羞耻与屈辱。三十曰壮，蒋捷壮年时正值南宋灭亡，他流离道途而四处奔走，"小巧楼台眼界宽。朝卷帘看，暮卷帘看。故乡一望一心酸。云又迷漫，水又迷漫"，"深阁帘垂绣，记家人、软语灯边，笑涡红透。万叠城头哀怨角，吹落霜花满袖。影厮伴、东奔西走"，有他的《一剪梅·宿龙游朱氏楼》《贺新郎·兵后寓吴》及其他许多词章为证。后来他隐居于太湖中的竹山，自号竹山先生。元成宗大德年间，有人先后向朝廷荐举他，但他始终不肯出仕。"壮年听雨客舟中，江阔云低断雁叫西风"，30 岁以后，他饱尝国破之巨痛、易代之深悲，孤舟大江漂泊，何况云迷雁唳，雨打秋篷！秋意凄凄，情怀也凄凄，由外景而内心，由个人而家国，这不是一喉而二歌、一管而二写吗？

《虞美人》是蒋捷沧桑历尽的暮年悲歌，词的下片由过去的"少年""壮年"而逼近眼前的现实。且不说李商隐的无限好的夕阳，连刘禹锡的为霞尚满天的夕彩都不见了，有的只是一阶寒雨、两鬓秋霜，以及和雨水交流在一起的泪水。晚唐温庭筠《更漏子》词曾写到听雨："梧桐树，三更雨，不道离情正苦。一叶叶，一声声，空阶滴到明。"北宋万俟咏的《长相思·雨》也曾回应以他年的雨声："一声声，一更更，窗外芭蕉窗里灯，此时无限情。梦难成，恨难平，不道愁人不喜听，空阶滴到明。"他们的词都是写男女相忆之情，也许在艺术上启发了蒋捷，但却远不及蒋捷词感情世界的包孕深广。由个人到个人，春蚕到死丝方尽虽然哀感动人，但那毕竟是作茧自缚；由个人而普遍的人生而广阔的时代，心事浩茫连广宇，境界就天高地阔得多了。蒋捷写暮年听雨，明表身世之感，暗寓家国之恨、荆棘铜驼之憾与黍离麦秀之悲，我们今日遥遥听到并为之感动的，是他瘦弱垂老的胸膛里滚动的绝望雷声。

蒋捷的词典丽尖新，他在 700 年前赠给我们的，是一席精神和艺术的盛宴。"红了樱桃，绿了芭蕉"，他曾在《一剪梅·舟过吴江》中写了上述得意之句，意象动心，音韵动耳，使得我们今天还可大饱眼福与耳福。

不过，他的《虞美人》以"听雨"一线贯穿，以"少年""壮年""而今"的意象并列而层递，不胜乱世余生之苦，不尽人生易老之悲，更是动我情肠，撩我愁思。何况我的窗外，一连数日，虽然时空阻隔，水远山遥，但晚上有风来自南宋，风声簌簌；白天有雨自蒋捷词中来，春雨潇潇！岂止是我，他的这一具有永恒之美的词章，不是也曾敲奏过台湾名诗人余光中的心弦吗？1972年，余光中在台北市厦门街的寓所以20分钟写就名作《乡愁》，其诗以"小时候""长大后""后来啊"和"而现在"这些时间词一线贯穿而结撰成章，他继承和发扬的，不正是蒋捷词的艺术的一脉心香吗？

清秋泪——范仲淹

少年时在乡间的学堂启蒙，语文老师是前清秀才，他青衫一袭，满腹诗书，教我们学习和背诵的也是古文，其中就有范仲淹的《岳阳楼记》。数十年过去了，我当时虽年幼而不求甚解，但那摇头晃脑如痴如醉的背诵情景，还历历犹如昨日，而"先天下之忧而忧，后天下之乐而乐"的名言，一字一句，就如同刀刻斧凿般，镂刻在我们尚不知忧患为何物的心版上。

及至年岁既长，方知范仲淹的《岳阳楼记》是中国文学史上永不生锈的千古名文，也是矗立在历代真正的读书人心中的丰碑。先生之风，山高水长，尤其是我中年时曾在巴陵郡寄迹数载，岳阳楼近在肘边，春秋佳日，朝晖夕阴，我曾不止一次在楼下瞻仰前人书写雕刻的这一篇名记，也数不尽多少回登楼眺望，拍遍栏杆，把洞庭湖与君山的湖光山色招来眼底，把天下风云万家忧乐纳入胸中。范仲淹是一代名吏、一代名臣、一代名帅、一代名士，历史上留名的人物灿若繁星，但在人格风范与文章楷式方面，范仲淹更是一位令后人高山仰止的人物，如同人间众生仰望星空中的北斗。

然而，今日却有人著文，连范仲淹《岳阳楼记》中的名言也予以贬斥，认为此文中所以忧所以乐的"天下"，乃是"帝王一家一姓之天下，而非人民之天下"。这，就未免有些超时空超历史地苛求古人了。封建社会的官员和士子，虽然不能脱离对皇权的依附，溥天之下，莫非王土，率土之滨，莫非王臣，那"天下"当然是帝王的天下，但在儒家学说的精义里和真正士人的心目中，"天下"更多的却是指华山夏水，百姓黎民。"大道之行也，天下为公"，"穷则独善其身，达则兼济天下"，这不就是对"天下"的另一种解释和注脚吗？韩琦与范仲淹同为北宋名臣，他都称颂范仲淹"前不愧于古人，后可师于来者"，金代的元遗山，也赞美他"求之千百年间，盖不一二见"，我们怎么可以对古之贤者如此求全责备？如果对范仲淹这一名言所体现的人格力量道德精神都予否定，那我们民族还有些什么精神遗产，可以让今日的炎黄子孙继承与发扬？如果范仲淹有知，他会不会悲从中来而怆然涕下？

近千年时间的风沙吹刮过去，在我们民族优秀杰出人物的行列里，在我从少年时代到年华老去的心中，范仲淹始终是一位能激发瞻仰者崇高之感的英杰。男儿有泪不轻弹，只缘未到伤心处。何况是英杰中的男儿，男儿中的英杰？在一般人的心目中，英杰或英雄只有铁石心肠，只有风云叱咤，只有壮怀激烈，而范仲淹虽不会为今日上述放言高论者怆然涕下，但他流传至今的五首词中，却有三首泪痕点点，泪迹斑斑。

众生常说借酒浇愁，酒有时的确是泪的催化剂，但酒未到而先成泪却是范仲淹的首创，请看他的《御街行》：

> 纷纷坠叶飘香砌，夜寂静，寒声碎。真珠帘卷玉楼空，天淡银河垂地。年年今夜，月华如练，长是人千里。
>
> 愁肠已断无由醉，酒未到，先成泪。残灯明灭枕头欹，谙尽孤眠滋味。都来此事，眉间心上，无计相回避。

这首词，是一首怀人之作，有一个版本的副题曰"秋日怀旧"。"悲哉，秋之为气也，萧瑟兮草木摇落而变衰"，先是宋玉说过；"多情自古伤离别，更那堪，冷落清秋节"，后来柳永又如此断言。秋天本是怀人的季节，何况是月光如水落叶飘零的秋夜？此词写于何时何地，所怀何人，这一切都已交给历史封存不得而知了，但是，英雄人物并非只有侠骨，同时也有柔肠，并非只有剑胆，而且也有琴心，他秋夜怀人，忧心忡忡，酒还没有到他已断的愁肠，就已化成了伤离怨别的泪水！无情未必真豪杰，难怪清人许昂霄在《词综偶评》中，要说"铁石心肠人亦作此消魂语"。善于作销魂语的李清照，在《一剪梅》中写她对丈夫赵明诚的思念，有道是"此情无计可消除，才下眉头，却上心头"，这位身为弱女子的女词人，她的如斯妙语，大约是受到作为大丈夫的范仲淹的词之启发吧？

古典诗词中写"泪"的篇章不可胜数，如果将其中写"泪"的好句搜辑成书，厚厚的卷帙恐怕都会被浸得透湿。英国的莎士比亚曾经说过：眼泪是人类最宝贵的液体，不可轻易让它流出。但在范仲淹另一首词《苏幕遮》中，我们又读到他的眼泪，而且也与酒有关：

碧云天，黄叶地，秋色连波，波上寒烟翠。山映斜阳天接水，芳草无情，更在斜阳外。

黯乡魂，追旅思，夜夜除非，好梦留人睡。明月楼高休独倚，酒入愁肠，化作相思泪。

在《御街行》中，范仲淹写的是"酒未到，先成泪"，而酒到之后又当如何呢？《苏幕遮》这首羁旅相思之作，就说"酒入愁肠，化作相思泪"，前者曲言，后者直说，曲直各具其趣。英雄儿女自柔情，没有矫饰，没有伪装，没有出于欺骗与愚弄众生的神化，有的是人生的真实与感情的真实。如此隽言妙语，有如令人欣羡的财宝，总不免引起他人的觊觎而眼红手痒，元代戏剧家王实甫在《西厢记·长亭送别》中，就半偷半借地化用了范仲淹词而写出了名曲《端正好》："碧云天，黄花地，西风紧，北雁南飞。晓来谁染霜林醉？总是离人泪。"

然而，范仲淹词中的这些泪水虽也令局外人动情，但毕竟是小我之泪，个人的深愁浅恨之泪。如果范仲淹只有上述这两首词，他和宋代许多婉约派词人也就没有太大的区别，如山间的清溪，如月下的池水，如初上的眉月。范仲淹毕竟还有另一种词、另一种泪水，这就是他的代表作《渔家傲》，好像沉雄的号角，仿佛大河的落日，有如劲吹的长风。

范仲淹之为官谋政，绝不仅仅是为在上的君王，更不仅仅是为一己之功名利禄，他主要是为了安社稷而济苍生。忧国忧民的他自请行边，康定元年即公元1040年，他被任命为陕西经略安抚副使兼知延州（今陕西延安），后来又充当环庆路经略安抚招讨使、兵马都督，统一指挥陕甘一带的军政大事，是防御和抗击西夏侵扰的一方统帅。此时，他已52岁，不再年轻而渐入老境，主动挑起的却是一副败则可致名毁身杀的千斤重担。他在边境四年，选良将，爱士卒，抚流亡，垦荒地，筑塞建城，教民习射，使得原来百孔千疮一触即溃如同破篱笆的西部边防前线，成了敌人不敢来犯的钢铁长城。西夏闻风丧胆，戒备说"小范老子（指范仲淹）胸中自有数万甲兵，不比大范老子（指范雍）可欺也"，而边人的民谣也在凛冽的西风中传唱："军中有一韩（指韩琦），西贼闻之心胆寒；军中有一范（指范仲淹），西贼闻之惊破胆。"可见其威镇西疆之英风胜概。当时，范仲淹曾作多首《渔家傲》词，首句均以"塞下秋来风景异"领起，不过，历史往往并不公平，天公也常常并不作美，许多平庸之作偏偏能流传下来，而范仲淹的那几首《渔家傲》却恰恰被湮没了，从幸存的那首孤篇看，其他几首也该会是令懦夫立志而壮士起舞之作：

塞下秋来风景异，衡阳雁去无留意。四面边声连角起，千嶂里，长烟落日孤城闭。

浊酒一杯家万里，燕然未勒归无计。羌管悠悠霜满地，人不寐，将军白发征夫泪！

同是写"秋"，但与前二首词比较，虽说前者真情弥满而诗语入妙，然而这首词却另是一番境界与气象。如果宋代有边塞诗，那么，范仲淹此词就是其中最早与最突出的一首。唐代因国力强盛，或开边拓土，或抗御强邻，许多读书人除了挥笔于科场，就是挥戈于沙场，企望扬声绝塞，立功异域，

"边塞诗"因而也就空前繁荣，成为唐代诗歌这一盛大军团的方面之师。以初唐杨炯的"宁为百夫长，胜作一书生"为前奏，时至盛唐，高适、岑参、王昌龄等诗人或远去西疆，或一窥塞垣，而李白、杜甫甚至整天与药罐打交道的李贺等诗人，虽然多未去过边塞，但也前来凑兴，各扬其声，共同将边塞诗演奏成一阕豪壮雄浑与悲凉落寞兼而有之的交响曲。中唐之后，国势日衰，至晚唐时所谓边塞诗也就曲终人散。宋太祖赵匡胤于公元960年建立宋朝，虽然史称"隆宋"，但一开始就积贫积弱，武功与版图远不能和唐代相比，不仅北方燕云十六州的汉唐故地没有收回，即使对西部的西夏等外敌的侵扰，也常常徒唤奈何。从宋代建国到范仲淹写此词的近百年间，边塞诗已成绝响，待此词一出，不仅在多是柔情绮思的宋词中是一曲悲歌豪唱，就唐代边塞诗的传统而言，也是让断流已久的河道重新涌浪翻波。

范仲淹此词虽为"独唱"——一是他以"塞下秋来风景异"为起句写作的多首《渔家傲》已经失踪，只有这一首传于后世；二是到他为止，还只有他一人在边塞引吭高歌与悲歌。然而，这首词不仅是宋代边塞诗歌的前奏，也是宋代豪放词作的先声。词从晚唐经五代以至北宋之初，因为与音乐美人舞榭歌台的天然联系，新声巧笑于柳陌花衢，按管调弦于茶坊酒肆，形成的是绮罗香泽绸缪婉转的词风。大丈夫做小男人，所谓"男子作闺音"，七尺须眉的男作者笔下，多的是富贵相、脂粉气、儿女态、闺阁情，在范仲淹之前固然如此，与范仲淹同时的柳永、晏殊、欧阳修、张先等人，大体也是这样。柳永徘徊在"杨柳岸"边的"晓风残月"之中，晏殊叹息于"绿杨芳草长亭路，年少抛人容易去"，欧阳修热泪盈眶地"泪眼问花花不语，乱红飞过秋千去"，张先人称"张三中"（心中事，眼中泪，意中人），他还不满意，以为要称他"张三影"才名副其实（"云破月来花弄影"，"娇柔懒起，帘压卷花影"，"柳径无人，堕飞絮无影"），他对轻盈无迹的"影"情有独钟，在词中先后20多次去轻描浅摹。然而，"塞下秋来风景异"，范仲淹激越苍凉的一声豪唱，应该使北宋初期的词坛吃了一惊。尽管以后北宋词坛仍然为婉约词风所统治，我们也并不以风格判定词的优劣高下，但范仲淹的高歌，却一直要等到数十年后在苏轼的词中才听到回声，要到南宋陈与义、张元干、岳飞、陆游、张孝祥、辛弃疾、陈亮、刘过和刘克庄等人那里，才听到虽然更加遥远却分外强烈的回响。

不过，有人却批评此词，说它不是"真元帅"之词而是"穷塞主"之词，批评他的，竟是与他同为"庆历新政"的中坚又是北宋诗文革新运动主帅的欧阳修。据宋人魏泰的《东轩笔录》说，欧阳修读范仲淹此词后，对其"颇述边镇之劳苦"不以为然，戏称其为"穷塞主"之词。等到王素出守甘肃平凉，欧阳修也作《渔家傲》一词送行，结句为"战胜归来飞捷奏，倾贺酒，玉阶遥献南山寿"，并说这才是"真元帅"的功业。今查《欧阳修词集》，并无此《渔家傲》一词，倒是孔凡礼《全宋词补辑》中收有一首近似之作，作者为与范仲淹、韩琦同时而任陕西经略安抚招讨使的庞籍。全词是："儒将不须躬甲胄，指挥玉麈风云走。战罢挥毫飞捷奏，倾贺酒，三杯遥献南山寿。　革软沙平春日透，萧萧下马长川逗。马上醉中山色秀，光一一，旌戈矛戟山前后。"不论此词作者究是何人，反正欧阳修对范仲淹词做了同时代的"文学批评"。我今日虽无法向一代文宗的欧公请教，并发表不同"诗"见，但欧阳修自己的词多写男女幽期密约与文人之歌山咏水，风格不出婉约派的藩篱，他也许对范仲淹这种词风不以为然？明代瞿佑在《归田诗话》中甚至说"以总帅而出此语，宜乎士气不振而无成功"，且不论他对范仲淹词本身的评价是否允当，如此片面夸大一首词的所谓"副作用"，不禁令我想起以前极左盛行的年代，动辄上纲上线，把某某社会问题说成是某一部文学作品影响所致。欧阳修当然不是这样，除了个人的审美趣味的偏好，并强求写边塞的作品一定要合于昂扬奋发捷报频传的模式之外，恐怕也是由于他没有边塞生活的实际体验。当时范仲淹到西北主持军务，曾延请欧阳修赴边任掌书记之职，可惜欧阳修因故婉辞，失去了这样一次难得的"深入生活"的机会，不然，他也该挥写出几首雄放的边塞之词吧？

由于赵匡胤在"陈桥驿兵变"中黄袍加身而夺得后周的江山，为了"家天下"的长治久安，他及其继承人实行的是"守内虚外""崇文抑武"的既定方针，国力虚弱，全无当年大唐帝国的雄风，对割据燕云十六州的辽国固然是屡战屡败，抵抗西北边陲西夏小国的入侵，也常常以失败而告终。在范仲淹赴边镇守之前，就有宋帅范雍的延州兵败，范仲淹去后，又有韩琦的好水川惨败。他镇边四年，敌人虽不敢再犯，却也无法将其彻底击溃，而只能做消极的防御，所谓"浊酒一杯家万里，燕然未勒归无计"，是名副其实的"现实主义"，而边地的艰苦与征战的残酷，又怎么是内地流连风景诗酒美人的文士们所可想见的呢？"将军白发征夫泪"，这已不再是前述范仲淹二词中的柔情如水之泪了，范仲淹守边时已是坐五望六之年，敌人前来偷袭，白发也前来偷袭，而"征夫泪"之泪中，既有士卒们有家归不得的眼泪，也有他忧国忧民的眼泪，更有他和将士们为国苦守苦战而未能彻底胜利的眼泪。这种眼泪，并非弱者之泪，而是英雄之泪；这种作品，不是历史记载乃庸才酷吏庞籍的那种"假大空"之作，而是直面人生与人性的抒写真情的杰作。

关塞风云之气，战士守边之苦，英雄忧患之情，这就是范仲淹《渔家傲》一词的三原色。说它是"穷塞主"之词，如果不含贬义，倒也无可厚非。范仲淹不仅写不出庞籍那种粉饰生活的假大空之作，更不会去弹奏蔡挺那种歌功颂德的献媚之曲。北宋神宗熙宁年间，蔡挺镇守平凉，写了一首《喜迁莺》："霜天清晓，望紫塞古垒，寒云衰草。汗马嘶风，边鸿翻月，陇上铁衣寒早。剑歌骑曲悲壮，尽道君恩难报。塞垣乐，尽双鞭锦带，山西年少。　谈笑，刁斗静。烽火一把，常送平安耗。圣主忧边，威灵遐布，骄虏且宽天讨。岁华向晚愁思，谁念玉关人老？太平也，且欢娱，不惜金尊频倒。"神宗得到此词，批曰："玉关人老，朕甚念之。枢管（枢密院）有缺，留以待汝。"官员的升迁贬降，常常系于帝王的一念之间，于是蔡挺也就平步青云，从边远之地的甘肃调回首善之区的汴京，由封疆大吏升任枢密副使——爬到副宰相这样的高位。且不论他的词艺术性比范仲淹之作差之远矣，其历史内涵与真实品格，又岂能与范仲淹之词相提并论？物质的荣华富贵只能享受于一时，而人的不可以权势金钱购买的清名与美名，不朽作品的永恒之誉，却可以传之久远。1999年的高秋之日，我陪同台湾名诗人余光中去岳阳，在巴陵郡的湖光山色中和范仲淹的《岳阳楼记》里流连竟日，仰天俯水，发思古之幽情，生现实之感慨，兴人生之咏叹。余光中为"岳阳楼"即兴题诗："昔闻洞庭水，今上岳阳楼／依然三层，却高过唐宋的日月／在透明的秋晴里，排开楚云湘雨／容我尽一日之乐，后古人之乐／怀千古之忧，老杜与范公之忧。"而他当场为一位读者的题句则是："秋晴尽一日之乐，烟水怀千古之忧。"这位自称"蓝墨水的上游是汨罗江"的诗人，他的"上游"不是也包括洞庭湖和范仲淹的诗文吗？

少年时代，我还只知摇头晃脑地高吟低咏范仲淹的《岳阳楼记》，他的先忧后乐的名句，雨露在我稚嫩的心田，及至年岁已长，我才读到他的词作，那五首词中有三首写到秋日之泪的词章。巴陵郡中，岳阳楼头，洞庭湖畔，历史的此岸，遥远的后世，他的名文令我神清意远，他的名词使我不胜低回。

长记平山堂上——欧阳修

抖落深冬的一肩楚云，初春的半身湘雨，正是好风好日的阳春三月，我和居住在南京的友人黄世玮君一道下扬州。车到天下三分明月夜的扬州、玉人何处教吹箫的扬州，我就恍兮惚兮一脚跨进了唐朝，后来曾有《烟花三月下扬州》一文以记，而人到扬州城外的平山堂呢？那就确确实实呼吸在宋代欧阳修词的遗韵和苏东坡词的清芬里了。

宋代虽然自始至终积贫积弱，始终处于内忧外患的双重病患之中，但也正是由于统治者施行的是重文轻武的既定方针，实行的是历史上最优惠的知识分子政策，加之历代的艺术积累得到创造性的继承和发展，所以文学艺术臻于空前的全面的繁荣。仅以诗歌而言，在辉煌的唐诗之后，竟然出现了同样以时代命名的宋词，如同令人炫目的高潮刚刚退潮，接踵而来的竟是排空的巨浪。

在宋代的诗人中，欧阳修是令我最为心仪神往的一位了，这倒不是因为他是一位政治家，身居今日如同副总理总理级的枢密副使、参知政事的高位，我对真正为民造福的政治家虽然尊敬，但对位高权重向来不感兴趣；也不全是因为他品行端正，耿直敢言，视富贵如浮云，例如古今许多人都追求仕途顺达，官运亨通，宰相韩琦与同平章事曾公亮合议推荐他任枢密使，被他阻止，宋英宗多次要求他就此重任，他也多次坚辞不就，他常常说"我并不想富贵而得以富贵，所以我也不怕失掉它"；当然，也不完全是他不仅于史学而且在文学上有多方面的成就，诗词与散文均为一代大家，因为有成就者代不乏人，有不凡的成就并非一定能得到他人不一般的尊崇。欧阳修生于景德四年（1007），时至今日已1000多年了，是名副其实的"千岁"，我之所以要向他致以往事越千年的敬意，是因为他的人品，是因为他的作品，更是因为他仕途并非一帆风顺而屡遭贬谪，但只要一朝权柄在手，作为文坛领袖的他，总是不遗余力地提携正直有才的晚生后辈，并且出于至性至情而非表演作秀。希望后辈超过自己，这用昔日的雅言就是"为人作嫁"，用今日的俗语就是"甘为人梯"，这是何等的冰雪情操，江海怀抱。今日文坛艺苑大大小小的方面人物，有多少人能够真正对才俊之士逢人说项并鼎力提携？又有多少人真正能够希望长江后浪推前浪地超越自己呢？中国散文史上的"唐宋八大家"之中，唐代仅韩愈和柳宗元占据两席，其他六个名额就全属宋代，除欧阳修本人而外，其他五人分别是苏洵、苏轼、苏辙、王安石和曾巩，而且这五人竟然全都得到过他的慧眼识珠热心援引，而且苏家兄弟和曾巩都出自他的门下，是其嫡亲入室弟子，不论其他，仅此一端，他也值得我们千年后肃然回望心香以祭了。

欧阳修的远祖为唐初开国名臣、书法大家欧阳询，潭州临湘（今湖南长沙）人，后来询之玄孙欧阳琮任江西吉州刺史，徙家于庐陵一带，故欧阳修也自称"庐陵欧阳修"，以庐陵为郡望。其祖父欧阳偃定居于江西吉水县沙溪乡，宋仁宗至和二年（1055），沙溪乡划归永丰县，所以江西永丰实为欧阳修的故里。欧阳修生于四川，长年在外而很少回乡。皇祐四年（1052），欧阳修曾护送病逝的母亲从南京回乡安葬，63岁时还写了纪念母亲的《泷冈阡表》，后来此文与韩愈的《祭十二郎文》、袁枚的《祭妹文》，合称中国文学史上最著名的三大祭文。前些年的一个夏日，我随在吉安工作的大学同窗周世玉君，专诚去拜谒了先贤的故里。故里已无余物，但空阔的祠堂内还立有欧阳修亲笔书写的《泷冈阡表》的石碑，据说"文革"时一位小学校长将其用水泥涂护，才得以逃过那场逃无所逃的浩劫。拜谒的当时，我自然不免久久地摩挲石碑，抚今追昔。如今来到扬州，怎可不去欧阳修留下遗踪与诗踪的平山堂瞻仰呢？

庆历八年（1048）正月，42岁的欧阳修离开滁州（今安徽滁州）任所，调任扬州知州，行囊中携带的，除了江上清风、山间明月，就是《丰乐亭记》和《醉翁亭记》等多篇名文。他在扬州虽只短短的一年，但为政宽简，体恤民情，而且修筑了堂传至今词也流传至今的"平山堂"。

平山堂，坐落在扬州西北郊蜀冈的中冈之上，位于始建于南朝刘宋孝武帝大明年间之大明寺西侧。堂名"平山"，是因为蜀冈地势高敞，坐在堂内，远眺中的江南诸山正与堂之栏槛相平。政事之余，欧阳修经常与文朋诗友到此游宴，饮酒赋诗，离此之后多年，还写有著名的《朝中措》一词，使无数的后人因为这首词而兴致勃勃地去按迹循踪，临风一吊。"平山堂上草芊绵，学士风流五百年。往事难追嘉祐迹，闲情聊试大明泉。隔江秀色千峰雨，落日平林万井烟。最是登临易生感，归心遥落片帆前"，这是明代文徵明题为《过扬州登平山堂》的七律；"几度平山高会，词成人去堂空。风流司李管春风，又觉扬州一梦。　杨柳千株剩绿，芙蕖十里残红。重来谁识旧诗翁，只有江山迎送"，这是清代戏曲名家孔尚任的《西江月·平山怀阮亭》，他歌咏平山堂而及于曾任扬州司理在此流连诗酒的诗人王士禛。虽然大明寺是中国佛教史的一幅重要插图，但我和世玮均非佛国之信徒，却同为诗国之赤子，故只在大明寺稍事浏览，便追踪文徵明、孔尚任等人的足迹，急趋寺西之平山堂。

未至其堂，先见其人。平山堂后有"欧阳祠"，欧阳修中年知滁州时，虽曾自号"醉翁"，但晚年他自序"吾家藏书一万卷，集录三代以来金石遗文一千卷，有琴一张，有棋一局，而堂置酒一壶"，"以吾一翁，老于此五物之间，是岂不为六一乎"，因此致仕之前更号为"六一居士"，故"欧阳祠"又名"六一祠"。祠内的廊柱之上，有湘人欧阳利见所撰的对联："山与堂平，千古高风传太守；我生公后，二分明月梦扬州。"我与世玮更是生于公后了，早已无缘拜见，幸亏祠内壁上嵌有欧阳修的石刻画像，依清廷内府藏本勒石线雕，因为光线折射的作用，其长髯远望白须，近看黑须，而其雍雍气度，奕奕神采，俨然一代宗师。我回头对世玮说：

"欧阳修之品格，可谓仰之弥高。他历时 17 年主持修撰的《新唐书》

告成，他负责'纪''志''表'的撰写，并审阅全书，统一文稿，本来按例只署职务最高者他的名字，但他却坚持不能掠人之美，要同署撰写'列传'的宋祁之名，宋祁之兄宋庠都感叹说：'自古文人好相凌淹，此事前所未有也。'"

酷爱读书与写作的世玮，曾长期在高校负方面之责，他也不免感慨："无论政界与学界，现在有权有势者夺人之功的事情太多了。欧阳修不仅推重同辈文士如宋祁，对后辈王安石和苏东坡等人，更是呵护有加，你看了祠前的'平山堂'后，也许感想会更多哩！"

我们从欧阳祠出来，在壁上欧公的目光的护送下，心情肃穆地去瞻仰祠前的平山堂，好像去参加人生难得的一场盛典。由于历代刀兵水火的相侵和时光之流的无情冲刷，欧阳修所建的平山堂原筑当然已经不在了。原来的平山堂也许是有楼阁的吧，康熙年间的进士汪懋林还留下了"登斯楼也，大哉观乎"的对联，现在的平山堂是清代同治年间重建的，堂为敞口厅，面阔五间，进深三间，堂前为相当广阔的平台。我置身堂上，左顾右眄，只见堂上悬有"坐花载月""风流宛在"等匾额，袖珍般的精练语言，压缩和复述的，是宋人叶梦得在《避暑录话》中所记叙的欧阳修与众宾客赏花载月的故事，而廊庑之间，也少不了中国名胜之地不可缺席的对联，它们出示的是自然之美与人文之胜的证明：

隔江诸山，到此堂下
太守之宴，与众宾欢

——伊秉绶

晓起凭栏，六代青山都到眼
晚来对酒，二分明月正当头

——朱公纯

这是清人的两副联语，有地理，有历史，有人文，有作者的感慨，读来如品香茗，可以清心。然而，令我醺然微醉的却是另外的一副，那是前人之作的集句，集句者为徐仁山：

衔远山，吞长江，其西南诸峰，林壑尤美
送夕阳，迎素月，当春夏之交，草木际天

集句诗的始作俑者，是作《七经诗》的晋代傅咸，宋代的王安石长于集句，文天祥在狱中集杜甫诗达 200 首。但这副对联既非集"诗"也非集"词"，而是难度更大的集"文"。"衔远山"句集自范仲淹的《岳阳楼记》，"其西南诸峰"句集自欧阳修的《醉翁亭记》，"送夕阳"句集自王禹偁的《黄冈竹楼记》，"当春夏之交"句集自苏轼的《放鹤亭记》。借来四大名文中的四大名句，景物叹为观止，联语也叹为观止。然而，如一幕精彩的戏剧，以上种种还只能说是配角，喧宾固然不能，即使是嘉宾也不能夺主，此间的主角，当然是欧阳修自己的《朝中措·送刘仲原甫出守维扬》一词：

平山阑槛倚晴空，山色有无中。手种堂前垂柳，别来几度春风。
文章太守，挥毫万字，一饮千钟。行乐直须年少，尊前看取衰翁。

皇祐元年（1049），欧阳修离开扬州而调往颍州（今安徽阜阳），皇祐四年（1052）迁翰林学士兼史馆修撰。嘉祐元年（1056），刘原甫（名敞）出守扬州，他是临江新喻（今江西新余）人，与欧阳修是大同乡，虽是经学家，但也是喜诗能文之辈。年刚 50 但已白发满头的欧阳修作此词饯行，表达了离别八年后对平山堂风物的怀恋和对友人的希望。刘敞到任后曾寄诗给他，题为《登平山堂寄永叔内翰》，欧阳修又作了一首七律《和刘原甫平山堂见寄》：

督府繁华久已阑，至今形胜可跻攀。

山横天地苍茫外，花发池台草莽间。

万井笙歌遗俗在，一樽风月属君闲。

遥知为我留真赏，恨不相随暂解颜。

忆旧之情，神往之意，可谓声发纸上而跃然如见。

我在堂前一边低吟欧阳修的词句诗章，一边游目四顾而思接千载。叶梦得在《避暑录话》中曾说："欧阳文忠公在扬州作平山堂，壮丽为淮南第一。堂据蜀冈，下临江南数百里，真、润、金陵三州隐隐若可见。"我想，任何高人恐怕都不敢欧门弄斧，唯有时间才敢于修改欧阳修的作品，平山堂原有的楼台早已交给了历史，现在已无复"平山阑槛倚晴空"的高敞气象了，而来自王维诗的"山色有无中"呢？世玮说他幼小来游时，远处长江边的金山与焦山都隐约在目，而现在不论我们如何在堂前纵目决眦，原来的山影像约齐了似的已经全部失踪，取而代之的则是崛起的幢幢楼影，接踵摩肩的高楼垄断了远处的天宇，也撞回了我们极目穷搜的目光。堂前欧阳修种植的柳树呢？如今新栽的杨柳虽然依依，但欧柳早已不知何处去，现在的柳树是欧公柳多少代的子孙后裔，也许只有植物遗传学家才能一探究竟了。

熟知扬州掌故的世玮回头对我说："据南宋张邦基颇有文史价值的《墨庄漫录》记载，北宋末年有个叫薛嗣昌的官员贬官扬州，为一方之长即今日所谓的'一把手'，他居然东施效颦，也在平山堂种了几株柳树，不仅自我标榜，阿谀奉承的下属们竟也将其称之为'薛公柳'，不过，待他甫一离任，当地人就把它砍掉了！"

"这种利用权力为自己树碑立传的沽名钓誉之徒，古今比比皆是，何独薛嗣昌为然？乾隆写过近五万首诗，数量几乎与现存的唐诗相当，但却没有一首能令人记诵。他六游扬州，于平山堂也作了一副对联，说什么'诗意岂因今古异，山光长在有无中'，实在是平庸至极！除了他当时的臣民阿谀称颂，今日有谁记得片言只字？"

世玮接过我的话头："风雅也不是随便什么人都可以附的，尤其是乾隆之流的帝王和薛嗣昌之流的俗吏。清人梁章钜《楹联丛话》中有联题得好：'几堆江上画图山，繁华自昔，试看奢如大业，令人讪笑，令人悲凉，应有些逸兴雅怀，才领得廿四桥头，箫声月色；一派竹西歌吹路，传诵于今，必须才似庐陵，方可遨游，方可啸咏，切莫把秫花浊酒，便当作六一翁后，余韵风流。'"

我欣然赞同："苏门四学士之一的秦观，在《望海潮·广陵怀古》一词中曾经写道：'最好挥毫万字，一饮拼千钟！'他的老师苏轼是欧阳修的学生，他们师生都是情深意长，而欧阳修和苏轼咏平山堂的词作，真正是有情的联珠、无价的双璧啊！"

在平山堂馨香顶礼，在刻有欧阳修和苏轼题咏平山堂词的手迹之石壁前瞻仰徘徊，我不禁默想冥思，悠然怀古：不仅对于苏轼，欧阳修对于王安石也是赞誉有加，早在知滁州时，他从弟子曾巩那里知道王安石的品学，王安石也早就听说过他对自己的好评，欧阳修曾多次向朝廷推荐王安石可任馆阁及谏官之职，但被称为"拗相公"的王安石并不像现在的一些人那样，出于实用主义的目的而亟亟攀附权贵，而是迟至若干年后的嘉祐元年（1056）入京为群牧判官时，才去登门拜望。"喜士，为天下第一"的欧阳修不但不以他姗姗其来迟，而且年长14岁的他高兴得倒屣相迎，延之大庭广座之中，并作《赠王介甫》一诗："翰林风月三千首，吏部文章二百年。老去自怜心尚在，后来谁与子争先？朱门歌舞争新态，绿绮尘埃试拂弦。常恨闻名不相识，相逢樽酒盍留连？"可谓赞誉有加，寄望其殷。嘉祐四年（1059），王安石作有《明妃曲二首》，欧阳修喜而作《和王介甫明妃曲二首》，并自许是自己最得意的作品。前辈如此推重后进，这是何等令今日的我们追怀的光风霁月的胸襟、大海长天的怀抱！他对苏轼就更是如此了，嘉祐二年（1057），欧阳修主持礼部贡举，即全国的最高级别的主考官，他慧眼公心，选录了苏轼、苏辙兄弟及曾巩等人。考试策论的题目是《刑赏忠厚之至论》，苏轼之文最得欧阳修青睐，本来定为第一，但试卷糊名，欧阳修怀疑是自己的得意门生与同乡曾巩所作，为了避嫌而改为第二名。接着礼部复试，苏轼取为第一。三月仁宗殿试，苏家兄弟同科进士及第，仁宗回到后宫高兴地对皇后说："我为子孙找到两个宰相之才了！"南宋杨万里在《诚斋诗话》中记载欧阳修对苏轼十分赞赏，对人说苏轼"可谓善读书，善用书，他日文章必独步天下"。宋人朱弁《曲洧旧闻》记载欧阳修对儿子说及苏轼："汝记吾言，三十年后，世上人更不道着我也。"诗人梅尧臣被辟为"参评官"（小试官），苏轼后曾作书致谢，梅尧臣转苏轼书给欧阳修看，欧阳修在给梅圣俞的信中说："读轼书，不觉汗出。快哉！快哉！老夫当避路，放他出一头地也。可喜！可喜！"激赏之情溢于言词。然而，今天有多少志在"出人头地"者，知道这一成语的本义和它的来源呢？

歌德曾经说过："我们欣然折服古人，而对后人却并不如此。"这一哲语如果比照苏轼与王安石，则只能说"此言差矣"。世上固多过河拆桥忘恩负义之辈，甚至恩将仇报的宵小之徒，但苏轼对他的恩师欧阳修，却终生怀抱感戴之情。即使如王安石，虽然欧阳修后来并不全然认同他的变法主张，政见有异，但王安石在《祭欧阳文忠公文》中也仍然说："如公器质之深厚，智识之高远，而辅以学术之精微，故充于文章，见于议论，豪健俊伟，怪巧瑰琦。其积于中者，浩如江河之停蓄；其发于外者，烂如日星之光辉。其清音幽韵，凄如飘风急雨之骤至；其雄辞闳辩，快如轻车骏马之奔驰。"感情真挚，文采飞扬。这固然是对欧阳修文章的中肯评论，又何尝不蕴含了王安石惜往念远之情？苏轼更是如此，他颂美欧阳修"论大道似韩愈，论事似陆贽，记事似司马迁，诗赋似李白"，这是全方位的论定。欧阳修正道直行，在受到恶俗之人宵小之徒"哗而攻之"时，苏轼挺身而出，与恩师共同抵挡风刀霜剑，并赞扬恩师"以救时行道为贤，以犯颜纳谏为忠"。以身垂范，苏轼自己的刚直不阿，大约也受到其师的莫大影响吧？嘉祐四年（1059），他途经湖北的夷陵（今宜昌），还专程拜访峡州太守朱庆基为欧阳修所筑的"至喜堂"，重温欧阳修在此地作的诗文。后来他从西南少数民族处购得织有梅尧臣《春雪》诗的蛮布弓衣，赠给欧阳修，欧阳修恰有唐代名匠雷令所制的一张古琴，于是以此蛮布作琴囊，为传家之宝，并在《六一诗话》中特笔以记其事。而我眼前足迹所履的平山堂呢，苏轼更是念念不能忘情。

元丰二年（1079）四月，苏轼从徐州调任湖州，途经维扬，太守陈升之设宴于平山堂。触景生情，不能自已，苏轼当筵作《西江月·平山堂》一词：

> 三过平山堂下，半生弹指声中。十年不见老仙翁，壁上龙蛇
> 飞动。
> 欲吊文章太守，仍歌杨柳春风。休言万事转头空，未转头时
> 皆梦。

苏轼于熙宁四年（1071）离京任杭州通判，熙宁七年（1074）由杭州赴密州任太守，此次由徐州去湖州，都专程来平山堂凭吊，此所谓"三过平山堂下"。当年去杭州时，苏轼还曾特地绕道颍州谒见已致仕的欧阳修，曾作《陪欧阳公燕西湖》一诗，有"谓公方壮须似雪，谓公已老光浮颊。揭来湖上饮美酒，醉后剧谈犹激烈"之句，不意次年欧阳修就遽尔逝世。师生永诀，人各天涯，至他今日再来已近 10 年，平山堂中的石壁之上，仍有恩师的手泽龙蛇飞动；平山堂下的甬道之旁，仍有恩师手植的杨柳迎风欲舞。千年之后的现在，不仅是欧阳修的手泽，我放眼壁上堂间，苏轼自己的这首词不也是在飞动龙蛇吗？遥想当年，从泗州（今江苏盱眙）陪苏轼来扬州并同游平山堂的是他的友人张嘉甫，苏轼晚年从海南贬谪归来，在给朋友的信中还曾询及嘉甫的近况，而嘉甫则曾向人报道过苏轼于平山堂作此词时的"现场目击"，见之于释德洪的《石门题跋》："张嘉甫谓予曰：'时红妆成轮，名士堵立，看其落笔置笔，目送万里，殆欲仙去耳。余衰退，

得观此于祐（右）上座处，便觉烟雨孤鸿在目中矣。"时越千年，我在堂中环顾左右，只有慕名而来的几个游客，比大明寺中的众多香客寥落多了，当年的盛况已渺矣不可复寻。然而，我仍不禁想入非非：如果时光真的可以倒流，在时光隧道中，我真愿坐高速直通快车前去北宋，即使没有请柬，不做嘉宾做看客，不是也可以旁观他们的盛会，而且有幸像张嘉甫一样，目击苏轼如何咳唾珠玉挥毫落纸如云烟吗？

我将自己的痴心梦想告诉世玮，他会心一笑，说："不要说你了，欧阳修的平山堂，在苏轼真是中心藏之，何日忘之啊！他在湖州任上被逮捕至京问罪，因所谓'乌台诗案'而九死一生，之后贬谪黄州，谪居之中，沦落之际，他在《水调歌头·黄州快哉亭赠张偓佺》一词里，仍然再一次咏叹'长记平山堂上，敧枕江南烟雨，渺渺没孤鸿。认得醉翁语，山色有无中'。"

"岂止如此呢，"我说，"元祐六年（1091）十一月，苏轼出知颍州，此时，欧阳修昔日的预言早已应验了，苏轼早已接过欧阳修的班而成为一代文宗文坛盟主了，民间都传扬着'苏文熟，吃羊肉；苏文生，吃菜羹'的谣谚，他却专程重登恩师旧第，瞻仰恩师生前会客的'会老堂'，对景怀人而百感交集。"

世玮插话说："他还往游欧阳修喜爱的颍州西湖。同游的有颍州签判赵令畤、颍州教授陈师道，特别是还有欧阳修的两个儿子欧阳棐和欧阳辩。"

"是啊，他诗中说过'赵陈两欧阳，同参天人师'。尤其是歌女唱起欧阳修于仁宗皇祐元年（1049）所写的咏西湖的《木兰花令》词，他不禁悲从中来，次韵而和。"

"欧阳修一连写了13首咏颍州西湖的《采桑子》，都是以'西湖好'开篇。"世玮说，"他的《木兰花令》（又名《玉楼春》）则是：'西湖南北烟波阔，风里丝簧声韵咽。舞余裙带绿双垂，酒入香腮红一抹。杯深不觉琉璃滑，贪看六幺花十八。明朝车马各西东，惆怅画桥风与月。'"

国士本来无双，然而却一时有两，而且他们竟有缘为生死以之的师生，平山堂也有幸蒙他们师生吟词作赋。是啊，人间的建筑怎能抵抗时间的风霜，只有不朽的杰作能够，而且只有不朽之作才能使已朽的建筑毁而复修，如王勃文之于滕王阁、崔颢诗之于黄鹤楼、范仲淹文与杜甫诗之于岳阳楼。平山堂呢？它是一代大师的创造，两首杰构的温床，也是民族美德历史传承不会消亡的见证。在平山堂上，我遥想当年，缅怀先贤，不免忆起20世纪"文革"中斯文扫地的悲剧⋯⋯

正当我追昔抚今浮想联翩之际，日已西沉，暮霭已生，大明寺的晚钟在风中不知说了一些什么。面对古往今来，遥山远水，在匆匆来去的平山堂下，我不禁高声吟诵起苏轼的《木兰花令·次欧公西湖韵》，时空邈远而一腔楚音啊，不知欧阳修听不听得见，苏轼听不听得清：

霜余已失长淮阔，空听潺潺清颍咽。佳人犹唱醉翁词，四十三年如电抹。

草头秋露流珠滑，三五盈盈还二八。与余同是识翁人，惟有西湖波底月！

卷起千堆雪——苏轼

一

从云梦泽之南往云梦泽之北，车轮在铁轨上敲奏复敲奏；从武汉三镇至鄂东大地，车轮在公路上飞驰复飞驰。车轮敲奏复飞驰，为的是送我去今日的黄冈昔日的黄州，赴900年前即已定下的和一位杰出诗人的约会。

过樊口，至鄂州，沿江边的坡道拐一个弯，浩浩荡荡的大江终于奔入我们的视野，苍苍茫茫的渡口终于摊开在我们的脚下。岁末天阴，朔风凛冽，太阳躲在浓云里面不肯出来。烟雾迷蒙的对岸，就是我多年来心向往之的黄州了。临皋亭在黄州城南一里左右，位于宋代的渡江码头之旁。长江水淘尽了900年的时光，那位自称为"东坡居士"的诗人，他还在江畔的临皋亭里等着我们这一群不速之客吗？

元丰三年也即1080年之初，苏轼因"乌台诗案"而被贬为"黄州团练副使"，始寄住城南之定慧院，五月下旬家属到达，承黄州太守徐君猷的照顾，全家移居临江的驿馆"临皋亭"。这一居停之所，本是一个送往迎来而年深月久的驿站，苏轼又是戴罪流放之人，其境况之差可想而知。然而，随遇而安的苏轼在此却一住四年，并有一篇小品妙文以记其事："东坡居士酒醉饭饱倚于几上，白云左缭，清江右洄，重门洞开，林峦坌入。当是时，若有所思而无所思，以受万物之备，惭愧惭愧！"陪同我们的籍贯黄冈的湖北诗人谢克强说，时间已近千年，但现在的渡口却仍是宋代的渡口。这，叫我们怎能不盼望立即弃舟登岸，去敲叩临皋亭的门环呢？

渡船靠岸，我们便奔上江堤，左顾右盼，搜索临皋亭的身影，哪怕是它的一行青瓦，一角飞檐。然而，任你如何寻寻觅觅，只见江干已傲然立起一幢幢一片片的现代建筑，沿江的柏油大道上车如流水马如龙，汽车的喇叭声声，宣告时间早已进入了现代。苏轼当年夜饮而归临皋，虽然家童熟睡而敲门不应，毕竟还有门可敲，而今，人已非而物亦不是，临皋亭的蓬门是不会为我们而再开的了。徘徊在大江之滨，长堤之上，猎猎的江风劲吹，吹得去如烟往事千年时光，却吹不去我心头的惆怅和怀想。

宋代继"盛唐"之后号称"隆宋"，这个享年319岁的朝代，虽然比汉代为短，却较唐代为长，它在经济与文化上取得的成就，在许多方面超越汉唐，即使置之当时的世界，也是属于最前列的文明先进的国家。然而，较之大汉与大唐，宋代一开始就处于内忧外患之中，其版图始终未能恢复唐代的旧观，来自北方与西方的威胁使人无法安枕，而长盛不衰的朋党之争与权奸当道，也使国家正气日丧，元气大伤。苏轼，就是这一时代大潮中的弄潮者，也是这一时代祭坛上的牺牲品。

苏轼的悲剧，是信仰的悲剧，也是性格的悲剧。接受了正统的儒家思想教育，在方正的父亲苏洵和母亲程氏的熏陶下，年方10岁的苏轼，就立志效法东汉33岁即被杀身的正直言吏范滂，"登车揽辔，慨然有澄清天下之志"。他在流传至今的较早词作《沁园春》中，也曾高歌"有笔头千字，胸中万卷，致君尧舜，此事何难"。苏轼是一个温和的革新派，他既反对王安石激进而任用非人的革新主张，也不同意全面废除新法的保守派，这个不随风趋时而耿介独立的性情中人，曾当面斥责大权在握的司马光为"司马牛"。从古至今，不同的政见之争常常发展为政治斗争，如果再加上为巩固权位的个人私利与平庸之人的嫉贤妒能，那么，端方正直者的遭遇就不问可知了。

元丰二年（1079），已经变质的新法人物御史台谏官李定、舒亶、何正臣三人沆瀣一气，在苏轼的诗文中断章取义，罗织罪名，最后，以"包藏祸心""无人臣之节"等罪名，将在湖州太守任上的苏轼逮捕，押解至首都汴京而投入御史监狱。经办此案的御史台俗称"乌台"，因此此案又称"乌台诗案"。这是北宋第一宗也是最大的文字狱。从八月十八日入狱到十二月二十八日接到贬官黄州的通知，四个月中，他被提审 11 次之多，而且照例严刑逼供，使得文弱书生的他只得屈打成招。幸亏朝廷内外许多人士纷纷营救，加之宋神宗本人虽贵为帝王，却尚有爱才之心，苏轼本来难逃一死，终于被网开一面。他有一首《王复秀才所居双桧二首》云："凛然相对敢相欺，直干凌云未要奇。根到九泉无曲处，世间惟有蛰龙知。"宰相王珪竟然说："陛下飞龙在天，苏轼埋怨不被陛下知遇，所以求地下的蛰龙，这是大逆不道。"神宗驳斥说："文人诗句怎能这样推论？苏轼咏松和我有什么相干？"比起那些欲置苏轼于死地的群小和后代许多草菅人命的暴君，神宗还算是相当清白和开明的了。

苏轼被阳间的牛头马面们强行押往鬼门关，差一点去而不返，死里逃生之后，他自然饶多感慨。临皋亭虽然不可复睹，但他写于此地的惊魂未定的诗篇，却让我们实地重温。同游的都是当代的诗论家，对苏轼的诗文十分熟悉，何况是斯时斯地？丁国成率先而言说：

"苏轼有许多写中秋明月的作品。'明月几时有？把酒问青天。'熙宁九年（1076），他写于山东密州知州任上的《水调歌头》，雄健豪迈而飘逸空灵，而副题为'黄州中秋'的《西江月》，在历尽劫波之后，就不免音调悲凉了。"他环顾江流，思接千载地低吟起来，"世事一场大梦，人生几度秋凉。夜来风叶已鸣廊，看取眉头鬓上。　酒贱常愁客少，月明多被云妨。中秋谁与共孤光？把盏凄然北望。"

一词末了，张同吾慨然说道："'酒贱常愁客少'恐怕是一语双关，意有别指。他先坐牢，后贬官，是流放的犯人，许多人避之唯恐不及，如同当代以前盛行的'站稳立场''划清界限'。或是非常时期，或是大起大落，对世态炎凉人情冷暖才会有深切体会。苏轼在写于黄州的诗中，不就是说'我穷旧交绝''故人不复通问讯'，在给友人的信中，不是也说'平生亲友，无一字见及，有书与之亦不答'吗？"

"那些与之而不答的书信手迹，如果保存到今天，那真是无价之宝。"朱先树也感慨系之，"《西江月·黄州中秋》可以断定写于临皋亭，但他初到黄州，早就写过同样情味的词了，那就是《卜算子·黄州定慧院寓居作》，孤寂幽愤，可见旧时代及文字狱对人才和才人的摧残！"

文人最赏心快意之事，就是有知己或知音欣赏自己的作品。初谒黄州，驻足江干，岂可不对苏轼表示敬意，并谬托知己？于是我未等朱先树再有下文，便捷口先开，忘形尔汝地朗吟起来："'缺月挂疏桐，漏断人初静。时见幽人独往来，缥缈孤鸿影。 惊起却回头，有恨无人省。拣尽寒枝不肯栖，寂寞沙洲冷。'"一吟既罢，只听涛声拍岸，似乎仍在诉说当年。

二

苏轼词中幽人化身的孤鸿，是象征也系实指，它"拣尽寒枝不肯栖"，而天色向晚，我们得先行安顿栖息之地，晚上要夜游"东坡"，明晨要朝拜赤壁，于是，我们便驱车前往赤壁宾馆。这是黄州的星级宾馆，也是现代的驿站，坐落在赤壁的后山之上，虽不能说如何美轮美奂，但比起苏轼当年所居的临皋亭，想必也已经强得太多太多了。

"小屋如渔舟，蒙蒙水云里。空庖煮寒菜，破灶烧湿苇"，苏轼在《寒食雨》一诗中，记叙的就是寓居临皋亭的穷愁潦倒的情景。如果他千年后有兴而且有幸旧地重来，当会受到黄冈人隆重而盛大的欢迎，至少该不会要他亲自去服务台交验身份证办理种种入住手续吧？

苏轼元丰三年（1080）二月被贬黄州，元丰七年（1084）四月调离黄州赴河南汝州（临汝）任团练副使，在黄州前后谪居四年。黄州之贬，是他一生贬谪的起点，也是他一生创作的高峰，如散文大品前后《赤壁赋》、词中极品《念奴娇·大江东去》、散文小品名篇《记承天寺夜游》，就是这一时期也是他整个创作生涯的代表作。此外，这一时期不论诗而仅论词，也有 80 首左右，如同名贵而不朽的水果，历时千年而新鲜饱满，似乎才从他的生命之树上摘落，今日的读者品之赏之仍然会齿颊生香。而百般陷害他的小人们留下了什么呢？也许他们享尽了世俗的富贵荣华，然而却早已灰飞烟灭，留下来的只是永远不会也不能平反的恶名与骂名，而苏轼的美名与诗名却永不生锈，如同多棱形的极品钻石面面生辉。他赠给我们以文的珍宝、诗的珠玑、词的璧玉，仅仅只是捧读那些作于黄州的词，风格多样，异彩纷呈，就足以使我们如同奔赴一场精神的盛宴了。

苏轼在黄州始有"东坡"之名，"苏东坡"也因而名垂千古，这大约是那些宵小之徒所始料未及的吧？初到黄州，苏轼生活困顿，黄州府通判马正卿是他的故人，从州府要来已经荒芜的 50 亩军营旧地给他耕种。营地位于黄州东坡，而当年白居易贬谪忠州（今重庆忠县）时，也曾在其地的东坡种植花木，并写了不少如《步东坡》《别东坡花树》之类的闲适之诗。仰慕白居易的苏轼，因之自号"东坡居士"。古代真正亲自躬耕陇亩的名诗人，除了在他 600 年之前的陶渊明，大约就数得上他了。在东坡，他亲自劳作，清除瓦砾，开辟草莱，除了稻麦还种了许多果树，并在荒废的屋基上建起五间房屋，因是在大雪纷飞之日落成，故名"雪堂"。于雪堂的墙壁上，他曾大书四句箴言："出舆入辇，蹶痿之机。洞房清宫，寒热之媒。皓齿蛾眉，伐性之斧。甘脆肥浓，腐肠之药。"这，大约是他身处下层亲力躬耕之后，对红尘世俗的富贵生活的厌倦与警惕吧？虽然劳其筋骨，苦其心志，有如涸辙之鱼的他，其精神却如鹏鸟抟扶摇而直上者九万里，在诗歌的长天振羽而飞。

苏轼死后约 70 年，陆游在宋孝宗乾道六年（1170）来参拜东坡和雪堂，堂上还挂有苏轼的绘像。我们 900 年后再来，东坡与雪堂还安然无恙吗？

匆匆晚餐之后，热心的谢克强便带我们穿街入巷，去夜游黄州与东坡。现在的黄冈市虽然粗具城市的规模，人口 10 万，几条柏油马路南北交错，也有霓虹灯在炫耀现代文明，但不到半小时，我们就由城南逛到了城北，当年的人烟稀少荒僻冷落可想而知，而走在冷僻的青石铺地的深巷里，我真怀疑脚下还会响起900年前的回声。克强颇以苏东坡曾作客他的家乡为荣，一路指指点点，汩汩滔滔，如果他的手指真是一根童话中的魔杖，凭他的诚心再加上法力，900多年前的故事当会一一醒来。而实地来游，令我惊异的是，苏轼的生活艰难困苦，精神也难免抑郁寡欢，但他此时却偏偏才华焕发，且不论诗文，词作也愈益飞光耀彩——

"莫听穿林打叶声，何妨吟啸且徐行。竹杖芒鞋轻胜马，谁怕？一蓑烟雨任平生。 料峭春风吹酒醒，微冷，山头斜照却相迎。回首向来萧瑟处，归去，也无风雨也无晴。"（《定风波》）写的是自然景象，寄寓的却是人生哲理，其生于纸上的潇洒旷达之风，至今仍在向读者迎面吹来。

"山下兰芽短浸溪，松间沙路净无泥，萧萧暮雨子规啼。 谁道人生无再少？门前流水尚能西，休将白发唱黄鸡。"（《浣溪沙》）这首词，是往游邻近的浠水县蕲水清泉寺而作，青春奋发，乐观自强，是苏轼旷达词风的变奏。人杰地灵，900年后，浠水向中国诗坛推出了一位闻一多，该不是偶然的吧？

"照野弥弥浅浪，横空暖暖微霄。障泥未解玉骢骄，我欲醉眠芳草。 可惜一溪明月，莫教踏破琼瑶。解鞍欹枕绿杨桥，杜宇一声春晓。"（《西江月》）这首词也是写于蕲水，应是上一首词的姐妹篇，烂漫天真别有一番情韵。苏轼当年一夜醒来，"书此词桥柱"。现在蕲水还有地名曰"绿杨桥"，我们如果前去寻访，苏轼的手迹还凤舞龙飞在桥柱上吗？

"柳庭风静人眠昼，昼眠人静风庭柳。香汗薄衫凉，凉衫薄汗香。 手红冰碗藕，藕碗冰红手。郎笑藕丝长，长丝藕笑郎。"（《菩萨蛮·回文夏闺怨》）苏轼写过一些回文诗词，在黄州的艰难时日，他竟然还有逸致闲情作了10首回文词。如同武林的顶尖级高手，他在限制极严的局天蹐地之内，显示了他腾挪跌宕纵横如意的盖世功夫。

"与客携壶上翠微，江涵秋影雁初飞。尘世难逢开口笑，年少，菊花须插满头归。 酩酊但酬佳节了，云峤，登临不用怨斜晖。古往今来谁不老？

多少，牛山何必更沾衣。"（《定风波·重阳括杜牧之诗》）唐诗人杜牧任黄州太守时，曾作七律《九日齐安登高》："江涵秋影雁初飞，与客携壶上翠微。尘世难逢开口笑，菊花须插满头归。但将酩酊酬佳节，不用登临叹落晖。古往今来只如此，牛山何必泪沾衣。"苏轼一时兴起，将诗隐括为词。"隐括"，指依据某种文体特有的内容与词句，改写成另一种体裁的手法，作为语言艺术的一种可入"吉尼斯世界纪录"的特技，就是始于富有才情与创造精神的苏轼。苏轼于此道初试身手也正在黄州，除上述之作而外，他还将韩愈的《听颖师弹琴》诗隐括为《水调歌头》，把陶渊明的《归去来辞》隐括为《哨遍》。其后，黄山谷、周邦彦、辛弃疾等人都曾去东坡的雪堂取经，作隐括之词。流风余韵不绝，南宋词人林正大，《全宋词》收录其作41首，而隐括而成的作品就有39首之多，如对范仲淹的名作《岳阳楼记》，他也敢于缩龙成寸，作了一首《括水调歌》，可称长于隐括的专业户。苏轼如果知道有这种专心致志而近于痴的学生，会不会抚髯一笑？

在黄州古老的深巷现代的长街，在长街深巷似有若无的明灭烛光和历历在眼的万家灯火里，苏轼写于黄州的词一一飞上我的心头。神思恍惚之间，我仍然听清了同行者的高谈阔论，也是三句不离东坡。从城北折向城东，马路的坡度越来越高，行至一个岔路口，左边的高坡上是黄冈地区师范专科学校，右边较低的开阔地，则是体育馆、大操场和一些机关与居民的房舍。克强喜滋滋地告诉我们，这一带就是大名鼎鼎的东坡了。

灯火微茫，四周深黑，我们举目环望，岂但宋代已相隔千年，无可把捉，连眼前的东坡我们都看不分明。克强说："如今的东坡早已面目全非了，工厂学校机关商店各占一隅。当年基建时，黄土卵石层尚有数米之厚，苏轼当年躬耕陇亩，是多么艰辛呵！"

"文革"中下放湖北咸宁五七干校的国成，接过克强的话头："大约和'文革'中知识分子在干校在农村劳动差不多吧？他在答孔平仲的诗中就说过，'去年东坡拾瓦砾，自种黄桑三百尺。今年刈草盖雪堂，日炙风吹面如墨……'有才华而又正直的知识分子，棱角分明，重视操守，往往难免仕途多舛，命运坎坷。"

触景生情，对斯地而怀斯人，先树也不免古今联想："当代名诗人郭小川，由湖北咸宁的五七干校而天津静海团泊洼干校，写了《团泊洼的秋天》一诗，百感交集。'夜饮东坡醒复醉，归来仿佛三更。家童鼻息已雷鸣。敲门都不应，倚杖听江声。 长恨此身非我有，何时忘却营营？夜阑风静縠纹平。小舟从此逝，江海寄余生！'苏轼写于元丰五年（1082）九月的《临江仙》，记叙的是他在东坡雪堂夜饮后返回临皋亭的情景，超旷之中，不是也可以窥见时代的重压和正道直行者的命运吗？"

900年前，苏东坡在一个不眠的月夜出游，后来写了《记承天寺夜游》这一千古名篇。我们前来夜游东坡时，已是900年后。《记承天寺夜游》流传千古，而且还将千古流传，但是，当代的我们究竟有什么作品能传于后世？而900年后，是谁，又会来夜游我们夜游过的东坡呢？

三

如同参观一场展览会最精彩的部分，观赏一场演出最主要的节目，第二天早晨，我们像一群已经迟到许久的入场者，匆匆赶往早已心驰神往的赤壁，而太阳也终于破云而出，以它金色的手指拉开了一天的序幕。

年轻时读苏东坡的前后《赤壁赋》，恨不得追随左右，与他同游，而且还不免痴心妄想：他乘坐过的那一叶击空明兮溯流光的轻舟，满载千年岁月，现在该还停泊在赤壁之下吧？吟诵他的《念奴娇·赤壁怀古》，虽然自己只是一介书生，但陡然也有一股英雄之气与哲人之情勃勃于胸臆之间。数十年过去了，昔日的纸上卧游，今朝竟成为实地览胜，长年的期待即将实现的兴奋之情，似乎使自己返老还童，恍兮惚兮回到了遗失已久的少年。

在以柔为美以媚为宗的词的王国里，苏东坡是一位勇于创新的革新家。在他以前的词，天地有限，多咏男女柔情，风格单一，几乎是柔婉的一统天下，他不仅以一支纵横捭阖的健笔，开疆拓土，扩大了词的表现领域，而且为花娇柳媚的词坛，吹来一股前所未有的豪放刚劲的雄风。由他所奠基的"豪放词"，到南宋时由李纲、岳飞、陆游、辛弃疾、张孝祥、刘过、陈亮等人发扬光大，终于与"婉约词"二水分流而双峰对峙。宋词的国土虽然气象万千，但飘扬于其上最引人瞩目的，毕竟是"婉约"与"豪放"两大旗帜。苏东坡豪放词的代表作，一是《江城子·密州出猎》：

老夫聊发少年狂，左牵黄，右擎苍。锦帽貂裘，千骑卷平冈。为报倾城随太守，亲射虎，看孙郎。

酒酣胸胆尚开张，鬓微霜，又何妨。持节云中，何日遣冯唐？会挽雕弓如满月，西北望，射天狼！

宋神宗熙宁八年（1075），苏东坡在山东任密州知州，时年39岁。"狂"者，豪气也，豪情也，越出常度也，沛然恣肆的豪情如烈风如巨浪，呼啸澎湃于全词的字里行间，一直激荡传扬于后世。清代学者王国维说"一事能狂便少年"，而当代诗人郭小川在"文革"中，也有"原无野老泪，常有少年狂。一颗心似火，三寸笔如枪。流言真笑料，豪气自文章。何时还北国？把酒论长江"的豪语。从中国诗歌发展史的角度追波讨源，他们不正是继承了苏东坡的流风余韵吗？而另一首代表作，则是名气更在《密州出猎》之上的《念奴娇·赤壁怀古》：

大江东去，浪淘尽、千古风流人物。故垒西边，人道是、三国周郎赤壁。乱石穿空，惊涛拍岸，卷起千堆雪。江山如画，一时多少豪杰！

遥想公瑾当年，小乔初嫁了，雄姿英发。羽扇纶巾，谈笑间、樯橹灰飞烟灭。故国神游，多情应笑我，早生华发。人间如梦，一樽还酹江月。

作前一首词后，苏东坡致书鲜于子骏，言下颇为得意："近却颇作小词，虽无柳七郎风味，亦自是一家。呵呵。数日前猎于郊外，所获颇多。作得一阕，令东州壮士抵掌顿足而歌之，吹笛击鼓以为节，颇壮观也。"千载而下，那种"壮观"且"壮听"的场面，可惜我们已不得而观不得而听了，只是在吟诵之际，唱叹之余，仍然有一股豪情狂气奔骤心头。而《赤壁怀古》一词呢？据宋人俞文豹《吹剑续录》记载，苏东坡在翰林院时，曾问一位幕士他与柳永之词有何不同，幕士回答说柳词只好十七八女孩儿，执红牙板，唱"杨柳岸，晓风残月"，而学士之词则必须由关西大汉执铁绰板，唱"大江东去"。此词的主旨，有人说是通过歌颂古代英雄人物，表现苏东坡在积贫积弱的国势下，有志报国而壮怀难酬的感慨，有人则不以为然，认为苏东坡在大难不死之后写作此词，主要是感慨人生，表现自然永恒而勋业易逝。而今日我们联袂前来，把酒临江，凭虚望远，将又是一番怎样的感悟与感慨呢？

苏东坡的赤壁故地，现在已辟为"赤壁公园"。我们从大门进去，穿过正在大兴土木的宽阔庭院，沿山侧拾级而上。山坡与山顶尽是楼台亭阁，有的是后人为纪念苏东坡而建，有的则是苏东坡在时即有其楼，如他多次歌咏过的"涵辉楼"与"栖霞楼"，其中的"栖霞楼"是赤壁的最高建筑，苏东坡在《水龙吟》中就说过"小舟横截春江，卧看翠壁红楼起"。不过，人去楼空，人去楼也非，900年的时间风沙吹刮，900年的刀兵水火相侵，苏东坡当年登临的所有楼阁都已经荡然无存了，现在的均为重建。你到哪一处危栏能寻到他栏杆拍遍的手纹？你到哪一座高楼能看到他负手朗吟的身影？还是赶快奔赴江边吧，让我一偿多年的夙愿，面对穿空或崩云的乱石，耳听拍岸或裂岸的惊涛，放声吟诵他的壮词。但是，当我们沿山道而下，来到低处的赤壁矶头，却不禁大失所望。

黄州城外的赤壁，实际上只是一座高约百尺的红沙赤石的小山，山既不高，更不险峻，无论如何也想象不出它有什么"穿空"或"崩云"的气势与景象。陆游在《入蜀记》中，早就说过赤壁只是江边一座茅岭土山而已，"赤壁矶，亦茅冈耳，略无草木"。南宋诗人范成大《吴船录》也记载说："庚寅，发三江口；辰时，过赤壁，泊黄州临皋亭下。赤壁，小赤土山也，未见所谓'乱石穿空'及蒙茸巉岩之境。东坡词赋微夸焉。"可见诗人所见略同。不过，当年大江西来，确实曾在赤壁之下做匆匆过客，大江无风尚且浪涛自涌，何况江涛与崖壁争论不休而互不相让，性情暴烈的大江就难免波唇浪舌，唾沫横飞，甚至蒙头撞去而不惜粉身碎骨。苏东坡说"惊涛拍岸，卷起千堆雪"，虽然不免夸张，但却是自己胸中豪情的喷发。赤壁也许会说："夸张与想象是诗人的特权，如果不扫空平庸，力求奇创，怎么会有杰出的文学作品？如果不是苏公的彩毫健笔，我怎会声动四方，名传千古？"赤壁如果会为自己和苏东坡申辩，它之所言当然有理。不过，我当下深为感慨的，恐怕主要还是沧海桑田，江山几乎不可复识，人生短暂而艺术千秋吧？

伫立于赤壁矶头，站在苏东坡曾经登临的高处俯视和远眺，你会痛感人生之短促与世事之沧桑。拍岸的涛声不知何时早已隐退而交还给了历史，卷起千堆雪的壮观，也早已只能从苏轼的词中去追寻了。赤壁之下，只剩下波澜不起的绿水两汪，好像贝壳；二三玩具一样的游艇荡桨其间，如同儿戏。那两汪绿水，怎么能回忆起800年前它的祖先惊涛拍岸的激情与盛况？那游艇二三，怎么可以梦想谈笑间樯橹灰飞烟灭的盛慨与豪情？长江啊长江，早已不知从何年何月起就退潮改道了，赤壁矶下，原应是浪涌波翻的江面，现在已是一片陆地，在残存的两潭绿水之前，是一条飞驰而过的公路，公路之前则是一大片居民住宅区，住宅区之前则是防波坡和防洪林，防洪林之前才是离此远行掉头不顾的江水。

国成说："苏东坡在《记赤壁》一文中，也曾说'断崖壁立，江水深碧'，但现在尽管赤壁如何呼喊，惊涛在数千米外的远方也充耳不闻，它大约永远也不会前来拍岸了。"

"岂止是江水退潮，"我说，"较之《江城子·密州出猎》，苏东坡这首写赤壁的词虽然豪壮，但豪情也已退潮了。"

"此话怎讲？"先树与同吾几乎同时有疑而问。

"《密州出猎》词中的抒情主人公，就是诗人自己，抒情主人公的形象与诗人的自我形象合二为一，以天下为己任的报国豪情，激荡于字里行间，有强烈的当下现实感与个人责任感。《赤壁怀古》虽然与此词并称双璧，但词的抒情主人公却是周瑜，诗人的自我形象已退居幕后，历史感虽强，但责任感已经消退。我们今日虽然可以理解和同情，但他剩下的毕竟只是'早生华发，人间如梦'的深长喟叹！"

国成对我褒贬苏词，似乎有些不满，他说："苏东坡虽然'用之则行'，但绝不'舍之则藏'。他始终是一位耿介刚直不随风趋时的性情中人，也是一位积极用世希图对社会有所报效的仁人志士。姑不论其文学成就，作为古代杰出的士人与官人，其品质行藏还远在今天许多政府官员和不少知识分子之上。"

"就词论词，苏东坡此词当然仍堪称'绝唱'，其知名度与影响力超过《密州出猎》。如果知人论世，苏东坡赤壁词是他豪放词的晚潮，他以后的词创作不复再有此等壮词出现，那就不得不归咎于他所处的那个时代了。这，真使人有时不免古今同慨！"我说。

苏东坡所咏之赤壁，后人称为"文赤壁"，而三国鏖兵的赤壁，其地则在湖北蒲圻县（现更名为赤壁市）境内之长江南岸，人称"武赤壁"。东坡当年在汴京应举时，在文章中"伪造"了这一典故，连主考官欧阳修都莫名其妙而曾问其出处，他竟笑答"想当然耳"。他的《念奴娇·赤壁怀古》，也应视为这位绝代天才的故技重演和好心误导吧？900年过去了。哲人已逝啊，诗卷长存；人生短促啊，艺术永恒。在苏东坡的黄州，在黄州的赤壁，在赤壁原来下临大江的矶头，我们指点江山而纵言高论，并放声吟诵苏东坡不朽的词章，其声也飞扬激越，其音也悲壮苍凉。极目远眺阳光照耀下的东去大江虽已远走，但似乎也不免怦然心动，在拐弯处猛地回眸，远远抛来浮光跃金，隐隐送来江声浩荡！

落英缤纷——词牌

中华民族真是一个善于命名的民族。大而至于家国，小而至于个人，都必须先行正名，而且往往是赐以嘉名，冠以美号，以祈求多寿与多福，喜庆与吉祥。

在文学艺术的天地呢？以古典民族音乐而论，那些"中国名曲"都有美视而且美听的名字，如"百鸟朝凤"，如"潇湘水云"，如"空山鸟语"，如"彩云追月"，不仅可以照亮你的眼睛，假若你已经有些眼花；而且可以敲亮你的耳朵，如果你已经有些重听。我常常忽发痴想，那些乐曲的命名，必然都有一个美丽的故事伴随，如果不只是听曲，而且可以循名追溯那些曲调取名的故事，如武陵人之追溯桃花之源，那就好了。"夕餐秋菊之落英"，"落"有"开始"之意，"落英"即是初开的花，继唐诗之后的宋词呢？宋词的词牌多达 800 多个，你还没有听到词人与歌女的歌唱，那些美不胜收的词牌名字啊，就早已在你的眼前迎风吐蕊，就早已美如缤纷的落英了。

烛影摇红

"烛影摇红"，多么美丽的意象和意境啊！一看到它，善感的读者也许就会心旌摇曳起来，不然，20 世纪初期的作曲家、民族器乐演奏家刘天华，在前后创作多首二胡乐曲时，为什么会以它做其中一首的名字？为什么会让这支乐曲在他的弦下如怨如诉，至今仍摇撼千万听众的心？

现在早已是声光电化现代科技的世界了。暮色始临，华灯初上，这华灯已是现代的电光而非古代的烛光。当暮色苍茫时，城市更全部被各式各样的电灯、彩灯、日光灯和霓虹灯接管，到处不是明如白昼的坦白，就是若明若暗的暧昧，到哪里还找得到古典的烛影摇红？温馨浪漫的烛影摇红？令人远离尘嚣世俗心驰神醉的烛影摇红？除非是你拒绝现代的文明，有意燃点一支或几支红烛，为已逝的岁月和清纯的古典招魂。

《烛影摇红》这个词牌，还有许多别名，如《忆故人》《归去曲》《玉耳坠金环》《秋色横空》等等，但诸多别名都远不及正名。这个美丽的词名是从何而来的呢？宋代王诜有一首《忆故人》：

> 烛影摇红，向夜阑，乍酒醒、心情懒。尊前谁为唱《阳关》？离恨天涯远。
>
> 无奈云沉雨散。凭阑干、东风泪眼。海棠开后，燕子来时，黄昏庭院。

据宋代吴曾《能改斋漫录》说："王都尉（诜）有《忆故人》词云……徽宗喜其词意，犹以不丰容宛转为恨，遂令大晟府别撰腔。周美成（邦彦）增损其词，而以首句为名，谓之《烛影摇红》。"宋徽宗政和七年（1117），周邦彦进徽猷阁待制，提举大晟府，已是花甲之岁，但才情不减当年，精通音乐的他，依照《忆故人》的词意，作了一首新词，命名为《烛影摇红》：

> 芳脸匀红，黛眉巧画宫妆浅。风流天付与精神，全在娇波眼。早是萦心可惯，向尊前，频频顾眄。几回相见，见了还休，争如不见。
>
> 烛影摇红，夜阑饮散春宵短。当时谁会唱《阳关》？离恨天涯远。争奈云收雨散，凭阑干，东风泪满。海棠开后，燕子来时，黄昏深院。

周邦彦的新作，不知是否使那位后来成了金人阶下之囚的多才多艺的天子满意。他的翻新之词，章法于严整之中又饶多变化，写人抒情更加细腻入微，而音律之曼声促节，抑扬有致，更是这位音乐家词人的当行本色。

不过，我更为欣赏的，是一首带有神秘主义色彩的《烛影摇红》。南宋洪迈编撰的笔记小说集《夷坚志》，记载的多是市民生活、神仙怪异和逸事遗闻。在《夷坚志补》卷22中，记叙了池塘中龟精所化的"懒堂女子"，她夜来晨去，临去时留给与之相好的舒姓读书人一柄绢扇，其上有一首缠绵悱恻的《烛影摇红》：

> 绿净湖光，浅寒先到芙蓉岛。谢池幽梦属才郎，几度生春草？
> 尘世多情易老，更那堪、秋风袅袅。晚来羞对，香芷汀洲，枯荷池沼。
>
> 恨锁横波，远山浅黛无人扫。湘江人去叹无依，此意从谁表？
> 喜趁良宵月皎，况难逢、人间两好。莫辞沉醉，醉入屏山，只愁天晓。

神仙鬼怪当然是不经之谈，但从中可见如诗之在唐，词在宋代也十分普及，似好风之吹遍大地，繁花之盛开原野。许多名篇家传户诵，笔记小说中也有词为证，开明清小说中以诗词表现人物演绎故事的先声。我生逢现代，儿时与桐油灯为伴，少年与煤油灯结缘，长大后才蒙电灯照耀，大学时代更曾在阅览室日光灯下拜读闻一多的《红烛》。20世纪80年代的一个冬夜，原籍湖南衡阳离乡别井40年的台湾诗人洛夫，忽来长途电话。当晚适逢停电，我在匆忙中点燃来历不明的半支红烛，在烛影摇红中，洛夫询问湖南是否下雪，因为他已多年没有重温过故乡的寒雪了，我告诉他故乡正大雪纷飞，而我正燃点一支红烛和他对话。今夕复何夕？共此灯烛光！洛夫灵感忽至，他说要赠我一首长诗，题目也已想好。那就是随后完成的《湖南大雪——赠长沙李元洛》，诗的开篇即是"君问归期／归期早已写在晚唐的雨中／巴山的雨中"。他该是由我的红烛忆起李商隐的那一支西窗红烛吧，诗中写道："今夜我们拥有的／只是一支待剪的烛光／蜡烛虽短／而灰烬中的话足可以堆成一部历史。"我在吟咏之余不禁悠然遐想：现代的烛影摇红啊，摇啊摇，摇出的是唐诗宋词的嫡系子孙，摇出的是一首现代诗的佳篇绝唱。

雨霖铃

仅仅是风中的铃声，就已经够撩人情思和遐想的了，如平常院落檐角的风铃，如宫殿寺观檐前的风铃。李商隐当年咏叹齐梁两代统治者荒淫亡国，他借古讽今，讽刺唐代帝王的重蹈覆辙，其《齐宫词》就有"梁台歌管三更罢，犹自风摇九子铃"之句。风中的铃声已然如此，那风声复兼雨声的奔亡道中的铃声呢？

唐代天宝年间，渔阳的动地鼙鼓敲破了唐玄宗燕舞莺歌的好梦，仓皇中他携杨贵妃离开长安而奔往四川。马嵬驿之变，他为了自己的安全与皇位而只得忍痛"割爱"。进入蜀道之后，大雨滂沱，杨贵妃已经做了替罪之羊，唐玄宗的安全危机也已过去，他难免愧恨与怀念交集，泪水与雨水齐流，更何况奔亡道中苦雨兼旬，在长时间寂寞与颠簸的行进途中，那风雨中车驾上叮叮当当的铃声，轻一声重一声，兀自敲叩着他内心的孤寂与哀愁。闻雨淋銮铃，长于音乐的他，大约是在剑州梓潼县的上亭，采其声为乐曲，命名《雨霖铃》，令跟随而来的善吹筚篥的梨园弟子张野狐吹奏，于是这支乐曲就得以传诸后世。而宋词借旧曲而别倚新声成为词牌，衍为双调慢词，最早见于北宋柳永的《乐章集》，延续了这一支唐曲的生命而另开新境的，正是宋代的这位白衣卿相词中王者。

《雨霖铃》作为唐代教坊乐曲，它的创作权属于唐玄宗李隆基。无须出庭即可用文字做证，唐诗人张祜《雨霖铃》说"雨霖铃夜却归秦，犹见张徽一曲新"，罗隐《上亭驿》说"山雨霏微宿上亭，雨中因想雨淋铃"，而杜牧的《华清宫》也有道是，"行云不下朝元阁，一曲淋铃泪数行"。可以做证的，当然还有千年前至今犹在的蜀地栈道，和那虽一去已无影踪当时却经旬连月的苦雨。

《雨霖铃》的别名，又为《雨淋铃》或《雨霖铃慢》。柳永当年如何想到要以此为词牌填词，现在已经无从考索，因为他除了作品，并没有留下有关此词片言只语的"创作谈"，而自从他于皇祐五年（1053）左右旅居京口时去世，至今也已近千年，我到哪里去采访他呢？唐玄宗虽贵为帝王，然而其悲欢离合的故事，以及《雨霖铃》怀人伤逝的悲剧音调，当打动过柳永这位多愁善感的才子的心，不然他就写不出如下这首名词，这首被称为北宋婉约词派抒写离情别绪的代表之作《雨霖铃》：

寒蝉凄切，对长亭晚，骤雨初歇。都门帐饮无绪，留恋处，兰舟催发。执手相看泪眼，竟无语凝噎。念去去，千里烟波，暮霭沉沉楚天阔。

多情自古伤离别，更那堪，冷落清秋节！今宵酒醒何处？杨柳岸，晓风残月。此去经年，应是良辰好景虚设。便纵有千种风情，更与何人说？

楚国的宋玉先生在《九辩》一开篇，就长叹息"悲哉，秋之为气也，萧瑟兮草木摇落而变衰"，自从他一经注册拥有发明权之后，秋天就成了令离人伤怀而恋人伤心的季节。古往今来，不知多少诗人文士在秋日弹唱过别离之歌，尤其是交通不便音讯难通的古代。古人不像今人，虽然同样别易会难，但今人托现代科技之福，有电话电报电传电脑，几个数字一拨，半张素笺一传，即可暂时疗治别绪与离愁。或飞机一鸟凌空，或火车千轮飞转，即使天之涯海之角，朝夕之间即可缩成咫尺，离别苦则化为相见欢。但古人呢？今宵离别后，何日君再来？一封互道款曲的信抵达相思的彼岸，不知要何年何月，而且江湖多风波，道路恐不测，即使有幸不为殷洪乔之流所误，投之流水，让其沉者自沉，浮者自浮，也不知途中还会遇到什么其他风险和变故。假若时逢战乱，烽火连三月，那就更加音讯难通了，深有体会的杜甫早就做过经济评估，他曾经说过，一封家书可抵"万金"。

文学创作当然要表现个人独特的感受与感情，只有如此方才真实可信，新鲜可感，但真正要历千百年而打动异代陌生读者的心，还是要将个人的感受提升镕铸为一种普遍性的典型情境。柳永做到了，他的词中不仅有"杨柳岸，晓风残月"这样的秀句，成了柳永婉约词风的独家商标，与苏东坡豪放的"大江东去，浪淘尽，千古风流人物"，同时让人美言高论，他更抒写了"多情自古伤离别，更那堪，冷落清秋节"的警语，创造了古往今来人共此境而人同此心的普遍情境，成了众生公共的精神财产。柳永的旧梦，历代以至今天，不知多少有情人曾经异代而重温啊新温。

今天，你也许已很少听到风中雨中的铃声了，多的是汽笛的长鸣、喇叭的喧闹、飞机的呼啸、火车的轰隆。但是，如果你心中还有一盏古典的灯火，遇到与好友或恋人长离短别，尤其是在怀人念远的秋天，柳永的词不是仍会不请自来造访你的心上与眉头吗？

踏莎行

草长莺飞的暮春三月，正是游春的大好时光。你在泽畔水湄徜徉，或在山间陌上漫步，入眼的是柳芽的青眼桃花的笑靥，入耳的是溪水的新歌春鸟的试唱，你如果是诗人，也许会言之不足而咏歌之，你即使不会吟诗作赋，也一定会忆起或即兴吟诵古人的有关篇章吧？

苏东坡在《次韵杨褒早春》诗中说："不辞瘦马骑冲雪，来听佳人唱《踏莎》。""踏莎"，即《踏莎行》，原意指的是春天于郊野踏青。作为词牌，相传是北宋寇准所创制。据说，寇准在一个暮春之日和友人们去郊外踏青，他忽然想起唐诗人韩翃"踏莎行草过春溪"之句，于是作了一首新词，定名为《踏莎行》，此说最早见于北宋释文莹的《湘山野录》。"波渺渺，柳依依。孤村芳草远，斜日杏花飞。江南春尽离肠断，蘋满汀洲人未归"，有人以为这是寇准当时写的《踏莎行》，此说恐怕不对，因为此作乃诗而非词，题名《江南春》，见于寇准的《寇忠愍公诗集》。如果是词调，则除他之外当时似乎不见别人填写过，寇准流传至今的词作只有四首，其一便是《踏莎行》：

> 春色将阑，莺声渐老。红英落尽青梅小。画堂人静雨蒙蒙，屏山半掩余香袅。
>
> 密约沉沉，离情杳杳。菱花尘满慵将照。倚楼无语欲销魂，长空黯淡连芳草。

寇准这位北宋政坛举足轻重的大政治家，抒写闺情春怨时也一派柔情蜜意，可见宋初词坛吹拂的尽是婉约的风，哪怕是寇准这样男人中之强者，也无法发出阳刚的呐喊。前人说他创作《踏莎行》这一词牌，是受到唐诗人韩翃"踏莎行草过春溪"的影响，我在《全唐诗》韩翃名下的诗作中寻寻觅觅，疲倦了我的眼睛，却怎么也无法找到这句诗而将其归案。是后来失传还是文莹误记？这个疑团，不知哪位高手能够破解或是破译。

在以《踏莎行》为词牌的词作中，欧阳修有"平芜尽处是春山，行人更在春山外"的隽语，晏殊有"垂杨只解惹春风，何曾系得行人住"的名句。英风胜概才兼文武的贺铸，也有缠绵悱恻之词："杨柳回塘，鸳鸯别浦。绿萍涨断莲舟路。断无蜂蝶慕幽香，红衣脱尽芳心苦。　返照迎潮，行云带雨。依依似与骚人语。当年不肯嫁春风，无端却被秋风误。"不过，和我这个湘人关系更为密切，更能引我遐思远想的，应该是秦观写于湖南郴州题名《郴州旅舍》的那首《踏莎行》：

> 雾失楼台，月迷津渡。桃源望断无寻处。可堪孤馆闭春寒，杜鹃声里斜阳暮。
>
> 驿寄梅花，鱼传尺素。砌成此恨无重数。郴江幸自绕郴山，

为谁流下潇湘去？

　　绍圣元年（1094），秦观作为"苏门四学士"之一，在哲宗亲政新党复起以后，被横加"影附苏轼"等罪名，由贬监处州酒税而贬徙湖南郴州，官爵与俸禄一削无余，用今日的语言即是"一风吹"。他的这首《踏莎行》，写的不是称心快意的春日踏青风光，而是个人的远贬之情、谪居之恨。犹记几年前我远去郴州，就是想重温他遗落在那里的诗句，和他做隔代的对话。从郴州市东约二里外的苏仙岭下的山口前行，沿溪水而上不远，"郴州客舍"在竹林青青桃花灼灼中赫然入目。这是一座四面粉墙的方形小小院落，我一脚跨进大门，刹那间恍兮惚兮，仿佛进入了900年前的宋代。及至回过神来，却看不到秦学士的踪影，也听不到他的吟哦之声，原来这只是一座仿古建筑。秦观后来不久即逝世于今日广西藤县的藤州，苏轼也早已将秦观此词书于扇面，并且发出过"少游已矣，虽万人何赎"的长叹息。苏仙岭下一块摩崖石碑上，秦观的词、苏轼为该词所写的跋以及米芾的书法，均镌刻其上，名"三绝碑"，为秦观的郴州之旅做历时千年的石证与实证。

　　秦观的"雾失楼台，月迷津渡"，真是具有朦胧之美的绝妙好词，生活中如能亲历这种境界，那就不仅是有缘，而且是难得的良缘。20世纪90年代初期一个月夜，我和友人往游湘西的一座有小河穿城而过的古城，站在高岸之上，月色朦胧，雾在合围，两岸的吊脚楼全沦陷了，只剩下睡眼惺忪情态迷离的灯光，而迷失在雾中的小河正在左奔右突，有水声隐隐传递它突围的消息。此时，秦观的名句忽然远从宋代不请自来，飞落在边城津渡，也飞落在我的心头，此境此情此句，从此再也不肯飞走。

眼儿媚

　　人说眼睛是"灵魂的窗户"，在古往今来的诗歌中，对眼睛的描写，特别是对美人眼睛的描写,真可以辑成一部专书。我想如果题名为《秋波录》,作者与读者该都会欣然同意吧?

中国诗歌中,对美人之目的描写,最早的是《诗经》中《卫风·硕人》篇了,"巧笑倩兮,美目盼兮",顾盼之间,那位古代美人的万种风情就跃然纸上。即使是忧国忧民的屈原,在他的《九歌·少司命》中,也有"满堂兮美人,忽独与余兮目成"之句,严肃的诗人不妨也偶尔浪漫。虽然不乏英雄之气但毕竟儿女情长的宋词呢?竟然也有《眼儿媚》这一与秋波有关的美丽词牌。《眼儿媚》这一词牌,究竟谁拥有首创之权?南宋杨湜《古今词话》说是王雱思念妻子的自度曲。王雱是王安石之子,好学早慧,仕途顺达,美中不足的是健康状况不佳,后来英年早逝,只活了33岁。据说他因身体不好而长期卧病,夫妻只好分居,随后妻子奉王安石之命改嫁,王雱思念不已,便写了《眼儿媚》一词:

> 杨柳丝丝弄轻柔,烟缕织成愁。海棠未雨,梨花先雪,一半春休。
> 而今往事难重省,归梦绕秦楼。相思只在,丁香枝上,豆蔻梢头。

这是一首写别后相思的词。"丁香"与"豆蔻",都是中国诗词中传统的象征意象。今日不少有关词学的书籍,都根据《古今词话》认为此词的版权应该属于王雱,但同是南宋的何士信所编的《草堂诗余》,却说是无名氏的作品,现代词学大家唐圭璋先生编订的《全宋词》,在王雱名下此词也只作为存目。孰是孰非,我现在已无法细究了,何况我写的是散文而非学术论文,请允许我少一点学术的严谨而多一些文学的浪漫吧。

不论是王雱还是无名氏,他们当时要抒发的,是与有情人之间的离愁别绪,因此,他们该首先就想到了对方的盈盈秋水或泱泱泪水。君泪盈,妾泪盈,罗带同心结未成,于是就有了《眼儿媚》这一词牌之名。陆游也许还以为"眼儿"俗而不文,干脆改其名为《秋波媚》,而后人根据这一词牌创作的作品，也多是抒写男女的相恋相思之情，如左誉的《眼儿媚》：

> 楼上黄昏杏花寒，斜月小阑干。一双燕子，两行征雁，画角声残。
> 绮窗人在东风里，洒泪对春闲。也应似旧，盈盈秋水，淡淡春山。

宋代王明清《玉照新志》记载说，又名左与言的左誉在任钱塘幕府时，认识色艺妙天下的乐籍名姝张秾，左誉作词以赠，其中有"帷云剪水，滴粉搓酥"之语，所以时人联系柳永的"杨柳岸，晓风残月"的名句，曾作"晓风残月柳三变，滴粉搓酥左与言"之联，可见这位后来"弃官为浮屠"的左誉先生，在没有看破红尘之前，也并非心如止水而不食人间烟火，不餐人间秀色。

不过，这首词曾误为赵长卿所作，又误为秦观之作，后又有人提出它并非左誉所写，而是另一位词人阮阅的作品，唐圭璋《全宋词》就将其列入阮阅名下。这种"悬案"，不，是是非非之"词案"，真是无法案情大白，因为年代久远，当事人又均已无法到庭。但是，张孝祥的《眼儿媚》似乎只此一家，绝无假冒：

> 晓来江上荻花秋，做弄个离愁。半竿残日，两行珠泪，一叶扁舟。
> 须知此去应难遇，直待醉方休。如今眼底，明朝心上，后日眉头。

张孝祥是南宋前期与张元干齐名的词人。他上承苏东坡之余绪，下启辛弃疾之先河，一怀剪烛看吴钩的报国壮志，一腔酒阑挥泪洒向悲风的忠愤豪情，但在慨当以慷的主旋律之外，他的琴键上也有爱情的小夜曲弹奏。张孝祥与李氏本为少年情侣，私下同居生下长子同之，为封建礼法所不容，最后只得分离遣返。他的《念奴娇》一词，就是在金陵的长江边送别李氏之作，开篇即是"风帆更起，望一天秋色，离愁无数"，此词也是写秋日江边送别，"如今"明朝""后日"之时间，与"眼底""心上""眉头"之方位对举成文，堂堂男子，情伤无限，凛凛须眉，百转柔肠。我真想问问张孝祥，这是不是同一时期送别同一对象之作呢？我还想问他，范仲淹《御街行》的结句是"都来此事，眉间心上，无计相回避"，李清照《一剪梅》的结句点化为"此情无计可消除，才下眉头，却上心头"，他此词的结句却是"如今眼底，明朝心上，后日眉头"，虽然仍穷尽变化，但是否仍曾受到前人的影响呢？欲问还休，欲问还休，因为我怕他不会回音，800多年前他一去之后就再也没有回头。

洞仙歌

烁石蒸沙何草不黄的苦夏，城市犹如燃烧之火宅，天地仿佛铸剑之洪炉。如果能远避于湖南炎陵县之桃源洞国家森林公园，松风送爽，绿竹摇风，望飞瀑似银河倒泻，看清溪使遍地生凉，在那种清凉世界流连数日，真会临时变成洞天福地中的神仙。

我说的是另一种洞仙之歌。五代蜀主孟昶，给他的一位才艺双绝的爱妃赐名"花蕊"，人称"花蕊夫人"。在一个炎夏之夜，两人在摩诃池上纳凉，花蕊夫人对景生情，一时兴起而作了一首《玉楼春》：

> 冰肌玉骨清无汗，水殿风来暗香满。帘间明月独窥人，敧枕钗横云鬓乱。
>
> 起来琼户悄无声，时见疏星渡河汉。屈指西风几时回，只恐流年暗中换。

此词一说是孟昶所作。不论作者是谁，流年似水，花蕊夫人与孟昶纳凉歌咏及其悲欢离合，均已成为历史的陈迹，交给了正史与野史、蔓草与荒烟。时至北宋，在苏轼贬于今日湖北黄冈之时，他追忆往事，说七岁时在家乡眉山遇到一位90高龄的朱姓老尼，这位老尼年轻时曾随师父进入孟昶之宫，亲见孟昶与花蕊夫人在摩诃池上纳凉，并能记忆花蕊夫人所作之词，她在叙说这一故事时，还曾向他朗朗背诵。

40年后，往事重到心头，苏轼诗兴大发，在滚滚长江东逝水的涛声里，将其改写成一阕《洞仙歌》，词前的小序是："仆七岁时，见眉山老尼，姓朱，忘其名，年九十余，自言：尝随其师入蜀主孟昶宫中。一日大热，蜀主与花蕊夫人夜起避暑摩诃池上，作一词，朱能具记之。今四十年，朱已死，人无知此词者。但记其首两句，暇日寻味，岂《洞仙歌令》乎？乃为足之。"全词如下：

> 冰肌玉骨，自清凉无汗。水殿风来暗香满。绣帘开，一点明月窥人，人未寝，欹枕钗横鬓乱。
>
> 起来携素手，庭户无声，时见疏星渡河汉。试问夜如何？夜已三更，金波淡，玉绳低转。但屈指、西风几时来，又不道，流年暗中偷换。

"洞仙"，本来指居于洞府之神仙，据说神仙所居有"十大洞天""三十六小洞天"，这当然纯属子虚乌有。《洞仙歌》则是唐代教坊曲名，别名《羽仙歌》《洞仙词》《洞仙歌令》与《洞仙歌慢》，后来沿用为词牌之名。辛弃疾、吴文英等人都曾有作品，但首创之功，还是应该归于生命力与创造力均如火山之熊熊的苏轼吧？

《玉楼春》的著作权究竟属于孟昶还是花蕊夫人？好在他们本是夫妻，而且早已乘风归去，不会引发什么今日文坛盛行的诉讼与官司，而《玉楼春》与苏轼《洞仙歌》之间的关系，却历来人各一词，众说纷纭。有一种说法是苏轼少年时遇一美人，喜《洞仙歌》，他们邂逅之处景色又与歌中所写大致相似，所以苏轼"隐括以赠之"。"隐括"，确实是这位眉山才子的创造，有如武林高手在悬崖绝壁之上，仍可以施展腾挪跌宕的绝顶轻功。这种将此一文体改写成另一文体的特技，如果是在今天，真可以申请加入"吉尼斯世界纪录"，而苏轼是其首创者，而试验之地正是昔日的黄州今日的湖北黄冈。在黄州，除了上述《洞仙歌令》，他还有《定风波·重阳括杜牧之诗》，有"特取退之词（指韩愈的《听颖师弹琴》），稍加隐括，使就声律"的《水调歌头》，有"乃取《归去来》词（指陶渊明的《归去来辞》）稍加隐括"的《哨遍》，至少前后有四首之多。它们如同四块连城之璧，展览在《东坡乐府》之中，惊喜了古往今来无数观光者的眼睛。

花蕊夫人的《玉楼春》，虽然写得不错，却知者不多，而苏轼的《洞仙歌》却名传遐迩，传诵古今。孟昶和花蕊夫人假若知道苏轼如此移花接木地改写，而且有缘一读甚至有幸一唱，他们当会感慨莫名，也许还要连声夸奖词坛这位奇才异能的晚辈吧？

高山流水

中国人向来重视友情，将春秋佳日登山临水的称为"逸友"，将奇文共欣赏的称为"雅友"，将品德端正的称为"畏友"，将直言规谏的称为"诤友"，将处事正义的称为"义友"，而可以共生死的刎颈之交呢？则是人所称道的"死友"了。中国的文人不仅重视友情，而且也特别祈望那种不仅心灵相通，而且也能够欣赏自己作品的知音。

关于"知音"，按迹寻踪，它的源头应该追溯到《列子·汤问》篇。春秋时的伯牙，是一位琴艺高深的音乐家，数十年朝于斯夕于斯，人与琴都似乎合二为一了。悠悠天地之间，谁是他的知音呢？而人间竟然出了一位知音善赏的钟子期。伯牙奏琴，他完全明白他的心志：巍巍然如高山，洋洋乎若江河。伯牙与钟子期之间的关系，就成了后代文人作家与慧心读者之间的关系的范式。杜甫在《哭李常侍峄二首》诗中说："斯人不重见，将老失知音。"而岳飞虽不是指文事而是寓自己的壮志，但在《小重山》一词中，也有"欲将心事付瑶琴，知音少，弦断有谁听"之语。

"高山流水"，因《列子·汤问》记叙的故事，成了一个历史悠久的表示知音或知己的成语。宋代丁基仲之妾善鼓琴，精通音律的布衣词人吴文英作了一首词赠给她，因为是自度之曲，吴文英就名之为《高山流水》，成了宋词中一个高雅美丽的词牌。我们且听号梦窗的吴文英所弹奏的《高山流水》吧，词前有小序说，"丁基仲侧室善丝桐赋咏，晓达音吕，备歌舞之妙"：

> 素弦一一起秋风。写柔情、都在春葱。徽外断肠声，霜霄暗落惊鸿。低鬟处、剪绿裁红。仙郎伴，新制还赓旧曲，映月帘栊。似名花并蒂，日日醉春浓。
>
> 吴中。空传有西子，应不解、换徽移宫。兰蕙满襟怀，唾碧总喷花茸。后堂深、想费春工。客愁重、时听蕉寒雨碎，泪湿琼钟。恁风流也称，金屋贮娇慵。

丁基仲的"侧室"，在以男性为中心的封建社会，不仅其姓无考，连其芳名也无传，幸亏吴文英做了隔代的钟子期，知音善赏，才将她美妙的琴声挽留并长留在他的词章里。

"高山流水"，由音乐而文学而人生，本来指的是知音知己，我由此而联想到宋代词坛许多高山流水的佳话。

欧阳修，是北宋词坛巨匠，也是文坛一代宗师。他多次称颂苏舜钦、梅尧臣的诗文，曾巩、王安石、苏轼父子还身为布衣不为人知之时，他就逢人说项，替他们做义务宣传。嘉祐二年即公元1057年，他"权知礼部贡举"，他主持的这次考试，就选拔了苏轼、苏辙、曾巩等一批出色的人才与文才。在他主盟文坛的时代，文林名士、词家高手，若非他的好友，即是他的门生，他不仅力矫宋初西昆体诗文浮靡的流弊，而且为宋代诗文的繁荣举行了隆重的奠基礼。其学生苏轼，不仅赞扬他是"今之韩愈也"，而且还曾说"方今太平之盛，文士辈出，要使一时之文有所宗主。昔欧阳文忠公常以是任付与某，故不敢不勉"。从这里，可见欧阳修对苏轼的赏识与器重，也可见文坛的领袖人物，绝不能如白衣秀士王伦，容不得出色的前辈同辈与后辈，私心自用，自是自高，唯一己之座位与小圈子之名利是图，而应该有广阔的胸襟高远的气识，赏识、尊重和提携真正的英才。

高山流水的知音善赏，也包括对作家作品提出建设性的批评意见。如果晚辈敢于向前辈正讹指疵，而前辈又虚怀若谷地礼让后生，那也许更为难能可贵吧？据岳飞之孙岳珂《桯史》记载，词坛泰斗名重当时的辛弃疾出示他的《贺新郎》（"甚矣吾衰矣。怅平生，交游零落，只今余几"），和《永遇乐·京口北固亭怀古》（"千古江山，英雄无觅，孙仲谋处"），一边让歌伎演唱，一边征求客人的意见。由于辛弃疾之位高名重，客人们只是一味赞美，而作为晚辈的岳珂则认为《贺新郎》上下阕警句语意有些重复，而《永遇乐》则用典过多。辛弃疾十分高兴有如此知音，并当众说自己的作品用典过多，确为一弊，今后要努力克服。辛词当然"不可一世"，但有时过分"掉书袋"却不能视为优点，岳珂直言无忌，辛弃疾礼贤下士，这，应该也是高山流水的另一种高雅而高贵的境界吧？

一个作家，除了"自赏"——自我欣赏，当然更盼望"他赏"——他人也即朋友和更多的读者的欣赏。这种欣赏，也应该包括善意的中肯的批评。高山流水啊，流水高山啊，我虽绝非一代琴师伯牙，但对当世的钟子期也如有所待！

暗香疏影

"梅"的芳名，远在2000多年前的《诗经》中就出现了。《召南·摽有梅》

中就以"梅"象征爱恋与婚姻，不过，此梅非彼梅，它说的是梅子而非梅花。梅花的闪亮登场，要等到多年以后的六朝，六朝之时的鲍照与陆凯。在鲍照的《梅花落》之后，陆凯以他的《赠范晔》一诗，为梅花在中国诗文中的最早出场，做了一个极为精彩的诗的广告："折梅逢驿使，寄与陇头人。江南无所有，聊赠一枝春。"自此以后，梅花便在中国诗文中斗雪而笑，它的绝代芬芳也便随风而扬。

北宋咏梅的诗人不少，但却以林和靖（逋）写得多而且好，这位爱梅成癖爱鹤也成癖的隐士，《群芳谱》中说他"隐居孤山，征辟不就。构巢居阁，绕梅花吟咏自适。徜徉湖上，或连宵不返"。他一生的咏梅诗当不在少，但这位先生大约没有藏之名山传之后世的想法，因而随写随弃，不过，仍有著名的《山园小梅二首》流传至今。林和靖惭愧自己"数年闲作园林主，未有新诗到小梅"，但一提笔就为后世留下了两首经典之作，其中的"疏影横斜水清浅，暗香浮动月黄昏"一联，不仅得到北宋文坛盟主欧阳修的激赏，他认为在所有的梅花诗中，此二句最为绮丽，而且时至南宋，它还启发过白石道人姜夔的诗情。

南宋诗人范成大宦海浮沉，有志难伸，于是在淳熙十年（1183）回到苏州故乡，隐居石湖。这位自号"石湖居士"的先生，不仅诗词与散文俱佳，而且对梅花也分外喜爱。宋光宗绍熙二年（1191）冬天，正是蜡梅初放之日，比他年轻近30岁的朋友姜夔前来探访，此时范成大已是66岁的老人。姜夔做客匝月，少不了吟诗作赋，而恰逢花园里梅花盛开，范成大便请姜夔为赏梅而创制新曲，等于今日编辑对作者之命题作文。因为范成大的催请，我们才读到姜夔当时作的两首新词，而中国的词学宝库里，也因之增添了《暗香》与《疏影》两个词牌，美如两方璧玉，灿若两颗珍珠：

　　旧时月色，算几番照我，梅边吹笛？唤起玉人，不管清寒与攀摘。何逊而今渐老，都忘却、春风词笔，但怪得、竹外疏花，香冷入瑶席。

江国，正寂寂。叹寄与路遥，夜雪初积。翠尊易泣，红萼无言耿相忆。长记曾携手处，千树压、西湖寒碧。又片片、吹尽也，几时见得？

苔枝缀玉，有翠禽小小，枝上同宿。客里相逢，篱角黄昏，无言自倚修竹。昭君不惯胡沙远，但暗忆、江南江北。想佩环、月夜归来，化作此花幽独。

犹记深宫旧事，那人正睡里，飞近蛾绿。莫似春风，不管盈盈，早与安排金屋。还教一片随波去，又却怨、玉龙哀曲。等恁时、重觅幽香，已入小窗横幅。

如果林和靖有知，也该会欣然同意，姜夔的新词，就是借用了他咏梅诗中的美辞作为词牌。前人咏梅，梅花的意象不外乎美人风姿、隐者标格、烈士怀抱，姜夔之词多次写了与梅花有关的美人，但其词意究竟如何，历来仍然众说纷纭。我想，身世之感、兴亡之悲、旧游之恋、今昔之思，他握笔之时恐怕都会纷至而沓来吧？姜夔的词素以"清空"名世，对上述二词也可作如是观，而不必过分坐实。然而，可以"坐实"的是，范成大命家中乐工与歌伎演奏歌唱，演唱的歌女小红十分钟爱这两首新词。除夕之夜，姜夔回返湖州，爱才的范成大成人之美，将小红赠之为妾。姜夔是终生潦倒的布衣，既非达官贵人也非暴发大款，而只是一位才华俊发的文士，小红色艺双全，而且喜爱他的旧作与新词，也可算是风尘中的红颜知己。姜夔满载而归，喜悦的心情当然远胜今日的彩民中了头彩，归途中的创作心态，自然进入了今日现代心理学所说的"高峰体验"，他不仅一气呵成《除夜自石湖归苕溪十首》，而且即兴吟出了"自作新词韵最娇，小红低唱我吹箫。曲终过尽松陵路，回首烟波十四桥"（《过垂虹》）的旖旎动人的千古绝唱。

姜夔的《暗香》《疏影》一直传唱到今天。但时至今日，苏州石湖和吴江垂虹桥我却无缘一访，令人不胜惆怅。如果我再去苏州石湖，梅花历千年的风霜还在凛然开放吗？如果我再去吴江境内的垂虹桥，姜夔和小红的一叶轻舟还会滑过绿琉璃飘然而来，我还会听到他的箫声和她的歌唱吗？

爱情五弦琴——宋词写爱可以有多美

在中外文学的浩荡长河中，以爱情为题材的优秀篇章，是永远也不会止息的耀眼动心的波浪；在中外文学的苍劲大树上，以爱情为主题的杰出之作，是永远也不会凋零的芬芳美艳的花朵。

爱情，是人的生命力的充沛表现，是人类生存和发展的重要支柱，也是文学创作永恒的主题。公元前 8 世纪，希腊诗人赫西奥德在《诸神记》（又译《神谱》）中歌唱"不朽的神祇中最美丽的一位"的厄洛斯，就是罗马神话中名为丘比特的爱神。中国虽然没有这样的神祇，但早在 2000 多年前的《诗经》中，爱情的多声部的乐曲就已经开始鸣奏，从它的第一篇《关雎》里，虽然时隔 2000 多年，我们仍可以听到钟鼓与琴瑟的乐音从河洲水湄隐隐传来，而自《诗经》以后，历代诗歌都没有忘记对爱神奉献他们的礼赞。

宋代，虽然封建礼教更为森严，对众生自然而合理的生命欲求更为桎梏，但追求自由美好的爱情，本是源于健康的人性，而与音乐和歌女有着天然联系的所谓"词为艳科"的宋词，更是长于表现和歌唱爱情。听曲知音，我们今天仍然会为之意夺神飞。风晨月夕，柳下花前，让我们重温与倾听宋词的爱情五弦琴吧——

恋情

爱情如果是一支乐曲，最迷人也最令人回想的，还是最初的起始的乐段。德国大诗人歌德在《少年维特之烦恼》中说："少年男子谁个不善钟情？妙龄少女谁个不善怀春？"初恋或者说终成眷属之前的相恋之情，是爱情五弦琴中的第一弦，也是最值得回味和回忆的时光。如果你和你的恋人终于白头偕老，在几十年的人生风风雨雨中，你难道不会常常蓦然回首那甜蜜的初恋吗？如果你在爱情的道路上颇多波折，当你的心因种种原因而苍老的时候，你不是会更加追怀往昔初恋的日子吗？

恋情，是五弦琴弹奏的第一声。恋爱的双方，获得的都是审美的"第一印象"，或者又名之为"第一次印象"。这种一见钟情或再见生情，都是源于一种直觉美感，继之而来的爱恋，就是心灵的相互燃烧，充满美感激情的自我审美体验。这种燃烧和体验，就是成年的芸芸众生大都经历过的恋爱，而这种恋爱过程中的感情，就是花之半开的恋情。

包括宋代在内的封建社会，男女之间很少有自由接触的机会。父母之命，媒妁之言，往往就决定了他们的终身大事。幸福的结局，就像今日买彩票而中大奖一样机会难得，希望渺茫。宋词因为要被之管弦，诉之歌唱，加之宋代有官妓制度与家妓之风，歌妓们大都知音善律，有较高的文化艺术修养，词作者与歌妓之间接触频繁，如同满园春色，虽然有封建礼教的高墙禁锢，但总不免有一枝红杏出墙来。宋词中的恋情词，许多都是写词人与歌女之间的恋情。如果请这些词人自推代表，他们当会一致推举柳永吧？出身于仕宦之家的柳永，仕途颇不得意，他自称"白衣卿相"，但在北宋词坛，却是一位千首词轻万户侯的开山人物，是北宋第一个专力攻词而以婉约名世的作家。他的词，在内容的扩展、体制的创造、表现手法的丰富与变化、语言风格的雅俗兼容等方面，都有承前启后之功，而他的知名度也远在其他作家之上。"凡有井水饮处，即能歌柳词"，尽管有些正统的词人对他颇有微词，但他的作品一经写出再加歌唱，收视率与收听率最高，这也是不争的事实。如他的《蝶恋花》：

> 伫倚危楼风细细，望极春愁，黯黯生天际。草色烟光残照里，无言谁会凭阑意？

拟把疏狂图一醉，对酒当歌，强乐还无味。衣带渐宽终不悔，
为伊消得人憔悴！

宋词就像一本画册，为我们保存了许多歌妓的可爱形象，她们大都色
艺双全，有的还具有相当可敬的品格，你如果打开《全宋词》，她们就会
从字里行间载歌载舞，翩翩而出。柳永的《乐章集》中就描绘了英英、瑶卿、
翠娥、佳娟等歌妓的形象，有的词还抒写了她们的恋情。柳永死后，家无余财，
竟然是歌妓们集资为他安葬，每逢清明，她们还带上酒肴，饮聚于柳墓之旁，
时人称之为"吊柳会"。柳永所钟情的歌妓中，最怜爱的莫过于"虫娘"了，
他在词中昵称为"虫虫"，在《集贤宾》一词中，他说"小楼深巷狂游遍，
罗绮成丛。就中堪人属意，最是虫虫"，而虫娘对他这位落魄的下第之人
也颇为不薄，"算得人间天上，惟有两心同"。柳永和她分别时，信誓旦旦：
"眼前时、暂疏欢宴。盟言在、更莫忡忡。待作真个宅院，方信有初终。"
柳永是宦门子弟，他能以平等的态度对待社会贱民的歌妓，已属难能可贵
了，他竟还表示自己一旦科场得意进入仕途，就要正式迎娶虫虫为自己的
妻室，这固然是北宋新兴市民思潮的反映，也和柳永善良重情的人性有关。
上述这首《蝶恋花》，写抒情主人公春日黄昏登楼望远，对酒消愁愁更愁，
千回百折之后才逼出"衣带渐宽终不悔，为伊消得人憔悴"的结句，它是
画龙点睛之笔，如灵珠一颗，全词遍体生辉。王国维称之为"专作情语而
绝妙者"，"求之古今人词中，曾不多见"，而且将其比喻为成就大学问
大事业必经的第二境界。莎士比亚说过："'爱'和炭相同，烧起来，就
要把一颗心烧焦。"柳永这种"消得人憔悴"的恋情，其中的"伊"是虫娘，
还是别的歌女？这首词保密工作做得不错，能见度极低，没有泄露任何消息，
令后世的读者搔首踟蹰，好生猜想！

前些年流行过的一首歌，名为《纤夫的爱》，曲调优美，风行一时，
但有人说这是不曾拉过纤的文人，在酒足饭饱之余去写纤夫的劳动与爱情，

以其"颤悠悠"的笔去粉饰生活，美化苦难。但是，一代文宗欧阳修抒写下层青年男女恋情的作品《渔家傲》，却没有受到过上述指责：

> 近日门前溪水涨，郎船几度偷相访。船小难开红斗帐，无计向，
> 合欢影里空惆怅。
>
> 愿妾身为红菡萏，年年生在秋江上。重愿郎为花底浪，无隔障，
> 随风逐雨长来往。

《渔家傲》是北宋民间流行的新腔，欧阳修以之填词多达数十阕之多，而以此调写成的采莲词也多达六首，上引之词即其中之一。晚唐五代以至北宋，词中写爱情多以香闺深院为背景，抒情主人公则多为上层社会的男女，此词则如一出小小的轻喜剧，将布景换为野外的秋江，将人物与情节变为水乡的男女青年以及他们的幽期密约，传统的婉约含蓄化为清丽明快。一代儒宗如此写人间的恋情，即所谓"侧艳之词"，而且着眼于民间，清新独创，不仅照亮了当时，也照亮了后代读者的眼睛，为宋代的爱情词刷上了一笔异彩。

宋词中抒写恋情的佳作实在太多，本文如同小小的花篮，满树繁花不可能一一采摘，但李之仪的《卜算子》却无法割爱，且让我采撷在这里：

> 我住长江头，君住长江尾。日日思君不见君，共饮长江水。
> 此水几时休？此恨何时已？只愿君心似我心，定不负相思意！

李之仪虽然不在苏门"四学士"或"六君子"之列，但对苏东坡却执弟子礼，而苏东坡对他的作品也颇为赞赏。苏东坡有诗题为《夜直玉堂携李之仪端叔诗百余首，读至夜半，书其后》，他在朝堂中值夜班，夜半仍在读带去的李之仪的作品，可见其精神之专注，如果是平庸之作，那就是

催眠剂，不到半夜早就已经昏昏欲睡了。此诗还有句说："暂借好诗消永夜，每逢佳处辄参禅。"要苏东坡这样的大家做出"好诗""佳处"的评语，大约并不十分容易，《卜算子》这首词就可以证明他眼力不错，此言不虚。此词语言虽朴实无华，但"我""君"对举，"长江水"一线贯穿，结尾翻出新意，写恋情情真而意挚，婉曲而有深度，真不知这位籍贯沧州无棣（今山东无棣）的山东大汉，怎么能写出这等清新婉美之辞？"家临九江水，来去九江侧。同是长干人，生小不相识"，他也许会说，我曾受过唐诗人崔颢的《长干曲》的指点。当代台湾名诗人余光中曾经写过一首《纸船》，"我在长江头／你在长江尾／折一只白色的小纸船／投给长江水"，他是不是又遥承了李之仪此词的一脉心香呢？

欢情

恋情当然有令人意乱神迷的甜蜜与欢乐，但那毕竟还只是男女之情的初级阶段，如同一支乐曲的前奏，如同一朵花苞的半开，如同一年四季中的早春。而男欢女爱的灵与肉结合的欢情，则是乐曲的华彩乐段，是花朵的嫣然怒放，是如火如荼的夏天。

爱情是存在于男女之间的一种特殊的感情。男女之间一见钟情或再见钟情，如果没有外部的阻力与压力，没有内部的不合与不和，如胶似漆的恋情必然会升温为郎怜女爱的欢情，好像风涛汹涌的海上必然会掀起九级浪。然而，真正的欢情是什么呢？

如同南极之与北极，对包括欢情在内的爱情，历来有不同甚至对立的看法。除了孟子说过"食色性也"之外，中国人以前向来讳言"性"，仿佛这是一个一引即爆的雷区，而西方人则不惮于公开谈论。古希腊的柏拉图认为：美的爱情是纯精神的爱恋，应该排除一切肉欲。德国的黑格尔是他的同调，他主张的也是心灵与理性之爱：爱情绝不是性欲，爱情里确有一种高尚的品质。而弗洛伊德则完全相反，他认为性欲是人的基本需求，男女接近和相爱，都是为了性欲的满足。那么，美好的爱情和爱情中的欢情究竟是什么呢？好像绿叶之与红花，有似水流之与河床，如同青天之与明月，美好的爱情应该是性爱与情爱在互爱基础上的和谐统一。性爱是情爱的基础，情爱是性爱的灵魂；性爱是生理上的快感，情爱是心理上的美感；性爱会随年龄的老去而减退甚至消失，而情爱却因白头偕老而愈益深厚绵长。

中国古代佚名的《四喜诗》说："久旱逢甘雨，他乡遇故知。洞房花烛夜，金榜挂名时。"其中的第三喜不仅是指爱情，而且是指爱情的高潮，指爱情的果实因成熟而摘落而登场的欢情。中国有一句专用的成语名为"鱼水之欢"，也是另一种绝妙的比喻与形容。宋代的词人，以他们对于生命和爱情的深切体验，为我们留下了一些抒写欢情的优秀篇章，唐代的爱情诗似乎还不及它们的细腻和开放。如欧阳修的《南歌子》：

> 凤髻金泥带，龙纹玉掌梳。走来窗下笑相扶，爱道"画眉深浅入时无"？
>
> 弄笔偎人久，描花试手初。等闲妨了绣功夫，笑问"鸳鸯两字怎生书"？

这首词写的是一对青年夫妇的喜乐之情，而以女主人公的心理与情态为主，而且上下阕均以她的问话作结，一问引自前人的成句，一问出自她的慧心，别有风情而令人销魂。唐诗人朱庆馀有一首《近试上张水部》诗："洞房昨夜停红烛，待晓堂前拜舅姑。妆罢低声问夫婿，画眉深浅入时无？"诗的本意，在于试探主考官是否欣赏自己的应试诗文，欧阳修当然无法征求朱庆馀的同意了，但读者却会欣然同意这种借用与化用实在恰到好处。这位新嫁娘不仅服饰倩亮，而且情态更是如小鸟依人，还明知故问地问她的夫君，"鸳鸯"二字如何书写？在中国的传统文化中，鸳鸯是情侣或夫妇的美好象征，这位新嫁娘的问话颇具象征性与暗示性，是情话而非荤话，在那样一个封建礼教夜气如磐的时代，那位新嫁娘真算得颇为解放，清新活泼如春日的霞光。

北宋的晏殊和晏几道是父子词人。晏殊虽贵为执宰，久居相位，势高望重，门生故吏多据要津，但晏几道因秉性耿介恬淡，不愿依靠父亲的余荫和新贵们的关照，因而位沉下僚而仕途多舛。他是位多才多艺又多感的词人，常常将自己的感情寄托于那些美慧有才的歌女，如《鹧鸪天》："小令尊前见玉箫，银灯一曲太妖娆。歌中醉倒谁能恨？唱罢归来酒未消。　春悄悄，夜迢迢。碧云天共楚宫遥。梦魂惯得无拘检，又踏杨花过谢桥。"如果这一词作还不免感伤，有如一管幽怨的洞箫，那么，另一首《鹧鸪天》，就是一出小型的悲喜剧：

> 彩袖殷勤捧玉钟，当年拼却醉颜红。舞低杨柳楼心月，歌尽桃花扇影风。
>
> 从别后，忆相逢，几回魂梦与君同？今宵剩把银釭照，犹恐相逢是梦中！

晏几道在自撰的《小山词》序中，曾提到友人沈廉叔、陈君龙家的歌女莲、鸿、蘋、云诸人，多所赞美，后来沈去世而陈卧病，他所钟情的这些歌女也就风流云散。上述此词前阕忆旧，缤纷绚烂如同彩虹，有似梦幻，明代剧作家孔尚任的《桃花扇》，该是从其中的名句中得到过灵感吧？下阕为写实，杜甫在安史之乱中辗转流离，在山野荒村和妻儿相见，"夜阑更秉烛，相对如梦寐"（《羌村》），晏几道和情人久别重逢，这个令他魂牵梦萦的意中人，是否就是他最难忘怀的歌女中的一位呢？悲尽喜来，"今宵剩把银釭照，犹恐相逢是梦中"，在凄怆的人生之旅中，这毕竟是一个令双方都悲喜交集而以喜为主的高潮。然而，他写到这一高潮就戛然而止，后事如何，留给读者的是无尽的柔情绮思。

字美成的周邦彦是北宋的名家，自号"清真居士"，其词被称为"清真词"，在章法结构和音乐之美方面，对词之发展颇多贡献。其作品前期多为流连歌台舞榭之作，忧患中年之后，他的词才面向较广阔的社会人生，风格由妩媚而趋于沉郁。他26岁从钱塘远去京都为太学生，四年后被擢为太学学正。风流倜傥的他，常在瓦舍倡楼消磨，其《少年游》真是少年之游：

> 并刀如水，吴盐胜雪，纤手破新橙。锦幄初温，兽烟不断，相对坐调笙。
> 低声问："向谁行宿？城上已三更。马滑霜浓，不如休去，直是少人行。"

这首词，以前许多人捕风捉影，附会于京师名妓李师师、作者和微服私行狎妓的宋徽宗之间的三角私情，其实，它只是写自己少年时的一次冶游欢会而已。杜甫曾说"焉得并州快剪刀"，李白也说"吴盐如花皎白雪"，周邦彦随手拈来，自创天成的偶句，也为女主人纤手破橙待客做了铺垫。闺房暖暖，香烟袅袅，调笙是相对而坐，真是转轴拨弦三两声，未成曲调先有情。夜已深沉，人宿何处？女子的探问和自答，柔情似水而又婉曲浓至，不说留宿而问"向谁行宿"，不说"休去"而道"马滑霜浓，不如休去"，而且夜已深沉，行人稀少，只怕路上的人身安全都成问题。没有淫词秽语，只有玉润珠圆，欲知后事如何，全凭读者想象。

高雅的词人写欢情也绝不会低下恶俗，像今日某些男作者甚至女作者所谓"下半身写作"的作品一样。如周邦彦之前的秦观，也只是点到"销魂。当此际，香囊暗解，罗带轻分"（《满庭芳》）为止，接着还要像杜牧那样，对自己做"赢得青楼薄幸名"的自我批评。真正的好诗，是对美的表现，也引领读者向美。当代的某些作者写到这种场面，总不免要口角流涎到肚脐眼以下，津津乐道床笫之私，真是令人感叹人心不古而掷卷叹息！

离情

"黯然销魂者，唯别而已矣"，早在1500年前，江淹在他的《恨赋》中就如此悲怆地咏叹。在人的丰富复杂的感情中，离情是最常产生而最具普遍意义的一种，因为人生天地之间，除了一次即成永诀的死别，就是无数次的和友人、情人与亲人的生离。

死别是令人痛苦的，这种痛苦有如雷轰电击，但即使打击的强度很大，但因为逝者已矣，生者已是完全绝望而再无希望，所以在雷电过后，随着时间流逝，心境也许会逐渐趋于平复，天空总会要出现一角蔚蓝。生离却往往更为令人神伤，因为生离的双方虽然失望，但却仍怀重见或重圆的希望，有如绵绵苦雨飒飒凄风，不知何时才会雨过天晴。尤其是交通与通信均十分落后的古代。现代的分别虽然也十分频繁，但只要双方有情，即使不能挺身而去，也还有电报即拍即至，电传即传即达，电话即打即通，微信即发即晓，虽然身不能至，至少也可临时紧急治疗两地的相思渴念，不像对死别那样毫无疗效，因为任何灵丹妙药，逝者都已无法收到并及时临床服治。人啊人，如果不是心如铁石，应该都体验过"离情最苦"吧？离别之中，亲人之间的离别固然刻骨铭心，而情人之间相见难期的离别，尤其令当事人肝肠寸断。这样，就难怪古典诗文中写离情的作品为什么那么多产，而以"自君之出矣"为题目或为起句的诗歌，竟可以汇成一阕主题相同而繁音竞奏的交响曲。这里，我们还是先听听词坛浪子柳永《雨霖铃》的自弹自唱：

寒蝉凄切。对长亭晚，骤雨初歇。都门帐饮无绪，留恋处，
兰舟催发。执手相看泪眼，竟无语凝噎。念去去，千里烟波，暮
霭沉沉楚天阔。

多情自古伤离别，更那堪，冷落清秋节！今宵酒醒何处？杨
柳岸，晓风残月。此去经年，应是良辰好景虚设。便纵有千种风情，
更与何人说？

《雨霖铃》曲本是唐玄宗的创制，他在安史之乱中奉行逃跑主义而避
难巴蜀，在栈道雨中闻凄凉的铃声，触景生情而忆念屈死的杨贵妃，精通
音律的他采其声而作《雨霖铃》曲。柳永在汴京悲叹与心爱的歌姬离别，
感叹南下远游的天涯羁旅之情，他采用此曲已经够引人联想的了，而词史
上这种双调慢词《雨霖铃》，他虽无专利之权，却有首创之功。"执手相
看泪眼，竟无语凝噎"，流泪眼看流泪眼，断肠人对断肠人，古往今来的
情人，有多少人演出过这黯然神伤的一幕啊！地点与时间不同，情节却今
古不变。上阕在抒写分别的情景之后，下阕写的是别后的相思。"悲哉，
秋之为气也，萧瑟兮草木摇落而变衰"，2000多年前的宋玉，早就概乎言
之也概乎言之地悲秋了，柳永却从刹那见永恒，从特殊到普遍，"多情自
古伤离别，更那堪，冷落清秋节"，便成了传诵千古的哲言与警语，如果
条件允许，有情人的离别似乎都应该选在这一季节。而"杨柳岸，晓风残
月"呢？它虽然也许是从温庭筠《菩萨蛮》的"江上柳如烟，雁飞残月天"，
和韦庄《荷叶杯》的"惆怅晓莺残月，相别"点化而来，但却青胜于蓝，
以至于他人特别将其与苏东坡"大江东去"做不同风格的比较。至于结语，
柳永在《慢卷绸》里先是说"对好景良辰，皱著眉儿，成甚滋味"，后来
又在《应天长》中表白："把酒与君说，恁好景佳辰，怎忍虚设？"而在
此词中更是信誓旦旦："此去经年，应是良辰好景虚设。便纵有千种风情，
更与何人说？"事实证明，柳永南游之后又有新欢，他后来的情词大都为一

合肥歌妓而作，前后持续有 20 年之久，作品也有 20 首左右。但他能不忘前好旧情就算不错了，今日之无情无义者比比皆是，我们又何必苛求古人呢？何况他写得情真意挚，他的这一代表作不仅是他的名牌产品，也是宋元时期流行的"十大金曲"之一，时至今日也仍然令读者口颊留香。今日歌坛流行的一些所谓"天王"的"金曲"，不知有哪一首"天"长地久如"金"石之固而能流传后世？

北宋前期的词坛，还有一位主将张先。他前与晏殊、欧阳修以及柳永并驾齐驱，因其有 88 岁高龄和与年龄等高的成就，以后又曾和晚出的苏轼、秦观同台咏唱。他的词婉约雅丽而又清新淡远，清歌与美酒，伴随了他的一生。在听歌赏舞依红偎翠之时，他不仅深知女妓们的生活与心曲，而且和其中的某些女子未免有情。一时盛传的《一丛花令》，就是他这位多才多情的男子所作的闺音：

伤高怀远几时穷？无物似情浓。离愁正引千丝乱，更东陌、飞絮蒙蒙。嘶骑渐遥，征尘不断，何处认郎踪？

双鸳池沼水溶溶，南北小桡通。梯横画阁黄昏后，又还是、斜月帘栊。沉恨细思，不如桃杏，犹解嫁东风！

"人生无物比多情，江水不深山不重"，张先曾在《木兰花》一词中如此比喻。他的这首《一丛花令》表现的虽是"闺思离愁"这一中国文学的传统母题，但他却有新颖的发现与表现，这就是结句的"沉恨细思，不如桃杏，犹解嫁东风"。张先的词作对"影"的描绘多达 20 余处，其中有三句他最为得意，那就是"云破月来花弄影"，"娇柔懒起，帘压卷花影"，"柳径无人，堕飞絮无影"，故他自称"张三影"；除此之外，他还有"张三中"的嘉号，即"心中事，眼中泪，意中人"。此词一出，他又多了一个新的美名。张先年长欧阳修 17 岁，他去看欧阳修时，后者兴奋得倒屐相迎，连称他为"桃杏嫁东风郎中"，于是张先就一身而三任了。浪花飞溅的河流有它的源头，一天的云锦有它最早的霞光，张先这一无理而妙的结句，应是受到唐代二李的启发。李益的《江南曲》说："嫁得瞿塘贾，朝朝误妾期。早知潮有信，嫁与弄潮儿。"李贺的《南园》说："可怜日暮嫣香落，嫁与春风不用媒。"我以为张先写离愁之句虽然语妙天下，但却其来有自，不免"偷窃"之嫌，"偷"其词且"偷"其意，不知张先愿不愿从实招来？

晏殊是晏几道的父亲，我可以将一句俗语反其道而用之，即"有其子必有其父"，晏几道的成就自有他的家学渊源。作为北宋的宰相，晏殊刚毅正直而好提携后进，如曾向朝廷推荐范仲淹、韩琦等人，但作为北宋早期词坛的重镇，晏殊的词也多写离愁别恨，如《玉楼春》的"无情不似多情苦，一寸还成千万缕。天涯地角有穷时，只有相思无尽处"，如《木兰花》的"美人才子传芳信，明月清风伤别恨。未知何处有知音，长为此情言不尽"，又如为王国维所激赏的《蝶恋花》：

> 槛菊愁烟兰泣露，罗幕轻寒，燕子双飞去。明月不谙离恨苦，
> 斜光到晓穿朱户。
> 昨夜西风凋碧树，独上高楼，望断天涯路。欲寄彩笺兼尺素，
> 山长水阔知何处？

此词表现的，正是晏殊词清婉高华的风格，主题是"离恨"，主人公性别不明，属于"模糊美学"的范畴。"昨夜"三句写登高怀远之情，逼出结句之虽有彩笺尺素，但水阔山长无由可达，将离恨表现得格外刻骨铭心。凡是有过类似伤离怨别的生命体验的人，心的弦索都会被这首词敲响，但王国维却心如止水，无动于衷，他说的是"昨夜"三句是古今成大事业大学问者必经的第一个境界。三句不离本行，这位大学问家真是别有会心，我们在钦敬之余，也只有徒唤奈何了。

怨情

如同硬币之两面、剑之两刃，人生，是美满与不美满的统一，是追求完美和不可能尽善尽美的统一。感情领域内的爱情，何尝不是如此？人生不如意事常八九，前面所说的离情，就已经具有悲剧色彩了，而较之离情更深重而性质也有别的"怨情"，则更具悲剧的意味。离情，好像天空有轻云薄雾，但云雾总会消散，阳光迟早会来给你的生活镀金；而怨情则如秋雨潇潇，气象预报大约也永远没有由阴转晴之日。

当女娲和夏娃分别走下她们的神坛，象征母权制的结束，在漫长的历史进程中，女性都头戴荆冠或背负沉重的十字架，扮演的大都是悲剧的角色。宋代由于城市商业经济的发达，士人们发扬了唐代醇酒美人的余风，加之或由于寻找感官的刺激，或由于寻求包办婚姻之外的精神慰藉与补偿，他们常常流连于秦楼楚馆，而妻子们在家空闺独守，寂寞与痛苦就像青草一样在心中疯长，忧愁与怨恨就像决堤之水一样在心房泛滥。欧阳修的《蝶恋花》，就是从怨妇的角度写这种带有普遍意义的怨情：

> 庭院深深深几许？杨柳堆烟，帘幕无重数。玉勒雕鞍游冶处，楼高不见章台路。
>
> 雨横风狂三月暮，门掩黄昏，无计留春住。泪眼问花花不语，乱红飞过秋千去。

起句就为后来的李清照所激赏，她写了好几首词，就是以此句开篇。词中的这位贵家少妇，生活在高门深院之中，生活当然早已进入并超过小康，但她的丈夫却经常走马章台，寻花问柳，她的内心该是何等苦闷？尤其是那样一个妇女极少心灵与人身自由的时代，她既不能去有关部门投诉，甚至也不便向自家的亲人一吐衷肠，更不能像现代人一样吊尾跟踪，或请私家侦探盯梢破案，她只能高楼伫望，清泪双流。"雨横风狂"，既是指自然的气候，也是暗示她的生活环境，而"春"是指时令的春色，也是暗指她的青春年华。眼见得春天将逝，自己的华年也将付之流水，如何能不怨从中来，不可断绝？有情的人间既然无处可诉，那就去询问无情之物的花吧。"泪眼问花花不语，乱红飞过秋千去"，情景交融，以景结情，虽说是从温庭筠《惜春词》之"百舌问花花不语"，和严恽《落花》之"尽日问花花不语，为谁零落为谁开"化出，然而学生已经胜过老师，欧阳修此词结句的名声，已远在后二者之上。前人说此二句中包含四层意思，正是说明这一怨情的意蕴丰富，慧心的读者自可寻绎，像根据路标的指引去名胜之地寻幽访胜，我就不必自充导游而在此喋喋不休了。

古代男女之间的诸多怨情，常常是由不合理的婚姻制度所造成。今日的现代人，选择对象和结为婚姻的自由，已远非古人可比，但今日的许多夫妻，有的因终成怨偶而离散，如风扫浮云各自东西；有的虽仍在同一屋檐下，却貌合神离，同床异梦，如各自设防城门紧闭的城堡。那何况古代的男女呢？不过，在男性中心的社会里，品尝苦果最多的却仍然是妇女，例如朱淑真的《减字木兰花·春怨》：

独行独坐，独倡独酬还独坐。伫立伤神，无奈轻寒著摸人。

此情谁见？泪洗残妆无一半。愁病相仍，剔尽寒灯梦不成。

宋词中许多写闺怨的作品，都是男性作家故作多情地"变性"，自告奋勇充当女性的代言人。有的虽然写得可以乱真，但总使人有隔靴搔痒或隔岸观火之感。才貌出众的朱淑真却一本女性的立场现身说法，这首词，在艺术表现上虽未能超过那些男性作家的名作，但至少并非经过变性手术之后的"假冒"产品，而是出自肺腑可以验明正身的真品。朱淑真相传出身于书香之家，但所嫁非偶，夫家一说是市井俗民，一说是官场俗吏，总之先是身不由己，后是苦海无边，有她的许多作品为证。如《愁怀》："鸥鹭鸳鸯作一池，须知羽翼不相宜。东君不与花为主，何似休生连理枝。"《减字木兰花》的标题为《春怨》，其实并非怨春，虽然"无奈轻寒著摸人"，春寒当然使人更感孤独冷寂，更易撩惹人的愁情，同时代的李清照也在《声声慢》中说过"乍暖还寒时候，最难将息"，但朱淑真怨的更是自己的悲剧命运。孤独的她，后来终于返回母家独居，投水而逝，人生之路已经走到了无路可走的悬崖，她最后只得将自己的生命和诗篇一起交给了死水。

怨情，当然不是女性和女性词人的专利。吴文英，与姜夔一样是南宋词坛婉约派的旗手，他行将弱冠之年直到28岁，在京都杭州生活了10年，并与一女子有过绸缪缱绻的恋情。此后他在苏州又有一回艳遇，但不久即告分袂。杭州女子死去后，吴文英再度居杭又达10年之久，这种旧日的恋情，如今日流行歌曲所唱的"无言的结局"，使他怀想无已。他的作品除了忧怀时局国事，就是抒写个人的爱情悲剧。他的小令名曲《唐多令》开篇的"何处合成愁？离人心上秋"，就是名曲中的名句，两句拆字而兼句法倒装，从中可见他深曲密丽的词风。他的《踏莎行》，就是一首感梦怀人抒写其哀思怨绪之作：

润玉笼绡，檀樱倚扇。绣圈犹带脂香浅。榴心空叠舞裙红，艾枝应压愁鬟乱。

午梦千山，窗阴一箭。香瘢新褪红丝腕。隔江人在雨声中，晚风菰叶生秋怨。

梦境，是现实生活与心理在梦中的折光，所谓日有所思、夜有所梦。吴文英在秋日的午梦中，忽然见到了他昔日的恋人，一觉醒来，她的音容笑貌乃至服饰都历历在目，一直到日落黄昏，风声籁籁，雨声沥沥，他仍在神思恍惚之中，禁不住满怀的秋日之怨。他念兹在兹而形诸梦寐的女子是谁？她虽来到梦中但是否仍在人世？"秋怨"的具体内涵是什么？作者并没有说明，他是宋词中的现代派，只是以近乎现代派意识流的手法，写出他的梦境与梦醒后的心情。如同一个谜语，谜面已经展示，而谜底呢？就只能让读者凭借自己的人生体验和审美想象，去猜测去破译了。

悲情

人生天地之间，有生即有死。摇篮，是人生的起点；死亡，是人生无可避免的最后的驿站。西方一位哲人说过，从我们诞生的那一刻起，死亡就已经开始。也就是说，当你躺在襁褓之中，爱神在右侧蔼然俯视，死神也早已在左侧眈然虎视。在中外文学的长河中，"死亡"也是永恒的主题之一，西方文学史上最伟大的剧作家莎士比亚，人称是最深刻地表现了死亡主题的巨匠，而中国诗人由于对时间飞逝的敏感和对短暂生命的珍惜，也无数次地表现了这一主题，如同明知是一个万劫不复的雷区，也要纷纷前来以笔甚至以身探险。

表现死亡主题的作品，最感人的莫过于爱情领域的悼亡词了。爱情是一座姹紫嫣红的花园，但花园也有凋零荒芜之时，男女主人公或先或后不再重来，恨地悲天，暂时留守的不胜悲凄，如果身为诗人，他或她就会一发而为悼亡之作。中国诗歌史上较早也最为有名的悼亡作品，是魏晋时代潘岳的《悼亡诗》三首。自他之后，"悼亡"成了丈夫哀悼亡妻或妻子追怀亡夫之诗作的专有名词。潘岳之后的名作，要推唐代元稹的悼亡之诗。元稹有悼亡诗多首，追悼 20 岁出嫁 27 岁亡故的爱妻，其中以《遣悲怀》三首最为脍炙人口，承潘岳于前，启苏轼于后，成为古典诗歌史上悼亡诗的又一座里程碑。宋词中抒写死生异路的爱情悲剧的词作也不少，但以词这一体裁悼亡并写得摇撼人心的，却要首推一代才人苏轼，他的那首《江城子·乙卯正月二十日夜记梦》，令昔日的他肠断，也令今日的我们断肠：

　　十年生死两茫茫。不思量，自难忘。千里孤坟，无处话凄凉。
纵使相逢应不识，尘满面，鬓如霜！
　　夜来幽梦忽还乡。小轩窗，正梳妆。相顾无言，惟有泪千行。
料得年年肠断处，明月夜，短松冈！

　　苏轼因梦而写作此词之时，正在密州（今山东诸城）任知州，时在宋神宗熙宁八年（1075）正月。他19岁时，与16岁的王弗在故乡四川眉山结为连理。王弗颇有文学修养，美而且慧，伉俪感情甚笃，如两株合抱之树，如两线和谐之弦。例如王弗随苏轼在颍州时，正月之夜见月色清明，梅花盛开，她就说：春月胜于秋月，秋月让人惨凄，春月令人和悦，可招朋友于花下饮。苏轼高兴地赞扬"真诗家语"，并作《减字木兰花》词说"春庭月午，摇荡香醪光欲舞……不似秋光，只与离人照断肠"，由此可见他们之琴瑟和谐，心灵默契。他们本来要牵手走完人生的长途，不料10年后王弗在开封和苏轼有告而别，归葬于四川故乡。苏轼后来虽娶王弗的堂妹王润之为妻，但对于王弗却念念未能忘情。王弗的倩影与魂魄频频入梦，又是10年之后的正月二十日，在山东密州太守任上的苏轼，终于在多回旧梦一场新梦之后握笔挥毫，写下了这一首悼亡词中的千古绝唱。全词写梦前的怀想、梦中的相逢、梦后的惆怅与悲伤，其所概括的夫妻之间的死生别离，已然超出了具体的个人的范围，而提升为普遍的人生情境。你如果心非铁石或木石，感动莫名的潮水也会拍击你的心房吧？
　　在宋代男性词人的悼亡之作中，堪与此词称为双璧的，应该是贺铸的《半死桐》：

重过阊门万事非，同来何事不同归？梧桐半死清霜后，头白鸳鸯失伴飞。

原上草，露初晞。旧栖新垅两依依。空床卧听南窗雨，谁复挑灯夜补衣？

也许是因为贺铸是宋代宗室之后，他的夫人赵氏也出身皇族，贺铸怀文武之奇才而官冷如冰，位沉下僚，始终未能风云聚会而化为展翅凌云的大鹏，然而，他的夫人却任劳任怨，伴随他到年届50的半生。此词本名《鹧鸪天》，贺铸改题为《半死桐》，源于汉代枚乘的《七发》之文。枚乘说龙门之桐，其根半死半生，斫以为琴，声音为天下之至悲。男人的一半是女人，贺铸借用于此，一以喻自己已是半死之身，一以喻此词也是至悲之哀音。苏轼之词全用白描，写来一往情深，九曲回肠，贺铸则巧用典故，善用比喻，尤其动人的是结尾化抽象的椎心泣血之情，为新鲜独创的补衣之细节性意象。词人39岁在河北磁州供职时，早就写过一首《问内》，写的就是妻子在炎炎夏日为他补衣的情景，如今雨打南窗，一灯独对，睹物思人，情何以堪？全词本已浪涌波翻了，至结尾更轰然而成九级之浪！阊门为苏州西门，20世纪末之春尾夏初，我曾有苏州之行，去苏州大学忝列台港澳暨海外华文文学研讨会，和先后同窗曹惠民、朱蕊君把袂同游，寻访阊门故地。但无论我们如何寻觅叩问，却再也找不到贺铸的任何踪迹，只有他剧痛沉哀的《半死桐》，一句句，一声声，如他当年南窗的苦雨，敲奏复敲打在我们的心中。

如果要举行宋代悼亡词的评奖，而且名额只限三个，那么，站在领奖台上的除了苏轼与贺铸之外，就应该是李清照。她的《孤雁儿》虽说不能压倒苏轼与贺铸，却可以压倒其他的须眉：

藤床纸帐朝眠起，说不尽、无佳思。沉香断续玉炉寒，伴我情怀如水。笛声三弄，梅心惊破，多少春情意。

　　小风疏雨萧萧地，又催下、千行泪。吹箫人去玉楼空，肠断
与谁同倚？一枝折得，人间天上，没个人堪寄！

　　这首词，词牌本名《御街行》，变格之名为《孤雁儿》，李清照弃前
者而取后者，正是对自己悲苦境遇的一种比喻和象征。词前原有一小序："世
人作梅词，下笔便俗。予试作一篇，乃知前言不妄耳。"李清照表面咏梅，
实则借咏梅而悼亡。她18岁和太学生赵明诚结婚，两人志趣相投，除了诗
词酬唱，就是流连于金石书画之中，可谓琴瑟和谐。建炎三年（1129）八月，
吹箫人去玉楼空，南渡后不久赵明诚在金陵病逝，李清照顾影自怜孤影更自
怜，真是肠断与谁同倚。多年以后她写有一首《偶成》："十五年前花月底，
相从曾赋赏花诗。今看花月浑相似，安得情怀似往时？"15年后尚且不能
自己，何况是新寡之后？上述这首词，写于赵明诚新逝之后，感情更为炽
烈与沉痛。南北朝诗人陆凯折梅并作诗赠北方的友人范晔，诗题是《赠范
晔》："折梅逢驿使，寄与陇头人。江南无所有，聊赠一枝春。"陆凯尚
有人可寄，而李清照呢，"一枝折得，人间天上，没个人堪寄"。我不禁
联想起李后主的"流水落花春去也，天上人间"，一个缅怀家国，一个追
悼亡人，绝望如同无底的深渊而哀痛则好像无边的广宇，这就难怪时过境迁，
李清照心头的创痛却永远无法平复，连时间这位疗伤救苦的顶尖级的良医，
也都束手无策。

　　在当代的新诗中，抒恋情、欢情、离情的作品不少，抒怨情的也偶
有所见，但写悲情的悼己之作却颇为寥寥。台湾名诗人余光中的组诗《三
生石》可谓这一题材的诗中异品。《三生石》总题之下共有四首短诗，即《当
渡船解缆》《就像仲夏的夜里》《找到那棵树》《红烛》。它们作于1991年，
诗人正当63岁的盛年，却预想与妻子的永别之悲，如《当渡船解缆》："当
渡船解缆 / 风笛催客 / 只等你前来相送 / 在茫茫的渡头 / 看我渐渐地

离岸 / 水阔，天长 / 对我挥手 // 我会在对岸 / 苦苦守候 / 接你的下一班船 / 在荒荒的渡头 / 看你渐渐地靠岸 / 水尽，天回 / 对你招手。"此诗纯属想象身后或者说身后的想象，一往情深，而至于斯。《三生石》当年发表后，台湾名历史小说家高阳即赋《分别赋》四诗以和，第一首是："水阔天长挥手时，待君相送竟迟迟。一朝缘征三生石，如影随形总不离。"高阳诗前的小引中说："伉俪情深，一至于此。因师其意作七绝四首，愧未能如原作之幽窅深远也。"

恋情炽烈，欢情甜美，离情凄清，怨情伤痛，悲情哀苦。宋词的爱情五弦琴啊，弹奏的是五音繁会也五味杂陈的乐曲，你爱听的是哪一弦呢？大约是恋情与欢情之弦吧，亲爱的读者朋友？

请君试问东流水——宋词与水

缘水而居。水，是世上生命的源泉，是哺育文明的乳汁，是催放诗歌之花的甘醴。

地球表面 70% 由水构成，天下芸芸众生，有谁能离得开水呢？早在 2000 多年前，孔子就将山与水分举并论："智者乐水，仁者乐山。"他那哲人的玄思，启发了后人不止于山水审美的智慧。前人的《四喜诗》说人生四大赏心乐事，即所谓"久旱逢甘雨，他乡遇故知。洞房花烛夜，金榜挂名时"，这一偏于世俗的快乐，竟然也要请久旱之雨这种"水"来领衔。

水，更是中外诗人讴歌顶礼的对象。"关关雎鸠，在河之洲"，揭开《诗经》的封面，只见一片流贯北方的黄河的水色河光照人眉睫；"袅袅兮秋风，洞庭波兮木叶下"，翻开《楚辞·湘夫人》的篇页，你会看到南方的湖波江浪，浸湿了屈原本就涕泪交侵的诗行。先秦时代的水流，流过汉魏六朝，流过唐代初盛中晚的诗人的篇章，在宋词中也波光激滟，浪花飞扬。

一

在一般的常态之下，水性是温柔的，成语说"柔情似水""好风如水"，就是将水比为人的内在柔情和自然界的外在好风。曹雪芹在《红楼梦》中通过贾宝玉之口，说"女儿是水做的骨肉"，也是将水和儿女柔情联系在一起。水性柔和，而人世间山长水远的友情和如鱼得水的爱情，也使人在友情爱情与水之间，常常不免一线相牵，更何况舟船是古人的主要交通工具，津口与渡头，常常成了友人或情人挥手长劳劳、相望各依依的场所。同时，流水又象征着韶光飞逝永不回头，而人生易老，相见难期，因此，许多抒写友情或爱情的宋词，就更是与水结下了不解之缘。水意象，在这种题材的词作中，有十分重要的地位，如树之于山，如花之于树。今人送别友人或情人，除了少数因乘船是在江干河畔之外，大都是在火车站的月台或在飞机场的大厅，只有车声与机声的隆隆，而没有流水的潺潺与波光的潋潋，其间当然也仍有水，不过，那不是售货亭小卖部的矿泉水，就是彼此之间夺眶而出的泪水了。

唐诗人许浑喜水，他的诗中多用"水"字，人称"许浑千首湿"。宋词呢？除了水柔，友情之情与爱情之情也柔，许多宋词之所以被水打湿，还因为在宋代的词人之中，南方人占80%以上，而宋词特别是其中的婉约词，更是典型的南方文学，因为从地理环境观之，南方是所谓水乡泽国，尤其是南方中的"江南"，在水乡泽国这样的大背景前演出的友情与爱情，当然更是水灵灵而水淋淋的了。如王观的《卜算子·送鲍浩然之浙东》：

水是眼波横，山是眉峰聚。欲问行人去那边？眉眼盈盈处。

才始送春归，又送君归去。若到江南赶上春，千万和春住。

这是一首新鲜脱俗的送别词。浙东即今浙江东南部，宋代属浙江东路，简称浙东。王观以横流的眼波比水，以蹙皱的眉峰喻山，以眉眼盈盈象征位于江南的浙东山水清嘉，并寄寓自己对友人的惜别与祝福。这首词，宛如一阕活泼亮丽的轻音乐，没有离别的感伤，而只有俏皮的描绘与祈愿。但是，如果没有对水的别开生面的奇想，这首生花之词就会花叶飘零，那妙曼的琴弦也会喑哑了。

苏东坡的《虞美人》就要沉重得多，据说，此词是他在淮上和秦观饮酒话别之作：

波声拍枕长淮晓，隙月窥人小。无情汴水自东流，只载一船离恨、向西州。

竹溪花浦曾同醉，酒味多于泪。谁教风鉴在尘埃？酝造一场烦恼、送人来！

秦观是"苏门四学士"之一。苏东坡慧眼识珠，对秦观逢人说项，揄扬引荐不遗余力，秦观对苏东坡也深怀知遇之情，绝不像现在某些人之过河拆桥、忘恩忘义。元丰七年（1084）十一月，两人相会于高邮，秦观渡淮相送200余里，于淮上依依惜别。东坡别后作此词。词的上片写刚刚分袂之后的别绪离愁，下片追忆往年同游无锡、吴兴等处之乐，以相识相知却不得长相聚而徒增烦恼的反语作结，表现了他们之"友谊地久天长"。无情流水有情人，如果没有那条无情的汴水，诗人的有情啊友情，就不会反衬得如此动人情肠了。"无情汴水自东流，只载一船离恨、向西州"，这一名句成了后人朝香的经典，苏东坡的门人张耒的"亭亭画舸系春潭，只待行人酒半酣。不管烟波与风雨，载将离恨过江南"（《绝句》），就是模仿他的老师，而从李清照的"只恐双溪舴艋舟，载不动许多愁"（《武陵春》）之中，也可见苏东坡词的流风余韵。

水与爱情的关系，似乎比水与友情更为密切。水，是柔情蜜意悠悠无尽的爱情的象征，也是古代情人惜别几乎不可缺少的见证。水之悠长，好像爱情之天长地久；水之曲折，有如爱情之好事多磨；水之深广，仿佛爱情的深沉广远；水之汹涌，似若爱情的起伏波澜。隐居杭州西湖孤山20年的林逋，爱梅喜鹤，终身未娶，人称"梅妻鹤子"，但这位似乎不食人间烟火的诗人，我怀疑他也曾经在爱河中泅泳过，不然，他很难写出那首情长语短悱恻缠绵的《长相思》：

吴山青，越山青，两岸青山相送迎。谁知离别情？
君泪盈，妾泪盈，罗带同心结未成。江头潮已平。

钱塘江为古代吴越两国的分界线，江北为吴，江南为越。滔滔江水，不知见过多少有情人的离合悲欢，而今又成了这首词的抒情主人公的见证。莎士比亚说过：眼泪是人类最宝贵的液体，不可轻易让它流出。情动于中而形于泪，在潮水已平船帆欲发之时，这一对即将分离的恋人双双止不住热泪盈眶，泪水与潮水一起泛滥。自白居易以来，《长相思》词调多用于抒写男女情爱，而将情爱与水结合起来表现却又十分出色的，当数林逋这位单身贵族。

在宋词中，从人间到天上，水与爱情真是一水牵情万里长。北宋谢逸曾作蝴蝶诗300多首而颇多佳句，遂得"谢蝴蝶"的美名。他在《鹧鸪天》中就曾写道："愁满眼，水连天。香笺小字倩谁传？梅黄楚岸垂垂雨，草碧吴江淡淡烟。"他写的是地上之水与爱情。而秦观呢？他的名作《鹊桥仙》中的"纤云弄巧，飞星传恨，银汉迢迢暗度。金风玉露一相逢，便胜却人间无数"，咏唱的却是天上之水与爱情了。词咏长江，本来是由南人而且是蜀人的苏轼夺得冠军，"大江东去，浪淘尽，千古风流人物"，可以说无人能出其右了，但身为北人籍贯山东无棣县的李之仪，却要南下挥毫，以一首《卜算子》企图与苏东坡来争不是一日，而是一江之短长：

我住长江头，君住长江尾。日日思君不见君，共饮长江水。
此水几时休？此恨何时已？只愿君心似我心，定不负相思意。

此词的气象与内涵不能与苏词相比，如同武林中的一般高手不能与顶尖的超一流高手相比一样。但此词"我""君"对举，"长江"一线相牵，写来也情深意挚，回环婉曲，颇具创意。苏词如黄钟大吕，此词似洞箫横吹，同时代的苏东坡读了，只怕也要拍案击节吧？我曾听过台湾旅美名歌唱家斯义桂唱过这首词，那浑厚的男高音真是令我心如醉。

当代台湾名诗人余光中的《纸船》呢？"我在长江头／你在长江尾／折一只白色的小纸船／投给长江水／我投船时发正黑／你拾船时头已白／人恨船来晚／发恨水流快／你拾船时头已白"，他遥承和发扬的，不也正是此词的一脉心香吗？

二

人生天地之间，有大漂泊与小漂泊，而"漂泊"本来从水，小漂泊和水结下的更是不解之缘。

在茫茫的宇宙之中，人本来就如一叶浮萍。李白早就说过"天地者，万物之逆旅也；光阴者，百代之过客也"，他将天地比喻为万物主要包括人在内的临时旅舍，实际上是指生命短暂的人，在无穷无尽的时空中有如一次漂泊，此为"大漂泊"。而"小漂泊"呢？今日之人一生尚且迁流升沉不定，何况是命运更难握在自己掌中的古人？去边塞征战，赴都会赶考，宦海浮沉，移民迁徙，游贾四方，战争离乱，虽然安土重迁是中华民族的传统观念，但众生仍然不免自觉或被迫四处漂泊。加之古代的交通与通信原始落后，既无汽车的四轮或火车的千轮驰地，也无现代的超音速飞机一鸟摩天，出门在外靠的是李贺的"蹇驴"，顶多是李白的"五花马"，再不然就是张继的载满夜半钟声的"客船"。古代传说中虽然已有"顺风耳""千里眼"的想象，但电报、电传与可视电话、电子邮件这些现代科技，古人远远无缘和现代人一起"有福同享"。本来就漂泊无定，加之音问不通，后会不是有期而是难期，众生的乡愁与忧思就愈加绵长，而那种不知归宿无所凭依的悲凉与悲怆之感，也就愈加深重。宋代的词人们纷纷登台对此发而为词，时已现代，似乎仍然没有从台前退到幕后，听众席上的我们，也仍然在痴痴地侧耳倾听他们的吟唱。

漂泊的旅人，在《诗经》中就可以看到他们最早的身影，在先是大发展后是大动乱的唐代，也不知诞生过多少羁旅行役的诗章，何况是开国一度繁荣后来又偏安江南的宋代？宋代写漂泊生涯的词，大多表现了中国人那种根深蒂固的乡愁，那种偏于地理与亲情的对故乡的怀想。例如柳永，在宋词人之中，他是萍踪浪迹最多的一位，也是写乡愁最多的作者，他先世河东，后来南迁定居于崇安（今属福建），青年时期活动于汴京，复又浪游江南各地，遍历淮岸楚乡。其间他回过福建故里，在《题中峰寺》诗中有"旬日经游殊不厌，欲归回首更迟回"之句，对故乡一往情深。他有一首《八声甘州》，苏轼极为欣赏，认为其中佳句"唐人佳处，不过如此"：

> 对潇潇暮雨洒江天，一番洗清秋。渐霜风凄紧，关河冷落，残照当楼。是处红衰翠减，苒苒物华休。惟有长江水，无语东流。
>
> 不忍登高临远，望故乡渺邈，归思难收。叹年来踪迹，何事苦淹留？想佳人、妆楼颙望，误几回、天际识归舟。争知我，倚阑干处，正恁凝愁！

浪萍风梗飘转四方的柳永，对他的故乡可谓中心藏之，何日忘之。在《归朝欢》中，他说"一望乡关烟水隔，转觉归心生羽翼"，在《满江红》里，又说"遣行客、当此念回程，伤漂泊"。这位最善于表现游子情怀的词人，在《八声甘州》这首名作中抒写他的旅人望远之怀、客子思乡之念、行役羁旅之愁、登高临远之思，就是以秋日黄昏的长江为背景，从头至尾，长江的波浪拍痛了他的乡愁也拍湿了他的词行。

南宋末年的蒋捷是一位颇具才华与创造性的诗人，他写于南宋灭亡后的《虞美人·听雨》，自是千古传唱于个人于时代都是丰碑式的作品，他的《一剪梅·舟过吴江》呢？写水与漂泊，写漂泊与离愁，也是青钱万选之作：

> 一片春愁待酒浇。江上舟摇，楼上帘招。秋娘渡与泰娘桥。

风又飘飘，雨又萧萧。

何日归家洗客袍？银字笙调，心字香烧。流光容易把人抛。红了樱桃，绿了芭蕉！

蒋捷是江苏宜兴人，在太湖之西岸，而吴江则是太湖东岸的吴江县。词人在东漂西泊的旅途中，船过吴江，又逢春雨，他自然怀念地不在远的家乡和家中亲情的温馨，并发出年华逝水有家难归的人生慨叹。"红"与"绿"本是形容词，在这里被创造翻新，让它们兼职打工成为动词，照亮照花了历代读者的眼睛。其中的"绿了芭蕉"也许是从李煜的"樱桃落尽春归去"点化而来，但贵为帝王才子的李煜，也会要承认他青出于蓝而胜于蓝吧？

漂泊，大约也是诗歌的一个永恒的主题了。在当代，海峡彼岸认同大陆尊重民族文化如割不断的脐带的众生，远在他邦异域海角天涯的炎黄子孙，他们的灵魂深处，大都不免有一种沉重的漂泊之感，他们常常在海风中西风里回首他们血脉相连的故国。余光中早年曾有名诗《乡愁》与《乡愁四韵》，与江水和海水相关，最近他在《从母亲到外遇》一文中，又说"大陆是母亲，台湾是妻子，香港是情人，欧洲是外遇"，而"那无穷无尽的故国，四海漂泊的龙族叫她作大陆，壮士登高叫她作九州，英雄落难叫她作江湖"。而另一位台湾名诗人洛夫呢？他当年就曾借李白的酒杯，浇自己胸中的块垒，在《床前明月光》一诗中，他就说"不是霜呵／而乡愁竟在我们的血肉中旋成年轮／在千百次的月落处／只要一壶金门高粱／一小碟豆子／李白便把自己横在水上／让心事／从此渡去"。当代台湾优秀诗人所写的漂泊之感，许多都与"水"相连，而且大都能从唐诗宋词中找到它们的渊源与血缘，犹如一株花开千年的老树，新花虽然已不是旧花，但植物学家仍可以为新花寻根问祖。

三

　　水与漂泊，有时还只是个人的离合悲欢，诗的出发点本来是个性化的对生活独特的体验，如果这种体验能和他人相通，表现得又颇为艺术，即使是独弦琴，也同样动人。然而，有的词人写水，正如一滴水珠可以反射太阳的光芒，他们的作品却反映了一个时代，虽然仍是个人的独奏，但弓弦响处，却宏大深沉有如一阕交响乐章。

　　问君能有几多愁，恰似一江春水向东流。翻开《全宋词》，你可以听见在那个国势日衰变乱日亟的朝代与时代里，江河湖海演奏了多少时代的怨曲与悲歌。已没有"黄河之水天上来，奔流到海不复回"的豪情，也没有"山随平野尽，江入大荒流"的胜概，那都是前朝的景象与昔日的光荣了。在宋代尤其是南宋的许多词章里，呜咽的是至今仍然盈耳但我们却不忍卒听的水声。

　　如同河之两岸，由北宋而南宋，词风由绮思柔情珠帘绣幌而感怀家国悲歌慷慨，南渡之初的陈与义、朱敦儒架设的，即是过渡的桥梁。靖康元年（1126）十一月，金兵渡黄河而攻洛阳，原是洛阳人的朱敦儒仓皇南下，加入哀鸿遍野的难民队伍，与凄惶的风声与凄厉的鹤唳一起，入两湖历江西而至两广，沿途写了好几首北宋前所未有的"难民词"。如果中国有"难民文学"，朱敦儒的作品就可占有其中重要的篇页。如《采桑子·彭浪矶》：

　　　　扁舟去作江南客，旅雁孤云。万里烟尘，回首中原泪满巾。
　　　　碧山对晚汀洲冷，枫叶芦根。日落波平，愁损辞乡去国人。

　　"彭浪矶"，在今日江西彭泽县的长江边，江中有大小孤山与之相对相呼。这首词，是朱敦儒南奔途中经过此地即景抒怀之作。时代本来就是一个愁云惨雾的时代，何况节令又正当北雁南飞枫叶荻花秋瑟瑟的秋天？

此时的长江，在去国怀乡辗转避难的词人眼里心中，当然已经全然不是苏轼词中的豪壮景象，更引不起"小乔初嫁了，雄姿英发"的绮思与豪情，而是阴风怒号，浊浪排空，一水牵愁万里长了。

原籍洛阳的朱敦儒如此，他的同乡同是洛阳人的陈与义呢？靖康之难，金兵南侵，陈与义自河南陈留仓皇南奔。建炎三年（1129）腊月，他在今日湖南衡山县，和流寓于此的同乡友人席大光不期而遇，北调南腔，言及家国巨变时都不胜唏嘘。次年元旦后几天，陈与义离衡山经衡阳去邵阳，在离筵上作《别大光》诗，并作《虞美人·大光祖席醉中赋长短句》：

> 张帆欲去仍搔首，更醉君家酒。吟诗日日待春风，及至桃花开后却匆匆。
>
> 歌声频为行人咽，记著樽前雪。明朝酒醒大江流，满载一船离恨向衡州！

陈与义携家南奔，辗转道途，和友人小聚之后又匆匆言别，而此去邵阳，先要经过120里外的衡州，即今日之湖南衡阳。全词忆昔思来，首呼尾应，而无知的千里湘江之水，此时担负的却是"满载一船离恨向衡州"的重任。这虽然是化用苏轼在扬州别秦观时所作《虞美人》中的名句，但却并不是前人的重复，而包容了前者所不具有的时代内涵。他的这种"离愁"，不仅是友朋之间别离的"小苦"，同时更有国破家亡的"大忧"。我也曾在衡山做客，小作勾留，当然不免忆起陈与义匆匆来去的前踪往事，不知我的上述想法是否合于他的初心？本想和他杯酒言欢，把袂谈词，可惜已再也找不到他的影踪了。

登山临水而放眼时代，宋词中的代表人物当是辛弃疾。人称有"词人之词"与"志士之词"，辛弃疾不仅是笔花飞舞的词人，更是心忧国家与民族的志士。他登高望远，临水伤怀，他写水的词章，水光如镜，映照的是时代的苦难；水流如歌，吟唱的是志士的心声。如"江头风怒，朝来波浪翻屋"（《念奴娇·登建康赏心亭呈史留守致道》），寓指时局的艰危；如"旧恨春江流不断，新恨云山千叠"（《念奴娇·书东流村壁》），抒发身世与家国之恨；如"江头未是风波恶，别有人间行路难"（《鹧鸪天·送人》），写有志者处处掣肘甚至横遭陷害，真是古今同慨；"何处望神州？满眼风光北固楼。千古兴亡多少事？悠悠，不尽长江滚滚流"（《南乡子·登京口北固亭有怀》），指斥当政者的庸懦苟安，抒写对英雄功业的向往，悠悠不尽滚滚而流的是江潮，不也是他自己的心潮？他的《菩萨蛮·书江西造口壁》更是如此：

郁孤台下清江水，中间多少行人泪？西北望长安，可怜无数山。
青山遮不住，毕竟东流去。江晚正愁予，山深闻鹧鸪！

郁孤台在赣州城西北角，章、贡二水至台下汇为赣江，即词中之"清江"，经造口、万安及今之吉安与南昌，北注鄱阳湖入长江。造口又名皂口，在万安县西南 60 里。建炎三年（1129），金兵分两路大举南侵，东路渡江攻陷建康和临安，高宗被迫浮舟海逅；西路则自今日湖北之黄冈渡江，直入江西穷追隆祐太后。近半个世纪之后，辛弃疾提点江西刑狱而驻节赣州，旧地新来，追昔抚今，他眼前的赣江，恍惚之中竟满是四海南奔的天下伤心人的泪水，重重青山虽挡不住江河行地，但令人怆然神伤的是国事越来越不堪收拾。《菩萨蛮》原为抒写儿女柔情的小令，辛弃疾以他的射雕之手写来，却包举今昔之感家国之悲，慷慨苍凉，直追李太白的同调之作。写一条小江水却可以反映大时代，辛弃疾提供的是不朽的诗证，建造的是永远也不会坍塌的纪念碑。

南宋之时，有人不断提供这类诗证。南宋灭亡之后，福州人陈德武的《水龙吟·西湖怀古》，似乎是为那一多灾多难的时代所做的诗的总结：

东南第一名州，西湖自古多佳丽。临堤台榭，画船楼阁，游人歌吹。十里荷花，三秋桂子，四山晴翠。使百年南渡，一时豪杰，都忘却、平生志。

可惜天旋时异。藉何人、雪当年耻？登临形胜，感伤今古，发挥英气。力士推山，天吴移水，作农桑地。借钱塘潮汐，为君洗尽，岳将军泪！

临安是东南第一名州，也是南宋的京城，而西湖是名州的钻石，京城的花冠，而今钻石易主，花冠凋零，原因不在于外敌的强大，而在于内里的腐败。陈德武此词，是他用笔饱蘸西湖之水，为一个不能不亡的昏庸腐朽之王朝所谱写的招魂曲，也是为一个一去不可再回的时代所写的闭幕词。

四

凡人从水中见到的是生活的实用，哲人从水中悟出的是生命与人生的哲理。

"子在川上曰，逝者如斯夫，不舍昼夜"，孔子临流感叹的，是人生有限而宇宙无穷；"民归之，由水之就下，沛然谁能御之"，孟子指出的，是民心如流水而无法抵挡；"君者，舟也；庶人者，水也。水则载舟，水则覆舟"，荀子对政权与人民的关系之喻，给中华文化留下了发人警醒的"载舟覆舟"的成语；荀子的学生韩非则反师道而行之，鼓吹"为人君者，犹盂也，民犹水也，盂方水方，盂圆水圆"，芸芸百姓似乎只能做俯首听命的羔羊。老子呢？他既说"天下莫柔弱于水"，又看到水的"莫之能御"的力量。庄子呢？他曾说"且夫水之积也不厚，则其负大舟也无力"，他体悟的是基础坚实深厚的重要性。孙子呢？这位大军事家三句不离本行，他从水的流动形态中悟出的是克敌制胜之道："故兵无常势，水无常形；能因敌变化而取胜者，谓之神。"

先秦时期是中国思想史的黄金时代，以上诸位哲人对水的思索与感悟，如同遥远的烛光，摇曳在 2000 多年前的时间的风中，永远也不会熄灭。诗歌中的景象又当如何？《诗经》中写山的诗句不少，写水的诗句则更多，而在《唐诗三百首》中，写河 81 处、海 36 处、浪 21 处、泉 18 处、湖与池 17 处，其他涉及水的 79 处，可见作为自然美的主要范畴的水，在人类生活与诗歌创作中的重要地位。咏水而兼及哲理的名篇，唐代王之涣的《登鹳雀楼》，宋代朱熹的《观书有感》，一大一小，一豪壮一深婉，一咏千里黄河，一写半亩方塘，可称各有会心，其中蕴含的人生哲理，至今仍如不涸的甘泉，灌溉着读者的心田。

宋词中写水的篇什如星辰丽天，我以上所摘引的，只是其中的几颗，而宋词中那些写水而及于人生哲理的篇章呢？我且再采撷几朵星光，如赵师侠的《江南好》：

> 天共水，水远与天连。天净水平寒月漾，水光月色两相兼。
> 月映水中天。
>
> 人与景，人景古难全。景若佳时心自快，心还乐处景应妍。
> 休与俗人言。

词人写的是江南月夜的水乡景色，有如一阕水乡小夜曲，而其中的"景若佳时心自快，心还乐处景应妍"，抒写的是审美主体与审美客体的对应关系，道出了旅游美学或自然鉴赏美学的真谛，富于哲理。同是宋人的范仲淹，其《岳阳楼记》中写的"淫雨霏霏"与"春和景明"两种景色，以及由此而激发的两种不同的内心感受，不就正是如此吗？

赵师侠是方内之人写"人与景"的关系，方外之人又当如何？且听住持湖州甘露寺名为圆禅师的诗僧所写的《渔家傲》：

本是潇湘一钓客，自东自西自南北。只把孤舟为屋宅，天宽窄。
幕天席地人难测。

顷闻四海停戈革，金门懒去投书册。时向滩头歌月白，真高格。
浮名浮利谁拘得？

以舟为家，以水为伴，鄙弃和疏远的是红尘俗世的蝇头小利、蜗角微名，这是一种生存方式与人生态度，也是看破红尘后一种高远的精神境界。世上的芸芸众生包括我自己，有多少人能从形形色色的名缰利锁中突围而出呢？读这位诗僧的悟道之词，我真想前去焚香顶礼，请他开启我这个凡夫俗子的愚蒙，在我六根未净的心上惠施去火清心的甘露。

与圆禅师心念相通的，在宋代至少有大诗人苏轼。元丰五年（1082）的一个秋夜，被贬于黄州的苏轼与几位客人泛舟长江，对月痛饮，归而作《临江仙·夜归临皋》：

夜饮东坡醒复醉，归来仿佛三更。家童鼻息已雷鸣。敲门都
不应，倚杖听江声。

长恨此身非我有，何时忘却营营？夜阑风静縠纹平。小舟从
此逝，江海寄余生！

诗人由长江的浩浩荡荡而无穷，不由联想到人生的匆匆忙忙而有尽。长江无拘无碍，奔流万里；人生多灾多难，举步维艰。佛家有言，万念皆从心起，"长恨此身非我有，何时忘却营营"，这是苏轼从仕途风波和眼前大江得到的人生感悟。奔波竞逐在纷纷扰扰的名利场是非地的众生，要获得这种哲理感悟已非易事，要真正做到更是谈何容易！

穷则独善其身，达则兼济天下。儒家的这一立身处世的原则毕竟是苏

轼的人生信念，何况他本是一位有拯世济民抱负的磊落志士，苦难和贬逐并没有冷却他心头的热血，他所向往的毕竟是积极有为的人生。元丰五年（1082）三月，他在贬居黄州期间游蕲水清泉寺时，见寺前兰溪西流，坎坷困顿的他胸中豪情陡生，闪过灵感与哲思的电光石火。为那电光石火定格存照的，就是《浣溪沙·游蕲水清泉寺》：

> 山下兰芽短浸溪，松间沙路净无泥，萧萧暮雨子规啼。
> 谁道人生无再少？门前流水尚能西，休将白发唱黄鸡！

人生有限，宇宙无穷。花有重开日，人无再少年。自然的铁面无情的法则不可抗拒，所以诗歌史上多的是叹老嗟卑感时伤逝之曲。即以写水的词而言，晏殊《清平乐》说"人面不知何处，绿波依旧东流"，廖世美《烛影摇红·题安陆浮云楼》说"催促年光，旧来流水知何处"，张抡《阮郎归》说"寒来暑往几时休？光阴逐水流。浮云身世两悠悠，何劳身外求"，毛滂《相见欢·秋思》说"中庭树，空阶雨，思悠悠。寂寞一生心事、五更头"，人生的悲剧意识本无可厚非，但诸如此类大同小异的音调，已经疲劳了我们的耳朵，因此，苏轼引吭一曲，就使我们耳目为之一新！人有生理年龄也有心理年龄，有生理的青春也有心理的青春，年轻的王勃不也说过"老当益壮，宁移白首之心"吗？何况是旷达而生命力创造力蓬勃的苏轼？兰溪呵兰溪，不知今天是不是依然健在？是不是依旧西流？溪名美丽，水泽深长，是它启发了年已45岁的苏轼，唱出了一首哲思长存词也长留的青春之歌。

水，是自然界中一种最普遍而且是普惠众生的物质；山，也是自然界中一种最常见而且是造福众生的景观。好水好山，常常携手为邻，相依为伴，"望北山而流涕兮，临流水而太息"，屈原早就作过山水的合唱了，而中国诗歌从曹操《步出夏门行》的第一章《观沧海》开始，也早就繁衍了一支名为"山水诗"的高贵清华的家族。

宋词中有不少山水合写的篇章，但更有一些作品分别绘山咏水。打开《全宋词》，已经是水光耀眼"水"不胜收了，青山虽然妩媚，但百忙中的我却一心未能二用，只顾赏水而未暇看山，只好暂时割爱，啊，割"山"。请宋词中那众多妩媚的青山多多包涵，不要怪我。

源头活水——宋词从唐诗的借用

黄河西来，大江东去。小溪流掀不起巨浪，大海洋才涌动洪波。

卷起千堆雪的后浪，是因为有惊涛拍岸的前浪。中国诗歌的长河，在辉光耀彩的唐代河床上洪波涌起之后，在宋代的河道上依然溅玉飞珠，浪花千叠。人称唐诗宋词是中国诗歌的双璧，是中国诗歌的两座高峰，我说它如浩浩荡荡的长江，拥有的是两段最壮阔最多彩的风光。

江水奔腾不息，是因为有永不枯竭的源头与上游。抽刀断水水更流，江流是不可割断的，宋代词人承接了唐代的宽广水系，又击楫于时代的壮阔中流，才造就了宋词江声浩荡浪花如雪的景象。

一

我曾经写过一篇《寄李白》，收录在拙著《唐诗之旅》之中。文中说："我私心早就以为，我的祖先并非 2000 年前骑青牛出函谷关的老子李聃，更不是以武力征服天下的李世民，而是至今仍活在诗章里和传说中的你。"理由何在呢？我说除了我们同姓之外，"我少年时就一厢情愿地孵着诗人之梦，青年时对诗论与诗评情有独钟，冥冥之中，我总以为我的血管中流着你的血液，分在我名下的酒，也早就被你透支光了，不然，我怎么会如此虔诚地远酒神而亲诗神？"虽然查无实据，但我振振有词，而且窃窃自喜，以为如此寻宗认祖是自己的首创。不料近来细读宋词，竟然发现 800 年前就已经有人有言在先而捷足先登了，真是令我不胜遗憾！

此人就是李纲，北宋与南宋之交的名相与名将。他留存至今的 50 多首词中，有一首《水调歌头·李太白画像》：

太白乃吾祖，逸气薄青云。开元有道，聊复乘兴一来宾。天子呼来方醉，洒面清泉微醒，余吐拭龙巾。词翰不加点，歌阕满宫春。

笔风雨，心锦绣，极清新。大儿中令，神契兼有坐忘人。不识将军高贵，醉里指污吾足，乃敢尚衣嗔。千载已仙去，图像耸风神。

他在词的开篇第一句就不由分说，将李白据为己有，做了他的祖先，"太白乃吾祖，逸气薄青云"，他对李白真是顶礼有加。李纲不仅追溯了李白笑傲王侯的风流往事，而且从诗笔惊风雨的力量，从诗心似锦绣般的美妙，从诗格的极为清新的创造，讴歌了李白的作品，也赞颂了有唐一代的诗歌。宋代的许多词人礼赞唐诗，也礼赞李白，但像李纲这样对李白做总体的自有会心的评价，并郑重声明自己是李白的子孙，似乎还没有第二人。

如果要民意选举唐代最杰出的也就是顶尖级的诗人，而且限额两名，当选的就非李白与杜甫莫属，白居易、韩愈等人，用现代的术语界定，恐怕至少还差一个"档次"，或者说几个"百分点"。可以说，李纲对李白的赞美，也是对一代之文学唐诗的赞美，因为李白可谓唐诗的"法人代表"，何况李纲在他的词中，还说过"谪仙词赋少陵诗，万语千言总记"（《西江月》），咏"木犀"的《丑奴儿》词，有"步摇金翠人如玉，吹动珑璁。吹动珑璁，恰似瑶台月下逢"之语，咏"荔枝"的《减字木兰花》词，有"仙姝丽绝，被服红绡肤玉雪。火齐堆盘，常得杨妃带笑看"之辞，咏"瀑布"的《江城子》，有"琉璃滑处玉花飞。溅珠玑，喷霏微。谁遣银河，一派九天垂"之歌，其中或全句，或大半句，都是从他的祖先李白那里借支而来，反正是他们祖孙之间的诗书文事，不用担心发生什么抄袭官司或版权纠纷。

其实，李纲说"太白乃吾祖"，如此斩钉截铁不容置疑，倒真是令人怀疑。李纲是福建绍武（今福建邵武）人，祖籍虽不明，但籍贯是四川彰明县青莲乡的李白，远在福建怎么会有一支后裔？也许是他本人一生虽东漂西泊，却由他的儿子伯禽传之后世，也未可知。不过，这些都已无法考证也不必过于认真了。李纲一生坚持抗金，屡遭迫害，他曾从庙堂之上贬逐到"潭州"，也就是我的故乡长沙，也曾流放到当时的恶贬之地炎荒至极的海南岛。壮志不伸，赍志以殁，逝于福州时年仅 58 岁。傲岸不谐极具个性的李白，有这样得其真传的后人，虽然来历欠明，也可以引以为慰了。

二

岳阳，山水清嘉之地，人文荟萃之城，那是我已逝的青年时代的最后一个驿站，在那里我度过了酸甜苦辣的青春的尾声。

且不论古往今来有无数诗人慕名前来歌咏，留下了许多至今令人神思飞越而口颊留香的篇章，仅仅拥有杜甫一诗范仲淹一文，岳阳，就是精神上的超级富豪了，足可以傲视那些虽颇为现代但却缺少文化底蕴的城市，那些城市虽然声光电化车水马龙，向世人宣告日新月异的现代文明已经进驻，但在我心中却远不及岳阳。岳阳啊岳阳，山水的圣地，古老而长新的名城，精神上富甲王侯的贵族。

杜甫的《登岳阳楼》，苦难时代的辛酸之泪，至今仍浸泡着他不朽的诗行；范仲淹的《岳阳楼记》，先忧后乐的名言警语，至今仍叩问着我们民族的良知与记忆。我已经无数回朝拜过杜老之诗与范相之文了，今天，我要特别向滕子京表示我的敬意。

这当然不是因为滕子京也是洛阳人，洛阳是我的生身之地，我们应该算半个同乡，而是由于他在封建时代，是一位有政绩有清誉的正直敢言的好官良吏，这自然格外引人追思。他"屡触权要，卒就贬窜"，于 57 岁就英年早逝。同时代的苏舜钦不仅写了文情并茂的《祭滕子京文》，而且在《滕子京哀辞》中赞美他"忠义平生事，声名夷翟闻。言皆出诸老，勇复冠全军"。这些，也许离我们太遥远了，但永远也不会遥远的却是《岳阳楼记》，这篇永远不会尘封不会生锈的名文，就是由他向大中祥符八年（1015）同中进士后来成为好友的范仲淹"约稿"而成。他在《与范经略求记书》中说："窃以天下郡国，非有山水环异者不为胜，山水非有楼观登览者不为显，楼观非有文字称记者不为久，文字非出于雄才巨卿者不为著。"妙哉斯言！如果不是因为他与范仲淹交谊不浅而又殷殷致意，就不可能有《岳阳楼记》的诞生，那中国文学史乃至于中国文化史的重大损失，就不是任何保险公司所能赔偿的了。

除了官声清正和催请名文之功，滕子京可特书一笔的，也还有他留传至今绝无仅有的一首词，那是他写于岳阳的《临江仙》：

> 湖水连天天连水，秋来分外澄清。君山自是小蓬瀛。气蒸云梦泽，波撼岳阳城。
> 帝子有灵能鼓瑟，凄然依旧伤情。微闻兰芷动芳馨。曲终人不见，江上数峰青。

滕子京谪守巴陵郡前后三年，他的"立功"，范仲淹在《岳阳楼记》中的"政通人和，百废具兴"八个字为他做过年终述职鉴定。而他的"立言"呢？主要就是上述之词，可见他对岳阳之情有独钟。他状洞庭澄清浩阔之秋水，述娥皇女英凄婉悱恻的故事，笔墨精简而有景有情，而"气蒸云梦泽，波撼岳阳城"，是直接引用孟浩然的《临洞庭赠张丞相》诗中的名句；而"曲终人不见，江上数峰青"，则是钱起《省试湘灵鼓瑟》中的美辞。我们不能责备滕子京引用唐人妙语时，连借条也不开其一张，也不另行郑重声明并注明出处，因为借用而不必交代是诗中成法，而且我们应该心怀感念，正是因为他的这首词，让我们读到了更多的宋代词人心仪师法唐代诗人的消息。

我心怀感念，但也不无感慨。历来有所谓"诗谶"或"一语成谶"之说。滕子京作《临江仙》之后不久，从岳阳转徙苏州，次年也就是庆历七年（1047）

即郁郁成疾而辞世，那就真是所谓"曲终人不见，江上数峰青"了。

三

宋词留存至今的作品 2 万余首，传名于世的作者 1400 余人，如果要评定他们的创作级别，其中的一些人可以授予"优秀""杰出"的光荣称号而当之无愧，少数几位甚至可以得到"大师"那一顶黄金铸就的冠冕，这是时间，而且是 800 年时间这一权威评委的裁判，而非当下各类评奖或评职称的时雨时风。"优秀""杰出"甚至于"大师"级的词人，他们立足现实，面向当代，最大限度地发挥了自己的个性与才情，但又无一不是回眸历史，从前代的文学特别是唐诗的汪洋中，吸收了不竭的源泉与灵感。

"汪洋"只是一个比喻，其实唐诗也是一座宝山。宋代词人入山探宝，那无尽的宝藏惊喜了他们的眼睛，他们或顺手拈来为我所用，或别有会心熔铸创造，对于唐诗中的警言妙句，有的正用，有的反用，有的整用，有的选用，有的则师其意而不师其迹地化用。前人的智慧化为自己的慧悟，出得山来，他们不是两手空空，而是满载而归，成了自己时代的词坛富豪。

北宋前期的一代文宗欧阳修，早就做过示范演出了。他的《朝中措·送刘仲原甫出守维扬》，一开篇就是"平山阑槛倚晴空，山色有无中"，引用王维《汉江临眺》的"江流天地外，山色有无中"，恰到好处。"长记平山堂上，欹枕江南烟雨，杳杳没孤鸿。认得醉翁语，山色有无中"，他的学生苏东坡也因此赋《水调歌头·快哉亭作》以道其事，表达对赏识与提携过他的师长的敬意。晏殊也是如此，他的《浣溪沙》之"一曲新词酒一杯，去年天气旧亭台"，就是化用白居易《长安道》的"花枝缺处青楼开，艳歌一曲酒一杯"。有其父必有其子，晏几道的名篇《临江仙》中的"落花人独立，微雨燕双飞"，也是借用了五代翁宏的《春残》（又题《宫词》）诗："又是春残也，如何出翠帷。落花人独立，微雨燕双飞。"而周邦彦又名《片玉集》的《清真词》，开卷第一篇就是《瑞龙吟》，其下阕的"前度刘郎重到，访邻寻里，同时歌舞。唯有旧家秋娘，声价如故。吟笺赋笔，犹记燕台句。知谁伴、名园露饮，东城闲步。事与孤鸿去"，就连续化用了刘禹锡《再游玄都观》、李商隐《燕台》与《柳枝》，并借用了杜牧《题安州浮云寺楼寄湖州张郎中》诗中的"恨如春草多，事与孤鸿去"。由此可见，周邦彦的"清真风骨"，不仅远绍唐人，而他的运意遣词，也是虽隔代却得到了唐诗人的言传"诗"教。

北宋词人贺铸，其《青玉案》一词，被美称为"词情词律，高压千秋"，而因此词中有"一川烟草，满城风絮，梅子黄时雨"的结句，贺铸竟得到了"贺梅子"的美名。然而，我还要特别向他致贺的是，他善于镕铸唐人诗句入词，不论是律诗绝句，还是乐府歌行，他都得心应手地将前人的珍宝化为己有。相传与他相恋的一位女子，别后寄之以诗："独倚危栏泪满襟，小园春色懒追寻。深恩纵似丁香结，难展芭蕉一片心。"贺铸有感而作《石州引》，结句即是"芭蕉不展丁香结，枉望断天涯，两厌厌风月"，既化用了恋人之诗，又巧借了李商隐《代赠》中的名句"芭蕉不展丁香结，同向春风各自愁"。他的《踏莎行·惜余春》之题中的"惜余春"，就是出于李白的《惜余春赋》："惜余春之将阑，每为恨兮不浅。"他的《捣练子》一词为："砧面莹，杵声齐。捣就征衣泪墨题。寄到玉关应万里，戍人犹在玉关西。"这一回，就令人怀疑贺铸是偷其意而不偷其辞了，因为李白的《子夜吴歌》其三就是："长安一片月，万户捣衣声。秋风吹不尽，总是玉关情。何日平胡虏，良人罢远征。"贺铸即使瞒天过海，也不免露出马迹蛛丝，又如他的《踏莎行》：

　　杨柳回塘，鸳鸯别浦。绿萍涨断莲舟路。断无蜂蝶慕幽香，红衣脱尽芳心苦。

　　返照迎潮，行云带雨。依依似与骚人语。当年不肯嫁春风，无端却被秋风误。

贺铸是忧时伤国的侠士、位沉下僚的才人，同时也是一位一往情深的多情种子，他此词将荷花、美人和自己一词而咏，既是咏荷花，也是赞美人，同时也是他自己这一创作主体的寄托。结句的"当年不肯嫁春风，无端却被秋风误"，可称双管齐下，一管伸向李贺《南园》的"嫁与春风不用媒"，一管伸向韩偓《寄恨》的"莲花不肯嫁春风"。妙语其来有自，却仿佛信手天成，贺铸除了是"侠士""才人""多情种子"之外，我还要用一个大俗之词，借以表示对他的赞美之雅意，我说他也是唐诗的"神偷手"，不知他肯不肯接受？

四

天上绚丽的长虹，是由七种色彩构成；地上绚美的彩缎，是由多种丝线织就。而中国诗歌的一种特异形式的集句诗呢？就有如天上的彩虹、地上的锦缎。

集句诗，就是选取前代一人或数人之诗，按照选取者的构思意图组合在一起，成为一首新作之诗。这种作品，现存最早的是西晋傅咸的《七经诗》，而北宋时于此道驰骋才学的是"拗相公"王安石，他在退休后闲居金陵的晚年，喜为集句之诗，有《集句诗》一卷。如《怀元度四首》其二："舍南舍北皆春水，恰似蒲萄初酦醅。不见秘书心若失，百年多病独登台。"他没有说明集资的对象，但稍有腹笥的读书人，都明白这是李白杜甫等诗人合资而由他独家经营的作品，王安石只是白手起家而已。又如他的《南乡子》词写金陵："自古帝王州，郁郁葱葱佳气浮。四百年来成一梦，堪愁。晋代衣冠成古丘。　绕水恣行游，上尽层城更上楼。往事悠悠君莫问，回头。槛外长江空自流。"词中也集了王勃、李白等诗人之句。风气所及，"集句诗"，犹如一个新辟的诗的竞技场，许多人都前来一试身手，在今人所辑的《全宋词》中，仅以《集句》为题的就尚存 20 首以上。

苏东坡是一位才华横溢的大家。文学创作的每一个领域，他都要前去一探奥秘，测试自己的才能和智慧。他曾创作了多首回文诗词。集句词呢？他曾经说过："世间好句世人共，明月自满千家墀。"这是他《次韵孔毅父集古人句见赠五首》其一，他认为好句是众生的公共财产，如同无私明月照临千家万户的台阶。因此，他也曾集诗为词，如在三首《南乡子》之下，他都注为"集句"。这三首新词，都是他从旧诗集句而成，如同用多种现成的鸟羽组成的全新的"百鸟衣"：

寒玉细凝肤（吴融）。清歌一曲倒金壶（郑谷）。冶条倡叶遍相识（李商隐）。争如。豆蔻花梢二月初（杜牧）。

年少即须臾（白居易）。芳时偷得醉工夫（郑遨）。罗帐细垂银烛背（韩偓）。欢娱。豁得平生俊气无（杜牧）。

怅望送春归（杜牧）。渐老逢春能几回（杜甫）。花满楚城愁远别（许浑）。伤怀。何况青丝急管催（刘禹锡）。

吟断望乡台（李商隐）。万里归心独上来（许浑）。景物登临闲始见（杜牧）。徘徊。一寸相思一寸灰（李商隐）。

何处倚阑干（杜牧）。弦管高楼月正圆（杜牧）。胡蝶梦中家万里（崔涂）。依然。老去愁来强自宽（杜甫）。

明镜借红颜（李商隐）。须著人间比梦间（韩愈）。蜡烛半笼金翡翠（李商隐）。更阑。绣被焚香独自眠（李商隐）。

苏东坡不但有一颗慧心，而且有一双巧手。他有慧心，可以和前人做隔代的对话交流；他有巧手，则使他从前人的百宝囊中探囊取物，随心所欲而得心应手。

数十年来，某些作家不仅文学的素养不足，即令是广义的文化修养，也相当欠缺。学者不一定能成为作家，但作家最好是学者或者向学者靠拢。古代的作家大都学养深厚，非现代的某些作家可比。宋人尤其重学，许多文人均以学者自居并自豪，在创作中他们自然追求一种以故为新、化腐朽为神奇的审美趣味。削铁如泥，是武士们一试他们百炼成钢的刀锋；集句为词，则是文士们一试他们书囊的深浅和文思的高下了。如贺铸，他就曾不无自豪地说："吾笔端驱使李商隐温庭筠，常奔命不暇。"李商隐、温庭筠这些优秀诗人，不仅为之奔走，而且为之奔命，可见贺铸对前人的作品是怎样指挥如意的了。如他的《南歌子》：

　　　疏雨池塘见，微风襟袖知。阴阴夏木啭黄鹂。何处飞来白鹭
立移时。
　　　易醉扶头酒，难逢敌手棋。日长偏与睡相宜。睡起芭蕉叶上
自题诗。

贺铸此词虽没有标明"集句"，但他引入旧句多而自铸新词少，虽然引用中常又略加改动，也仍可视为一种可以从宽发落的集句词。如"疏雨池塘见，微风襟袖知"，就出自杜牧《秋思》的"微雨池塘见，好风襟袖知"；"阴阴夏木啭黄鹂。何处飞来白鹭立移时"，出自王维《积雨辋川庄作》中的"漠漠水田飞白鹭，阴阴夏木啭黄鹂"；"易醉扶头酒，难逢敌手棋"，出自姚合《答友人招游》的"赌棋招敌手，沽酒自扶头"；"日长偏与睡相宜"，是对欧阳修《蕲簟》中"自然惟与睡相宜"的就近取材；"睡起芭蕉叶上自题诗"，则是对唐诗人方干《送郑台处士归绛岩》中的"曾书蕉叶寄新题"远道取经了。

世间没有无源之水、无本之木，集句词虽非词的大道而乃别体，但宋人的集句词多集唐人之句，从中我们也可窥见宋词与唐诗关系的小道消息。

五

宋代词人不仅集腋成裘，写作集句之词，向唐人交上他们一份特殊的答卷，他们也善于缩龙成寸，创作隐括之词，向唐人表示对前贤的倾慕并展示后来者的才情。

"隐括"这一词体，也是苏东坡的创举，用现在电视荧屏上常见的广告术语，就是"全国首创"。他真是后生可畏，敢于冒犯前贤，竟然把陶渊明的名文《归去来辞》改成《哨遍》，把韩愈的名诗《听颖师弹琴》改成《水调歌头》，并美其名曰"隐括"。所谓"隐括"，就是不脱离原作的内容和词句，将原作的文体改写成另一种文体，因为这一体式是苏东坡改诗为词的发明，所以"隐括"之作都是改诗或文章为词。

苏东坡是文坛祭酒，因而他的一举一动都为人注目，此之谓"名人效应"吧。自从他创作隐括之词后，虽说无意示范，但学者有心效颦，以后秦观、周邦彦、黄山谷、赵令畤、辛弃疾、朱熹等人，均纷至沓来，以词竞技。其中的林正大可说是隐括词的专业户，数量多，可称批量生产，质量高，有不少可圈可点。其所著《风雅遗音》共39首，全部为隐括魏晋至唐宋名家诗文而成之词，其间李白、杜甫等唐人名家名作不少，总之，林正大应是宋代隐括词的冠军，可以授予"特殊贡献奖"，或享受"政府特殊津贴"。

且看他括李白《襄阳歌》为《水调歌头》，括杜甫的《醉时歌》为《满江红》：

> 落日岘山下，倒着接䍠回。傍人笑问山翁，日日醉归来。三万六千长日，一日杯倾三百，罍麹筑糟台。汉水鸭头绿，变酒入金罍。
>
> 白铜鞮，鸬鹚杓，鹦鹉杯。轻车快马，凤笙龙管更相催。自有清风明月，刚道不须钱买，对此玉山颓。水自东流去，猿自夜声哀。

衮衮诸公,嗟独冷、先生宦薄。夸甲第、纷纷粱肉,谩甘寥蒸。道出羲皇知有用,才过屈宋人谁若。剩得钱、沽酒两忘形,更酬酢。

清夜永,开春酌。听细雨,檐花落。但高歌不管,饿填沟壑。司马逸才亲涤器,子云识字终投阁。且生前、相遇共相欢,衔杯乐。

李白与杜甫是唐代诗国天空的北斗,自然令后人抬头瞻望,沐浴他们永恒的光芒。但他们生时均是怀才不遇,遭逢困顿,李白《襄阳歌》是自我的浪漫的抒情,杜甫《醉时歌》是现实的客观的抒情,然而异曲同工,表达了即使是在盛唐时代,两位顶尖级的人物都是有才难用,有凌云的羽翼却没有展翅的广阔天空,真是令人古今同慨。林正大一生也是坎坷不遇,李白杜甫的有关作品,该引起了他心灵的强烈共鸣吧?不然,他对杜甫的《醉时歌》,不会一而再再而三,除了上引的《满江红》之外,还以《括酹江月》和《水调歌头》来隐括了。他的作品当然不能代替原作,如同仿制品不能代替原物真品,但填词有严格的声律,这就已经如戴着脚镣跳舞了,何况他的隐括之作情貌都酷似原来的文本,由于他对唐贤馨香顶礼之虔诚,加之有自己的心灵共振,他演出的竟是动人心目的另类舞蹈。

贺铸是我颇为喜爱的词人,他的豪情、柔情与悲情的三重奏,数百年后仍然动我情肠,沥我肝胆;而他对前人之作既含英咀华,又革新创造,也令我眼为之明,心为之热,思绪为之飞扬。例如他的题为《行路难》的《小梅花》词:

缚虎手,悬河口,车如鸡栖马如狗。白纶巾,扑黄尘,不知我辈,可是蓬蒿人?衰兰送客咸阳道,天若有情天亦老。作雷颠,不论钱,谁问旗亭,美酒斗十千?

酌大斗,更为寿,青鬓常青古无有。笑嫣然,舞翩然,当垆秦女,十五语如弦。遗音能记秋风曲,事去千年犹恨促。揽流光,系扶桑,争奈愁来，一日却为长！

《行路难》本是乐府旧题，我们早已远听六朝鲍照近听唐代李白悲歌慷慨过了，贺铸以此为词之题目，抒写的正是如火山爆发而四射、如瀑布奔流而直下的志士失路之悲愁愤懑。全词可以说是一种特殊形式的隐括，它隐括的不是一首诗而是多首诗，隐括词句更隐括诗意。仅以唐诗而论，李白《南陵别儿童入京》的"仰天大笑出门去，我辈岂是蓬蒿人"，李贺《金铜仙人辞汉歌》的"衰兰送客咸阳道，天若有情天亦老"，李白《行路难》的"金樽美酒斗十千，玉盘珍羞直万钱"，李益《同崔邠登鹳雀楼》的"事去千年犹恨速，愁来一日即为长"，贺铸都能够"巧取豪夺"，为我所用一炉而炼。本来是唐人的诗中利器，他却隐括而盛大了自己的词的武库，而且自为创调，凡八换韵，一招一式，在北宋词坛上显示的是上乘的阳刚武功。

树木，没有紧抓大地的根须，它能够叶茂枝繁凌云直上吗？河流，没有卷起千堆雪的上游，它会有潮平两岸阔的下游吗？

传统，是一个流动的美学范畴。它既是继承物，也是创造物，没有革新和创造，就没有传统的更新、提高、丰富和发展，但是，要革新和创造，就必须立足在原来的传统之上。一个国家的民族诗歌传统，犹如一条浩荡的江河，宋词，就是中国诗歌长河的一个风光万千的河段，优秀的杰出的宋代词人，溯洄从之，都一无例外地朝拜过华山夏水原来的水系，瞻望顶礼过唐诗的洪波巨浪浩浩汤汤。

桃李东风蝴蝶梦

—— 穿越元朝

- 叁 -

元曲有书生意气，随斗转星移，家国梦醒，余音仍凌空绕梁，历千百年而回响不绝。

诗人的自画像——元曲里的别样自传

一

现在的歌星影星与文星，以及随影视传媒的发达而新兴的节目主持人，许多都热衷于写"自述"或"自传"，这本也无可厚非，但有的人免不了要大张旗鼓地宣传炒作，或搔首弄姿地签名售书。美国的幽默作家罗杰斯就曾经说过："要令人国破家亡，什么都比不上出版回忆录更厉害。"这话虽然有些危言耸听，但也可见他对某些回忆录之颇有微词，以下所引的他的话可做进一步证明："当你记下自己本来应该做的好事，而且删去自己真正做过的坏事——那，就叫回忆录了。"在今日众多的"自述"与"自传"中，有哪一篇可以企及陶渊明《五柳先生传》的清华脱俗？有哪一部可以比得上法国作家普鲁斯特《追忆似水年华》的深沉博大、文辞优美？又有哪一本可以望见法国启蒙运动三大领袖之一的卢梭披肝沥胆灵魂自省的《忏悔录》的背影呢？有的人本来污点斑斑、硬伤累累，却还要自鸣得意、自我吹嘘、文过饰非，甚至对批评者谣诼报复，不是要引领读者尤其是年轻的读者向往圣洁的天国，而是使他们在弄虚作假的泥沼与世俗名利的欲海中迷失沉沦。

"自述"或"自传"，我国古已有之。追本溯源，正式拥有发明权的应该是中国史学与历史文学的开山祖师司马迁。唐代刘知几在《史通·序传》中认为，《史记》末篇有"太史公自序"，"自序"之名乃立。我以为，"自序"亦同"自叙"或"自述"，即叙述自己的生平行事的文章。芸芸众生都有表现自己的心理需求，何况是文人？更何况是文人中以抒情为主要职责的诗人？"帝高阳之苗裔兮，朕皇考曰伯庸。摄提贞于孟陬兮，惟庚寅吾以降"，屈原在《离骚》的开篇，即叙述了自己的家世与生年；魏晋南北朝时期，阮籍嵇康等诗人那些题为"言志""述怀"的作品，也颇有自述的意味；"甫昔少年日，早充观国宾。读书破万卷，下笔如有神"，杜甫的《奉赠韦左丞丈二十二韵》就有许多自传的因素；"酒瓮琴书伴病身，熟谙时事乐于贫。宁为宇宙闲吟客，怕作乾坤窃禄人。诗旨未能忘救物，世情奈值不容真。平生肺腑无言处，白发吾唐一逸人"，晚唐杜荀鹤此诗即以"自叙"为题，其中的"宁为宇宙闲吟客，怕作乾坤窃禄人"，今日的芸芸文士与熙熙众官，有多少人能够想到和做到呢？

时至元代，一方面是科举制度已经崩盘，元代统治者执行的又是民族歧视政策，一般的知识分子不是前程光明而是前途无"亮"，他们难免不平则鸣；另一方面，马上得天下的元朝统治者的言论政策相当宽松，许多人又根本不识汉文，终其一朝基本上没有什么文字狱。例如元朝皇帝的诏书，多有"怎生、奏啊、那般者"等蒙文直译体套语，至元三十一年（1294），江南盐官县学教谕黄谦之书生积习难改，写了一副春联"宜人新年怎生叹，百事大吉那般者"，被人检举告发，这种在明清时代视为大逆不道必至灭族的犯上之罪，当时肇事者也只得了个"就地免职"的处分，吃饭的家伙还是安然无恙。因此，文人们虽然怨怨愤愤，但却不必战战兢兢，不必担心头顶上有一把什么达摩克利斯之剑会随时轰然落下，所以他们能相当自由地不平而鸣，而直抒胸臆的"自述"之类，就是"鸣"的最直接最痛快的方式。于是，800 年之后，我们还可以坐直通快车，从时光隧道里直达元朝，和一些元曲家做面对面的灵魂的交流与对话。

二

如果以出场年代先后为序，第一位当然是大名鼎鼎的关汉卿。关汉卿是元代名副其实的卓然大家，不像我们今日的文坛艺苑，许多"大家"都有不少水分，而且是当代人或零售或批发地现封，没有为后代和历史所重认并承认。关汉卿向来被列为"元曲四大家"之首，即今日所谓之"首席"，元末熊自得《析津志》说他"博学能文，滑稽多智，蕴藉风流，为一时之冠"，可见他是一位集剧作家、导演、演员于一身的全才型大艺术家。真要向800年前的元朝统治者遥致感谢之情，正是由于他们的既定方针，迫使知识分子提前做了地位仅高于乞丐的"臭老九"，他们走投无路，一部分人便深入生活到市井与勾栏，与倡优乐伎为伴，和被侮辱与被损害的弱女子小人物一起，共同创造了元曲的辉煌。更要感谢的是元朝统治者宽松达于极限的文网，让元曲家们的愤懑得以抒发，牢骚得以倾吐，个性得以张扬。不像有的朝代，既不准"乱动"，又不准"乱说"，既没有活路，又万马齐喑，如同鲁迅所说，是严丝合缝不见天光的一间黑屋。

我现在已无法和关汉卿万人丛中一握手了。我当然不是时下的什么"追星族"，但如果能当面采访，自然会对他的作品有更直观的了解和更深入的理解，会零距离感受到他纵横的才气、白眼王侯的傲气和火山般在他胸中燃烧奔突的不平之气。而现在，这一切都只能到他的作品中去追寻了，特别是他的代表作之一的《不伏老》。

《不伏老》是一阕自白与抗争的交响曲。第一支是全诗的序曲："攀出墙朵朵花，折临路枝枝柳。花攀红蕊嫩，柳折翠条柔。浪子风流。凭着我折柳攀花手，直煞得花残柳败休。半生来折柳攀花，一世里眠花卧柳。"时间词是"半生"与"一世"，关键词是"浪子风流"，而句句则不离"花"与"柳"二字，读到这里，读者可以说是未见其人先闻其声。

第二支〔梁州〕是全曲的展开："我是个普天下郎君领袖，盖世界浪子班头。愿朱颜不改常依旧。花中消遣，酒内忘忧。分茶、攧竹；打马、藏阄。通五音六律滑熟。甚闲愁到我心头？伴的是银筝女银台前理银筝笑倚银屏，伴的是玉天仙携玉手并玉肩同登玉楼，伴的是金钗客歌《金缕》捧金樽满泛金瓯。你道我老也？暂休。占排场风月功名首，更玲珑又剔透。我是个锦阵花营都帅头，曾玩府游州。"此曲毫不虚饰地自夸自赞。以前每读李太白《与韩荆州书》和《上安州裴长史书》等文，他自称"虽长不满七尺而心雄万夫"，我总是为诗仙的豪气干云而击节叹赏，又为他的怀才不遇而扼腕叹息。关汉卿的〔梁州〕内涵与情调虽然不同，李白是想出仕而致君尧舜海内清一，关汉卿是无仕可出而"花中消遣，酒内忘忧"，但他们都是大才子而同命运，其悲剧奏的是基调相似的旋律。

第三支〔隔尾〕是过渡也是反衬："子弟每是个茅草岗、沙土窝初生的兔羔儿乍向围场上走；我是个经笼罩、受索网苍翎毛老野鸡踏踏的阵马儿熟。经了些窝弓冷箭蜡枪头，不曾落人后。恰不道'人到中年万事休'，我怎肯虚度了春秋？""月过十五光明少，人到中年万事休"，应该是元时的俗语吧，元人杂剧和散曲中多有引用，元人无名氏《朱砂担》楔子："急急光阴似水流，等闲白了少年头。月过十五光明少，人到中年万事休。"尚仲贤《柳毅传书》一折："教子攻书志未酬，桑榆暮景且淹留。月过十五光明少，人到中年万事休。"关汉卿在《蝴蝶梦》的楔子中也曾经写道："月过十五光明少，人到中年万事休。儿孙自有儿孙福，莫为儿孙作远忧。"他在自叙的《不伏老》中单引此句，可见此曲已是他人过中年的晚期作品，也更充分地显示了他不肯休也即不服老的精神状态。

如同绵延起伏的群山即将捧出它峻拔的顶峰，好像奔流的江河在出海处要卷起洪波巨浪，《不伏老》全曲将终，也奏响了最精彩的尾声："我是个蒸不烂、煮不熟、捶不匾、炒不爆、响珰珰一粒铜豌豆，恁子弟每谁教你钻入他锄不断、斫不下、解不开、顿不脱、慢腾腾千层锦套头？我玩的是梁园月，饮的是东京酒，赏的是洛阳花，攀的是章台柳。我也会围棋、会蹴鞠、会打围、会插科、会歌舞、会吹弹、会咽作、会吟诗、会双陆。你便是落了我牙、歪了我嘴、瘸了我腿、折了我手，天赐予我这几般儿歹症候，尚兀自不肯休。则除是阎王亲自唤，神鬼自来勾。三魂归地府，七魄丧冥幽。天哪，那其间才不向烟花路儿上走！"直抉肺腑，毫无粉饰。明代贾仲明

《凌波仙》追挽关汉卿说："珠玑语唾自然流，金玉词源即便有，玲珑肺腑天生就。风月情，忒惯熟；姓名香，四大神洲。驱梨园领袖，总编修师首，捻杂剧班头。"其实，关汉卿早就用自己的《不伏老》，为自己描绘了这样的自画像，也是用第一人称的方式，塑造了元代社会特有的市民化了的"书会才人"之形象。"尾声"的首句本为七字句，按常规应为"我是一粒铜豌豆"，而关汉卿加了16个衬字，使之成为23个字的长句。这一铿铿锵锵澎澎湃湃、气冲牛斗响遏行云的千古名句，表面玩世不恭，颇为"嬉皮"，内里表现的却是作者倔强的不屈从既定命运的性格，对黑暗现实的不满和反抗，在玩世的放浪不羁中，迸发的是意志的自由与生命的力量。《不伏老》，是苦难时代知识分子自侃自嘲的悲怆之歌，是艰难时世中杰出之士貌似放达实则苦痛的奏鸣曲！

三

可以和关汉卿一较短长的是乔吉。关汉卿一曲既罢，他便接踵而来引吭而歌。

乔吉乃山西太原人氏，无意功名，终生潦倒，放情山水，流落漂泊江湖40余年，足迹遍及江南。大概是西湖山水可以给他这位失意者以心灵慰藉吧，他最后选择了杭州做他的终老之乡。其散曲通俗质朴与典雅工巧兼而有之，多愤世嫉俗之作，也善于描摹男女艳情，这既是多情文人的强项，也是元代多愁文人的别有情怀。其散曲与张可久齐名，合称"张乔"或"乔张"。特别值得一提的是，在戏剧创作理论上，他对于文章的内容与结构曾提出过一个十分精到的见解，至今仍为作家和学人乐此不疲地引用，这就是"凤头、猪肚、豹尾"之论（见元人陶宗仪《南村辍耕录》）。不过，有的人引述这一名言，往往还不知这一重要的知识产权应归乔吉所有。

乔吉有多篇"自叙"与"自述"之作，以今日的文学理论语言，应属于所谓"表现自我"之列。中国文学的特质之一，就是长于言志抒情，重在

表现自我，何况是乔吉这种多情多感多愁多病的诗人？他的〔双调·折桂令〕
《自述》写道：

> 华阳巾鹤氅蹁跹，铁笛吹云，竹杖撑天。伴柳怪花妖，麟祥凤瑞，
> 酒圣诗禅。不应举江湖状元，不思凡风月神仙。断简残篇，翰墨云烟，
> 香满山川。

羡仙慕道，流连于清高绝俗的音乐，徜徉于清幽绝胜的山水，寻花问柳，
遨游江湖，除了在歌伎那里寻求精神的愉悦与安慰，就是和痛饮狂歌的酒
徒、超然物外的诗人在一起。自诩为"江湖状元"是不应科举的，自鸣为"风
月神仙"是不思世俗的，这既是对封建时代热衷于功名利禄的读书人的热
讽冷嘲，也是乔吉的自我形象的传神写照。"翰墨云烟，香满山川"，他
对自己有充分的自信。其人虽已殁，千载有余情，他的《金钱记》《扬州梦》
等3种杂剧，他的200多首小令、11套套曲，不是流传到了今天吗？作家
的身份证是作品，他的通往后世的通行证则是优秀的或杰出的作品。今日
某些热衷于级别、奔竞于仕途的官人不必去说了，某些文人竟然也颇有官瘾，
不是呕心沥血地经营自己的作品，而是一门心思想"捞过界"，去官场分
一杯羹，至少也要在半衙门化的文场捞个一官半职。"诗好官高能几人"，
唐代的徐凝在《和夜题玉泉寺》一诗中早就如此说过了。今日如上所述的
文人，他们也许会得到一些世俗的虚荣，但可想而知，他们在文学事业上
能有多大的出息和建树呢？

俗云"可一而不可再"，但乔吉却一而再再而三地坦露自己的灵魂，
如他的另一首〔正宫·绿幺遍〕《自述》：

> 不占龙头选，不入名贤传。时时酒圣，处处诗禅。烟霞状元，
> 江湖醉仙，笑谈便是编修院。留连，批风抹月四十年。

这是乔吉的晚期作品，近似于今日的"年终总结"或"生平简介"，有"批风抹月四十年"可证。乔吉在一首词牌为"满庭芳"的《渔父词》中，就曾自称"名休挂齿，身不属官"，正是如此这般的生涯的自我写照。"烟霞状元，江湖醉仙"，可以和前一首《自述》中的"不应举江湖状元，不思凡风月神仙"互参，而他的诗酒自娱放浪不羁，也正是对传统士人生活方式与人生道路的否定，显示了他对蜗角浮名蝇头微利反其道而行之的精神力量。批风抹月四十年啊，有的人可能无一篇甚至一字传世，但他却留下了许多作品，让后人琅琅成诵而口颊生香！

钟嗣成为乔吉写的《凌波仙》吊词，说他"平生湖海少知音，几曲宫商大用心"，他的知音今日已数不在少，而他的曲子弦内与弦外之心意，我们今日也可以一一领略。元代有位回族作家名阿里西瑛，隐居江苏吴城（今苏州）东北隅，号其所居为"懒云窝"，并有〔双调·殿前欢〕《懒云窝》三首，一时和之者众，贯云石、卫立中、吴西逸皆有和作，乔吉同声相应，竟然和了六首之多，其中之一是："懒神仙，懒窝中打坐几多年？梦魂不到青云殿，酒兴诗颠。轻便如宰相权，冷淡如名贤传，自在如彭泽县。苍天负我，我负苍天！"（〔双调·殿前欢〕《里西瑛号懒云窝自叙有作奉和》）。结尾何其沉痛，古往今来所有壮志不酬未能实现生命的应有价值者，真可以同声一哭！然而，苍天虽然有负于乔吉，乔吉毕竟未负于苍天，他的许多作品不是传唱至于今日吗？对于一个作家而言，这就是时间这位真正权威的决审官者对他最大的褒奖与安慰了。

四

如同钟嵘的《诗品》之于诗歌创作，元代的杂剧家、散曲家复兼戏曲史学家钟嗣成，其《录鬼簿》二卷于元曲创作也具有不可磨灭之功。钟嗣成是否钟嵘的后代，这已经无可查考，但一前一后的二钟都同出一"钟"，凡是姓钟的读书人都可以引以为荣。钟嗣成是大梁（今河南开封）人氏，他"累试于有司，命不克遇"，"从吏则有司不能辟"，终生潦倒，以布衣之身流寓杭州，与同时代的许多杂剧、散曲作家如曾瑞、周文质等人以及一些艺人广有交往。其《录鬼簿》著录由金末至元末诸宫调、杂剧、散曲作家共152人，杂剧名目400余种，是最早也最完备的元代戏曲史料之集成。《录鬼簿》有如一座档案馆，走进扉页建就的大门，今日的学人可以登堂入室翻阅他们所需的资料，与前人做隔世之谈；又好似一座回声谷，你刚刚来到谷口，就可以听到800年前的人歌人哭和弦索锣鼓的协奏之声。

钟嗣成除了自己潜心创作，还立誓要为"门第卑微、职位不振、高才博识"而又"湮没无闻"之士树碑立传。他说："方今已亡名公才人，余相知者，为之作传，以〔凌波仙〕吊之。"他历时十年二易其稿，才完成这一巨著。因为和元曲家们同病相怜也同好相怜，他的巨著才使他们集体复活，成为不死之魂而光耀史册，而有元一代的曲家应该集体倡议，为他树一座铜像或纪念碑。钟嗣成之后的曲家周浩，就有一首〔双调•蟾宫曲〕《题录鬼簿》："想贞元朝士无多，满目江山，日月如梭。上苑繁华，西湖富贵，总付高歌。麒麟冢衣冠坎坷，凤凰城人物蹉跎。生待如何？死待如何？纸上清名，万古难磨。"这可说是他叙与他传，出自他人的手笔。而钟嗣成的〔南吕•一枝花〕《自序丑斋》就是自叙与自传了。钟嗣成自号"丑斋"，而他这支曲子又专门往自己的脸上抹黑，故后人真以为他长相丑陋，不讨人喜欢，这未免过于胶柱鼓瑟，或者说不太懂得现代美学中的"以丑为美"的法则了。

唐代的柳宗元年方弱冠即中进士，诗文为天下翘楚，其智商当高出中人不少。然而，他贬永州10年，筑室于溪水之旁，却命溪水之名为"愚溪"，他的"愚"与钟嗣成的"丑"，实际上是一种正话反说，比正言更为有力和动人。在当代，著名作家老舍先生是幽默大师，他所作《自传》如下："舒舍予，字老舍，现年四十岁，面黄无须。生于北平，三岁失怙，可谓无父；志学之年，帝王不存，可谓无君。无父无君，特别孝爱老母，布尔乔亚之仁未能一扫空也。幼读三百篇，不求甚解。继学师范，遂奠教书匠之基，及壮，糊口四方，教书为业。甚难发财，每购奖券，以得末彩为荣，示甘于寒贱也。二十七岁发奋著书，科学哲学无所懂，故写小说，博大家一笑，没什么了不得。三十四岁结婚，今已有一男一女，均狡猾可喜。闲时喜养花，不得其法，每每有叶无花，亦不忍弃。书无所不读，全无所获，并不着急。教书作事均甚认真，往往吃亏，亦不后悔。如此而已，再活四十年，也许能有点出息。"可惜可叹的是老舍"文革"中自沉于北京太平湖，我们无法看到他自传的下文。启功先生是当代著名学者兼书画家，我 20 世纪 50 年代就读北京师范大学中文系时，忝列门墙，有幸听他讲授《红楼梦》，私心自喜；不幸看到他沦为右派，为之叹息。劫后余生，启功先生晚年曾有《自撰墓志铭》："中学生，副教授。博不精，专不透。名虽扬，实不够。高不成，低不就。痒趋左，派曾右。面微圆，皮欠厚。妻已亡，并无后。丧犹新，病照旧。六十六，非不寿。八宝山，渐相凑。计平生，谥曰'陋'，身与名，一齐臭。"启功先生自称是"胡人后裔"，所作是"胡说"，但从上述自叙中，我们看到的难道不是含泪的笑和反语中的正言吗？

钟嗣成的〔南吕·一枝花〕《自序丑斋》，反言若正，将自己漫画化，应该是上述老舍与启功之作的先声。全套由九支曲组成，在序曲之后，作者穷形尽相地自曝己丑，他人"家丑不可外扬"，丑斋适取其反，如〔梁州〕一曲：

> 子为外貌儿不中抬举，因此内才儿不得便宜。半生未得文章力，空自胸藏锦绣，口唾珠玑。争奈灰容土貌，缺齿重颏，更兼着细眼单眉，人中短髭鬓稀稀。那里取陈平般冠玉精神，何晏般风流面皮？那里取潘安般俊俏容仪？自知，就里，清晨倦把青鸾对，恨煞爷娘不争气。有一日黄榜招收丑陋的，准拟夺魁。

钟嗣成才华秀发，满腹经纶，但在那个黑铁时代，读书人已经被淘汰出局，文章如土欲何之？作为局外人的钟嗣成只能徒唤奈何，但他却故意把自己的怀才不遇归罪于容貌丑陋。不比不知道，一比吓一跳，他在自我嘲讽自我揶揄之后，还以历史上的诸多美男子与自己做美丑的强烈对照。不仅如此，他还由此"钟"而及于彼"钟"，在〔隔尾〕一曲中将自己比喻为民间传说中相貌奇丑的钟馗，有如黑色幽默：

> 有时节软乌纱抓扎起钻天髻，干皂靴出落着蹩地衣，向晚乘闲后门立。猛可地笑起，似一个甚的？恰便似现世钟馗諕不杀鬼。

言之不足，故重言之，在继之而下的〔哭皇天〕里，那真是可使天下读书人同声一哭了：

> 饶你有拿雾艺冲天计，诛龙局段打凤机，近来论世态，世态有高低。有钱的高贵，无钱的低微。那里问风流子弟？折末颜如灌口，貌赛神仙，洞宾出世，宋玉重生，设答了镘的，梦撒了寮丁。他采你也不见得，枉自论黄数黑，谈说是非。

其实，通达与沉沦，相貌的妍媸与否并非决定的因素，作者对现实秉持批判的立场，一针见血地指出并非人貌而是由于世道："有钱的高贵，无钱的低微。"而钱的有无与多少，又往往和权的大小与地位的高低密切相关。古往今来，许多金玉其外者往往败絮其中，许多冠冕堂皇者往往女娼男盗，许多有德有才者往往锥处囊中不得脱颖而出，钟嗣成早已痛而言之矣。

钟嗣成自写其丑，自鸣不幸，白眼王侯，傲视权贵，指斥社会之不公，抒发千载之孤愤，为自己树立了一座永不会坍塌的文字建成的纪念碑。时至今日，读钟嗣成此曲，我们不是可以将它与今日某些歌星影星以及人不知自丑马不嫌脸长的某种文星的"自传"做纵向的比较，不是仍然可以鉴古知今或者温故而知新吗？

春兰秋菊不同时

在造化所营建的四季花园中，既有春兰秋菊，也有冬梅夏荷。兰花被尊为国香，它是君子的化身，高洁品质的象征，屈子在《离骚》中，早就低吟过"结幽兰而延伫"了。夏荷人称"绝代佳人"，不同于一般的凡花俗卉，"要看，就看荷去吧／我就喜欢看你撑着一把碧油伞／从水中升起"，台湾名诗人洛夫也继历代许多诗人的后尘，以诗篇《众荷喧哗》与散文《一朵午荷》为其传神写照。秋菊呢？春生夏茂秋开，多在重阳佳节前后举行开放典礼，"待到重阳节，还来就菊花"，中国人有爱菊赏菊的传统，名导演张艺谋电影《秋菊打官司》，其主人公的芳名就是"秋菊"。冬梅呢？在远古的《诗经》中，早就有"山有嘉卉，侯栗侯梅"之句，至今品种已繁衍至230种之多，在"梅兰竹菊四君子"之中，它光荣地高居榜首，为君子行之冠。且不要说百花之中其他花的家族了，仅是以上的四支与四枝，就可以惊艳惊奇惊诧我们的眼睛。

在中国诗歌的园地里，如同造化之钟灵毓秀，我们拥有的是无价之宝的唐诗、宋词和元曲。作为诗，它们有许多共通之处，因为它们同属于诗的华贵的家族，作为不同时代不同样式的诗，它们当然也有许多相异之点，因为即使同出一源，同为一脉，时间与时代都会留下不同的深刻印记。总的风貌有别，在语言及语言运用的方式方面，何尝不是如此呢？

一

语言，是文学的载体，也是文学的本体。没有高明华妙的语言，就没有高品位的文学作品，何况是被视为文学中的文学之诗歌呢？我爱唐诗的语言，唐诗的语言如星汉灿烂，光华四射，如果要浓缩成一两个词语来形容，那就该是"庄雅高华"吧？例如唐代的咏蝉之作不少，但公认的三首名作或称代表作，依年代顺序首先是初唐虞世南的五绝《咏蝉》："垂緌饮清露，流响出疏桐。居高声自远，非是藉秋风。"虞世南位高权重而品格端正博学多才，清人施补华《岘佣说诗》称此作为"清华人语"。其次是初唐四杰之一骆宾王的五律《咏蝉》（或称《在狱咏蝉》）："西陆蝉声唱，南冠客思深。不堪玄鬓影，来对白头吟。露重飞难进，风多响易沉。无人信高洁，谁为表予心？"骆宾王因多次讽谏武则天而下狱，心怀忧愤，施补华称此作为"患难人语"。再次是晚唐李商隐的五律《蝉》："本以高难饱，徒劳恨费声。五更疏欲断，一树碧无情。薄宦梗犹泛，故园芜已平。烦君最相警，我亦举家清。"李商隐挣扎在牛（僧儒）、李（德裕）党争的旋涡中，载沉载浮，郁郁而不得志，施补华称此作是"牢骚人语"。然而，不论是被定性为哪种内涵有别之语，它们的共同特色却无一不是"庄雅高华"。毕竟是大唐之音，毕竟是大唐时代的名诗人，他们即使是抒写一己的胸襟，倾吐自我的块垒，都有一种贵族式的雍容气度，举手投足均不同凡俗。

我也爱宋词的语言。宋词的风格，传统的说法是分为"豪放"与"婉约"两派的。其实，豪放派的作家也有婉约之作，如陆游与辛弃疾，婉约派的作家也有豪放之篇，如欧阳修与李清照，而且就宋词的整体而言，可谓姹紫嫣红，百花开遍，不是"豪放"与"婉约"这两张大网可以两网打尽。仅就语言而论，宋词的语言也美不胜收，让人目迷五色，如果要精练到用一二个词语来描状它的主要特征，是否可以称之为"典雅精工"呢？如下述三首词牌同为"长相思"的词：

> 来匆匆，去匆匆，短梦无凭春又空。难随郎马踪。
>
> 山重重，水重重，飞絮流云西复东。音书何处通？
>
> ——王灼《长相思》

红花飞，白花飞，郎与春风同别离。春归郎不归。

雨霏霏，雪霏霏，又是黄昏独掩扉。孤灯隔翠帷。

——邓肃《长相思》

风凄凄，雨霏霏，风雨夜寒人别离。梦回还自疑。

蛩声悲，漏声迟，一点青灯明更微。照人双泪垂！

——王之道《长相思》

　　三首词均是所谓"代言体"，即男性词作者代词中的女主人公传情达意。三首词的抒情主人公，均是送别情郎空闺独守的女子，因为作品出于不同作者之手，故构思与写法都各有不同；但相同或相似的是，它们的语言都精工典丽，与唐诗语言的基本格调有别。虽然唐诗也不乏语言精工典丽之作，但正如即使同是蓝色，我们仍可指认出水的"柔蓝"与天之"蔚蓝"有异。

　　我同样也爱元曲的语言。好像听惯了古典的音乐之后，你的耳鼓忽然敲响当代的摇滚乐曲，如同听久了美声唱法之后，忽然通俗唱法破空而来，又有似从气象宏阔的漠野或曲径通幽的园林，忽然走进了风情顿异的里闾和人声鼎沸的市井，元曲向我们展示的是一个大不同于唐诗宋词的崭新的世界，它的语言呈现的是通俗质朴之姿与活泼诙谐之趣：

青青子儿枝上结，引惹人攀折。其中全子仁，就里滋味别，只为你酸留意儿难弃舍。

——刘婆惜〔双调·清江引〕

我为你吃娘打骂，你为我弃业抛家。我为你胭脂不曾搽，你为我休了媳妇，我为你剪了头发。咱两个一般的憔悴煞！

——无名氏〔中吕·红绣鞋〕

全普庵撒里,字子仁,曾任礼部尚书,赣州路达鲁花赤,此人为官尚称清廉,但喜爱寻花问柳。歌伎刘婆惜以青梅喻己,其中"全子仁"一语双关,既指梅核之仁,也指全普庵撒里,情意单纯而又复杂,语言俚俗而又谐趣,完全是元人元曲的声口。无名氏之曲,"你""我"对举成文,结尾再缩合为"咱两个一般的憔悴煞"。从其中"你为我休了媳妇"一语来看,曲中的女主人公应该属于现代的"第三者",她所爱的男子的"媳妇"即使不去法院起诉,她也会被送上"道德法庭"而受到舆论的审判。但好在我们只是替古人担忧而已,我们现在奇文共欣赏的只是:曲中之情固然真实炽烈,语言更是脱口而出,直率自然,充分显示了元曲语言的当行本色。

二

乡野间柴门中的村姑粗头乱服,布衣荆钗,她们虽没有城市的女子那样敷粉涂脂,雍容华贵,但却有一番淳朴天然的风韵。大体说来,元曲的语言就有如村姑,通俗自然,富于生活的气息与泥土的芬芳,因为元曲大量地运用了元代的寻常口语和方言俗语。

诗词是雅文化,诗词的语言是雅语言。然而,唐宋两代的诗人与词人,也总是努力提炼生活中的口语入诗,从而使自己的作品活色生香,如同花苞上饱含着黎明的露水,绿叶上闪耀着春日的阳光。"诗圣"杜甫群书万卷常暗诵,其作品被人誉为"无一字无来历",具有深厚的文化历史底蕴,但他也注意博采口语,吸收不少唐代的民间语言进入诗的殿堂,如"两个黄鹂鸣翠柳,一行白鹭上青天"(《绝句》)、"百年浑得醉,一月不梳头"(《屏迹》)之类。白居易的诗风更是平易通俗,所谓"元轻白俗郊寒岛瘦",就是对他和元稹以及孟郊、贾岛诗风的形容之辞。据说白居易写诗力求"老妪能解",宋人陈辅(字辅之)在《陈辅之诗话》中曾引述王安石的意见,说"世间俗言语,已被乐天道尽"。李后主虽贵为帝王,但他的诗词多用白描，好为口语，如《一斛珠》中的"一曲清歌，暂引樱桃破"，其中的"破"字本来很俗，但李后主用来描状大周后清歌一曲，小巧的朱唇如樱桃乍破，却去俗生新，形象宛然如见。其《浣溪沙》中有"酒恶时拈花蕊嗅，别殿遥闻箫鼓奏"之句，宋人赵德麟在《侯鲭录》中说："金陵人谓中酒曰'酒恶'，则知李后主词云'酒恶时拈花蕊嗅'，用乡人语也。"李清照虽然出身书香门第，腹笥深厚，但她也很喜欢用白话入词，如"肥"字本是日常的口语，但她的《如梦令》中的"知否？知否？应是绿肥红瘦"却传情摹景，妙手拈来。《声声慢》的开篇连用"寻寻觅觅，冷冷清清，凄凄惨惨戚戚"14个叠字，虽是家常言语，却如珠走玉盘，而结句的"守着窗儿，独自怎生得黑"，更是摇曳着民间语言与谣谚的风韵，表现了她内心深处的怨绪哀思。对她颇为欣赏的辛弃疾后来写《丑奴儿近》一词，自注"效李易安体"，也是效法她用歌谣式的白话。南宋的杨万里，他作诗讲究"活法"，也被称为"白话诗人"，就是因为他的作品大量地运用浅俗之语，发清新之思。不过，从整体而言，唐诗宋词的语言主要还是书面语言，是文人雅化了的语言，唐诗人宋词人只是间用俗语，以增强作品的新鲜感和生活气息，不像元曲家对传统的诗词语言进行了一次几乎翻天覆地的"革命"，尽管元代中后期有一些作家如张可久、乔吉等人力求雅俗结合，语言趋向书面与典雅，成为企图以词绳曲的"清丽派"，然而，在元曲的语言的国土上，飘扬的旗帜上大书的毕竟还是一个"俗"字。

元曲家的作品真是如鲁迅所说的，"将活人的唇舌作为源泉"，他们的作品多用口语、俚语、市语、方语、家常语，甚至是蛮语、嗑语、讥诮语乃至粗言俗语和谑言浪语，新鲜泼辣，一派天机云锦，一派活法奇情，使得诗坛出现了前所未有的奇异的审美风尚，也迎合与培养了新时代的读者新异的审美趣味。因为诗歌从庙堂从庭院从舞榭歌台从文人学士，走向了江湖走向了草根走向了平民走向了市民大众，而大多数曲家也已经黄金榜上早失龙头望，他们早已沦落于市井勾栏，既已经没有中国人素所看重的"面子"，潜意识里也自以为是市民的代言人。于是，相对于唐诗宋词的语言而论，元曲的语言等于是重新"洗牌"；如果另行比喻，那么，方言俗语如洪水般涌至，使得诗歌固有的河床都变向改道了。古人说窥一斑而知全豹，那么，我也可以说观一浪而知全流，我且撷取几朵浪花，以观测整条河流的水文与流向：

害的是相思病，灵丹药怎地医？害的是珊瑚枕上丁香寐，害的是鸾凰被里鸳鸯会，害的是鲛绡帐里成憔悴，害的是敢才相见又别离，害的是神前共设山盟誓。

——无名氏〔仙吕·寄生草〕

相思病，怎地医？只除是有情人调理。相偎相抱诊脉息，不服药自然圆备。

——马致远〔双调·寿阳曲〕

风调雨顺民安乐，都不似俺庄家快活。桑蚕五谷十分收，官司无甚差科。当村许下还心愿，来到城中买些纸火。正打街头过，见吊个花碌碌纸榜，不似那答儿闹穰穰人多。

〔六煞〕见一个人手撑着椽做的门，高声的叫"请请"，道"迟来的满了无处停坐"。说道"前截儿院本《调风月》，背后么末敷演《刘耍和》"。高声叫"赶散易得，难得的妆哈"。

〔五〕要了二百钱放过咱，入得门上个木坡，见层层叠叠团圈坐。抬头觑是个钟楼模样，往下觑却是人旋窝。见几个妇女向台儿上坐。又不是迎神赛社，不住的擂鼓筛锣。

〔四〕一个女孩儿转了几遭，不多时引出一伙。中间里一个央人货，裹着枚皂头巾顶门上插一管笔，满脸石灰更着些黑道儿抹。知他待是如何过？浑身上下，则穿领花布直裰。

〔三〕念了会诗共词，说了会赋与歌，无差错。唇天口地无高下，巧语花言记许多。临绝末，道了低头撮脚，爨罢将么拨。

〔二〕一个妆做张太公，他改做小二哥，行行行说向城中过。见个年少的妇女向帘儿下立，那老子用意铺谋待取做老婆。教小二哥相说合，但要的豆谷米麦，问甚布绢纱罗。

〔一〕教太公往前那不敢往后那，抬左脚不敢抬右脚，翻来复去由他一个。太公心下实焦躁，把一个皮棒槌则一下打做两半个。我则道脑袋天灵破，则道兴词告状，划地大笑呵呵。

〔尾〕则被一胞尿，爆的我没奈何。刚挨刚忍更待看些儿个，枉被这驴颓笑杀我。

——杜仁杰〔般涉调·耍孩儿〕《庄家不识构阑》

世上有一种病，不属于生理而属于心理，病患深重时当然也有害于身体健康，但此病即使是高明的心理医生也大都无能为力，病入膏肓时更是任何名医也无力回天，这种病的大名就叫作"相思"。唐诗宋词中写相思的作品不少，但语言像上述两支曲子这样直率通俗而直抉肺腑，恐怕也绝难一见。无名氏之曲提出了病名，在以疑问句否定了"灵丹药"之后，以五个排比句申述了具体病情。如此的病症如此的病情，即使是扁鹊华佗来望闻问切，大约也只能宣告不治吧？马致远之曲开篇两句，是无名氏之曲开篇的异口同心的缩略，但他不仅诊断出了病情，而且也开出了"最高明"的处方："只除是有情人调理。"果真这样，自然不药而愈。这种处方，任何此类病症的患者都会一看即明，乐于以身试"方"，不像现在有些医生在病历与处方笺上龙飞凤舞，有如莫测高深的天书。至于杜仁杰之作，不仅所写的庄稼汉进城看戏的题材为唐诗宋词所无，而且语言之极度生活化与平民化，在唐诗宋词中也无由得见。作者博学多才而不求闻达，隐居山林而朝廷屡征不就，他应该对乡村农民的生活与城市剧场的情况知之甚详，才能创作出这一别开生面生动搞笑的作品，不仅留下了研究中国戏曲史的珍贵资料，即使置诸今日的舞台去参加全国小品大奖赛，也定会拿到可观的名次。我应该向杜仁杰致以隔代而又隔代的敬意，因为他的这一作品富于原创性，即使在元曲中也是独一无二的，同时，还因为他对后世的影响。我私心以为，曹雪芹在《红楼梦》中写到刘姥姥三进大观园特别是一进大观园，潜意识中肯定有前贤的这一作品的影响。刘姥姥形象的神态心理与喜剧效果，与这位数百年前的庄稼汉何其相似乃尔？当然，真相如何，实情怎样，权威答案就只能启曹公于地下而问之了。

三

武士的利器是刀剑，木匠的利器是绳墨，渔人的利器是网罟，作家的利器是语言。珠玉要玲珑剔透，莹光照人，需要工匠如切如磋；语言要精光四射，生动感人，就有赖于作者如琢如磨。琢磨的重要方式与手段就是修辞。元曲的修辞自有一些特殊的习用的手段，而鼎足对与重叠则是元曲常见的修辞方式，它们虽非元曲的首创，却为元曲所发扬光大，是元曲语言通俗而翻新、自然而出奇的催化剂。

由于汉语是由单音节所构成，所以较之世界上其他民族的语言，"对偶"是汉语言独具的美质与专利。文中的对偶之语，诗中的对偶之句，乃至自五代以来源远流长的对联，都是对偶这一株合欢树上开放的缤纷的花朵。犹忆某年秋日远游位于湖南郴州的"南洞庭"，水波浩阔，连山如环，岸边新建的"揖石轩"临水而立，山头古老的"兜率寺"居高望远，我作联一副，请家父李伏波先生书写，由当地主管部门镌刻而悬于轩之两侧："揖石轩轩窗揖千环翠碧，兜率寺寺门兜一捧汪洋。"对联，可说是诗词中对偶句的放大扩容，是对偶的一支偏师或奇兵；那些名宗正派的对偶，还是要到诗词曲中去寻觅，例如元曲中的"鼎足对"。

"鼎足对"又称"救尾对",顾名思义,它不是两两成对而是三个词组或短语三三成对。在五律与七律中,颔联与颈联上下句作对成双,"第三者"的鼎足对没有插足之地,只有在散言体的词中,鼎足对才应运而生,特别是在《行香子》《诉衷情》《柳梢青》《水龙吟》这些词牌中。如辛弃疾《水龙吟》中的"绿野风烟,平泉草木,东山歌酒",如葛长庚《行香子》中的"晋时人,唐时洞,汉时仙",陆游《诉衷情》中的"胡未灭,鬓先秋,泪空流",刘辰翁《柳梢青·春感》中的"辇下风光,山中岁月,海上心情",等等。不过,词中的鼎足对还只是在少数词牌中出现,而且大都是三字句或四字句,有如梅花虽然报春,但却是在冰雪早寒之中,春天毕竟要到阳春三月才会繁红艳紫盛装登场,鼎足对也要到元曲之中,才蔚为壮观与大观:

对一缕绿杨烟,看一弯梨花月,卧一枕海棠风。似这般闲受用,再谁想丞相府帝王宫。

——张养浩〔中吕·最高歌兼喜春来〕《咏玉簪》

伴的是银筝女银台前理银筝笑倚银屏,伴的是玉天仙携玉手并玉肩同登玉楼,伴的是金钗客歌《金缕》捧金樽满泛金瓯。

——关汉卿〔南吕·一枝花〕《不伏老》

看看的挨不过如年长夜,好姻缘恶间谍。七条弦断数十截,九曲肠拴千万结,六幅裙搦三四折。

——兰楚芳〔黄钟·愿成双〕《春思》

〔拨不断〕利名竭,是非绝。红尘不向门前惹,绿树偏宜屋角遮,青山正补墙头缺。更那堪竹篱茅舍。

〔离亭宴煞〕蛩吟罢一觉才宁贴,鸡鸣时万事无休歇,何年是彻？看密匝匝蚁排兵，乱纷纷蜂酿蜜，急攘攘蝇争血。裴公绿野堂，陶令白莲社。爱秋来时那些：和露摘黄花，带霜分紫蟹，煮酒烧红叶。想人生有限杯，浑几个重阳节？人问我顽童记者：便北海探吾来，道东篱醉了也！

——马致远〔双调·夜行船〕《秋思》

或写退休林泉的悠闲，或写歌舞生涯的愉悦，或写有情人不得终成眷属的痛苦，或写争名逐利与优游林下的对照，行文已都不是成双的对偶而是成三的对偶，如同溪水之与河流，虽然同是流水，而且各有可观之处，但它们的河床、流量与气派，也毕竟各有不同了。

诗歌是时间艺术，它不仅要有"可视性"，而且要有"可听性"，不仅要"美视"，而且要"美听"。美国当代诗人费林格蒂曾说："印刷已使诗变得冷寂无声，我们遂忘记诗曾是口头传讯的那种力量了。"诗的音乐美，是诗通向读者的桥梁，是诗可以振羽而飞的翅膀；而回环复沓的重叠，就是桥梁的重要支柱，是翅膀的值得珍惜的羽毛。元曲的语言之美，在"重叠"这一修辞格上也得到了充分的体现，它甚至"铤而走险"，形成了所谓"叠字体"，如乔吉的〔越调·天净沙〕《即事》："莺莺燕燕春春，花花柳柳真真。事事风风韵韵，娇娇嫩嫩，停停当当人人。"但更多的则是曲中用韵：

呀，愁的是雨声儿淅零零落滴滴点点碧碧卜卜洒芭蕉，则见那梧叶儿滴溜溜飘悠悠荡荡纷纷扬扬下溪桥，见一个宿鸟儿忒楞楞腾出出律律忽忽闪闪串过花梢。不觉的泪珠儿浸淋淋漉漉扑扑簌簌搵湿鲛绡。今宵，今宵睡不着，辗转伤怀抱。

——王廷秀〔中吕·粉蝶儿〕《怨别》

侧着耳朵儿听，蹑着脚步儿行，悄悄冥冥，潜潜等等，等待那齐齐整整，袅袅婷婷，姐姐莺莺。

——王实甫《西厢记》第一本第三折

我只见黑黯黯天涯云布，更那堪湿淋淋倾盆骤雨。早是那窄窄狭狭沟沟堑堑路崎岖，知奔向何方所？犹喜的潇潇洒洒断断续续出律律忽忽噜噜阴云开处，我只见霍霍闪闪电光星烑。怎禁那萧萧瑟瑟风，点点滴滴雨，送的来高高下下凹凹凸凸一搭模糊，早做了扑扑簌簌湿湿渌渌疏林人物。倒与他妆就了一幅昏昏惨惨潇湘水墨图。

——无名氏《货郎担》第四折

王廷秀抒写闺中少女或少妇对恋人的殷切思念之情，王实甫描状张生躲在太湖石后偷看莺莺的紧张小心之态，都得益于叠字不少。无名氏写雨骤风狂云暗天低之景，一气而下用了 30 双叠字，那大珠小珠走玉盘的音韵有如交响曲，即使不能说情味远胜，也可说音响远过于唐诗宋词，"漠漠水田飞白鹭，阴阴夏木啭黄鹂"，"庭院深深深几许，杨柳堆烟，帘幕无重数"，它们怎么有元曲这种盛大的音乐景观呢？

春兰秋菊不同时。如果要在当代文学中举出叠字运用的范例去和元曲媲美，那就应该首推台湾名诗人、散文家余光中的《听听那冷雨》。此文题目中的"听听"即是叠字，而文中形容不同情境之下的雨声，其叠字运用之妙，也绝不让元代的曲家专美于前，如开篇和其中的片段：

惊蛰一过，春寒加剧。先是料料峭峭，继而雨季开始，时而淋淋漓漓，时而淅淅沥沥，天潮潮地湿湿，即连在梦里，也似乎把伞撑着。而就凭一把伞，躲过一阵潇潇的冷雨，也躲不过整个雨季，连思想也都是潮润润的。每天回家，曲折穿过金门街到厦门街迷宫式的长街短巷，雨里风里，走入霏霏令人更想入非非。

在日式的古屋里听雨，从春雨绵绵听到秋雨潇潇，从少年听
到中年，听听那冷雨。雨是一种单调而耐听的音乐，是室内乐是
室外乐，户内听听，户外听听，冷冷，那音乐。雨是一种回忆的
音乐，听听那冷雨，回忆江南的雨下得满地是江湖下在桥上和船
上，也下在四川在秧田和蛙塘下肥了嘉陵江下湿布谷咕咕的啼声。
雨是潮潮润润的音乐下在渴望的唇上舐舐吧那冷雨。

叠词如雨，文章的开始就已经滴滴答答敲叩我们的听觉神经了，全文
抒写数十年来在不同环境与心境下听到的雨声，真是有如一阕由叠词所构成
的淅淅沥沥滂滂沛沛铿铿锵锵的交响乐，让我们读来行迈靡靡啊中心摇摇，
恍恍惚惚回到了元曲啊走进了元朝。

桃李东风蝴蝶梦

一

白天，是阳光照耀的现实的世界；夜晚，是月光抚慰的梦幻的天地。远承庄子梦蝶的余绪，元人郝经在《落花》一诗中，早就说过"桃李东风蝴蝶梦，关山明月杜鹃魂"了。

心理学家告诉我们，梦是睡眠中大脑的局部皮层的活动没有完全停止时所引发的脑中表象活动。俗语有云：日有所思，夜有所梦。南宋词人朱敦儒《行香子》词说："心中想，梦中寻。"人的梦境虽然光怪陆离，缤纷五彩，有所谓正梦、好梦、春梦、美梦、甜梦、酣梦、喜梦、绮梦，也有所谓噩梦、迷梦、幻梦、痴梦等等。然而，这些梦无非或是现实生活的幻化，或是思想感情的折射，或是理想追求的闪光。除了禀赋特异从来与梦境无缘的人，有谁不在进入了苏轼所说的"黑甜乡"之后，做他们版本各异的蝴蝶梦或南柯一梦呢？

西方的文学作品暂不细论，莎士比亚的一出名剧题名就是《仲夏夜之梦》。中国文学中写梦之作源远流长，数不胜数，足可编成一部中国梦文学史。这部特殊的文学史的江河之源，就是《诗经》《楚辞》与诸子散文中的《庄子》。诗经开篇的《周南·关雎》，就是中国梦幻文学的最早的闪亮登场："窈窕淑女，君子好逑。求之不得，寤寐思服。""参差荇菜，左右流之。窈窕淑女，寤寐求之。"这位古君子对自己的意中人，做的是白日接夜晚的连环相思梦。按照传统的说法，《诗经》属于现实主义的门庭，《楚辞》则归于浪漫主义的家族，因此，《楚辞》当然有更多的梦幻的飞翔。屈原不必多说了，"昔余梦登天兮，魂中道而无杭"（《九章·惜诵》），"惟郢路之辽远兮，魂一夕而九逝"（《九章·抽思》），他的《离骚》中上天入地的幻想，实际上写的不仅是幻境也是梦境，虽然有别于睡梦，但至少是与睡梦关系暧昧的白日梦。而屈原的学生宋玉呢？他的《高唐赋》与《神女赋》，分别写了楚怀王与楚襄王梦巫山神女之事，"旦为朝云，暮为行雨。朝朝暮暮，阳台之下"，高唐神女成了男女爱情的象征与代称，几千年来，不知刺激了多少男士的柔情绮梦，而高唐梦、阳台梦、巫山云雨梦、朝云暮雨梦之类的说法，也多近百种。《庄子》33篇，竟有10篇与梦有关，在先秦诸子中得未曾有。而他在《齐物论》中以庄生梦蝶写哲学性的物化之理，创造了一种玄妙而神秘的文学境界，成了有名的"庄生梦蝶"之典，以致今日台湾一位以玄想见长的周姓诗人，也仍以"梦蝶"为名。

在唐诗宋词中，记梦之作如繁花之盛开，似繁星之照眼。"我欲因之梦吴越，一夜飞度镜湖月"，李白的《梦游天姥吟留别》惝恍幽奇，是游仙诗也是记梦诗。杜甫写了14首诗给李白，但是，"魂来枫林青，魂返关塞黑"，"三夜频梦君，情亲见君意"，其中最动人情肠的，莫过他于安史乱中流落秦川时所写的《梦李白二首》了。岑参是盛唐边塞诗的掌门人之一，然而，他的《春梦》却写得空灵华妙，柔情旖旎："洞房昨夜春风起，遥忆美人湘江水。枕上片时春梦中，行尽江南数千里。"至于李贺"黄尘清水三山下，更变千年如走马。遥望齐州九点烟，一泓海水杯中泻"的《梦天》，金昌绪"打起黄莺儿，莫教枝上啼。啼时惊妾梦，不得到辽西"的《春怨》，陈陶的"誓扫匈奴不顾身，五千貂锦丧胡尘。可怜无定河边骨，犹是春闺梦里人"的《陇西行》，都是唐诗中记梦之作的无上妙品，我们今日只要设身处地而曼声长吟，意醉神迷恍兮惚兮，当会立时回到遥远的唐朝。

诗庄而词媚。南唐李后主的词是宋词的先声，流传至今的约30多首，"多少恨，昨夜梦魂中"，写到梦境的竟占全部作品的1/3。强调言情遣兴更内心化与个人化的宋词，记梦之作的数量自然大大超过唐诗。男欢女爱或男思女忆，是宋代记梦的重要内容："香断锦屏新别，人闲玉簟初秋。

多少旧欢新恨，书杳杳，梦悠悠"（欧阳修《圣无忧》）；"夜来幽梦忽还乡。小轩窗，正梳妆。相顾无言，惟有泪千行"（苏轼《江城子·乙卯正月二十日夜记梦》）；"良宵谁与共，赖有窗间梦"（贺铸《菩萨蛮》）；"春光漫漫人千里，归梦绕长安"（曾觌《眼儿媚》）；"暴雨生凉，做成好梦，飞到伊行"（杨无咎《柳梢青》）；"人间离别易多时，见梅枝，忽相思。几度小窗，幽梦手同携"（姜夔《江梅引》）。一年四季，春夏秋冬，诗人们在不停地做着相思之梦。然而，如果这样，那宋代的记梦之作也太单调了，最终只能疲劳读者的眼睛和心理。试想，你一天到晚一年到头看到的是同一种景色，哪怕风景这边独好，你的审美心理恐怕也会疲劳和厌倦吧？

时至南宋，山河破碎，家国飘摇，壮士挥戈，英雄抗敌，时代的苦难和诗人的苦闷，使记梦词出现了前所未有的新的天地。

"梦中原，挥老泪，遍南州"（《水调歌头》），这是张元干的悲唱；"昨夜寒蛩不住鸣，惊回千里梦，已三更"（《小重山》），这是岳飞的低吟；"醉里挑灯看剑，梦回吹角连营。八百里分麾下炙，五十弦翻塞外声。沙场秋点兵"（《破阵子》），这是辛弃疾中年时的志士回眸；"雪晓清笳乱起，梦游处，不知何地。铁骑无声望似水。想关河：雁门西，青海际"（《夜游宫》），这是陆游暮年时的壮心不已。据清代诗人兼诗论家赵翼的统计，陆游诗词中的记梦之作共有99首之多，直到他最后蛰居山阴，生命已如一丸落日，他仍以《记梦》为题，写出了"征行忽入夜来梦，意气尚如年少时。绝塞但惊天似水，流年不记鬓成丝"的悲壮诗句，更不要说那首妇孺皆知的"僵卧孤村不自哀，尚思为国戍轮台。夜阑卧听风吹雨，铁马冰河入梦来"的《十一月四日风雨大作》了。他的记梦，多为写实，有的则是假托，然而都是现实生活和他感情世界的特殊折光，是那一个内忧外患灾难深重的时代的定格显影，是一代有志之士收复失地的雄图和壮士不酬的悲愤所涌起之洪波巨浪。

二

生活无尽，梦亦无穷。在唐诗人宋词人之后，就轮到元曲家们登场来演绎他们的幻梦，并向同代和后代的读者说梦了。

明代戏曲作家汤显祖有所谓"玉茗堂四梦"，即《紫钗记》《牡丹亭》《邯郸记》《南柯记》等四部传奇，他谈到四梦时曾说："因情生梦，因梦生戏。"元代是中国古典戏剧文学的鼎盛时期，第一大家关汉卿就创作杂剧60多种，其中许多都与梦有关，如《西蜀梦》《绯衣梦》《蝴蝶梦》等等，而最著名的则是《窦娥冤》，写的是窦天章梦女儿窦娥的鬼魂而为之申雪的故事，千百年来演唱不衰，烫痛了演员的嘴唇和读者的耳朵。其他如白朴的《梧桐雨》、王实甫的《西厢记》，都分别描绘记写了不同人物的不同梦境，其中的套曲所构成的唱词，本质上就是诗，是戏曲中诗的歌唱。

元人的散曲无论是小令还是套数，当然都是属于诗的范畴，元人散曲中的许多写梦之作，可说是"因情生梦，因梦生诗"。元代，是一个等级极为森严的时代，汉族知识分子包括文人从原来的珠宝黄金变成了锈铜烂铁，政治上的危机感，生命的不安全感，人生如梦的虚幻感和及时行乐的现世感，便成了那一时代知识分子的"主流意识形态"，加之元代统治者武而不文，许多皇帝对于汉文大字不认得几个，他们还来不及或者是还想不到像后世的许多统治者那样编织文网，设置万劫不复的文字狱。于是，元代曲家就有许多涉及梦幻的作品，约占《全元散曲》的1/10。而许多记梦之作，就是以梦写真，以梦记意，他们已经既没有理想更没有追求了，便借助梦境的描写揭露和讽刺黑暗的现实，抒发自己心头的郁积和愤慨。例如关汉卿《窦娥冤》第四折，写窦天章及第后官拜参知政事到楚州审囚刷卷，窦娥的鬼魂和他在梦中相见，诉说自己的沉冤大屈。窦娥在公堂上的唱词总共五曲，其中的两曲是：

〔梅花酒〕你道是咱不该"这招状供写的明白",本一点孝顺的心怀,倒做了惹祸的胚胎。我只道官吏每还覆勘,怎将咱屈斩首在长街。第一要素旗枪鲜血洒,第二要三尺雪将死尸埋,第三要三年旱示天灾。咱誓愿委实大。

〔收江南〕呀,这的是衙门从古向南开,就中无个不冤哉!痛杀我娇姿弱体闭泉台,早三年以外,则落的悠悠流恨似长淮!

关汉卿为弱女子申冤,为底层人物呐喊,所表现的正是对封建统治的否定,对黑暗吏治的批判。"这的是衙门从古向南开,就中无个不冤哉"的警语,流传后世成了"衙门八字开,有理无钱莫进来"的俗谚口碑。对于后世吏治的种种黑暗,以及时至今日的种种腐败现象,关汉卿当年所写的曲词,乃是并不过时也未作废的警世的洪钟。

又如刘致的〔双调·殿前欢〕《道情》:

醉颜酡,水边林下且婆娑。醉时拍手随腔和,一曲狂歌。除渔樵那两个,无灾祸。此一着谁参破?南柯梦绕,梦绕南柯。

曲家马谦斋〔越调·柳营曲〕《楚汉遗事》的结尾,就是"江山空寂寞,宫殿久荒凉。君试详,都一枕黄粱",而张可久〔黄钟·人月圆〕《山中书事》的开篇,则是"兴亡千古繁华梦,诗眼倦天涯",细至具体的楚汉相争,大至广义的千古兴亡,都离不开一个"梦"字。刘致此曲也是如此,结尾的反复咏唱,不仅表现了语言的反复回旋的音韵之美,更以梦境的形式,针砭了政治的险恶与现实的丑恶。

又如同周文质的〔正宫·叨叨令〕《自叹》:

筑墙的曾入高宗梦,钓鱼的也应飞熊梦,受贫的是个凄凉梦,

做官的是个荣华梦。笑煞人也么哥,笑煞人也么哥,梦中又说人
间梦。

　　这支曲子是所谓"独木桥体",亦称为"独韵诗",就是通首用同一
字做韵脚。这种体式屡见于宋词,如黄庭坚《瑞鹤仙》隐括欧阳修《醉翁
亭记》,通篇皆用"也"字押韵;蒋捷《声声慢·秋声》,通篇皆用"声"
字押韵;辛弃疾《水龙吟·用"些"语再题瓢泉》一首,此词在原来每句
韵脚之下加一"些"字,共 10 个"些"字,这是学楚辞《招魂》多用"些"
字做词尾助词之体,在词中称为"长尾韵"。元代社会是黄钟毁弃而瓦釜
雷鸣的社会,周文质此曲开篇用了傅说和吕尚的典故:傅说为殷高宗所识,
吕尚被周文王所用,均是得其所哉。逝者如斯夫,而元代现实中则是有才有
德之人受贫,无才无德之人当官,贫者自贫,富者自富,清者自清,浊者
自浊。作者在"他嘲"之后还不禁"自嘲","梦中又说人间梦",自己
何尝不一样也在梦中?这是顿悟的超然,也是刻骨的伤痛;这是跳出于红
尘之外,也是拘囿于尘世之中。人生如梦,梦亦如人生,文学之梦所表现的,
归根结底是人生之梦,正如镜花水月并非水月镜花,镜中与水中所反映的,
毕竟是地上的春花与高空的明月。

　　三

　　马致远〔双调·寿阳曲〕写道:"从别后,音信绝,薄情种害煞人也。
逢一个见一个因话说,不信你耳轮儿不热。""从别后,音信杳,梦儿里
也曾来到。问人知行到一万遭,不信你眼皮儿不跳。"谁念叨谁,谁就耳
轮发热或眼皮跳动,台湾名作家余光中在他的一篇散文中就曾经这样写过。
而男女之间相思成梦,这是古往今来的有情人都在梦中上演过的节目,而
在元代曲家的记梦之作中,也是长演不衰的主题。

《全元散曲》中关于梦幻的作品，大约占 1/10 左右，而在这 1/10 中，写男女之情的又占了十之七八，而在这十之七八中，写女子思念男子的又占了绝大多数。从普泛的意义而言，封建专制的正统观念固然对男女性爱长期予以歪曲和压制，但性爱作为人类生存与延续的一种本能，却也如同离离的原上之草，野火烧不尽而春风吹又生；从具体的元代社会而论，由于元代城市商品经济较前代发达，市民意识蓬勃滋长，反理学的思潮开始勃兴，而元代的读书人仕途无望，他们只有从现实的爱情和梦中的爱情寻找精神的慰藉与补偿。于是，元曲中写爱情的作品大增，以梦幻来表现对爱情的渴望与追求的作品当然亦复不少，较之唐诗宋词中雍容典雅细腻缠绵的有关之作，元曲洋溢的是原始的活力，草根的野性，泥土的芳香。

有如变幻多姿的万花筒，元曲中写梦境之作角度不同，写法各异，可以说多姿多彩。有的直接描写梦境，如刘秉忠的〔南吕·干荷叶〕其六："夜来个，醉如酡，不记花前过。醒来呵，二更过，春衫惹定茨蘼科，拌倒花抓破。"有的则渲染梦醒之后的情景，如陈草庵的〔中吕·山坡羊〕其三："林泉高攀，啬盐贫过，官囚身虑皆参破。富如何？贵如何？闲中自有闲中乐。天地一壶宽又阔。东，也在我；西，也在我。"有的表现其甜如蜜的甜梦，如查德卿的〔仙吕·一半儿〕《拟美人八咏·春梦》："梨花云绕锦香亭，胡蝶春融软玉屏。花外鸟啼三四声，梦初惊，一半儿昏迷一半儿醒。"有的则是苦比莲心的苦梦，如吕止庵的〔仙吕·后庭花〕其四："西风黄叶疏，一年音信无。要见除非梦，梦回总是虚。梦虽虚，犹兀自暂时节相聚，近新来和梦无。"喝酒过多，有"醉乡"可到，而以上曲家心神向往的，看来则多是"梦乡"了。

何以解忧，唯有杜康吗？在民间作者和一些曲家充满柔情蜜意的心中，何以解忧是唯有梦乡了。谓予不信，请看无名氏的〔中吕·齐天乐过红衫儿〕《闺怨》：

孤眠冷冷清清，恰才则人初静。又被和风，风，吹灭残灯，不由的见景生情。伤心，暗想才郎，全无些志诚。月下星前，海誓山盟。想起来，添愁闷，不觉的倒枕翻衾。

窗外寒风动，吹觉南柯梦。好伤情，好伤情。独自珊瑚枕。泪如倾，泪如倾，眼见的我今春瘦损。

对她的"南柯梦"没有具体的描绘，读者可以想象得之，作者重在人物心理世界的揭示和刻画，她让我们倾听的，是被"才郎"疏远甚至遗弃的弱女子所吟唱的一曲哀歌。又如曲家倪瓒的散曲〔双调·殿前欢〕与词作《江城子·感旧》：

搵啼红，杏花消息雨声中。十年一觉扬州梦，春水如空，雁波寒写去踪。离愁重，南浦行云送。冰弦玉柱，弹怨东风。

窗前翠影湿芭蕉，雨潇潇，思无聊。梦入故园，山水碧迢迢。依旧当年行乐地，香径杳，绿苔饶。
沉香火底坐吹箫，忆妖娆，想风标。同步芙蓉，花畔赤阑桥。渔唱一声惊梦觉，无觅处，不堪招！

倪瓒现存词 20 余首，写到梦境的竟多达 10 处。此词写的是旧梦，将眼前的梦境与往事的回想交织在一起，表述梦前、梦中与梦后，层次分明而焦点集中，记梦怀人，一往情深。而前引之曲是写实，也是写往日之梦，词与曲可以互参。"世事一场大梦，人生几度秋凉"，这是苏轼的感叹，而倪瓒所咏叹的，不就是人生大梦中的爱情小梦吗？

在中国古代的诗人之中，"梦中得句"屡有所闻，"记梦"之作也有不少，标明"梦中作"的诗词也多有所见。元曲家郑光祖有一组三首〔双调·蟾宫曲〕，在曲牌之下就明确题为《梦中作》，如其一：

> 半窗幽梦微茫，歌罢钱塘，赋罢高唐。风动罗帏，爽入疏棂，
> 月照纱窗。缥缈见梨花淡妆，依稀闻兰麝余香。唤起思量，待不思量，
> 怎不思量！

郑光祖与关汉卿、马致远、白朴曾并称"元曲四大家"，但他的成就
较其他三位相差甚远，不知怎么将座次排在了一起，这也许是历史的误会吧，
这种名实不副的情况，今日的文坛不仍然比比皆是吗？不过，郑光祖这首
双调之曲确实还可圈可点。梦，是现实与心理的曲折反映，此作写梦中和
情人的欢会、醒后的怅惘与追怀，作者以幻写真，以真写幻，令人疑幻疑真，
特别具有美学上所谓的朦胧之美。朦胧美是诗美的一种形态，诗经中的《陈
风·月出》和《秦风·蒹葭》两篇，就是中国诗歌朦胧美的源头，而郑光
祖的《蟾宫曲》，则是千年后的一朵浪花。我们的读者大都有在梦中与恋
人或情人相逢相聚的经验，捧读这一朵动人的浪花，我们难道不会在"怎
不思量"之余回首梦境而心旌摇曳？

爱情，不仅甜如甘醴，有时也苦胜黄连。以上所引多为有名有姓的文
人作品，让我们再请出一位民间的无名氏，听她演唱她的〔越调·寨儿令〕
《恨负心贼》吧：

> 鸳帐里，梦初回。见狞神几尊恶像仪。手执金槌，鬼使跟随，
> 打着面独脚皂纛旗。犯由牌写得精细，匹先里拿下王魁，省会了
> 陈殿直，李勉那厮听者：奉帝敕来斩你伙负心贼！

抒情女主人公的恋人或丈夫，就是曲中直斥的时至今日仍然高产的"负
心贼"。而当时没有妇联可以申告，没有法院可以起诉，没有现代传媒可

以披露与声援，弱女子只好借助梦境来表示自己的伤心、愤怒与抗争。王魁、陈殿直、李勉是前代和当时负心人的典型，分别是宋官本杂剧和元人杂剧中众所周知的热点负面人物。全曲写对梦境的回忆，一灯愁里梦啊，对这位几百年前爱极生恨的弱女子，我们只能寄去迟到的同情和慰问了。

梦，是爱情的守护神，是人生的避难所，是精神的理想国，是基于现实又超越现实的世外桃源。往事已成空，还如一梦中吗？人似秋鸿来有信，事如春梦了无痕吗？不，不，古希腊哲学家希波克拉底早就说过："艺术长存，而我们的生命短暂。"唐诗宋词元曲中写梦的许多优秀之作，为古人的好梦美梦噩梦留下了众多长存的诗证与实证，让今日的读者一卷在手，可以一一寻踪按迹，旧梦重温。

小漂泊与大漂泊

元人王实甫在《西厢记·长亭》一折中,借莺莺之口说道:"早是离人伤感,况值那暮秋天气,好烦恼人也呵!"这一名句的本金,大约是从前代的词人柳永那里借支而来,他不过是将本生利而已。柳永在《雨霖铃》一词中曾经低咏:"多情自古伤离别,更那堪,冷落清秋节。"如果溯流而上,宋玉自伤并伤其前辈屈原的《九辩》,一开篇就秋声夺人,秋气满纸,后世的引用率很高:"悲哉秋之为气也!萧瑟兮草木摇落而变衰。憭栗兮若在远行,登山临水兮送将归。"后人遂由此认定宋玉为悲秋之祖。不过,我以为这一名号应该归于屈原而非他的学生宋玉,屈原早在《九章》中已经再三为悲秋定调了:"乘鄂渚而反顾兮,欸秋冬之绪风。"(《涉江》)"悲秋风之动容兮,何回极之浮浮。"(《抽思》)"悲回风之摇蕙兮,心冤结而内伤。"(《悲回风》)屈原,是中国诗人之祖,后代的诗人当然应该向他供奉祭祀的香火。屈原也是悲秋之祖,如果推举宋玉,宋玉有知,不论是出于尊师抑或尊史,他都会逊谢不敏的。

悲秋,与秋日之肃杀和诗人之遭逢有关。汉字造字"六法"之一就是"会意",古代中国人对秋日与忧愁的关系,不仅早有切肤之感,而且有入心之伤,所以创造的会意字"愁",即为上"秋"而下"心"。从今日医学科学的角度看来,人之悲秋有其生理与病理的原因:秋天,特别是无边落木萧萧下的深秋,昼短夜长,日照不足,气温下降,百卉凋零,人的情绪易于消沉抑郁而不易振奋昂扬,这在现代医学上的专有名词是"季节性感情障碍症"。古人每多离别,而且因为交通闭塞与通信困难,更加别易会难,生离往往就是死别,所谓"明日隔山岳,世事两茫茫",就一语道尽了此中情状。春夏分袂本就情何以堪了,如果是"凉风起天末,君子意如何"的秋日,那当然就更加目击而神伤，所以南宋人吴文英在他的《唐多令》词中要说："何处合成愁？离人心上秋。"真是心有灵犀妙悟，使得此语成为千古不锈也不朽的名句。

悲秋，除了显示特殊节候下众生的心境，也能曲折地表现时代的面貌、个人生命的坎坷；如果艺术的概括与表现十分成功，甚至能创造一种超越个人与时代的普遍性的永恒情境，引起不同时代读者深远的共鸣通感。马致远的名作〔天净沙〕《秋思》，就是这种具有普遍性情境因而通向永恒的作品：

> 枯藤老树昏鸦，小桥流水人家，古道西风瘦马。夕阳西下，断肠人在天涯！

这首小令的身世，虽不至于成谜，但也有些可疑。元初盛如梓的《庶斋老学丛谈》引有三首《天净沙》，均未道及作者姓名，前面的小序说"北方士友传沙漠小词三阕，颇能状其景"，如"平沙细草斑斑，曲溪流水潺潺，塞上清秋早寒。一声新雁，黄云红叶青山"，从所描绘的景物来看，所谓"沙漠"是指北方的塞上。而第一首则是上述之"枯藤老树昏鸦"，其中的"小桥"作"远山"，末句之"人在"作"人去"。和盛如梓一样，元明两代的散曲选本如《中原音韵》《乐府新声》《词林摘艳》等书，都未说明这一散曲作者之名，直至明代嘉靖年间蒋一葵的《尧山堂外纪》，才将此曲归于马致远名下，其中的"远山"作"小桥"，"人去"作"人在"。我想蒋一葵应该言必有据，但现在已不知他的魂魄云游何方，无从问讯，反正现在世人已公认此曲版权为马致远所有。而且"在"比"去"有一种既成事实的临场感，"远山"易为"小桥"之后，宛然江南风景，和全诗的意境也更为协调，而我这个江南人读来，也不免因"狭隘的地方主义"而倍感亲切。

马致远这首小令的佳胜，前人之述备矣。元代周德清《中原音韵》说它是"秋思之祖"，明代王世贞《曲藻》说它是"景中雅语"，王国维在《宋元戏曲考》中说它"纯是天籁，仿佛唐人绝句"，在《人间词话》中又重言之："寥寥数语，深得唐人绝句妙境。有元一代词家，皆不能办此也。"而时下不少论者，也竞称此曲为"游子秋思图"或"秋郊夕照浪游图"，并盛赞前3句18个字中9个名词意象组合之妙。我不想重复前人，我只拟略说它表层结构中所表现的"小漂泊"和深层结构中所表现的"大漂泊"。小漂泊与作者的生平遭际与心理状态有关，大漂泊则是由高明的艺术所创造的高远而具有普遍意义的人生境界与生命状态，此曲正是超越了一般作品的实在层次与经验层次，而达到了杰出作品方能有幸登临的超验层次，并由此而叩开了不朽与永恒的黄金之门。

大都（今北京）人马致远，颇具学问与才华，和过去绝大多数的读书人一样，他早年热衷功名，希图建功立业，对新做中土之主的元朝统治者抱有幻想而大唱赞歌，如他的多首《粉蝶儿》曲，不仅为在血泊恨海中建立起来的新朝涂脂抹粉，"万斯年，平天下，古燕雄地，日月光辉。喜氤氲一团和气"，"贤贤文武宰尧天，喜，喜！五谷丰登，万民乐业，四方宁治"，还对新皇至祝至祷："圣明皇帝，大元洪福与天齐"，"祝吾皇万万年，镇家邦万万里。八方齐贺当今帝，稳坐龙盘兀金椅"，十足御用文人的声口，当今唱诗班的角色。如果马致远终其一生只是写了上述这些曲词，或者这些曲词成了其作品的主旋律，他就不可能成为"元曲四大家"之一而有许多名篇好句流传后世，被人美誉为有似李白之于唐诗苏轼之于宋词了。可幸而非不幸的是，什么都不缺只缺少文化的元朝统治者，自以为马上得天下也可以马上治天下，压根儿看不起读书人，不但执行民族歧视政策，而且长期废止科举，断绝了读书人学而优则仕的传统前程，让他们过去的流金岁月变成了几乎颗粒无收的苦日子。因此，汉人又兼读书人马致远的颂歌等于对牛弹琴，表错了情。他四处漂泊，无所依归，深深地咀嚼人生的无奈、苦涩与荒凉。他的《南吕·金字经》三首先后就说："絮飞飘白雪,鲊香荷叶风,且向江头作钓翁。穷,男儿未济中。风波梦,一场幻化中。""担头担明月,斧磨石上苔,且做樵夫隐去来。柴,买臣安在哉?空岩外,老了栋梁材!""夜来西风里,九天雕鹗飞,困煞中原一布衣。悲,故人知未知?登楼意,恨无上天梯。"怨恨悲愁,溢于言表,但境界还是未能在人生的实在层次与经验层次上提升。50岁以后,马致远终于远离官场,不再奔竞仕途,再也无意于什么官位,他隐居于杭州郊外,啸傲于山水之间,吊影于苍茫天地。断肠人在天涯的这首《天净沙》,应是他50岁以前的作品,风尘仆仆于道途,形影茕茕于秋日,敲金断玉的28个字,敲痛了他浪迹天涯的落寞凄凉,也断尽了天下读书人在那个艰难时世中的沧桑感与悲剧感,整个作品也如同涅槃的凤凰,向超验的永恒的境界飞升。

人生有小漂泊也有大漂泊。小漂泊,是指个人的有限之身与有限之生,在短暂的生命历程中的四处流徙;大漂泊,则是渺乎其小的芸芸众生在无尽的时间与无穷的空间中本质的生存状态。对时间与生命极为敏感的李白,早在《春夜宴诸从弟桃李园序》中就慨乎言之了:"夫天地者,万物之逆旅也;光阴者,百代之过客也。而浮生若梦,为欢几何?古人秉烛夜游,良有以也。"他对于人生悲剧的形而上思考,真是一步到位,一语中的。电视荧屏上的广告词说:地球已有45亿年的历史,人只有短短的一生。不过,生活在地球上的古往今来的芸芸众生如此,而承载众生的小小地球何尝不也是这样?在茫茫广宇之中,地球何尝不是一位资深的来日尚称方长但毕竟也有其大限的漂泊者?诗人余光中在《欢呼哈雷》一诗劈头就说:"星际的远客,太空的浪子/一回头人间已经是七十六年后/半壁青穹是怎样的风景?/光年是长亭或是短亭?"何止地球,所有在太空中的星球,不也都是"浪子"——漂泊者吗?《天净沙》一曲所具有的超越眼前现实的宇宙感和超越自我经验的人类集体无意识,以及由此而获得的"无穷的意味"——可遇而难求的永恒意义和永恒价值,也许是作者马致远自己所始料未及的。这,也许就是文学原理中所谓的"形象大于思想",作者未必然,作品未必不然，读者更未必不然吧？真正优秀的杰出的作品，不会被时光之水淘汰，不会被时间之风尘封，作者的完成只是"半程完成"，而它的"继续完成"，则有赖于世世代代的读者来参与艺术再创造。正如歌德所说的"说不尽的莎士比亚"，又如西谚所云"有一千个读者就有一千个哈姆雷特"。我从马致远《天净沙》中所体悟的小漂泊与大漂泊，也即是如此。

当然，要吸引读者参与作品的"形象工程"，作品在艺术上就必须极为高明，而高明的重要标志，就在于观古今于须臾，抚四海于一瞬，具有巨大的艺术概括力量，留给读者以广阔的联想与想象的余地，即现代文学批评所谓的"召唤结构"与"审美期待"。我们不妨引用同类或相似的作品做一番简略的比较。金朝董解元《西厢记诸宫调》有一首《仙吕·赏花时》，全曲是：

> 落日平林噪晚鸦，风袖翩翩吹瘦马。一径入天涯，荒凉古岸，
> 衰草带霜滑。瞥见个孤林端入画，篱落萧疏带浅沙。一个老大伯
> 捕鱼虾，横桥流水，茅舍映荻花。

董解元是金代的才子、王实甫的先行，他所绘的秋日乡野图可说诗中有画，但景物描写似乎过于纷繁，而且客观冷静有余，主体精神的投入与观照不足。马致远曲中的词句与意境虽然与之有些相同，从中可见文学创作的渊源关系，但后来居上，马致远之作却精练和清纯得多，境界之深远更非董作可以望其项背。

元曲四大家之一的白朴，生于 1226 年，早于马致远约二三十年。他以〔越调·天净沙〕分别咏春夏秋冬四时景色，其《秋》一曲如下：

> 孤村落日残霞，轻烟老树寒鸦。一点飞鸿影下，青山绿水，
> 白草红叶黄花。

今人有意，逝者无言。我已无法采访马致远，询问他的前辈白朴此作对他有什么影响，他怎样力争有出蓝之美。现代的官商和商官可以买空卖空，空手套白狼，但文学上的白手起家却是痴人说梦。文学创作必须而且要善于继承前人的遗产，关键是不能株守遗产，坐吃山空，而是要将本作利，大展发展与创造的宏图。白朴之作，开篇点化了秦观《满庭芳》的"斜阳外，寒鸦数点，流水绕孤村"的妙句，整体也大致可观，但毕竟景大于情，主体精神的张扬远远不足，而且缺乏深远的寄托，这就难怪马致远要当仁不让地后来居上了。

桃李不言，下自成蹊。美丽的西子捧心，东施尚且要来效颦，何况是典范性的作品？马致远被人美称为"曲状元"，曲状元的极品小令一出，当时想必效应轰动，以后也余震不绝，以至同时代与后代的曲家，都按捺不住而纷纷拟作，甚至连韵脚都相似相同，下面略举数例：

嘹嘹落雁平沙，依依孤鹜残霞。隔水疏林几家？小舟如画，渔歌唱入芦花。

元·张可久〔天净沙〕《江上》

江亭远树残霞，淡烟芳草平沙，绿柳阴中系马。夕阳西下，山村水郭人家。

元·吴西逸〔天净沙〕《闲题》

一行白雁清秋，数声渔笛蘋洲，几点昏鸦断柳。夕阳时候，曝衣人在高楼。

清·朱彝尊〔越调·天净沙〕

张可久是元代散曲大家，作品数量为元代散曲作家之冠，有"曲中李杜"之称。他的《双调·庆东原》共九篇,题下小注是"次马致远先辈韵",可见执隔代弟子之礼甚恭。次韵,即他这组《天净沙》韵脚和用韵的次序都与马致远之作相同,可见其亦步亦趋。吴西逸接踵而来,其曲虽清丽可诵,但马作天高地阔,吴作则不免捉襟见肘而境界逼仄。清人朱彝尊诗与王士祯齐名,词与陈维崧并美,而曲则是清代"骚雅派"的领袖,但他的《天净沙》在众多的仿作中,却只能说一蟹不如一蟹了。

马致远的〔天净沙〕《秋思》,写自己而超越了自己,写特定的时代而超越了特定的时代,由小漂泊而大漂泊,蕴含了对生命本体存在和对人类历史状况的整体感悟,创造了人生天地间的普遍性情境,从而进入了永恒的艺术殿堂,让世世代代的后人去焚香顶礼。流行歌曲《故乡的云》,其中反复咏唱的"归来吧,归来哟,浪迹天涯的游子",不正是马致远之曲的遥远的回声吗?飘飘何所似?天地一沙鸥。台湾名诗人洛夫由大陆而漂泊台湾,由台湾而漂泊加拿大,他的 3000 行的大型诗作,就是以"漂木"为题,抒写他"近年一直在思考的'天涯美学'"和"自我二度流放的孤独经验",而其"天涯美学"的主要内容,则为个人与民族的"悲剧意识",以及超越时空的宇宙境界,而《漂木》全诗的主旨正是运命的无常、宿命的无奈、生命的无告。是啊,在茫茫的宇宙之中,有谁不是天涯沦落人呢?在我书案的玻璃板下,压有一张数十年前寄自德国的明信片,上面分别有友人黄维梁和余光中的手迹,他们写的是:

元洛兄:

　　大函已转交光中先生。我们在汉堡相叙数天,天涯知己,难得而愉快。现在易北河,遥想湘水,感怀无已。

弟维梁
1986 年 6 月 26 日

今夕我们泛舟游于易北河上，时正夕阳西下，情何以堪，断肠人在天涯！

光中

他们鸿雁传书之时，两岸尚未开放，余光中仍是天涯犹有未归人。若干年后他写《从母亲到外遇》一文，曾说"大陆是母亲，台湾是妻子，香港是情人，欧洲是外遇"，他当年外遇于德国的汉堡和易北河，欧洲美人应该是让他乐不思蜀了，但他却思蜀而不乐："断肠人在天涯！"如果不是小漂泊与大漂泊之感纷至沓来，交相叩击他的心弦，彼时彼地，马致远的名句怎么会越过800年的岁月和数万里的空间，飞至他的心头与笔下？

鸣冤诉屈的恨曲与悲歌

一

古往今来，世界就像一个万象纷呈而永不落幕的舞台，不知演出过多少悲欢离合的故事，故事中的人物又不知演绎过多少喜怒哀乐的情感。而在"悲事"与"哀情"之中，最摇人心旌而使人一洒同情之泪的，则莫过于身蒙奇冤大屈而又难以昭雪的了。

中国汉字的构字原则，有所谓象形、指事、会意、假借、形声、转注等"六书"。而汉字中的"冤"字，应该是由"象形"之法所构成的吧，如果传说中的"仓颉造字"情况属实，那么，"冤"字就应该是他老先生别有会心的创造。意为冤枉冤屈的"冤"字，由两部分构成，其上的"冖"，是一个常用的具有象征意义的形符，表示覆盖、笼罩之意，其下则是任人宰割肉味鲜美的"兔"，除了被剥皮食肉，善良无助的兔还能有什么美好的前途呢？且不要说芸芸众生中的小人物了，厄运来时，他们就如任强权恶政或强人恶者践踏的蝼蚁草芥；即使是叱咤风云的英雄、不可一世的豪杰，鱼游浅水遭虾戏，虎落平阳被犬欺，一旦沦为笼中待宰之兔，也只有长叹悠悠苍天彼何人哉而徒唤奈何。"撼山易，撼岳家军难"，岳飞，该是我们英雄中的英雄了，连南下而牧马的剽悍的金兵对之都闻风丧胆，但这位比山更难撼动的英雄人物却屈死在风波亭上，轰然倒下时胸中倒海翻江的是天日何时昭昭的冤情；明末的袁崇焕，可说是抗御外侮的豪杰中的豪杰了，他抗拒上司弃城入关的命令而死守关外的孤城宁远（今辽宁兴城），攻城的努尔哈赤负伤败退旋即身亡，这是明朝对后金作战所取得的第一场胜利，随后袁崇焕收复锦州等失地，予围攻锦州的皇太极以重创，史称"宁锦大捷"。

然而，多疑的崇祯却自毁长城，内听权臣的诬陷之言，外惑强敌的反间之计，竟然将袁崇焕凌迟处死，传首九边。袁崇焕临刑受戮之时，他心中燃烧的该是较肌肤之痛更惨烈的悲愤吧？

大约是人世间的冤屈太多，需要有相应的文字表达，所以汉语中与"冤"相应的词语也颇多，为冤枉、冤屈、冤情、冤魂、冤仇、冤祟、冤狱、含冤负屈、冤沉海底、鸣冤叫屈、沉冤莫白等等，不一而足。颠之倒之，又有衔冤、鸣冤、申冤、雪冤、不白之冤、覆盆之冤、千古奇冤等等，不胜枚举。这些平日习见常用的词语，如果能一一倾诉它们的由来和派上的用场，那该是怎样令人心悸而魄动的血泊恨海？元代，是中国历史上一个十分黑暗的时代，是一个民族压迫深重的时代，是一个以强凌弱的时代，是一个芸芸众生特别是汉人南人沦为弱势群体的时代，有良知的敢怒也敢言的文人终于发出了不平之鸣，他们在戏剧和散曲中歌颂过去的英雄，咏唱复仇的故事，抒写时代和人民的巨痛沉哀。其中，以"冤"为题目中的关键词的，就有关汉卿的剧作《窦娥冤》，有姚守中的〔中吕·粉蝶儿〕《牛诉冤》，曾瑞的〔般涉调·哨遍〕《羊诉冤》，刘时中的〔双调·新水令〕《代马诉冤》。在前代的唐诗宋词中，写到"冤"的如杜牧《闻开江相国宋下世》的"位极乾坤三事贵，谤兴华夏一夫冤"，如李商隐《哭刘蕡》的"上帝深宫闭九阍，巫咸不下问衔冤"等等，都没有像元曲这样集中而强烈，这样为一个普通的弱女子而击鼓，为马牛羊实际上是为处于社会最底层的升斗小民而鸣冤。

二

还是在20世纪50年代后期的大学时代，同年级的同学们集体编写《中国戏曲文学史》，我才得以初次诵读关汉卿的《窦娥冤》。虽然其时少不更事，还未能更多地亲历人间的种种不平与冤屈，但是，善良悲苦而倔强刚烈的窦娥却如同不速之客，远从元代前来闯进我的心房，伴随了我的半生岁月。

　　"文革"前夕的"四清"运动，其时我在洞庭湖畔的一个县城中学教书，欲加之罪，何患无辞，几次时过子夜的批判会，摧毁了人之所以为人的尊严。我的妻子会后抱着嗷嗷待哺的小儿伫立水边，差一点儿跳进了咆哮的江水，家破人亡系于一念之间。虽然比不上窦娥命运之悲惨，但我痛切地感到什么叫作"冤屈"，什么是人间的平地风波与人心的险恶难测。虽然元代早已写进泛黄的史册，虽然肆虐一时的沙尘暴龙卷风也早已逝去，如今重读《窦娥冤》，我仍然不能不敬重关汉卿作为真正的作家所具有的良心、胆识与勇气，不能不向窦娥遥寄我年轻时即已中心藏之的同情和慰问。

　　关汉卿是绝不亚于莎士比亚的伟大的戏剧家。莎士比亚在他的剧本《哈姆雷特》中曾经说过："弱者，你的名字是女人！"此语一出，风传至今。对于过去的历史，希腊神话有所谓黄金时代、白银时代、青铜时代、黑铁时代之说，元代，就是一个强权加暴力的"黑铁时代"。窦娥，就是黑铁时代的一位弱者，她受到无赖恶棍张驴儿的陷害，又不忍心看衙役对抚养她成人的无辜的蔡婆婆用刑，只得屈打成招，承认自己毒死了张驴儿之父。楚州知府桃杌的为官之道是"我做官人胜别人，告状来的要金银"，他收受张驴儿的贿赂，判窦娥处斩。据《元史》记载，大德七年（1303）一次就查出贪官污吏18473人，而元代官员总数为26000，约占2/3，官场黑暗如漆，关汉卿笔下的桃杌不过是其中之一而已。法场问斩时，窦娥满腔的悲愤化为血泪交迸的呐喊：

　　〔正宫·端正好〕没来由犯王法，不提防遭刑宪，叫声屈动地惊天！顷刻间游魂先赴森罗殿，怎不将天地也生埋怨。

　　〔滚绣球〕有日月朝暮悬，有鬼神掌著生死权。天地也只合把清浊分辨，可怎生糊突了盗跖、颜渊。为善的受贫穷更命短，造恶的享福贵又寿延。天地也做得个怕硬欺软，却元来也这般顺水推船。地也，你不分好歹何为地？天也，你错勘贤愚枉做天！哎，只落得两泪涟涟。

在生命的最后一息，熟铁在命运的铁砧上也锤炼成了精钢，弱女子变成了女强人，她质问最高权威的天地鬼神，就是对整个封建统治的控诉和整个封建秩序的否定，这是血的呼声、泪的呐喊，是从柔弱的胸膛里迸发的雷声。在血与泪的哭诉与控诉之后，窦娥在刑场与婆婆诀别，以三支曲发出了三重毒誓，即：血不溅地、六月飞雪和大旱三年。"我不要半星热血红尘洒，都只在八尺旗枪素练悬"，"若果有一腔怨气喷如火，定要感的六出冰花滚似绵"，"做甚么三年不肯甘霖降？也只为东海曾经孝妇冤"。按照常理常情，这些誓愿绝无实现的可能，但因为窦娥之冤感天动地，绝无可能的誓愿却一一变成了现实。

每读窦娥的三誓，我总是不免想到汉乐府的爱情诗《上邪》：

上邪！我欲与君相知，长命无绝衰！山无陵，江水为竭，冬雷震震，夏雨雪，天地合，乃敢与君绝！

这是热恋者向其情人表忠心的誓词，他或她不是一般性地重复什么海枯石烂地久天长的陈腔滥调，而是层层递进地列举许多绝不可能发生之事以反衬情爱之坚贞，其中就有与"六月雪"相同的"夏雨雪"。然而，《上邪》是爱的绝唱，《窦娥冤》是冤之悲歌；《上邪》是含泪的笑，《窦娥冤》是呕血的哭；它们是烈火与严冰，是南极与北极，是九天之上与地狱之下。"夏雨雪"与"六月雪"誓愿指归不一而誓词相同，关汉卿啊，他谱写窦娥指天誓日的恨曲之时，是否想到过汉魏六朝那位多情种子的誓词呢？

三

"鸱鸮鸱鸮，既取我子，无毁我室。恩斯勤斯，鬻子之闵斯。……予羽谯谯，予尾翛翛，予室翘翘，风雨所漂摇，予维音哓哓。"时至今日，只要你翻开古老的《诗经》，那被猫头鹰夺其爱子而又在凄风苦雨侵袭下悲苦无告的鸟儿的哀鸣之声，便会穿过 2000 多年的岁月，从《豳风·鸱鸮》篇中隐隐传来。这是《诗经》中一首新颖独特而具有强烈悲剧感的作品，许多研究者称之为"禽言诗"，钱锺书在《宋诗选注》中则称之为"鸟言诗"。上引此诗的首尾两节，译成今日的白话就是："猫头鹰啊猫头鹰，你已抓走我的娃，不要再毁我的家，日以继夜多辛劳，为养孩子苦又乏。……我的羽毛已干焦，我的尾巴像枯草，我的巢窝危又高，雨打风吹晃又摇，我只得哀哭又长嚎！"这首鸟儿的悲歌，歌咏的是初民在人祸天灾夹攻中的苦难与悲哀。它是否引起过生活在苦难时代的元曲家的强烈共鸣呢？我已经无法去拜访关汉卿、姚守中、曾瑞和刘时中诸位先生，并请他们写出甘苦寸心知的创作谈了，但他们的有关作品，我想一定远绍了《鸱鸮》篇的一脉心香。

马与牛羊的影踪，早在《诗经》中已经出现。"陟彼崔嵬，我马虺隤""陟彼高冈，我马玄黄""陟彼砠矣，我马瘏矣"，《周南·卷耳》篇中所写的，就是思妇想象中的马病人疲的情景；"君子于役，不知其期？曷至哉？鸡栖于埘，日之夕矣，牛羊下来。君子于役，如之何勿思。"这是《王风·君子于役》的首章，日落西山牛羊走下山坡的时分，在家的妻子更加思念服役在外的丈夫，不知他何时才能归来？在我们民族上述最古老资深的民歌中，牛羊只是先民生活中的伴侣与配角，作者还没有赋予它们独立的更深的寓意，历史还在等待。直到唐代诗人刘叉那里，才出现了代言体的《代牛言》之诗："渴饮颍川水，饥喘吴门月。黄金如可种，我力终不歇。"如果刘叉之作是他喻，喻辛苦劳作的黎民百姓，宋代抗金名将李纲的《病牛》，则是借病牛以自况："耕犁千亩实千箱，力尽筋疲谁复伤？但愿众生皆得饱，不辞羸病卧残阳。"悠悠旆旌，萧萧马鸣，至于常常与牛连类而及的马，在古典诗歌中更是振鬣长鸣，其奔腾的四蹄踏遍了中国诗歌的历史。在唐诗人中，杜甫与李贺是写马最多最精彩的了，杜甫除"乘尔亦已久，天寒关塞深。尘中老尽力，岁晚病伤心。毛骨岂殊众？驯良犹至今。物微意不浅，感动一沉吟"的《病马》之外，还有一首"东郊瘦马使我伤，骨骼硉兀如堵墙。绊之欲动转敧侧，此岂有意仍腾骧。……天寒远放雁为伴，日暮不收乌啄疮。谁家且养愿终惠，更试明年春草长"的《瘦马行》，老杜一生坎坷不遇，写此诗正是因营救房琯而由左拾遗贬华州司功参军之时，他表面上似乎是写一匹良马的始用终弃，实际上是自伤身世，李清照读此诗后都有"少陵也自可怜人，更待来年试春草"之句。因此，以上之诗和他以前所写的"胡马大宛名，锋棱瘦骨成"的《房兵曹胡马诗》不同，也与"斯须九重真龙出，一洗万古凡马空"的《丹青引赠曹将军霸》有异。李贺现存诗约240首，他的本命年是马年，又兼沉沦下僚多愁多病而时乖命短，像天宇上一闪而过的彗星。"此马非凡马，房星本是星。向前敲瘦骨，犹自带铜声。"他写到马的诗有60首之多，其中就有大型组诗《马诗二十三首》，上引乃组诗其四。他咏马的英风胜概，正是寄托了自己横行万里的梦想，而他组诗中的"饥卧骨查牙，粗毛刺破花。鬣焦朱色落，发断锯长麻"（其六），和"飂叔去匆匆，如今不豢龙。夜来霜压栈，骏骨折西风"（其九），寄寓的不正是自己艰难困苦怀才不遇的悲哀吗？如果说，上述的元曲家曾远去《诗经》这中国诗歌的江河之源，捧饮源头的清清雪水，那么，唐宋时代的诗歌已是江声浩荡，那浩荡的江声一定鼓舞激扬过他们创作的灵感，那些咏牛写马的优秀篇章如同绚丽的浪花，肯定照花过他们临江而望的眼睛。

约生于公元1250年的姚守中，我的出生之地河南洛阳就是他的故乡。他虽然是元代高官、散曲作家姚燧之侄，但也只做过小小的"平山路吏"。

他所作杂剧均已不传，所作散曲也仅存〔中吕·粉蝶儿〕《牛诉冤》一套。今日许多作家纷纷以作品高产自诩，但产量高并不等于质量高，更不等于可以传世，堆山积海之作，究竟有多少能经得起时间这位冷面杀手的淘汰？绝大多数作家的作品如旋开旋谢的昙花，甫一问世即告消亡。姚守中虽然只此一篇，别无分什，但仅存的却是不朽的硕果，在中国散曲史上留下了自己的大作与大名，他也可以聊以自慰了。

〔中吕·粉蝶儿〕《牛诉冤》套曲，共由16支曲子组成，以牛自云的"衔冤负屈"贯串全篇，叙写了牛劳碌的一生与最后被宰割的悲剧结局，且听全套的尾声：

〔六〕筋儿铺了弓，皮儿鞔做鼓，骨头儿卖与钗环铺。黑角儿做就乌犀带，花蹄儿开成玳瑁梳。无一件抛残物，好材儿卖与了靴匠，碎皮儿回与田夫。

〔尾〕我元阳寿未终，死得真个屈苦。告你个阎罗王正直无私曲，诉不尽平生受过苦！

这一套曲题为"牛诉冤"，实际上是言在此而意在彼，曲家是为自己，更是为挣扎在那个黑暗时代中的下层群众包括落魄知识分子和穷苦农民，倾诉他们无可告诉也无处申雪的冤屈。

接踵而来的是曾瑞。这位籍贯北京移居杭州的作家，终身不仕。他比姚守中幸运多了，还有1出杂剧、17套套数和95首小令传世，不过他最杰出的作品还是数〔般涉调·哨遍〕《羊诉冤》。有如共同铸造一座千古不磨的散曲的宝鼎，在姚守中铸成一足之后，他的《羊诉冤》一曲铸成另一足。全套共由七支曲子组成，它赞美了羊善良温和的本性与诸多优长及贡献，是"享天地济民饥，据云山水陆无敌。尽之矣"，任何山珍海味都无法与之比并。然而，羊族的命运却是极其悲惨的，作者抒写了它们从北方被驱赶到南方的种种不幸遭遇，以及最后被宰杀的情景，为古典诗词中所仅见，如同现代电影中的特写镜头：

〔耍孩儿〕从黑河边赶我到东吴内，我也则望前程万里。想道是物离乡贵有些峥嵘，撞着个主人翁少东没西。无料喂把肠胃都抛做粪，无水饮将脂膏尽化做尿，便似养虎豹牢监系。从朝至暮，坐守行随。

〔一煞〕把我蹄指甲要舒做晃窗，头上角要锯做解锥，瞅着领下须紧要絟挝笔，待生揹我毛裔铺毡袜，待活剥我监儿踏碴皮。眼见的难回避。多应早晚，不保朝夕。

〔二〕火里赤磨了快刀，忙古歹烧下热水。若客都来抵九千鸿门会。先许下神鬼颩了前膊，再请下相知揣了后腿，围我在垓心内。便休想一刀两段，必然是万剐凌迟。

封建时代有许多酷刑，"凌迟"即其中最为残酷的一种，又名"剐刑"。此刑始于五代，至元朝正式列为国家刑法。曾瑞细微地描绘了羊之被剐的惨状，表现的是善良无告的草芥小民的悲惨命运。蒙古贵族在征灭金朝的过程中，曾大量掳掠中原人民为奴，"驱口"，就是金元之际被俘的汉人的特殊称谓，后来忽必烈听从了汉臣的建议，在进攻南宋的过程中禁止继续掳掠百姓为奴，但派遣与驻戍在南方的军将官员们，便从北方带去众多的驱口供其奴役。曾瑞由北之南，目击身经，他自然有许多第一现场的体验。曲中写到"从黑河边赶我到东吴内"，其中"黑河"泛指北方，"东吴"泛指江南，写的正是驱口们当年被遣南行的基本路线。全曲不仅具有同情底层大众的普遍意义，而且义有特指，让后世的读者看到的是一幅半奴隶半封建制度下的社会生活图景。对此我无以名之，借用法国大文学家雨果的著名小说之名，就是"悲惨世界"。

鼎足而三。在关汉卿的杂剧《窦娥冤》之外，继姚守中的《牛诉冤》和曾瑞的《羊诉冤》之后，刘时中以他的〔双调·新水令〕《代马诉冤》，完成了元散曲的"三冤之作"。刘时中何许人也？如今我们只知道他是洪都（今江西南昌）人，元天历、至顺时在世，落魄潦倒，生平不详。他还有两个重要作品，即〔正宫·端正好〕《上高监司》（前套）和《上高监司》（后套）。"高监司"，即当时担任江南行御史台侍御史的高防，他以宣抚使的身份负责江西的救灾工作，是反映民生疾苦为民请命而一时传颂的清官。刘时中写《上高监司二首》给他，一开篇就是"众生灵遭魔障，正值着时岁饥荒"，全曲反映的是大旱之年民不聊生的悲苦情景，揭露的是奸商、富户和权势在握者骄奢淫逸的本性，以及他们趁火打劫敲骨吸髓的丑恶行径，郑振铎在《中国俗文学史》中称之为"元代散曲里的白氏《新乐府》"。刘时中能写出这种表现重大社会问题的作品，在姚守中与曾瑞之后，有所继承更有所发展地写出《代马诉冤》，就绝不是偶然的了。血管里如果只有冷血，笔管里会有奔进的热血吗？

唐代的韩愈在《杂说》中有一番论千里马的名言："世有伯乐，然后有千里马。千里马常有，而伯乐不常有。故虽有名马，祇辱于奴隶人之手，骈死于槽枥之间，不以千里称也。"韩愈所写的是"不识人才"的问题，然而，刘时中之作以此开篇领起："世无伯乐怨他谁？干送了挽盐车骐骥。空怀伏枥心，徒负化龙威。索甚伤悲，用之行舍之弃。"刘时中在此已更进一步，写的是"扼杀人才"的问题；犹如登山，刘时中在韩愈止步的地方继续攀登，他就有了新的高度，比如开掘，刘时中在韩愈开挖的矿床上继续拓进，他就有了新的深度。他表现的不是个别而是普遍，不是偶然而是规律，不是应该如此的正常而是不该如此的反常：

　　〔雁儿落〕谁知我汗血功，谁想我垂缰义，谁怜我千里才，谁识我千钧力？

〔得胜令〕谁念我当日跳檀溪，救先主出重围？谁念我单刀会随着关羽？谁念我美良川扶持敬德？若论着今日，索输与这驴群队！果必有征敌，这驴每怎用的？

〔甜水令〕为这等乍富儿曹，无知小辈，一概地把人欺。一地里快蹄轻踮，乱走胡奔，紧先行不识尊卑。

"驴群队"与"驴每"，喻指的就是那些成事无能的庸人和谄媚有术的小人，他们往往受到赏识重用，窃据要津而春风得意，"骏马"则喻指贤者能人，它们往往"埋没在蓬蒿，失陷在污泥"，甚至还被"刑法凌迟"，不得善终。而之所以黄钟毁弃而瓦釜雷鸣，就是那些"逞雄心屠户"和"咽馋涎豪客""贪微利""思佳味"所造成，也就是贪官污吏横行、政治黑暗腐败的结果。这，固然是元代社会现实的写照，不也是古往今来极权社会的一个缩影吗？

姚守中、曾瑞和刘时中，他们突破了元曲多写个人失意与隐逸之情的藩篱，将一支正义的健笔伸向社会现实的广阔天地，伸向世上疮痍民间疾苦，而这种写动物实为写人的拟人寓意的"代言体"写法，在元散曲中也可以说是空谷足音。牛的哀调，羊的怨曲，马的悲歌，在关汉卿的《窦娥冤》之后，他们三人的联唱，至今仍令我们心弦震颤，仍让我们怆然回望。

末世文人的英雄情结

一

元代，是中国读书人的冬天。英国19世纪名诗人雪莱在《西风颂》中说："冬天既然来了，春天还会远吗？"然而，元代的读书人虽处天寒地冻之中，但他们却听不到任何冬天解冻的消息，一直到不满百年的元朝灭亡，一直到元朝统治者从大都仓皇退回漠北他们那发祥之地，一直到一轮血红的落日为这个短命的王朝画上一个结束的句号。

就像一股无可抗拒的从天而至的龙卷风，就像一阵无可抵御的席地而至的沙尘暴，在宋、金南北对峙而金人南侵日亟之时，北方蒙古高原上的蒙古族却迅速崛起。"蒙古"，本来是大漠南北许多游牧部落之一，当时对蒙古高原各部落的总称是"鞑靼"，它是最强大的部落"塔塔儿"的谐音。12世纪末，蒙古部落的领袖铁木真统一诸部，以"蒙古"取"鞑靼"而代之。公元1206年即宋宁宗开禧二年、金章宗泰和六年，经过20多年的浴血奋战，45岁的铁木真被拥戴为蒙古的大汗，建立起庞大的草原帝国，蒙语国号为"也客忙豁勒兀鲁斯"，意即"大蒙古国"。"汗"即帝王之意，"成吉思汗"至今有两种解说，一意为"海洋"，一意为"王赐"，总之，由此建立的"大蒙古国"处于刚刚开始由氏族社会过渡到奴隶社会的阶段，总人数仅百万左右，而成吉思汗及其子孙却率领不到15万的铁骑，西伐南征，硬是用马蹄踏出了用刀箭建立了一个横跨欧亚非的特大号帝国。时至1260年，成吉思汗之孙忽必烈即位，将国都由哈拉和林（今蒙古国鄂尔浑河上游东岸）南移至开平（今内蒙古正蓝旗东北，后称"上都"），后又建于大都（今北京），1271年称国号为"大元"，开始了中国历史上第一个由蒙古族南面而王的朝代。元朝的历史，如果从成吉思汗在蒙古高原建立"大蒙古国"开始，至元顺帝于 1368 年北伐明军兵临城下逃离大都遁入漠北时为止，历时 163 年；如果从汉式的国号"大元"标起，则是其兴也勃其败也速的短短 97 年，虽然较最短命的暴秦的 15 年为长，但也不到一个世纪，所谓"不满百年"。

元朝统治者以飓风般的铁骑暴雨般的强箭，在"杀无赦""斩立决"的血腥口号下建立了他们的王朝。纵横欧亚时不必说了，所谓"王钺一挥，伏尸万里"，成吉思汗自称的"上天之罚"，译成欧洲文字就变成了"上帝之鞭"，那根残暴至极的鞭子抽得欧亚许多民族和国家遍体鳞伤而且血流成河。忽必烈以前的蒙古大汗，卫士护灵下葬时路上逢人即杀，"杀时语之曰：以护吾主"。成吉思汗病逝于宁夏六盘山下之清水县，卫士护卫棺柩回蒙古草原之三河源头时，路上杀人数千。蒙哥可汗南征时战死于四川钓鱼城下，从钓鱼城护灵至蒙古"起辇谷"，途中所遇男女老幼逢人必杀，共戮两万余人。即此一端，可见其他。波斯历史学家费志尼，虽未亲见却耳闻鞭花飞舞，他在其名著《世界征服者史》中做了详细记载，其中有道是："一个遍地富庶的世界变得荒芜，土地成为一片不毛之地，活人多已死亡，他们的皮骨化为黄土。"数百年后的今日的读者，即使是炎炎夏日捧读此书，恐怕都会为那种老牌的恐怖主义暴行不寒而栗。

忽必烈正式建立"大元"王朝之后，便开始平灭南宋，屠戮之风虽比前代三次西征时略有收敛，但草原狼的野蛮与丧门神的残暴依然如故，对灭金亡宋中敢于反抗者，更是施行灭绝政策，是多年后清朝军队南下时"嘉定三屠""扬州十日"的先行样板。仕于元的曲家姚燧与胡祗遹对此都有真实的记载。姚燧在《序江汉先生事实》中说："军法，凡城邑以兵得者悉坑之。德安由尝逆战，其斩刈首馘动以十亿计。"胡祗遹在《民间疾苦状》中则说："（江南）自收附以来，兵官嗜杀，利其反侧；叛乱已得，纵其掳掠。货财子女，则入之于军官，壮士巨族，则殄歼于锋刃。一县叛，则一县荡

293

为灰烬；一州叛，则一州沦为丘墟。"如此惨绝人寰的大屠杀，在元朝行将灭亡前还差一点儿重演，至元三年（1337）朱光卿、棒胡起义大爆发后，丧心病狂的权臣伯颜发扬其先人的余绪，上疏元顺帝建议杀光张、王、刘、李、赵五姓汉人。虽然这一恐怖计划因故未能施行，但汉人特别是上述五姓之人早已闻风丧胆了。

元朝的立国之本是暴力与恐怖，其基本国策则是专制与分化。元朝统治者把国人分为四等：第一等当然是蒙古人；第二等是色目人，主要包括西域各族和西夏人；第三等为汉人，即原属金朝境内的汉人和契丹、女真等族；末等为南人，即南宋地区的汉人和西南的少数民族。元朝的法律还明文规定，蒙古人殴打汉人，汉人不得还手，打死汉人也不偿命，顶多只是当兵戍边，而汉人打死蒙古人除了处死还要付50两"烧埋银"。蒙古人有诸多特权，而对汉人则诸多禁限，如不得养马、不得持有兵器、不得夜间点灯等等。白天已是暗无天日了，晚上更是人间地狱。人权当然不仅仅止于起码的生存权，将人权等同于生存权，未免是对人权的贬低和曲解，但元朝的汉人确实连生存权都无法保障，可见元朝专制的酷烈。在芸芸汉人中，读书人则更为痛苦，人生识字忧患始，因为毕竟是读书人，他们较之一般目不识丁浑浑噩噩者，有更多的心灵的天地与思想的空间。尤其是元朝建国后废除科举，断绝了读书人的进身之阶，虽然1313年又宣布恢复科举，但北方从灭金之后废除科举已近百年，南方从亡宋算起也已近40年，何况旋又宣告废除。而且考试的内容"蒙易汉难"，蒙古人与色目人，汉人与南人，分两榜录取。终元之世，科举断断续续仅举行过16次而已，取录进士总共仅千余人。科举本来是读书人入仕的唯一羊肠小道或独木桥，但小道多数时候因泥石流暴发而不能通行，独木桥多数时候因山洪冲毁而无法行走，更何况四周还险象环生，气氛恐怖，令人如临深渊。

二

这是一个黑暗而光明缺席的时代，这是一个恐怖而自由失踪的时代，这是一个绝望而看不到希望的时代，这个时代的读书人真正是生活在水深火热之中。少数读书人仍然希图并努力向上攀爬，抓住偶尔来临的机会像抓住一根救命的稻草，以求在新朝获得一官半职，以期三跪九叩，谢主隆恩。其他读书人有条件的则高倡归隐，歌颂隐士；有的则破罐子破摔，及时行乐，那时虽没有现代的酒吧、舞厅、桑拿浴、卡拉 OK 和休闲中心，但却有歌楼舞榭、乐部教坊。当然，也有读书人抚今追昔，缅怀过去时代本民族的英雄人物，寄托自己胸中的块垒，表达对现实的不满，这也可以说是醉翁之意既在酒也不在酒吧？

中国文人素来就有英雄情结，有歌颂英雄的传统。"雄"，一般是借喻杰出的或强有力的人物。能力超群却权诈欺世的野心家称为"奸雄"，如《三国演义》中所塑造的而非全是现实生活中的曹操；不乏雄才大略却专横残暴的称为"枭雄"，如一代天骄成吉思汗；身为弱质的女性却英武过人者称为"雌雄"，如自云"始信英雄亦有雌"的鉴湖女侠秋瑾；"鬼雄"则是非阳间的而是死后为鬼的英雄了，如李清照所赞美的"生当作人杰，死亦为鬼雄"的项羽。以上种种，不论价值取向如何，都可以统称为一世之雄。除了以上这些雄长之外，真正让芸芸众生都敬仰爱戴而浩浩时间也千古不磨的，那就是建立了丰功伟业的大勇大仁的英雄了。没有杰出的才能就不可称为"英"，没有超人的勇武就不可颂之为"雄"，然而，"才能"与"勇武"俱超凡出众，而在必要时杀身成仁舍生取义，成就一番留取丹心照汗青的英雄事业，却应该有两个前提，二者或同时而兼，或必居其一，那就是：强权压顶，坚持公理与正义；外侮当前，捍卫祖国与民族。总之，并非出于私利和小集团利益的好勇斗狠，而是以人民与民族的大义为依归。中国自古以来，英雄而不乏文才者所在多有，如岳飞、文天祥、于谦、戚继光、夏完淳、谭嗣同、秋瑾等人，而身为文人却堪称英雄的，却不可多闻，大约只有辛弃疾与陆游可以入选。他们两位以英雄诩人，也以英雄自诩，他们或曾驰骋沦陷的北方，或曾从戎西北的前线，其英风胜概壮士声情，曾令有热血的文人闻风起舞。不过，文人们也许大都文质彬彬而手无缚鸡之力吧，所以清诗人黄仲则早就说过"十有九人堪白眼，百无一用是书生"，何况在权力与专制的社会中，文人还往往具有"皮之不存，毛将焉附"的依附性与从属性。文人而英雄已是凤毛麟角，即使是英雄气概，在文人这个群体和他们的作品中也不太多见。但是，中国的文人，从屈原的《国殇》和司马迁的《史记》开始，毕竟也还是有一种英雄情结，即使是元代这样一个万马齐喑文章如土文人也如土的时代，这样一个"折挫英雄，消磨良善，越聪明越运蹇"（无名氏〔中吕·朝天子〕《志感》）的时代，有的文人也仍然表现了对英雄的神往，对本民族往日的英雄人物的追怀。白朴客居建康（今南京）时，在他的《沁园春》词中就曾写道："长江不管兴亡，漫流尽英雄泪万行。"张可久在〔双调·水仙子〕《西湖废圃》中也说："荒基生暮霭，叹英雄白骨苍苔。"而查德卿在〔双调·折桂令〕的开篇，就以念天地之悠悠的姿态，提出了他的英雄之问："问从来谁是英雄？"而最令我怦然心动又深得我心的，是关汉卿、周德清和施惠所写的有关篇章。

三

元杂剧中的历史剧，为汉民族的英雄建造了一条光彩夺目的画廊，其中以纪君祥的《赵氏孤儿》、李寿卿的《伍员吹箫》和关汉卿的《单刀会》为代表，其中尤以关汉卿的作品为上上之选。

《赵氏孤儿》是中国最早传入欧洲的戏剧作品之一，经法国18世纪启蒙思想家、作家伏尔泰改编为《中国孤儿》，同时代而稍后的德国大诗人歌德改编为《埃尔佩诺》，可见剧本所表现的正义与邪恶的较量的东方故事，也引起了西方人的强烈共鸣；而中国春秋战国时代豪侠义士韩厥、公孙杵臼、程婴等人的伟烈义行，更是叩响了异国文豪们的心弦。《伍员吹箫》一剧，将统治阶级内部的残酷斗争这一历史素材加以改造，表现了正义最终战胜邪恶的具有普遍意义的主题，曲折地表现了元代汉民族的国破家亡之痛与忍辱复仇之志。最令人荡气回肠的是关汉卿的《单刀会》，在那样一个万马齐喑夜气如磐的时代，关汉卿却唱出了一曲豪气干云的壮歌，塑造了威武不能屈、富贵不能淫而仁义礼忠信俱备的英雄关羽的形象。第三折关羽上场，面对鲁肃有如"鸿门宴"的邀请书，关汉卿为他谱写的出场名曲是：

〔剔银灯〕遮莫他雄赳赳排着战场，威凛凛兵屯虎帐，大将军智在孙、吴上。马如龙，人似金刚。不是我十分强，硬主张，但提起厮杀呵摩拳擦掌。

〔蔓青菜〕他便有快对付，能征将，排戈戟，列旗枪，对仗。我是三国英雄汉云长，端的是豪气有三千丈！

这真是可以令懦夫立志而壮士起舞！犹记上个世纪50年代后期在北京师范大学就读时，中文系的同学集体编写《中国戏曲文学史》，年少的我读到关汉卿的《单刀会》，在当时政治运动不断的高压气氛中，也仍然平添了一番少年壮志当拏云的豪情。尤其是第四折的两曲，从苏东坡《念奴娇·赤壁怀古》一词化出，既显得文采风流，渊源有自，而又别开天地，气象万千：

〔双调·新水令〕大江东去浪千叠，引着这数十人驾着这小舟一叶。又不比九重龙凤阙，可正是千丈虎狼穴。大丈夫心烈，我觑这单刀会似赛村社。

（云）好一派江景也呵。（唱）

〔驻马听〕水涌山叠，年少周郎何处也？不觉的灰飞烟灭。

可怜黄盖转伤嗟，破曹的樯橹一时绝，鏖兵的江水犹然热，好教我情惨切！（云）这也不是江水，（唱）二十年流不尽的英雄血！

我当时正值青春年少，更多的是欣赏关汉卿的诗情彩笔，甚至以为他或许还是关羽的后代，所以才会有如此的激情与才情，将关羽写得如此壮声英概。直到后来对元代的历史了解渐多，为关汉卿设身处地着想，才明白他对关羽的深切追怀，正是对汉民族英雄历史的当下追悼；他对英雄人物的礼赞，正是抒发对异族酷虐统治的愤怒。在狼窝虎穴会见了鲁肃而胜利回归之时，关羽有一段〔离亭宴带歇拍煞〕的唱词，其中有结穴点睛的两句：

说与你两件事先生记者：百忙里称不了老兄心，急切里倒不了俺汉家节！

超越了三国的纷争，也超越了刘家天下的正统观念，张扬的是汉家精神民族魂魄。只有品读关汉卿的《单刀会》，你才不会以为关汉卿仅仅是一攀花折柳的风流浪子，如他自己所说的只是"普天下郎君领袖，盖世界浪子班头"。汉卿啊汉卿，汉族之卿，故国山河陷落后不屈的勇者，异族高压之下不挠的斗士！

四

岳飞，是南宋抗金的中兴名将，中华民族的盖世英雄，其赫赫威名如高天的雷霆，其凄凄结局似西天的落日。

在中国诗歌史上，咏叹岳飞的诗词真可以汇成一部英雄交响曲与悲怆奏鸣曲。然而，在异族统治者入主中原的时代，歌颂抗击异族入侵的岳飞，恐怕于时势是忌讳于作者是异数了。由宋入元的赵宋宗室书画家赵孟頫，就曾写过一首《岳鄂王墓》，在歌颂岳飞的诗词中颇为出色："鄂王墓上草离离，秋日荒凉石兽危。南渡君臣轻社稷，中原父老望旌旗。英雄已死嗟何及，天下中分遂不支。莫向西湖歌此曲，水光山色不胜悲！"但是，这是他在被元朝统治者"招安"之前所作，俗语有云"识时务者为俊杰"，他以后就噤若寒蝉了。岳飞虽未及抗击元朝，但他抗击外来侵略则一，有哪位作家能不计利害，不怕冒天下之大不韪，在异族统治的时代去歌颂抗击异族的英雄呢？

曲家周德清却一士谔谔，他表现的是较关汉卿有过之无不及的胆识与勇气。写关羽而寄托自己的民族之思，毕竟比较曲折隐讳，人物所处的时代也比较遥远，于元朝统治者也没有直接的击打作用，讴歌岳飞则不然。周德清号挺斋，生卒年均已不详，只知道他是高安（今江西境内）人，是元代的散曲家、音韵学家与戏剧理论家，他写于泰定元年（1324）而刊行于至正元年（1341）的《中原音韵》，是我国最早的曲韵专著，是语言学的重要典籍，也开创了曲学格律研究的先河。他今存小令 31 首、套数 3 套，其风格清丽蕴藉，如"长江万里白如练，淮山数点青如淀，江帆几片疾如箭，山泉千尺飞如电。晚云都变露，新月初学扇。塞鸿一字来如线"（〔正宫·塞鸿秋〕《浔阳即景》）；如"千山落叶岩岩瘦，百结柔肠寸寸愁，有人独倚晚妆楼。楼外柳，眉叶不禁秋"（〔中吕·阳春曲〕《秋思》）。然而，我最欣赏的还是他的〔中吕·满庭芳〕《看岳王传》：

> 披文握武，建中兴庙宇，载青史图书。功成却被权臣妒，正落奸谋。闪杀人望旌节中原士夫，误杀人弃丘陵南渡銮舆。钱塘路，愁风怨雨，长是洒西湖。

周德清之曲，其他的曲家似乎都可写出，但他的这一作品，却不是人人都能得而写之的了。在一个士人消沉的时代，沸腾的热血，超人的勇气，未泯的良知，是读书人和作家都能够具有的吗？岳王庙，在今日杭州栖霞岭下西湖之侧，每次我去岳王庙里祭拜岳王之坟，周德清此曲总是要破空而来，轰响在我的耳畔，而目睹墓前秦桧、王氏、张俊及万俟卨的四具跪像，我也会想起周德清同曲牌的题为《张俊》的曲词：

> 谋渊略广，论兵用武，定国安邦。佐中兴一代贤明将，怎生来险幸如狼？蓄祸心奸私放党，附权臣构陷忠良，朝堂上，把一个精忠岳王，屈死葬钱塘。

张俊与韩世忠、刘锜、岳飞并称为南宋中兴四大名将，但他心胸狭窄，妒贤嫉能。人类最大的人性弱点之一是"嫉妒"，这在他身上表现得登峰造极。岳飞原来是他的部下，后来因战功不断升迁以至与他平起平坐，声名甚至远远在他之上。妒火中烧，他居然置民族大义与当前大敌而不顾，阿附奸党秦桧，制造岳飞之子岳云和部将王贵谋反的谎言来陷害岳飞，是置岳飞于死地的罪魁祸首之一。《宋史》说："岳飞冤狱，韩世忠救之，俊（张俊）独助桧成其事，心术之殊也，远哉！"张俊于是不仅长跪于岳坟前，也永远被钉在了历史的耻辱柱上。

周德清之曲，并没有将张俊脸谱化和妖魔化，他肯定了其"定国安邦"之功（徽、钦二宗被掳，张俊拥立高宗，屡建战功）。然后更从"怎生来险幸如狼？蓄祸心奸私放党"的人性之恶的角度落笔，对张俊痛加挞伐，表现了对奸邪的憎恶、对忠良的追悼。岳飞如若不死，形势的发展仍未可预料，宋朝也不一定会亡于元人之手。言之不足，故咏歌之，周德清的嗟叹歌哭，是否有未便明言的言外之意与弦外之音呢？这就只有像苏联一首名歌的歌词所说的，"让你去猜想"了。

五

唐诗宋词中都有"只此一家，别无分店"的孤篇绝唱，如唐诗中被闻一多称为"顶峰中的顶峰"的张若虚的《春江花月夜》，如宋词中被论者誉为"孤篇压两宋"的岳飞的《满江红》，元曲中似乎没有知名度可与二者媲美的孤绝名篇，但我看施惠的〔南吕·一枝花〕《咏剑》在元曲中也可谓孤篇横出，让人凛然于它出鞘的寒光。

施惠的生卒年均不详，字君美，杭州人。钟嗣成《录鬼簿》说他"居吴山城隍庙前，以坐贾为业"，大约相当于现在的小本经营的个体户。其杂剧数种均不传，而散曲也仅存一套，即〔南吕·一枝花〕《咏剑》：

> 离匣牛斗寒，到手风云助。插腰奸胆破，出袖鬼神伏。正直规模，香檀杷虎口双吞玉，沙鱼鞘龙鳞密砌珠。挂三尺壁上飞泉，响半夜床头骤雨。
>
> 〔梁州〕金错落盘花扣挂，碧玲珑镂玉妆束，美名儿今古人争慕。弹鱼空馆，断蟒长途；逢贤把赠，遇冠即除。比镆铘端的全殊，纵干将未必能如。曾遭遇诤朝谇烈士朱云，能回避叹苍穹雄夫项羽，怕追陪报私仇侠客专诸。价孤，世无。数十年是俺家藏物，吓人魂，射人目。相伴着万卷图书酒一壶，遍历江湖。
>
> 〔尾声〕笑提常向尊前舞，醉解多从醒后赎，则为俺未遂封侯把他久担误。有一日修文用武，驱蛮静虏，好与清时定边土！

在中国古代，剑曾被称为"百兵之王"，它不仅是步兵手中作战的利器、应时而生的侠客必备的武装，那明如霜雪的锋刃，也常常是豪杰之士的生命的寄托。俗语有云：文人爱砚，武人爱剑。其实，许多文人不仅爱砚而且也爱剑。初唐的郭元振，就写过亦名《宝剑篇》的《古剑歌》，其中就有"非直结交游侠子，亦曾亲近英雄人"之句；李白也再三表示他喜欢豪雄之剑，他在《与韩荆州书》中说自己"十五好剑术，遍干诸侯"，而"饮中八仙"之一的崔宗之，在《赠李十二白》诗中记叙他在长安城初见李白，李白就是"袖有匕首剑，怀中茂陵书"；而成天和药罐子打交道的病夫李贺，"先辈匣中三尺水，曾入吴潭斩龙子"，他有一首全篇咏剑亦咏人的《春坊正字剑子歌》。

因此，施惠的咏剑也不是偶然的了，他的咏剑之作，是对前代咏剑诗的继承而自出锋芒。

施惠此作的前面两曲，主要是咏物而兼言志。作者赞美宝剑的精美锋锐与来历身世，表明自己并不欣赏项羽那样狂躁自大兵败身死的一雄之夫，和专诸那样为吴公子光的私利而做刺客的匹夫之勇。他的英雄之志究竟若何？此曲的尾声可谓"卒章显其志"："有一日修文用武，驱蛮静虏，好与清时定边土！"唐人张祜《书愤》诗说过"三十未封侯，颠狂遍九州。平生镀铘剑，不报小人仇"；孟郊《百忧》诗说过"壮士心是剑，为君射斗牛。朝思除国仇，暮思除国仇"。施惠之曲对专诸之"报私仇"或曰"小人仇"早已否定于前了，他后文所说的"驱蛮静虏"当然就是"国仇"。"蛮"与"虏"，是古时对少数民族的一种蔑称，而"驱蛮静虏"，历来是指安国定边，驱除外侵之敌，别无他解。施惠所处的元代，正是"蛮虏"从边地入侵中原统一与统治了中国的时代，作为汉人而且是汉人中地位更为低下的南人，施惠所怀的民族感情是不言而喻的，他此时还说要"驱蛮静虏"，他呼唤的是中兴民族大业的英雄，其言内之情言外之意难道还不明白吗？他的咏剑曲就是英雄颂，就是对执政的元朝当局的一种罪莫大焉的"恶攻"言论。仅凭这一作品，如果有人举报，元朝官方也予以清查，施惠就可以随便戴上一顶什么帽子而严加法办的了。侥幸的是，元代没有文字狱，虽然"乱动"绝不容许，必定诛之以斧钺，但对"乱说"却似乎没有严密的文网，我们真为施惠庆幸，他炮制了这样的"毒草"却安然无恙，天下太平。

当今之世，物质化、世俗化、享乐化之风盛行，导致不少人的精神世界低下沉沦。在一些人心目中，一切都是虚无，一切都是荒诞，一切都是没有意义。有的作家多年前提出"躲避崇高"之说，有的作者宣扬"我是痞子我怕谁"。一个民族一个国家，如果只有庸人而没有英雄，如果只有对物欲与权欲的追逐而没有对高尚的精神向往与追求，这个国家和民族还会有什么希望吗？元代的文人尚且有对于英雄的崇敬和神往，我们这个时代的作家，至少也必须对英雄有敬畏之意，对于崇高有仰慕之心！

图书在版编目（CIP）数据

写着写着几千年 / 李元洛著. -- 北京：中国友谊
出版公司, 2021.8
ISBN 978-7-5057-5247-4

Ⅰ. ①写… Ⅱ. ①李… Ⅲ. ①散文集 – 中国 – 当代
Ⅳ. ①I267

中国版本图书馆CIP数据核字（2021）第121703号

书名	写着写着几千年
作者	李元洛
出版	中国友谊出版公司
发行	中国友谊出版公司
经销	北京时代华语国际传媒股份有限公司　010-83670231
印刷	北京中科印刷有限公司
规格	710×960 毫米　16 开
	21 印张　270 千字
版次	2021 年 8 月第 1 版
印次	2021 年 8 月第 1 次印刷
书号	ISBN 978-7-5057-5247-4
定价	59.80 元
地址	北京市朝阳区西坝河南里 17 号楼
邮编	100028
电话	（010）64678009